U0823849

异闻录 3

王雨辰 作品

CNS PUBLISHING & MEDIA 中南出版传媒
湖南文艺出版社 HUNAN LITERATURE AND ART PUBLISHING HOUSE
博集天卷 CS-BOOKY

图书在版编目（CIP）数据

异闻录. 3 / 王雨辰著. —长沙：湖南文艺出版社，2012.9
ISBN 978-7-5404-5726-6

Ⅰ. ①异…　Ⅱ. ①王…　Ⅲ. ①故事-作品集-中国-当代　Ⅳ. ①I247.8

中国版本图书馆CIP数据核字（2012）第184170号

©中南博集天卷文化传媒有限公司。本书版权受法律保护。未经权利人许可，任何人不得以任何方式使用本书包括正文、插图、封面、版式等任何部分内容，违者将受到法律制裁。

上架建议：文学/惊悚悬疑

异闻录3

作　　者：王雨辰
出 版 人：刘清华
责任编辑：丁丽丹　刘诗哲
特约策划：张应娜
特约编辑：丁　健　丛龙艳
封面设计：吕彦秋
版式设计：李　洁
出版发行：湖南文艺出版社
（长沙市雨花区东二环一段508号　邮编：410014）
网　　址：www.hnwy.net
印　　刷：北京天宇万达印刷有限公司
经　　销：新华书店
开　　本：700mm × 1000mm　1/16
字　　数：410千字
印　　张：21
版　　次：2012年9月第1版
印　　次：2012年9月第1次印刷
书　　号：ISBN 978-7-5404-5726-6
定　　价：29.80元
（若有质量问题，请致电质量监督电话：010-84409925）

目录
CONTENTS

异闻录3
Yi Wen Lu

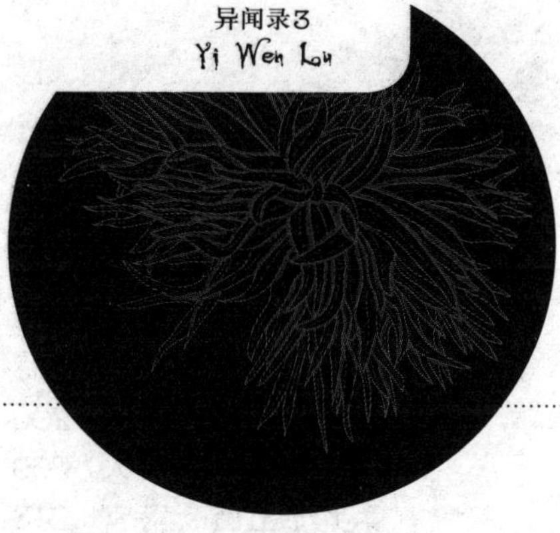

第七十一夜
画头

“黑白照片上，一个穿着和服的人坐在椅子上，双手平放。我仔细琢磨这张照片，发现了一件奇怪的事情：放在椅子两边扶手上的双手大拇指居然是朝外的！”

纪颜父亲的朋友数量之多，实在是让我难以想象，他甚至留给儿子一本笔记本，详细记录了他的交友情况，其中提到有个朋友会在几十年后再回来拜访。纪颜父亲已然料到自己活不到那天，所以把关于这人的事和名字记在了笔记中，好提醒儿子。

纪颜当然知道这个人，可是他对父亲的这位故友，按理说是长辈的男人，却不屑一顾。

这个人叫白水良夫，是一个日本人，按照纪颜父亲当时的记载，在二十年前这个人就已经六十多岁了，推算起来，他现在应该已是一个迟暮老者了。

“父亲并不喜欢这个人，但是他又为他治疗过一种怪病。不过，父亲告诉过我，白水良夫二十年后还会回来，因为那病父亲也无法完全根治。”纪颜合上笔记本，将它重新放回书架上。

“哦？既然你父亲不喜欢他，为什么还要为他治病呢？”话一出口，我就发现自己问了个很傻的问题。果然，纪颜摇摇头：“这是自然，医者父母心，无论他是什么人，做过什么事情，作为医生，在父亲眼睛里他只是个病人。不过父亲并没有把细节记录下来，只是说这个人还会来一次，而且算算看，就是这几天了。”纪颜笑了笑，不经意地看了看门口。

这时，门铃响了。

“真有这么神奇吗，真的来了？”我惊讶着，走过去开门。

然而，门外并不是一位老者，而是一位和我们年龄相若的年轻人。他的个头稍显矮小，却非常结实，也许是天气炎热，他已经将西装脱了下来，整齐地搭在抬起的左臂上，衬衣被身体绷得紧紧地贴在身上，不太宽阔却又略向外凸出的额头上全是汗水。他的脸庞犹如刀刻过一样，下巴尖，皮肤如同干涩的树皮，又像闲置已久的抹布，但他的眼睛非常有神，眼白不多，咖啡色的眼球在阳光下闪闪发亮，嘴唇很厚，向上微微翘起，两撇八字胡更加有型。这个年轻人一见到我就面露惊讶之色，不过还是礼貌而小心地询问起来。

“请问，您是纪先生吗？”他的发音不是太标准，但还好，可以听清楚。我心想他一定不是中国人。

我摇摇头，向里面的家伙招招手。纪颜双手插在裤兜里，趿拉着拖鞋走了出来。

“我就是。”纪颜的声音慵懒而清脆。年轻人很惊奇地望望纪颜，马上固执地摇头。我发现他的头发很特别，摇头的时候前面的头发在动，而后面的仿佛被胶水粘住了一样。

“绝对不是，我的祖父说，纪先生应该已经最少四十岁了。”他说的纪先生应该就是纪颜的父亲。两下里一解释，年轻人才明白，但随即又非常失望，不过依旧保持着礼貌，微笑着告辞。

“你是来问关于你爷爷的病情的吧？”纪颜笑着向转过身去的年轻人喊道。听到这话，他又重新走了回来。

三人进屋，聊了起来。年轻人进屋的时候整理好衣服，小心地脱下鞋子，整齐地提在手中，放到鞋架上，动作干脆利落，很有军人的风范。

这个人正是白水良夫的孙子，他叫白水英喜。英喜的中文说得一般，竟能写一手好汉字，这让我非常惭愧，因为我身边认识的人大都习惯使用键盘了，对练字都不屑一顾。“何必去浪费时间呢？”他们都这么回答，认为与其花大气力练中文，还不如用这个时间学学英文。

一个日本人，居然能写这样一手好字。英喜口语很差，所以只好靠书写，还好他的听力不错，我们只要说得慢些，他能听懂十之八九。不过为了方便记述，我还是当作他在“说”吧。

“爷爷从中国回到日本后就和儿时的玩伴结了婚，后来做了点儿小生意，过着平凡幸福的生活，然后有了父亲，可是后来得了一种怪病。他遍寻无方，经常在睡梦中惊醒，他告诉奶奶，这病的源头在中国。”英喜说道。

“在中国？”我和纪颜齐声问道。

“是的，在中国，他是一名军人。”英喜说。

白水良夫，日本滋贺县人，其姓氏是由家中祖上住在泉水边而得。十七岁的时候，他响应日本政府的号召参了军，被编入日本第六方面军下辖的十一军，该军当时的司令官正是臭名昭著的冈村宁次。白水良夫随军来到了中国，并参与了日军进攻上海、苏杭、江西的军事行动。

我有些明白为什么纪颜的父亲不喜欢这个人了。

“终于，爷爷在20世纪80年代又辗转来到了中国，他回到了这座城市，想找到自己的病根。一次很偶然的机会，他从别人那里听说了纪先生。也许是缘分，纪先生高超的医术暂时控制了病情，可是连他也无法找到病根，对此也无能为力。他说顶多可以控制二十年，之后的事情，他说到时候再说。”英喜的手开始流汗了，他咕咚咕咚地喝下一杯水，接着说下去。

“可是，爷爷等不到二十年后了，他回去以后，在第十年夏天的一个晚上，痛苦地高喊着死去了。可是事情还没有完结，如果就此结束，我也就不会来您这里了。

“三年前，我的父亲竟也得了和爷爷同样的病症，现在他已经在死亡边缘了。对这种病各大医院都束手无策，他们甚至把父亲看作瘟疫和恶魔，恐惧地避开他。而就在不久前，我也被发现得了同样的病。父亲艰难地告诉我，如果想活下去，一定要回到中国找到纪先生。”英喜一口气写完，似乎好受了些。

我们等他平静了些，才问他事情的关键——到底他们一家得了什么病。

白水英喜的眼睛低垂着，嘴角不停地抽动，胡子也不安地翘了起来，他慢慢转过头，用手拿下了什么东西。

竟然是假发，难怪刚才觉得看起来奇怪，原来他的整个后脑勺都是秃的。不过再仔细看看，其实并不是光秃秃的，那上面似乎有什么东西。

准确地说，是一幅人头像，如此逼真，仿佛英喜的脑后又长出来一张脸。看上去似乎是一个年轻女性，额头有刘海，瓜子脸，相貌端正。我不明白，这是什么古怪的病呢？

英喜看出了我们的疑惑，他又拿出两张照片，一张黑白照片已经发黄，似乎有几十年的历史了；另一张是彩色照片，拍摄年代似乎较近。

黑白照片上，一个穿着和服的人坐在椅子上，双手平放。我仔细琢磨这张照片，发现了一件奇怪的事情：放在椅子两边扶手上的双手大拇指居然是朝外的！

换言之，这手是从正常位置折断后翻过去的，果然，脚也是如此。我再看那人的脑袋，简直令人毛骨悚然！

脖子处都是褶皱，仿佛拼命拧干的衣服，整个头部正反面完全扭了过来，在光秃秃的后脑勺上，也有一张和英喜头上相同的女人脸！

这是一个背对着的人，他的四肢和头部从前面折到了后面，这本来是一种失传很久的刑罚——折断四肢和头部而死，喻指无脸见人。

可是，这也太诡异了。

第二张照片里的那个人四十来岁，和英喜有几分相似，但他的四肢和头也已经开始向后旋转了。从他痛苦不堪的表情来看，所受的惩罚的确非常残忍，他的身体已经不是正常的身体，犹如一个活动的提线木偶。

“第一张，就是我爷爷临死时的样子，他用最后的气力告诉我们拍下来。而第二张就是我的父亲，这是我离开日本的时候拍的，他已经在死亡边缘了，而我恐怕不久也要成为下一个了。”英喜说。

“的确很奇怪，可是我父亲并没有在笔记里留下关于这种病的任何资料啊。”纪颜苦恼地说。

英喜告诉我们，当年他爷爷来的时候病症已经十分严重了，纪颜的父亲帮他暂时稳定住了，但是没想到他还是死了。而现在我们根本无法知道如何去治疗，更何况笔记也说无法知道病根，也只是治标不治本。

“另外，和爷爷一起参战而又活着回来的战友，都是这样痛苦地死去的，他们的子孙也是如此，如同受到诅咒一样。其他人根本不同情我们，说我们活该，他们谣传爷爷和他的战友在中国触怒了当地的神灵而遭到了报复。而爷爷说当初他来找纪先生的时候，对自己的过错羞于启齿，也怕纪先生生气，所以只字未提。”英喜说道。

“看来，我们得知道当年你爷爷到底和他的战友在当地做了什么事情，恐怕这是事情的关键。而且，我们的时间不多，你父亲恐怕也撑不了多久。”纪颜从来不会说谎话安慰别人，如果那样做，他会觉得是对他人的不尊重。英喜似乎是个很坚强的人，他点了点头，接着又从脖子上取下一个心形吊坠。

吊坠打开，里面有个人像，是个外表平和清秀的女孩子。

“这是我妻子，她已经怀孕了，无论如何，即便是拼上性命，我也不能让我未出世的孩子背负如此残酷的命运。”这一句，英喜是用中文说出来的，虽然断断续续，发音并不标准，我却听得异常清晰。

我们三个先去了趟当地的资料馆。结合白水良夫生前留下来的不多的资料，我们知道白水曾经担任过准尉一职，并在进攻江西洞庭湖的时候被委以巡逻后方的任务。他和他的下属战友，在这座城市停留过一些时日，接着随十一军开赴前线。他们从武汉出发，发动了直攻衡阳的大会战，彻底击溃华军第九战区的主力，然后往柳州去了。

白水良夫说过，他的错源自于这里。我们循着不多的痕迹，想找到当年白水所在部队驻扎的地方。

可是，途中，英喜接到电话，他父亲已经病逝了。他强忍着没哭，只是不停地吞咽唾沫，睁大眼睛望着天空。我想过去安慰他几句，但被纪颜阻止了。

“让他一个人待会儿吧。”纪颜望着他，他的眼睛里竟也露出悲伤的神色。

不过英喜很快又恢复过来，但是我发现他的脖子已经有些歪斜，而他的手脚也是如此。

“快些吧，我们的时间不多了。”英喜将字条递给我，上面的字迹已经很潦草了。他脑后的人脸渐渐清晰起来，开始微笑。

几天过去了，查询当年一小股日军的动向实在非常困难。偶然的一个机会，我们经过一个县城，询问一些上了年纪的老人，并且把白水良夫的照片给他们看。

白水良夫当时只有二十多岁，幸好他是个相貌奇特、容易让人记住的人，圆圆的脑袋，向外突出的如同得了甲亢的眼睛，虽然充满刚毅的精神，却也透露出几分残忍。

终于，一个老人非常激动地告诉我们，他认识白水良夫，因为在为日本军队修筑防御工事的时候，他曾经见过前来监督的白水良夫。白水良夫在日本人中还稍显宽厚，并未过多责骂他们，所以老人对其略有印象。

他还告诉我们，白水和他的小队当年就驻扎在离那里不远的村子里。我们谢过老者，马不停蹄地赶过去。

英喜的症状更加严重了，浑身像抽筋一样，我和纪颜只好搀着他走。

“答应我，如果我死了，也要为我的家族后代解除这个厄运。”他流着泪说。我和纪颜点点头。

到村子的时候，已经是入夜了，我们花了些钱，住在了一户老乡家里。我们叫英喜不要开口说话，更没说他是日本人。因为早有人提醒过我们，这个村子里的人十分仇恨日本人，小孩从小就被教育日本人都是人渣，是畜生。我依稀觉得村民的态度和白水良夫奇怪的病症有关。

虽然大家觉得英喜的病很奇怪，但也不多问，这里的居民有一点好处，就是从来不多事，在他们的字典里似乎没有“好奇”这两个字，只要不妨碍他们，一切都跟他们无关。

我们住在一个壮实的农家汉子家，这汉子看上去五十多岁，可能因为长期农作，他的身体依旧非常健硕，肌肉发达，皮肤黝黑。

吃过了晚饭，大家在一起说了说家常。刚过九点，村里大都熄灯了。我们也都相继躺下。

半睡半醒之间，我被纪颜推醒了。他朝着英喜的床铺指了指，我差点儿叫了起来，不过纪颜很快用手捂住了我的嘴。

英喜坐在床头，动作似乎灵活了，仿佛一个女子，坐着梳理头发，嘴里还哼着歌谣，歌谣的声音渐渐变大。

门开了，一束烛光透了进来，正好照在英喜脸上。

不，应该说是他脑后的那张脸。

那张脸居然如活的一样，仿佛是有人用一把刀子雕刻出来的，五官都有了层次，尤其是嘴，真的在一张一合，而声音的确是年轻女性的，说出来的也是中国话。所谓的梳头，实际上他是背着手的，那动作非常夸张，仿佛杂技里的柔术，手臂反转到了非人的地步。

门外啪的一声，一个人跪倒了。正是那个中年汉子。

“姨娘！”汉子手举着蜡烛，大声喊道。

英喜背对着中年汉子站了起来，手脚的关节发出折断的声音，他痛苦地叫喊着。纪颜也不知所措，只是连忙咬破手指，将血涂抹在英喜头顶、太阳穴、人中、鼻子、耳朵和嘴上，并且用布把他的眼睛、嘴巴和鼻孔都包起来，当然并没有包得太紧。

中年汉子点亮灯，带着怪异的目光望着我们。我也奇怪地问纪颜刚才在做什么。

“魂以脑存，我用血封住他几个大穴，还有口、鼻、眼睛、耳朵这些地方，可以暂时让他的魂不散，可是持续不了多久，只是例行之法。湘西赶尸，为了不让死人散魂去魄，也用朱砂封嘴，道理相似。”纪颜止住血，缓缓回答。英喜虚脱地倒在床上，纪颜看了看他的伤势。

“你们到底是什么人？”中年汉子板着脸问我们。纪颜看了看我，还是把所有事情告诉了他。

“带着这个日本人走吧，我不会为难你们，等大伙知道了，别说这个家伙，就是你们，都很难走出村子了。”中年汉子冷冷地说。

“当年白水的小队在村子里到底做了什么？”我不禁问道。

“难道那畜生也会愧疚吗，居然没有向自己的后代说过？”中年汉子苦笑了一下。他转身走到里屋，回来的时候手里拿着一张发黄的黑白老照片，照片是个年轻女子的半身像，和英喜脑后的人脸很像。

（下面是中年汉子的讲述。）

其实，那年我根本没出生，都是我娘告诉我的。姨娘比我娘小六岁，家里有一张她的照片。她是村子里唯一进过学堂、在大城市见过世面的女人，所以大家对她很佩服。自小我娘就拿着照片跟我说关于姨娘的事情。她是学西洋画的，据说很得老师的赞许。

那个叫白水的家伙，带着部队以查找伤员的名义住在了村子里。大家都很害怕，姨娘也闭门不出，村子里年轻的女性都躲了起来。姨娘躲在屋子里天天画画。娘后来说，经常看见她流泪。

开始的时候，并没有发生什么，白水曾经想在村子里找些姑娘，但可能又嫌乡下姑娘土气，于是他带着部下去逛县城的窑子了。可是没过多久，白水的部下忽然到处跟村民们打听年轻姑娘的下落。大家都很恐慌，不知道鬼子想干什么。大家没有回复，白水就带着军队挨家挨户地搜索。

果然，所有的女孩子都被搜了出来，被叫到村口整齐地排成一行。村子里所有人都去了。娘被姨娘藏在家后院的小箱子里。那里一般是用来放置腌菜的，只能容纳一个人。姨娘似乎预感到了什么，坚持要将我娘藏进去，因为那时候她刚怀了我大哥。

娘待在里面很担心姨娘，所以搜查的鬼子刚走，她就爬出来，悄悄地跟在后面，伏在村口不远处的乱石堆后面看着。

原来，白水和他的部下要的是年轻女人的脑子。

不知道听谁说的，用活女人的脑子做药引可以治那些脏病、花柳病，白水和他的部下一定是在县城里染病的，那时候这病是非常麻烦的。

当白水靠着翻译结结巴巴说出来的时候，在场的人几乎都吓晕了。白水告诉村民，只需要一个志愿者就可以了，而且最好是自愿的，否则药效不好，他还要再杀一个。当然没人愿意站出来。白水似乎有些不耐烦了，掏出枪，就把我大伯一枪打死了。大家都吓呆了，接着白水又走回原地，说没人愿意的话，他就随意挑一个杀了取脑子。

姨娘被抓的时候刚画了幅画，不过谁也没看见她画了什么，这是我娘告诉我的，被抓走的时候她手里攥着那幅画。

姨娘将画扯碎，然后塞进嘴里吞了下去。白水和他的部下都很诧异，不明白这是为什么。姨娘吞下画纸，往前走了一步，微笑着对白水说，她愿意做他们的药引。

就这样，姨娘被砍掉了脑袋，白水和他的部下分食了她的脑子，而姨娘的尸体被大家收殓起来安葬在村子里。

没多久，白水带着部队离开这里，后来就再也没回来。

中年汉子低沉着声音说完了。我们还未来得及反应，英喜忽然从床上爬下来。

他几乎已经无法弯下自己的膝盖了，但是他趴在地上努力做出跪下的动作。

“我为我祖父的暴行感到愧疚，我知道道歉并没用，但是他和我的父亲已经得到报应了。我不怕死，但我希望解除您阿姨的诅咒，我还有个未出世的孩子，他是无辜的啊。”英喜断断续续地喊道。中年汉子本来坚毅的脸庞有些异样，脸部肌肉抽动了几下，他想去扶起英喜，但又停下了。

“我也不知道如何去帮你，这我实在无能为力。”他重新看了看英喜的后脑。

“但是，我可以替你们向大家保守秘密，我只能够做到这些了。”说完，他叹着气转身要走出去。

“请等等，您阿姨是不是还有些别的遗物？”纪颜站起来问道。中年汉子想了想，说好像有。我和纪颜将英喜扶上床，让他休息一下，然后跟着中年汉子去了里屋。

里屋不大，里面布置得干净简洁，很像女孩的闺房。中年汉子告诉我们，自从他姨娘死后，家里人无论住得多紧张，都不准进这个房间，而且所有的布置都和当初一样。

里面只有一张挂了蚊帐的木床、一张书桌和一个画架。

“如果是带着怨愤而死，从她留下来的东西中，应该可以感觉到什么。”纪颜翻了翻那些画纸，可是大部分都已经变脆发黄，但整理得还算不错，没有发霉，因为这里的气候还算干燥。

纪颜走到画架面前，那里是一张白纸。

“从那天起几十年来一直都没动过吗？”纪颜问中年汉子。

“是的，即使是搬出去晒晒，也是小心翼翼，而且像画架上那些画纸、画笔都没有人碰过，这房间一般不让人进来。”他回答。

“有米酒和醋吗？”纪颜问。我很奇怪他要这个干吗，很快中年汉子拿来了米酒和陈醋。

“再弄张薄牛皮。”纪颜接过来，将米酒和陈醋倒在一只碗里。过了一会儿，薄牛皮也弄来了。

纪颜将米酒和陈醋调配后的液体涂抹在牛皮上，然后按在画纸上面。中年男人惊叫了一下。

“你干什么？”他想冲过去阻止，不过纪颜猛地将手指咬破，在牛皮上涂抹了一道血迹。

他将牛皮拿下来，找来张白纸再次铺上去，并放到了灯下。

“过一会儿晾干了，把牛皮揭下来，不过要小心点儿，不要把纸弄坏了。”他叮嘱我，然后告诉中年汉子，他之所以这么做，是想看看那位姨娘临死之前究竟画了什么。

牛皮被小心地揭开，白纸上果然有一幅画，虽然不太清晰，但大体可以分辨出来。

那是一幅女子的画像，但是我们只能从服饰来看，因为光有头发，而整张脸孔不见了。

“我明白了。”纪颜恍然大悟道。他拿着纸，走进英喜的房间。

英喜平躺在床上，显得很虚弱。纪颜叫我把他扶起来。

后脑的脸孔紧闭着眼睛。

纪颜小心地将纸按上去。

那幅画完整了，我看到那个死去的姑娘真的非常美丽而又充满艺术气质。

“该走了吗？原来已经过去了。”女孩的脸依旧闭着眼睛，张了张薄薄的嘴唇，说出这么几个字。

纪颜缓缓地将纸拿下来，英喜脑后的人脸不见了！纸上的人像也如同掉进了水里一般，渐渐模糊不清，最后终于消失了。

只过了数小时，英喜的手脚骨头都复原了，我们无法解释，也不想去解释。他几乎是带着感恩的神情谢谢我们和那个中年汉子。中年汉子始终不屑一顾，并警告他不要再回这个村子。

“我不能担保，下次见到你时大家会怎么对付你。”他冷冷说道，不过还是带着忧伤看了看低垂着头的英喜，看了看他光光的后脑。

或许，他们都是受害者。

英喜离开的时候告诉我们，他根本没打算活着回去，能有这样的结局已经是出乎意料了。

“我会告诉我的孩子他曾祖父的罪恶，这没必要去隐瞒，而且，我会想办法带着我太太和孩子来中国定居，虽然有些难，可能大家不会喜欢我们，但我还是会去做的。”英喜坚定地将字条递给我们，我和纪颜则笑着说随时欢迎。

“下次，下次来，我一定不需要用写字和你们交流了！”英喜将最后一张字条塞给我们，然后进了机场。

“你在想什么？”我看见纪颜凝神若有所思。

“我在想，父亲是不是特意将这件事留给我来解决。或许他知道，整件事就是轮回，他无力去阻止，时候到了，自然会有一个结果。”他缓缓说道。

“那米酒和醋……”我好奇地问。

“我只是将几十年前的画痕勾勒出来罢了，那女孩临死的画当然留着不少的怨气，米酒是可以捕捉到那些东西的，而我的血只是为了固定住并且让它实体化罢了。”纪颜解释说。

我们出去的时候，街道上到处悬挂着标语，电视里也提醒着我们，今天是农历七月初七。

第七十二夜
点穴

“众人掀起他的衣服一看，好家伙，两个腰眼上各留下五个手指印，深黑色的，碰一下，他就疼痛难忍。当时我父亲也被请来看了看，结果一言未发，只说了句‘无能为力，准备后事吧’，就摇手不再言语了。”

记得小时候看小说瞧电影，对点穴尤其着迷，经常两三人一组排练剧情，手指在身上胡乱戳两下，被戳者立即保持姿势不动，直到被“解穴”。当时玩得很疯，直到有一次，某男生学电视里摆酷背对着同学准备点穴，结果没注意后面来了女生，这厮转头看都不看就是兰花指乱戳两下，两根指头直接插在了人家女生的前胸上，吓得那个女生哇哇乱叫，直接就是左手如来神掌、右手大慈大悲掌下去，当即把那个男生打得找不着牙齿找不着北，然后哭着叫老师去了。结果那个男生被勒令当着全班的面道歉，班主任还说他从小就耍流氓，有了文化还得了。还记得他悔过书里有一句是：“我向全体同学、敬爱的班主任及校领导保证，以后再也不拿指头乱插胡戳，以后一定要有纪律、有组织、有规范。”至于后来就不记得了，只知道长大后觉得那些东西很可笑，虽然知道中医里有穴位一说，但对于一下就把人点到几小时不能动，或者一个穴位点下去人就死了之类的，觉得不过是无稽之谈罢了。

不过世事并无绝对，有些事我们觉得荒唐，是因为我们不了解，无知者敢于怀疑任何事情。黎正的腿伤似乎还未痊愈，还得依靠拐杖才能勉强行走。在落蕾的介绍下，我和纪颜带着黎正去了远离城市的乡下，据说落蕾的外公精通医术。而令我和纪颜感兴趣的是在落蕾家乡传说有一族人自幼就有一种神奇的点穴本领。

这里的村庄很大，不过地广人稀，几乎走上十几分钟才能看到一户人家。青砖白墙，不时地有几只土狗摇晃着尾巴走来走去，偶尔会有一辆公车经过。不知道为什么，总感觉这里很荒凉，还好村民都很热情，我们每次问路讨水都没障碍，而且他们还领着我们来到了那位老人家中，只是还未到，他们就用手指了指前面，然后就不愿再往前了。

这是所老红砖平房，砖红已经脱落不少，木制的正门两边大开。我们刚想进去，却发现大门前的院子两边居然各养了三只狼狗，最小的也有半人多高，一看见生人，它们就吼个不停，直接直起身子趴在围栏上。第一次近距离看这些家伙，我的确有些胆怯，一只只红口白牙，流着老长的哈喇子。

这时，从大门里走出一个老者，半弓着背，一只手拿着香烟，姿势比较怪，是用食指、拇指、中指三根指头捏住的。老人步伐稳健，上身穿了件长袖蓝色棉布大褂，下身着了条黑色长裤，衣服看上去很旧、泛白，似乎浆洗过很多次了，不过非常干净，脚上踩着双黄木拖鞋。他对着那群狗喊了一声，听不太清楚，似乎是训斥，几只狗立马回到里面，安静地趴着不动了。

走近一看，经由落蕾介绍，原来这位老人就是她的外公。房子里面非常阴凉，犹如置身冰窖般，不过温度很适宜。后院似乎还养着狗，还有一大片菜地，看来在田间饲养些动物、种些新鲜蔬菜自给自足，倒是件十分惬意的事。而且不时传来的一阵阵月季花的香味，也让人有了几分醉意。

老人留着一大把雪白的胡子，因为没有梳理，显得有些凌乱。墙壁上挂着一个镜框，里面摆放着一位老者的遗像，看上去非常俊朗，气宇轩昂，很有长者之风，只是左边额角上有一块拇指大小的伤疤。

“这是我师傅的像，除了药理，几乎我所有的本事都是他教的。自从十几年前他去世后，我就开始留胡子了，从来没剪过。”老人摸了摸胡子，深吸了一口烟。

我们阐明来意后，老人看了看黎正的伤势，笑言并无大碍，于是去了内厅，原来里面摆放着药橱。老人抓了几服药，吩咐好忌口和用药事项。只是这药的吃法非常奇怪，居然是用没有任何肥腻的瘦肉泡在中药里一起煎熬，然后吃肉喝药。这倒是非常奇特。

我们聊着聊着，自然说到了点穴之术。老人爽朗地笑了起来，声音在房间里回荡，中气十足。老人虽然已经七十有四，却一点儿苍老之态也看不出来，视力和听力都很好。

（为方便行文，下面以老人的口吻记述。）

点穴之事的确是有的，严格说来并非用手指点，他们出手非常普通，常人不注意，根本无法识别的。而且这伙人非常注意隐瞒自己的身份，过着和常人无异的生活，安贫乐道。

那年我还比较年轻，二十出头的样子，当时全国刚解放，村子里乱得一塌糊涂。那时候大家烧水一般都用锡壶，这玩意儿用得久了就容易破，所以经常会有些手艺人在村子里溜达，专门帮人点壶。所谓点壶，就是拿烧化的锡水补壶的破洞，赚的都是辛苦钱，干这活儿的，有些类似磨剪刀或者到处游走的剃头师傅。

话说有一位点壶的师傅，三十多岁，人却显得很苍老，手指粗糙得如同石头一样，指节粗而宽大，脸上犹如风干的橘子皮，黑里泛着暗红。由于他手艺好，加上收费又相对便宜，所以大家都很喜欢他，只是不知道他的姓名，我也就随着大家一起喊他刘师傅。

刘师傅来村子里走动得比较多，基本上所有的锡壶和其他什么伞啊、锅啊之类的修补活儿，他都一个人包下来了，各家各户谁要做了点儿好吃的，也乐意送些给他。

村子里有些年轻人却冲得很。你要知道，我在你们这个年纪的时候算是比较老实的，从来不在外惹事，这也多亏我的父母管教得比较严厉，由于世代从医，我的父亲非常重视家风家规。

这帮小年轻整天吃饱了没事就在村子里转悠，有时候偷看哪家的小媳妇喂奶，有时候偷几个西瓜。虽然谈不上大害，但他们像牛旁边飞舞纠缠的牛蝇一般，很惹人烦，但谁也不愿意出头去说他们，毕竟连他们自己的父母都不管，又与别人何干？

有一次刘师傅在路边修壶，刚点好锡水准备补，那帮混混中身材最高大也最冲的一个，突然冲过来一脚把他的家伙什儿踢飞了。刘师傅愣了一下，没有说什么，只是赔着笑脸低着头把踢翻的东西拾回来。可是他刚拿回来，又被一脚踢飞。这样踢飞又拾回来好几次之后，刘师傅终于知道对方是故意来找碴儿的了。

踢壶的小子叫木根，他父母都死在战场上了，家里被追认了双烈士。木根由爷爷奶奶养大，从小就被宠坏了。大家都很讨厌他，但碍于他家里人的脸面，都不敢得罪他。不知道为什么，他非常讨厌外地人。

刘师傅缓缓地直立起身子，围观的人很高兴，又有些紧张，大家很久没看见过打架了，连抱着孩子的妇女都赶了过来，一边塞着孩子的嘴，一边轻声向旁人询问是怎么回事。

大家都不曾看见刘师傅直起身子，平时他都是弯着腰或者坐着为人干活，或者逗逗孩子，他忽然一下站了起来，大家才发现原来他非常高大。木根显得有些慌乱，忍不住向后退了一步，可是想想有这么多人围观，他又往前走了半步。

“后生仔，做人莫要太猖狂。”刘师傅平静的脸上没有太多愤怒的表情，他只是从铜红色的厚实嘴唇里说出这样一句话，然后就一直盯着木根。木根回头看了看，发现自己的伙伴赶来了，这下他底气足了。

“老子就是要揍你！今天心情不爽，你还在这里乱吆喝，还挡着老子的路，我不踢你踢谁？”木根一边说一边拳头已经挥了上去，直接“招呼”刘师傅的脸。

我们大家都以为要开打了，可是结局出人意料，像看电视慢镜头一样，刘师傅忽然伸出自己蒲扇大的结实双手，低下头，拦腰抱起木根，双手按在他的腰眼上。这小子少说也有一百几十斤重，可在刘师傅面前，他就好像一个纸糊的人。只见刘师傅轻飘飘地将木根托了起来，转了个身，又将他放回到地面。

大家看呆了，木根自己也没反应过来，只是脚一沾地，身子就瘫软了下来。他双手捂着腰，直喊没力气，额头上淌着黄豆大小的汗珠，他的朋友吓得赶紧把他抬走了。

刘师傅眯起的双眼中忽然流露出后悔的神情，接着长叹一口气，蹲下来收拾东西，以为有热闹看的人都四散开来，只有我走过去帮他收拾被踢得乱七八糟的工具。

“我闯祸了，没想到这么多年了，脾气还是改不掉，本就不该对这后生出手如此之重。这里我是待不了了，你是个不错的孩子，以后有机会再见吧。”刘师傅忽然伸出手拍了拍我的肩膀，我觉得他的手很沉。

从那以后村子里再也没听到过刘师傅那浑厚悠扬犹如唱歌般的吆喝声了，据说他去了外地。

木根却惨了，回去后就喊腰酸背痛，开始以为是小毛病，没想到接着就茶饭不下，本来还有些胖的他一下子瘦削得吓人，每天都躺在床上哎哎呀呀地叫唤，直喊腰疼。众人掀起他的衣服一看，好家伙，两个腰眼上各留下五个手指印，深黑色的，碰一下，他就疼痛难忍。当时我父亲也被请来看了看，结果一言未发，只说了句“无能为力，准备后事吧”，就摇手不再言语了。我记得自己当时追问过父亲，但他始终不发一言，被我问得烦了，他只好对我解释道：“他被人拍了。”听了父亲这句没头没尾的话，我更加不解。

父亲见我不懂，索性告诉我：“江西客家一带有一氏族，对人体穴位颇有研究，倒不专指点穴，而是用五指按住穴道，很容易让人血流不畅，轻则伤残，重则致命。这个刘师傅想必也不是有意，可能在气头上，力道重了，可惜木根身子不行，我也解不了。他两边的腰子已经坏死了，就算遇见名医，治好了，也是废人，铁定的病秧子。”

后来父亲还说，这些学习点穴的人有一个专门的称号，叫“五百钱”。至于为什么这么叫，就不得而知了。

虽然对刘师傅充满好奇，但后来我在村子里就再也没看见过他。至于木根，不知道是他运气好还是刘师傅真的留了些情面，他好歹保住了性命，在上海做了手术，从腰里取出两个黑色的血块。不过正如父亲所言，他以后就成了个废人，肩不能扛，手不能提，终年靠喝药来维持性命，人瘦得像柴火一样，每次看见他都觉得他很可怜。

十几年后，我的父亲过世了，“文革”也到来了。家里世代行医，而各个村子之间又借着武装斗争的名义报私怨，于是武斗频繁，这就需要我这样人的来为他们治伤，于是我被乡里叫去，在各个村子里看病。每次有年轻人流着血，身上哪个部位开着口子，或者断胳膊断腿地被人抬到我面前时，我都感觉很不舒服，这也让我时常想起木根的遭遇。

有一次，我为一个骨折的小子治病。他的胳膊被打折了，可是给他接好后他又说肩膀痛，我拉开他的衣服一看，肩胛骨连着脖子的地方居然也有五个手指印，与木根的一样，只是颜色并没有那么黑，而且指印似乎小一号。我问了他一番才知道，前几天大家批斗一个老人，好像说他宣扬封建迷信。这个小伙子冲上去扇了老人一耳光，这时一个孩子从老人旁边闪出来，面带怒色，在他肩膀上拍了一下。当时他没觉得有什么，可是后来肩膀越来越痛，所以在打斗的时候他抬不起手来，结果被别人打断了胳膊。

问明事情原委，我也得知了那个老人正是姓刘。虽然那段时间我极力寻找他的下落，却未曾料到他转悠一圈居然又回来了。我询问了很多人，终于找到了他的住处。

房子很破旧，当我进去的时候，房子里只有刘师傅一个人。

他苍老得很快，我几乎都认不出他了，他身上有很多淤痕，额头上还有个深深的黑色的大拇指印，只有眼睛依然有神，虽然半躺在床上，但是一眼就认出我了。

刘师傅说再次见到我，他一点儿都不惊讶，因为他一直觉得冥冥之中和我存在着很微妙的联系。

这几年他吃了很多苦，这从他的身体上就可以看出来，不过有些苦是超越肉体的。

“我被自己人出卖了。”刘师傅坦然说道。我从他口中得知，有人向“文革”小组告发了他，说他以武伤人、宣扬穴位之说、不尊重科学，等等。不过按理以他的身体是不会怕那些普通的伤害的，问题是他到了牛棚才知道原来毒打他的人中居然混杂着会使用点穴的同门，结果被打到重伤吐血。

“这都是自找的。当年我师傅交代过我，不要随意使用这个，因为学习‘五百钱’的人互相之间并不相识，在外人面前使用是大忌。但我年轻气盛，也曾经伤了很多人的性命，虽然中年之后靠修补锡壶锅碗生活，却还是无法克制自己的脾气，结果还是出了手。在你们村子里伤了那个年轻人后，我一直都很自责后悔，虽然当时很气愤，但的确下手太重了，所以现在有这种下场，我不觉得难过，反倒觉得是应该的。”刘师傅咳嗽了几下。从我这里得知木根并没有死后，他稍许安心了些。

屋子里后来进来个年轻人，他虽然面带怒气，但眉宇之间的确与刘师傅有几分相似，其实这个孩子就是刘师傅的独子。

但这孩子对我来给他父亲瞧病很不以为然，可能在他看来，任何外人都是不值得信任的。

儿子走后，刘师傅对我坦言儿子好胜心太重，虽然他教导过几次，但儿子始终不听，他很为儿子担心，生怕他会走自己的老路。

“‘五百钱’并非只是伤人之用，其实也可以治病救人，这全在使用者的心罢了。好比刀，杀人者用刀杀人，救人者则用刀救人，我希望把这个本领传授给你，希望你能多救些人，也好偿还我心中的一些债。本来在最早的时候，武术和医学都是结合在一起的，可惜后来慢慢分开了，能两者皆会的人越来越少了。”刘师傅颤抖着望着我。事实上，这也是我一直所希望的，也是我多年来坚持寻找他的原因。

后来我向乡里辞去了医生的职务，专心留在刘师傅家里照顾他，并学习点穴之术。说老实话，学起来非常难，光熟记众多穴位就花了三年。而且果然不出刘师傅所料，他的儿子去参加一次聚众斗殴后再没有回来。尸体抬回来的时候，刘师傅一言不发，脸上也没有过多的忧伤之色，只是挣扎着爬下床，用那依旧宽厚的手掌抚摸了一下儿子的脸，看了看他身上的五指伤痕，然后摇了摇头。

刘师傅在我的照顾下逐渐好了起来，他一再叮嘱我不要在别人面前使用“五百钱”的点穴术，所以我也一直恪守自己的诺言，除非对病者已经无能为力的情况下，才会使用点穴术救他们的命，然后再靠汤药医治。

不过很可惜，刘师傅额头的伤还是在十几年前发作了，他去的时候很安详。那张照片是他去世前自己要求拍摄的，他说感觉到自己大限到了，我就只好答应他的请求。而且自从他去世后，我也开始蓄须纪念他。

落蕾的外公终于说完了，老人眼睛有些发亮，手中掐着的香烟也多出了好长一段烟灰，外面风一吹，将烟灰吹落，如同雪花一样。我看着遗像上的老人，觉得他真的非常安详。

在我们的要求下，落蕾的外公调制了一些膏药，敷在了黎正的伤脚上，然后他将五指缩在一起，食指、中指、拇指按在黎正脚踝两侧，手离开后，脚踝上留下了三个指印，但不是黑色的，而是微红的。

“回去注意忌口，多锻炼锻炼，你主要是脱筋，很容易好的。”老人和蔼地笑了笑。

我追问他，刘师傅和他儿子究竟是被什么人所害，难道他不想为他们报仇吗？

老人晃了晃大手，说：“师傅自己都想通了，我何必还去烦恼？我只要多救一些人，多缓解些别人的伤痛，就是为他积福了。至于‘五百钱’，不会消亡的，只不过有些东西总是沉在水底而岸上的人看不见罢了。我把这个本领也教给了我的儿子，希望他能传承下去，治病救人。”老人笑笑，不再说了。

离开他家的时候，黎正居然已经可以走路了，虽然还不够灵巧，但是可以抛开拐杖了。纪颜忍不住称奇。

第七十三夜
丹缘

“在村口发现了那个家伙的尸体，从喉咙到胃全变成了黑色，就像是熟透了的柿子，软塌塌的，还烂了好几个洞，臭不可闻，犹如坏死的鸡蛋。抬他起来的时候，一下子没扶住头，喉咙就断开了，脑袋一下子滚落下来。”

立夏以后天气逐渐热了起来，一想到真正的夏天还没到来，心里就觉得烦躁。大家在办公室里死撑着，绷紧了的脸像拧到底的发条一样随时都可能绷断。没有什么比大热天没空调更令人难受的了，尤其是八个人和八台电脑挤在一个十几平方米的空间里面。没有人说话，说话只会更热，没人抱怨，抱怨只会浪费自己的体力。埋头干完然后走人是大家难得达成的共识。我一边努力使自己平静下来，一边校对稿件，偏偏这时接到一个电话，一时情急，立即请假往纪颜家里赶去。

电话是李多打来的，她带着哭腔说纪颜忽然晕倒了，而且医院什么也没看出来，只能先输着盐水躺着。现在李多都慌了，只好打电话给我。

赶到医院的时候，我见到了另外一个许久没见的人。

纪学，纪颜的堂叔，他本来就不喜欢走动，加上在怨崖那次事后又失去了一条腿，本来他不可能来这里，可是他究竟还是来了，而且来得如此凑巧。

纪学的脸依旧消瘦，深陷的眼睛却很有神，他没有用拐杖，旁人根本瞧不出来他有一条假肢。

“我是来救他的。”纪学看了看紧闭着眼睛躺在床上的纪颜，从口袋里掏出一个白色的纸包，打开一看，里面是一些小药丸，大概指甲盖一半大小，一个个圆溜溜的，包裹的纸张接触到药丸的部分都变成了淡蓝色。

“把这些按每天一粒服下，四天后再把这包药粉和水吞下就没事了。”纪学又拿出一包东西交给我，我则递给了李多，李多擦着眼泪，连忙点着头，把两包药收好。

我看了看纪颜，既然有李多照顾，我自然没事了。纪学正想离开，却被我拦住了。

“能告诉我那是什么吗？”我问道，纪学看了看我。

“不能，因为你没必要知道。”他微笑着回答，我如同喝水被呛到一样。

“不过据我所知，那些药丸的毒性很大吧，否则也不会把白纸变成淡蓝色，另外一包药粉是解毒剂吗？”上次和落蕾去拜访她的外公，老人家曾经提及一些，我也暗自记下了。

“看来你知道的不少。这样吧，我们找个地方聊一聊，或许你作为小四的朋友，我不该隐瞒你，对前面的话我道歉，希望你不要介意。”纪学的态度非常爽朗，反倒让我有些不好意思。于是我们两个来到了医院外面一个供人休息的茶座。

“我讨厌待在医院，因为里面不仅有浓烈刺鼻的药味，还有死者和生者纠缠的怨念，或许你感觉不到，但多待一秒，都会让我觉得窒息。”纪学走出医院，脸上顿时轻松很多，他走得如此之快，我都有点儿跟不上他。我瞟了一眼他的腿，要不是我上次亲眼所见，真无法相信他有腿疾。

“在告诉你那些药丸的事情前，我想先说一个关于炼丹的故事。”纪学点了两杯茉莉花茶，他一边品茶，一边讲故事。那些话仿佛带着茉莉花的清香，在我耳边回荡开来。

（下面是纪学的讲述。）

在我还是幼童的时候，就被我的父亲告知，以后无论出现什么情况，我的堂兄，也就是纪颜父亲，他的生命永远是最重要的，如果他死了，那我就要接着守护他的儿子，这也是分家的使命。

那时候，村子里来了一位江湖郎中，操着一口浓重的江浙口音，他不住在村子里，别人也不知道他在哪里生活，他只是经常来村子里晃荡。不过与其他医生不同的是，这个人穿着一身道袍，虽然那蓝色的道袍已经被油渍和泥巴弄得污秽不堪，但他丝毫不介意，依旧穿在身上。这个人看上去四十岁上下，精神很好，虽然偏瘦，但是无论如何都挺直细长的腰杆，两条眉毛很长也很整齐，直直地朝两边太阳穴延伸，一双鹰眼平时总是半闭着，懒懒的，不过睁开的时候很有威严感，一旦吃饭，长而尖的下巴就一上一下地抖动。他的鼻子左侧到嘴唇下面有一道很深的伤痕，导致一说话嘴巴就有些歪，若是情绪激动，嘴巴就歪得厉害。那伤痕看上去像是剑痕，他自称用剑很厉害，寻常人近不得他身边三尺，他杀人只需一剑而已，所以我们叫他一剑道长。村里人开始时总是喜欢戏耍他，说他既然用剑厉害，为何脸上还着了这么厉害的一下。道长总是挥挥大而宽阔的袖子，撇撇嘴巴。

“厉害是厉害，但不是最厉害的。”他总是这样解释说。那时候包括我在内的村里人，都把他看作一个爱吹牛的闲人。每个地方都需要这种人，如同汉武帝需要东方朔，大家也需要一个可以闲暇时逗逗乐的人，加上虽然大家总是戏弄他，一剑却总是不以为然，所以村民也还愿意各家从自己的碗里扒拉一口饭出来养着他。

“我会报答各位的！”一剑吃着斋饭，有时会忽然仰起头跟大家说。村民们也只管哂笑，没有当一回事。可是道长说得很认真，他也时常为村里的小孩医治些头疼脑热、感冒发烧之类的小病。

终于，有一次村里发生了一件事，让道长显了显身手。有一个孩子在山上采蘑菇的时候误食了毒蘑菇，这并非一般的毒蘑菇，对于一般的毒蘑菇山里的孩子大都认识，颜色花哨的就表明有毒，可唯独这种，高而宽厚，颜色灰白，现在这种蘑菇叫“死亡酒杯”，就是因为看上去像一个酒杯。

那个孩子很快全身痉挛，意识模糊，脸色也开始泛青。纪家人也略通医道，可惜那时候我祖父，也就是当时纪家的族长，在实施了针灸后也无能为力，毒性早已经渗透进血液，纵使华佗再世、扁鹊重生，恐怕也无能为力。

孩子的父母哭得很伤心，因为这个儿子是他们家四代单传，两人年纪也蛮大了，此子若就此丧命了，恐怕日后他们连个持节送终的人都没了。不过大家又都没有办法，只能眼睁睁地看着孩子的呼吸越来越弱。

这时一剑忽然拨开人群，左手紧握，跑了进来。

大家觉得奇怪。

“我有办法救活孩子！”道长睁开双眼，大声说道。可是众人并不相信这个向来夸夸其谈、略有医术的人会有什么作为，不过父亲忽然扬起手，同意让他试试。纪家在村子里威望很高，所以父亲发了话，大家也没再阻拦，都好奇地想看看一剑到底用什么法子治病。

那时候我挤在人群里，看得不是很清楚，只知道他摊开左手，取出三枚药丸，以凉水塞入孩子的嘴巴里，再让人捏住孩子的鼻子，嘴对嘴将药丸吹入孩子腹中。

不消片刻，孩子便苏醒过来，接着开始呕吐。孩子的父母非常高兴，当场跪下来向一剑磕头，旁边的村民也大呼惊讶。后来孩子配合父亲的针灸放血排毒，慢慢将身上的毒缓解了，可是由于中毒太深，终究还是落下了病根，身体常年虚弱。不过能捡回一条命，已经是大幸了。

这件事后，一剑道长在附近十里八乡就出名了，可是他拒绝见任何人，也不告诉别人一星半点儿关于那药丸的事情，只要是被问得急了、逼得紧了，他就跳将起来，双手高挥，如同孩子一样，一边叫着“我不知道”，一边赤着脚跑了。大家见他半疯半癫，也只好作罢。

不过村里的少年对他很是着迷，每天都缠着他。一剑十分喜欢孩子，尤其喜爱我和堂兄两人。他经常摸着我们两个的小脑袋，笑嘻嘻的，他笑起来很有趣，那道深得吓人的伤痕也变得柔和起来。

“那个是丹药。”终于，有一天我们三人在一起的时候，一剑说了出来。我和堂兄不是很懂，于是缠着他多说些。

“丹药是炼出来的，古时候叫黄白之术，炼丹的人叫作方士，他们认为，人只要吃下某些丹药就可以得道飞仙，最不济也可以延年益寿。

“炼丹讲究理、气、数，也是大部分道家追求的目标。说多了，你们娃娃不懂，我只能说一般将炼丹十日为一周期，所谓阳一二三四五，阴六七八九十。五天又按照金、木、水、火、土的排列顺序进行。

“自后晋到晚唐，炼丹大为盛行，最有名的方士楚泽编订了苏元朗的著作《太清石壁记》，记载了各种丹药的成分和炼制方法，如九鼎丹法，而且他还给皇帝炼过丹。可是炼丹讲究丹缘，炼的人要有丹缘，食的人也要有。我看那个吃了蘑菇的孩子还算有些丹缘，才敢拿给他吃，否则，没有丹缘的人吃了，轻则中毒，重则丧命。同样，没有丹缘的人去炼丹，炼出来的就是毒药啊。有些丹药有剧毒，里面包含了丹砂、云母、玉、代赭石、磁石、松子、桂、水银，等等。所以我不敢随意告诉别人这是丹药，不过我虽然炼不成真正的金丹，但是治病去毒的丹药，我还是可以制作的。”说完，他深深地笑了笑。

“不怕告诉你们，我现在正在努力炼丹，就快要成功了。我的祖上是葛洪，他的子孙众多，基本在宁海一带，我属于前山葛氏，为其长子渤的裔孙一支，不过我这房家道中落，才流落于此。但是只要我可以炼丹成功，一定可以再次光耀门庭，说不定可以重现祖上的辉煌。”

那时候我才知道一剑道长姓葛，那时他的眼睛散发着很亮的光芒。

我问他身无长物却又是如何炼丹的。他神秘地笑了笑，说第二天再带我们两个去他藏丹炉的地方。

“你们两个很有丹缘，可惜不喜此事，不过既然相见，我一定会把所有事情都告诉你们的。”他笑了笑，卷起油腻腻的袍子拂尘而去。

我和堂兄带着非常期待的心情回家去了，孩子嘛，总是对未曾见过的新奇东西抱着很大的好奇。在回村的时候我们遇见了一个村民，他问我们天色这么晚从哪里来，我老实地告诉他从道长那里来。攀谈之中，我居然一时大意，将第二天要去他那里看炼丹的事情说出来了。

我万万没有想到，随意的一句竟害死了好几个人。

这个家伙当时就很兴奋，提出第二天要和我们一起去。由于道长交代过不能告诉任何人，我拒绝了，他也没说什么，只是悻悻地走开了，嘴巴里不干不净地嘟囔着。

我认得这个人，那天道长用丹药救人的时候他也在场，据说他做梦都想发财，还去找过道长，想将他那天救人的药做成药品出售，但被道长拒绝了。

第二天，我和堂兄去了和道长约好的地点，并没有发现身后有人随行。

我们见到一剑后，他很高兴，说前一天晚上炼丹已经略有小成，并且为我和堂兄各准备了一份礼物。我问他是什么，他却笑而不答。

他带着我们，沿着崎岖的山路前行。我虽然和堂兄从小就在外面瞎跑，却不知道这里有条山路。行了几里路左右，在山腰处看到了一个山洞，洞口非常宽敞，按理山洞里面应该非常凉爽，可是进去的时候却感到异常闷热，甚至有些窒息。

“道长，穿着这么厚的袍子待在这里，你不难受啊？”堂兄问他。

道长擦了擦满头的汗，说：“热是热，可是这衣服是祖传的，脱不得，脱不得！”他只是略微挽起袖子，带我们走了进去。

洞内比较昏暗，不过还是有些许亮光，洞的正中间摆放着一口和成人差不多高的青铜丹炉，它的样子非常古怪。

最下面的底座是个扁扁的圆形托盘，上面雕刻了一些阳纹图案，下面由三个支角撑起，有点儿像冬天里取暖的炭炉，上面则像一口铜钟，不过钟鼻子是个空心的半圆形，最夸张的是钟的两侧是两扇弧度非常大的圆形提手，犹如两只大耳朵。整个炉子看样子有些年头了，非常陈旧。炉壁冒着红光，仿佛要烧着了一样。借着微弱的炉火，我看见墙壁上还挂了幅画像和一柄剑，下面则摆放了很多零散的东西和器械，似乎是些药物，因为我进来后就闻见好浓一股雄黄味。

“这里面正在炼丹，炼丹的火候也很重要的，所谓文火一炷香、武火一炷香，交替进行，还要严格按照天理之数，稍有差池就前功尽弃了。而且最关键的是即便炼好以后也要……”道长仿佛看着自己刚出世的孩子般望着丹炉，全然没发现身后一人慢慢靠近，悄无声息地在他后背刺了一刀——是把匕首，刀锋进去了一半，刚好刺在道长右边脊背上，虽然不致命，不过他说话已经很困难了。

我和堂兄两人都吓呆了，回过神一看，才发现居然是前一天向我问话的那个人。

“嘿嘿。”他得意地笑了起来，笑声在洞里回荡开来。

“你们竟引了恶人来我这里，想谋我的丹药！”道长捂着胸口皱着眉头吼道，我则哭着说不是我干的。

“是我跟着他们来的。你识相点儿就赶紧把丹药交给我，否则我连这两个孩子一并宰了。这荒郊野外，你们三个就是化成白骨，也没有人知道。”说着他又摸出一把镰刀，架在我脖子上，冰冷的刀刃几乎要划破我的皮肤了，这下我连哭都哭不出来了。

道长不说话了，只是指了指丹炉。

“你拿了也没有用，没有丹缘的人硬要食丹，只会害了自己，虽然这东西可以延年益寿。”他还没说完，那人就冲上前一脚踢开道长，用镰刀将炉顶掀开。

里面居然倒扣了一只金碗，闪闪发亮，那家伙眼睛都直了，小心翼翼地将碗拨弄了出来。

“妈的，原来是镀金的！”他把碗拿到亮处看了看，骂了一句。

“那当然，本来是钢碗，经常接触黄白之物，自然也镀上去了。”道长说了一句，便剧烈地咳嗽起来。我和堂兄跑过去扶起他，他则善意地摸摸我们的头。

“没吓到你们吧？”道长和蔼地问。

那人把炉子里仅存的三颗丹药拿了出来，它们大概和玻璃弹珠一般大小，通体闪着红光，艳丽得很。那人用手托着，拿出一块手绢将丹药包了起来，后来眼珠子转了转，居然先吞下了一颗。我看见他接触过丹药的手指头表面居然有一块变成了天蓝色。

“老头，丹药我拿走了，至于这两个孩子，就在这里陪你一起走吧，免得寂寞。”他又咧嘴笑了笑，走出了山洞。

的确，我们根本不认识回去的路，往回走的分岔口极多，在野外一旦迷了路就会很危险，因为到了夜晚，山狼就会出来。

道长见那人走了，挣扎着爬了起来，从一个隐蔽的角落拿出一包东西，打开后是三个巴掌大小、叠得非常整齐的纸包。他将其中一个交给我，另外两个交给堂兄。

“我第一眼看见你就知道你日后必有大劫，这种病没法根治，而且会随着你的血传给你的子孙后代，不过这丹药可以暂时缓解一下病痛。记住，一包是丹丸，一包是解丹丸的毒的。”听了这番话，堂兄似懂非懂地点点头。

“你日后会有刀伤，必定折伤一肢，这包药不是金丹，却可以去腐生肌，而且对伤口康复很有帮助，带着吧。”他又回头对我叮嘱了一番。说着，他取下墙壁上的佩剑交给我们。

“每到分岔口，将剑直竖，剑倒向哪里，你们就沿着那个方向下山，祖师爷会保佑你们的。”说着，他慢慢地将身子放下来，盘腿席地而坐，打起坐来。

“我要说的话说完了，你们赶快下山吧，我也要去了。”说完，他便闭上眼睛，不再言语，脸庞也忽然变得灰暗起来。

那时候年纪小，根本不知道死为何物，只是拿着剑和那三个纸包匆匆赶下山，果然，每到分岔口都将剑作为导路工具，最后真的顺利回到了村子。

刚回来，我们就发现村子里的人围在一起，挤进去一看，原来在村口发现了那个家伙的尸体，从喉咙到胃全变成了黑色，就像是熟透了的柿子，软塌塌的，还烂了好几个洞，臭不可闻，犹如坏死的鸡蛋。抬他起来的时候，一下子没扶住头，喉咙就断开了，脑袋一下子滚落下来。

大家只道是他吃了什么剧毒的东西，可是怎么也想不出来他到底吃了什么，只好将他草草安葬。由于道长交代过，任何事情都不要向外人提及，我们也只好把这件事烂在心底。

后来我们再也找不到那个山洞了，只好将那柄剑埋了起来，作为剑冢。

村里人对道长的突然消失非常不解，每当大家吃饭的时候都会聊到许久没有看见道长了，饭后消遣又少了一样。不过随着时间的流逝，村民也渐渐将他忘却了，唯一让人记得的，就是他那说起话来非常严肃如同旧时酸腐的老学究一般的神态。

至于那丹药，纪颜的父亲不以为然，后来他离开村子去外面游荡，药自然交给我保管。我小心翼翼地藏了起来，可是我接到他病重的消息时为时已晚，等我赶去的时候，他已经走了。之后如道长所言，我断了一条腿，这才记起道长的话。用下那药后，伤好得很快，虽然断肢无法再生，却远比寻常人要好得多。所以我才带着药来这里，我不能再看着纪颜也和他父亲一样死去，否则这就是我分家的责任了。

纪学说完，默默地喝下口茶。

“难道你不知道为什么会这样吗？他和他父亲为何会突然间得这种病？”我急切地问，希望能得到答案，不料纪学却摇摇头。

“不知道，我只知道可能和纪氏嫡系长子一族的血有关。你也知道，纪颜的血有驱魔辟邪的能力，可是这能力只限于嫡系，我们这种分家的血是没有这能力的，可是似乎这东西使用得太多，就会对身体造成很大的伤害。”他无奈地回答。

“丹药可以暂时延缓一下，后面的那包就是解丹毒用的，两者缺一不可。”纪学站了起来，“好了，我的任务也完成了，等他醒了，记得告诉他回去看看，那里的人都很想念他。”说完，纪学便转身离去了。

我忽然想起黎正走之前曾叮嘱纪颜少用血剑，或许也是这个意思吧。时候不早，我决定先去医院看看纪颜，然后回报社继续工作。

第七十四夜
尸水

“顺着落蕾的手指望过去，我看见老人裸露在外面的脖子上开始朝外冒出一滴滴水珠。不仅仅是脖子，我仔细看了看，手、脚、脸部都是如此，水珠的颜色暗黄，带着少许血红。”

我剥着刚从家里拿来的粽子，还未放到嘴巴里。“端午节后会有一场雨的。”落蕾将头斜靠在玻璃窗上，歪着脑袋看着外面说。她穿着橙色的套裙，里面是一件白色的衬衣，头发向后扎着一条马尾，我很喜欢看着她把陶瓷般的脸对着玻璃，因为那样我可以看着外面的阳光在她脸上形成的一圈圈的光晕，就像烧制的彩釉。而且，我也可以同时看见两个落蕾了。

“哦？是吗？”我咬了一口，很不错，母亲包的粽子一如往昔，糯米很紧，有弹性，非常好吃。

“是的，而且这场雨一下完，天气就真的会开始热起来了，夏至很快就到了。”她没有望着我，依旧低垂着睫毛看着外面。

即使再笨的人也可以察觉到她有心事，不过我不想问她，因为我觉得有些事情如果别人愿意说，你就不需要去问，就像有些人总喜欢询问别人工资或者孩子是否考上名牌高校一样，令人尴尬。

果然，只有我们两人的办公室稍稍寂静了一会儿，落蕾离开窗子，走到我面前。

“我外公去世了，你能陪我回去一趟吗？”她的声音很干涩，没有平日工作的激情，我停止了咀嚼，机械地点了点头。

我不大会安慰人，读初中的时候我的同桌没有考好，趴在桌子上大哭，我却去胳肢人家，换来的自然是一顿臭骂，只好拿自己的手给人家练习九阴白骨爪。那时候的我单纯地以为想让一个人不哭，让她笑就可以了。

落蕾抱着双臂走了出去，临出门前她对我说了声“谢谢”。

办公室又只剩我一个人了。

第二天，果然下大雨。

我撑着伞来到约好的地方，本来想唤纪颜同去，我对他那一类近乎疯狂的举动早已习以为常了，在我眼中，他就是海明威式的男人，喜欢自己的每一天都过得与众不同，今天过得一定和昨天不一样。

不过他也有必须关心的人，可以说关心她胜过于关心自己，那个人就是李多。他陪着李多去了乡下，去看一年一度的端午节庆祝活动。那个地方的居民和其他人过端午节的习俗不同，除了传统的吃粽子、赛龙舟、门上插艾叶以外，在那一天大家会让所有未满周岁的孩子都去外婆家藏起来，意谓“躲午”。孩子们佩戴锦布缝制的小狗、小人等，忌讳丢失，否则，预兆着一年之内必有灾祸，躲过了端午后，再将这些佩戴之物抛到水中以消灾去祸，而如果是在水上讨衣食的人家，也忌端午吃荤，一天内都要吃素。

既然这样，我也只好独自陪着落蕾去了。我还是与去世的老人家有一面之缘的，上次为了给黎正治腿曾经见过他，如此开朗健谈、身体结实的老人居然说走就走了，的确让人有些感伤。听说落蕾小时候都是由外公带大的——她的父母工作繁忙，常常无暇照顾她。所以对这位外公，落蕾自然有着相当深厚的感情了。

天空下着雨，不宽的路面更加崎岖，偶尔过去一两辆冒着黑烟、发出突突的声音的拖拉机，一两只狗夹着尾巴快速跑过，除此之外，几乎看不到什么活物。雨水把黄色的泥巴冲刷得黏糊糊的，像一团团糨糊，走起来非常费劲。落蕾在我旁边走着，我几乎可以嗅到她头发散发出的淡淡香气。

“对不起，没想到下雨后路这么难走。”她没有抬头，抱歉地说了句。

“是很难走。”我不会说谎。

没有赶上车，几乎一个小时的路程，我们只说了这两句。

到达目的地的时候，我的鞋子和裤子的脚踝部分几乎湿透了。屋子里有些黑，喜欢叫嚷的狼狗也很安静地躺在地上，将嘴巴塞在两只前爪里，低垂着耳朵。

房间不大，老人的灵柩停放在那里，上面盖了层白色粗布，头顶前面摆放着他的遗像，非常慈祥。真的让人很难相信，虽然我已经有所准备，可是看着不久前还在自己面前谈笑风生的人居然就这样去了，还是有些伤感。

落蕾表现得很平静，大气而温柔地跟房间里的人打招呼，并介绍了一下我——一个来帮忙的同事。房间里人不多，大都和老人没有亲戚关系，都是十里八乡的村民好友，他们有的接受过老人的治疗，有的喜爱老人养的狼狗或者花。他们脸上都泛着黑，透着悲伤。有一种忧伤不需要流泪，因为那是一种惋惜却又带着羡慕的感觉，他们既对老人的死感到难过和不忍，却又羡慕他可以这么平和地离开这个世界。或许这也是为什么中国人对出生和死亡同等重视，都要摆宴的原因，在普通老百姓眼里，吃是顶重要的，以这种活动来欢庆生者生辰、悼念死者，才是最恰当的。

落蕾的父母远在国外，恐怕赶回来还得些日子，而落蕾在这里只有外公一个亲人，外婆早些年已经过世，外公与他养的狼狗和花度过了漫长而孤独的十几年。落蕾话不多，一直在忙碌着，向外公生前的这些好友询问丧事该如何办理，既然父母没来，这件事自然压在了她身上。

“老爷子是前天夜里去的，我听见他养的狗叫个不停，虽然平日里这些狗也叫唤，但那天夜里叫得令人瘆得慌，跟狼嚎一样，所以我披着衣服来看看，结果看见他扶着胸口倒在了墙角里。我过去的时候，他已经断气了。唉，临了临了，居然连个接气的人都没有。”说话的是一个中年男人，四十开外，身材矮胖犹如肉球，肌肉健硕，留着小平头，小眼如豆，嵌在同样不大的眼窝里，眼下的颧骨处鼓起两个油亮的肉团，一说话便朝下眼睑压过去，从厚而干裂的嘴唇以及黄得如同掉皮墙壳的牙齿来看，是杆老烟枪了。他上身裹着一件发黄的背心，下面穿着一条蓝布裤，裤子上满是油腻。他的手掌厚而宽大。落蕾低着头，一副听从长辈训斥的样子，咬着嘴唇不说话。等他说完之后，她才徐徐地说：“刘叔，我来晚了，没让外公接到气，是我的错。”

这位被唤作刘叔的人叹了口气，掏出一支烟，正要点上，忽然又拿下来。

“险些忘记了，这里不能有别的火头。”他说着，扶着落蕾的肩膀，“丫头，你外公很信这些，你也该知道，我们这里老人家过世，没个后辈亲人们抱着，不是死在他们怀里，接不到老人这口气，他是不会安宁的，而且说不好还会……”刘叔欲言又止，望了望四下，不再说下去。

“你胡说些什么，快回去做饭。”门口传来一阵尖锐如指甲划过黑板的声音，大家看到一个瘦削如鲁迅先生笔下那位圆规般的女人，她叉开细长的双腿，叉着腰站在门口。

“她是刘婶，刘叔很惧内。”落蕾见我不解，低声解释。我想笑，但马上忍住了。

刘叔很不愿意地垂着脑袋，嘴里嘟嘟囔囔地朝老婆走过去，可是走了一半又折了回来。

“丫头，你们家后院的那块地，不知道什么时候可以商量一下？”他有些不好意思地说。落蕾面无表情地望着刘叔，刘叔似乎察觉到了什么，连忙说道：“瞧我，当我什么也没说，今天晚上你好好守灵，明天我和乡亲们帮你筹办丧事，千万别难过了。”他还没说完，已然被老婆拉走了。

落蕾又和其他人聊了会儿，没多久，房间里的人渐渐散去，只剩下我和落蕾。她如释重负地叹了口气，坐到一把竹椅上。外面的雨下得更大了，我走出去，只能看见黑夜里闪烁着绿光的狼狗的眼睛和远处依稀可见的灯光。

雨声依旧很大，犹如一堆鹅卵石猛地倾倒在玻璃窗上，与房子里的死寂形成对比。

“我太在乎自己的事情了，从未想到外公已经年岁大了，我天真地以为他精通医术，又练过武术，身体硬朗得很，照顾自己绰绰有余，却没想过他除了这几只狗和那些花，每当像这样下雨的日子都是自己一个人待在屋子里，多么寂寞和孤独。我每次来看他，他总是那么开心，从不要求我常回来，只是告诫我要好好工作，而我也想当然地以这种借口来告诉自己不是我不想常来，而是外公不让我来。”落蕾终于开口说话了，似乎是对我说，又似乎是对着躺在灵柩里的老人的尸体说话。

“你外公不会怪你的，看得出，他很喜爱你。”我只好这样说，虽然无济于事，可是希望能多少安慰她一些。

“其实叫你来，只是希望能有个说话的对象，我怕我一个人待在外公身边时会胡思乱想。爸妈没来，我就必须一个人忙活外公的丧事，这个时候我必须坚强一些。”落蕾从椅子上起来，向老人走过去。

这时候一个炸雷打过来，闪电将原本昏暗的屋子照得亮堂起来。

“欧阳！”落蕾忽然大声叫着我的名字，我连忙跑过去。她一只手捂着嘴巴，惊恐地睁着美丽的眼睛，另外一只手指着尸体。

有人说过女人惊恐和哭泣的样子最能表现她真实而另类的美，听上去的确有些道理。认识她这么久，还没见过她这个样子。

顺着落蕾的手指望过去，我看见老人裸露在外面的脖子上开始朝外冒出一滴滴水珠。不仅仅是脖子，我仔细看了看，手、脚、脸部都是如此，水珠的颜色暗黄，带着少许血红。

“尸水。”落蕾低声说了句。

“尸水？”我不解地反问她。

落蕾似乎慢慢平静下来，脸色也没刚才那么苍白了：“住在这一带的人都知道一个规矩，如果家里的长辈过世不超过一个星期，也就是在家中停灵的七天内有尸水出现的话，是非常不吉利的。”

“可能是因为天气炎热吧。”我安慰她道。

“不，欧阳，是外公在怪我，怪我没有在他身边，没有见到他最后一面，没有接到他最后一口气。”落蕾流泪了，她双臂环抱着自己的肩膀，十分无助。

门外的狗开始嚎叫起来，非常凶。我望过去，原来是先前的那位刘叔又来了。他微笑着，手里提着一片生猪肉。

“丫头啊，明天要准备丧宴，我怕你来不及置办吃的，你也知道刘叔没什么别的本事，这不，昨天宰了头猪，我拿了些肉过来。”

落蕾走过去，道了声谢谢，接过了肉，似乎很沉，她单薄的身子晃动了一下，我连忙帮她接了过来。

刘叔忽然怪怪地冲我笑了笑，接着一屁股坐到椅子上。那椅子看上去还不及他屁股一半大，也不知道他是怎么塞进去的，只是那椅子马上嘎吱嘎吱响了起来。

“丫头，你外公已经走了，人死如灯灭，灯都灭了，还要灯座干什么？你和你爸妈都是城里人，这房子和后院那块地总不能荒在这里啊，你有没有想过如何处理？”刘叔又来提地的事情了。

落蕾低着头，没有说话，沉默地靠在木制的门板上，过了很久，才徐徐说道：“刘叔，您是长辈，我是晚辈，照理对这房子、这地我没发言权，但我爸妈不在，您问我，我就得给您个回复。这房子和地我们暂时不想卖，也算是给大家留个念想，而且我相信妈妈也会支持我的，您说是这个理儿吗？”她一口气说完。

刘叔听完后不作声，而是大步朝老人走过去。

“那我先走了，不过我要再看老爷子一眼。”他走到尸体边鞠了个躬，接着大惊小怪地“啊”了一声。

“尸水？”刘叔慌乱地望着落蕾。落蕾点点头。

“丫头，这事不妙，你知道这里的规矩，尸水一出，家宅不宁，子孙荼毒，我劝你还是注意些啊。”说完，他大步走了出去，门外的狗见有人出来，又汪汪大叫起来。

落蕾见他离开，叹了口气。

“他是我外公的朋友，一个屠夫。外公生前，他就经常提出买后院的地，但被外公拒绝了。据说刘叔年轻的时候跟着一个风水先生学过些堪舆术，所以外公和他很谈得来，居然成了忘年交，而他也经常拿一些卖剩下的下水、碎肉来与外公一起喝酒。”落蕾对我解释道。我“嗯”了一声，看着她走到木门门槛边望着门外的雨。

“你外公似乎是突发性心肌梗死，而且，可能是无痛性的。”我打破了沉默，落蕾听了略带惊讶地望着我。

“可是外公从来没对我说过他有这个病，他一直身体很好的，只是有些低血压。”

虽然我不是很精通医道，但是和纪颜在一起久了，一些常识还是有的。急性心肌梗死可能产生剧烈的胸痛。但是，据统计，尚有近三分之一的心肌梗死病人不伴随典型的心前区疼痛，甚至某些病人仅有轻度的胸闷、气短，因此经常易被忽略和延误诊治。医学上将这种现象称为无痛性心肌梗死。

“你外公是不是曾经有过胸背部憋闷、沉重，或者气短、骤起咳嗽、吐白痰、不能平躺等不寻常的状况？”我问落蕾。

她略微思考了一下，说道：“外公前些日子的确咳嗽得厉害，而且痰多胸闷，他只说是变天、抽烟太多造成的。”

“天气对心肌梗死也有很大影响，可是，一般冬夏两季是这种病的低发期啊。”我继续说。

落蕾叹了口气：“或许外公太大意了，他一直以为自己身体很好，所以没有重视吧。”

“他经常和刘叔一起吃猪下水和那些碎肉吗？”我想了想，又问道。落蕾点了点头。

外面的雨开始小些了。

我看了看躺在灵柩里的老人，心中掠过一丝悲凉，有种十分无奈的感觉。我的亲人也在渐渐老去，有时候真的很害怕这种事情降临到自己头上。落蕾一直都显得毫无生气，只在快到家的时候哭了一会儿，但她很快在进房间的时候擦干了眼泪。

“想哭就哭一下吧。”我劝她，落蕾苦笑。

“借你肩膀靠靠可以吗？”

“我肩膀太窄了，靠着难受，还是背吧。”我指了指自己的后背，落蕾笑了笑，但脸庞很快又再次板起来。

手机铃声响了起来，落蕾起身接了电话。

“二版的专访不能动，我说了多少次了，那是我们报纸一贯的风格。还有，我不在的这几天不许偷懒，回去我会核查你们的工作质量的，每一篇稿件我都会去重新看一遍，要严格遵守三审五校的规矩！”她说话的语气又恢复了，急促而严厉。

可能身为一个年轻的女领导，不厉害些的确不行。

“先睡吧，明天还很忙。”落蕾关上木门，插上门闩。

“好的，明天见。”我也走进里屋，朝里面的床上和衣躺去。

这个晚上特别漫长，一来蚊子甚多，跟轰炸机群一样，嗡嗡地响个不停，加上里面湿热得厉害，一股股霉潮之气扑鼻而来，这种环境实在很难令人入睡。我忽然想起了母亲说过的一个关于她同事家人的故事。

这位同事的丈夫，家中原先也是高门大户，祖上还是皇帝钦点的状元，但一夜之间主家的男人暴毙，接着也是莫名其妙刚死就流出尸水。家里本来是豪门大宅，人丁兴旺，结果一个个都奇怪地死去，最后同事丈夫的母亲带着孩子逃走了，才幸免于难。

难道尸水真能预示某些灾祸？如果那个什么刘叔所言为真，那还是让落蕾早些离开为好。

我睡不着，因为落蕾告诉过我，这个房间是她外公生前的卧室。我倒不是害怕，因为我相信即便老人家生灵还在，也不会加害我。

这个房间不大，除了摆下一张床外，勉强可以容纳两人进出。我在黑暗之中摸索床头，忽然触到了一件东西。

似乎是圆柱形的，拿过来一看，好像是个装药的罐子。

我借着微弱的灯光，相当吃力地辨认着上面的字。

“硝酸甘油片。”

我有些吃惊，看来老人早就知道自己的病了，但是并没有告诉落蕾。不过，我还是觉得有些蹊跷，既然他知道自己得的是什么病，为何他还是走得这么突然呢？

打开瓶盖，是一片片白色药片，其中有几片似乎还有些脏了。我将盒子盖好，放进口袋。晚上狗叫得很厉害，落蕾起来过一次，又睡去了，她告诉我可能狗也觉得悲伤。

虽然难受，但辗转反侧，我终究还是在天明前睡了过去，早上又被山风吹醒，着凉了，咳嗽、喷嚏不断。落蕾很不好意思，只好为我借了些感冒药，让我将就一下，等她外公的丧事办完就赶紧回去。

我拿着药片，忽然觉得它们和昨天晚上看见的非常像。

“药片哪里来的？”我把药吃下去，顺便问道。落蕾说是刘叔给的，他妻子，也就是那个圆规女人，居然还是村子里的医生的女儿。刘叔的老丈人自学过几年西医，搞了个诊所，为村子里的人医治个头疼脑热什么的，不过有些大病还是要找落蕾的外公治。

“哦，原来是这样。”我应了一声。落蕾还告诉我，圆规女人也通一些医理。

我打开门，发现狼狗一条条地趴在地上，毫无生气。落蕾有些吃惊，这些狗是老人生前最为喜爱的。

落蕾走过去，把每条狗都摸了摸，接着叹了口气：“全都死了。”

“看来是被毒死的，有人想警告你，让你赶快离开这里。”我仔细查看狼狗，发现狗的嘴边吐着黏稠的泡沫，四肢也变形了，看来昨晚狗叫是因毒药发作而痛苦地哀嚎。

“你外公没有得罪什么人吧？”我问落蕾，她摇摇头。

这时候刘叔忽然走了过来，他吃惊地望了望那些狗的尸体，连忙对落蕾说：“丫头，你外公的狗怎么被毒死了？你没什么事情吧？”

我笑了笑，对刘叔说：“刘叔，你怎么知道狗是被毒死的？”

他撇了撇嘴巴：“猜的。”说完不再理我，转而去追问落蕾：“丫头啊，我早说了不要住了，你还是赶紧把这屋子卖了，要不然我怕你也会有危险，我可不能看着老人在天之灵闭不上眼啊。”他说得捶胸顿足，表情夸张。落蕾抹了抹眼睛，反倒安慰了刘叔几句，只是依旧坚持房子的事要等父母来了再说。刘叔失望地叹了口气。

我忽然觉得刘叔竟比昨天瘦了许多，或许算计人多了，自然会瘦。

“刘叔，你怎么出了这么多汗啊？”我望了望他后背，白色的背心几乎完全被打湿了，如同糊了一层糨糊，额头上还有大颗大颗的汗珠往下掉。今天风很大，并不热。

“是啊，我也不知道，晚上也盗汗很厉害，早上起来床上湿漉漉一片，饭也吃不下。你外公的死太突然了，我太伤心了，几十年的老邻居啊。”他居然还会顺着楼梯往上爬。

落蕾再次表示了感谢，送走了这个家伙。

我有些疑问，打了个电话给一个主治心肌梗死的医生朋友，咨询了几句。朋友告诉了我答案，我咳嗽了几声，说了句谢谢。

落蕾很奇怪地望着我，环抱着胳膊，站在我面前。

“我总觉得你有些事情瞒着我。”

与聪明的女人说话很累，但更累的是当你和她们说实话的时候也无法取得信任。

“因为你现在情绪波动很大，有些事我希望调查清楚些再告诉你。”这绝对是实话，但实话偶尔也是废话。落蕾很聪明，聪明的女人知道问不出什么来就不会去追问了，所以她没再继续问下去，而是着手忙于老人的丧事。我则去了刘叔老丈人的诊所一趟，当落蕾问我的时候，我说似乎感冒药的效力不够好。

丧事简化，但并不代表简单，乡间的规矩着实比城市多了许多，什么白布遮脸啊、死不落地啊，穿寿衣讲究也多，先穿哪只手再穿哪只手都有规矩。由于感冒，我头疼得厉害，但即便如此，我始终在观察一个人。

刘叔。

他换了套衣服，可还是不停地流汗，带来擦汗的毛巾已经被他拧了几次了，裤子也湿了一片。我心想，他这样流汗流下去，只怕是要脱水。

丧事一直从早上忙到下午，落蕾累得差点儿晕过去。在报社工作虽然也累，但那毕竟是本职工作，熟能生巧，全然不像今天事情如此烦琐、规矩如此复杂，即便是她，也有些不堪忍受了。我叫她休息一下，她也只是苦笑摇头。

最后所有人再次散去，房间里刘叔依旧擦着满头大汗，尴尬地站在屋子中央，老人尸体的旁边。

尸水已经不再流了，山风很快把老人吹干净了，但某些人的心不是山风能吹干净的。

“刘叔，有些事情我想问你。”我忽然抬头问他。后者有些意外，但同时把脸上流露出来的讨厌之情压下去，依旧客气地回答：“说，只要是我刘叔能办到的，不办还真对不起这个‘叔’字。”

“你经常拿着酒肉来找落蕾外公喝酒吗？”

“是。”

“你知道他有无痛性心肌梗死的病吗？”

“不知道。”

“那老人抽屉里的硝酸甘油片是哪里来的？这附近只有一个可以拿到西药的地方。”

“是我帮他取的。”刘叔的汗流得更多了。

“你不是不知道他有心肌梗死吗？”我笑着问他，一旁的落蕾则吃惊地望着刘叔。

刘叔在擦汗，却不说话。他站的地方居然积下了一小圈水渍。

“我原以为老人得的是无痛性心肌梗死，其实不是，他知道自己有病，而且准备好了急救的药品，可是他不知道那些酒和高脂肪的肥肉、下水比毒药更可怕。酒后不能服用硝酸甘油片，否则非但无法发挥药力，还会造成严重的低血压。老人似乎还有严重的低血压史，本来对这类药物就要严格控制，而且长期饮酒和吃肥腻食物也会诱发病症。”我拿出药瓶，在手里把玩着。

刘叔的汗淌得更快了，但依旧不说话。

“可是低血压也不会造成外公去世啊？”落蕾忍不住说了句。刘叔像找到了救命稻草，眼巴巴地望着落蕾。

“是的，的确，如果他只做这些，恐怕老人的死从法律上来说根本找不着破绽，他只要推说不知道就行了。但是这药是你拿来的，里面装的却不是硝酸甘油片，而是医治感冒的普通药片，那就相当于谋杀了。”我将药瓶抛了起来，望着刘叔。

他激动地喊道：“你凭什么说我换了药？”

“显而易见，老人的病连自己的儿女、外孙女都没告诉，只有你一个人知道，药出了事情，不找你找谁？而且外面的狗，恐怕也是你下的毒吧，昨天拿来的肉可能早混合了一些老鼠药扔给那些狗了。而且，第一个到达现场的人是你吧，把散落在地的药片重新放回去，放在床头，弄得好像是突发性心肌梗死，来不及拿药。可惜，有几粒药片沾了泥土，你应该扔掉的。”

刘叔听完，像暴跳的狼狗冲过来，从我手中抢走那个药瓶，然后将里面的药片通通倒出来扔出门外，接着还跑出去使劲儿踩，跟疯子一样。

“你不用踩了，那瓶药是我找来的，不是你换掉的那瓶，其实这只是我的猜测罢了，没想到你的反应如此之大。”我从怀里又掏出了一个瓶子。

刘叔如同傻子一样望着我和落蕾，落蕾眼睛里满是不解和愤怒。

“我只是为了房子，为了这房子后面的地。”刘叔跪倒在老人的尸体前，哭了起来。

“这地是百年难寻的龙嘴穴，把自家祖先埋进去，后人必定飞黄腾达。我求过他好几次，可他就是不答应。当然，我不好直说，后来他拜托我去为他开一些硝酸甘油片，我才鬼迷了心窍，动了这心思，我真的不是故意的啊。”刘叔脸上又是汗，又是眼泪、鼻涕，就像在脸上打翻了一碗粥。

“可是这尸体出水……”落蕾奇怪地问。

“那都是我卖猪肉使的坏招，将水打在皮下，尸体……一些时辰后血液凝固，水从毛孔中被挤出来，自然成了尸水。”刘叔断断续续地解释道。

“是你杀了我外公！”落蕾咬牙切齿地说，脸冰冷得吓人，我从没看过她这样生气。

刘叔低着头，不再说话。

“你还在流汗吗？”我忽然蹲下来，问刘叔。刘叔看了看我，又看了看落蕾，他奇怪地点点头。

“你的汗可能永远也止不住了，或许哪天老人原谅了你，或许你会流到死为止，你死的那天会变得如同人干一样，身上一点儿水也没有，像腊肉。”我一字一顿地说。刘叔的眼里满是惶恐，他爬了起来，看了看尸体，大叫起来。

他号叫着跑出了屋子。从房间到门外，留下一串脚印，居然连鞋子也湿透了。

“算了，他得到了应有的报应，即便去报警，也没有确凿的证据。”我看落蕾还有些生气，安慰她说。

“嗯，时间不早了，爸爸和妈妈刚才打电话来也说快到了。让你忙活这么久，真不好意思，你还感冒了。”她抱歉地说。

我自然说没事，其实头疼得几乎要裂开了，在女人面前逞强似乎是男人的天性。

最后，我陪着落蕾回去了。老人就葬在房子的后院，倒不是说为了什么龙嘴穴，只是他实在太爱这房子了，生前就说过许多次死也不离开，陪葬的还有那些可怜的狗。

几天后，走出阴霾的落蕾再次出现在我面前，依旧充满干劲，照样喜欢说话、开玩笑，该严肃的时候还是很严肃，只不过当下起大雨的时候，她会端着咖啡，脑袋斜靠在玻璃上，望着窗户外面出神。

后来我打听过，刘叔疯掉了，他走到哪里都不停地擦汗，即便已经没有汗了，他也使劲儿擦，把皮都磨破了。

“我没有流汗，我死了不会流尸水。”他总是翻来覆去地念叨着这一句。

第七十五夜
回唐

“我看见李多的身体逐渐飘浮起来，接着她的身体仿佛着了火一样开始燃烧，衣服很快烧尽，从她的身体里逐渐钻出一个野兽的形态——一只巨大的带着火焰的狐狸，它是如此美丽！”

一个六七岁的小女孩告别了学校的伙伴，快乐地走在回家的路上。天色有些晚了，平时熟悉的街道变得有些冷清，她低着头，快走了几步，希望早些到家。家离学校很近，没隔几条街，所以小女孩经常一个人回家。

“小朋友，你喜欢纸鹤吗？”女孩抬起头，眼前站着一个身材高大的年轻男人，由于他背对着太阳，她看得不是太清楚，只看见他满头漂亮的银发在阳光下闪烁，发出耀眼的光芒。

“喜欢。”小女孩奶声奶气地回答。

“那么这个给你吧。”年轻的男人微笑着从口袋里掏出一只纸鹤，递给小女孩。小女孩高高兴兴地接过去了。不过当她抬起头来准备说“谢谢”的时候，那个男人又不见了，地上只留下两种足迹。一种是人的，一种却像是某种猫科动物的。

小女孩好奇地拨弄着纸鹤，继续往家走去。

几个小时后，小女孩的父母却打着手电哭喊着到处寻找自己的女儿。

今天是星期五，最近经常出现六七岁的孩子无故失踪的事件，他们仿佛人间蒸发了一样，没有任何线索。人们开始以为是人贩子干的，可是失踪人口数量如此之大，根本没这个可能。家长们都惶恐不安，已经没人敢去小学了。可是即便把孩子关在家里，他们也会莫名其妙地失踪，只要一下子没注意，他们就不见了。多少父母肝肠寸断，整座城市被一种说不出的悲伤氛围笼罩着，到处都能看见苦苦寻找孩子的年轻夫妻。现在都是独生子女，孩子对父母来说比自己的生命还要重要。

“你怎么看？”纪颜伸手按了按鼻梁，他已经很多天没好好休息了，可是这事情也太奇怪。

“不知道，总不至于像《西游记》里演的一样，一夜之间所有的孩子都被孙悟空卷走了吧。”我苦笑道。的确，这事情发生得过于突然，不只是报社，所有人的生活和工作都被打乱了，其中最忙的当然是警察。

“看样子，不像是一般人能干得了的，下午二叔会过来，我希望和他一起查查，能有些新的发现。”纪颜将头仰了仰，靠在沙发里。

门外响起了一阵电铃声，我一边心想怎么这么快就到了，一边走过去开门，门外站着的人让我大吃一惊。

是许久不见的黎正，而且他不再是小孩子的模样了，已经恢复了他真正的身形，依旧穿着一套白色的西装，戴着墨镜，旁边还牵着一只身躯庞大的老虎。

“坐在这里等我。”黎正微笑着，朝老虎头上拍了拍。那只老虎温驯地坐了下来，犹如一只大猫。

“纪颜在吗？我想找他谈谈。”说着，他径自走了进来。我没去拦阻他，只是奇怪他带着一只老虎这样走过来没引发骚动吗？

“你能看见它并不奇怪啊，因为你的眼睛里不是也有一只吗？”黎正走过我身边，似乎看出了我的想法，笑着解释道。

“好久不见。”纪颜从沙发上站起来，并没有太大的惊讶，而是双手插在裤兜里，盯着黎正。

“不算久，我来是想告诉你，希望你不要插手最近小孩失踪的事。本来我不想见你，但我也很想知道李多的消息，所以顺便告诉你一声，免得说我没有提前通知你。”黎正站在房子中央，沉着声音说道。

原来这事情是他干的，可是他要那么多孩子干什么？

“这不可能，你知道我一向好管闲事。”纪颜耸耸肩，摇了摇头。

“为什么你总是如此？其实有一件事我早就想说了，难道你不觉得吗？任何事情只要你插手，总是闹得无法收拾，与其说哪里有死亡和鲜血，哪里就有你，还不如说根本就是你带来的，你才是真正的不祥者。”黎正忽然情绪激动起来，语调也高了不少，与他平时冷静得近乎冷酷的个性十分不符。纪颜也有些不知所措。

“你应该知道，我们两个人都背负着家族的命运，都是背负着不祥命运的人。返魂香与其说是宝物，倒不如说是能引起灾难的祸由，作为它的看护者，我们已经变得和普通人不一样了。我听说，你的祖父、父亲甚至你的高祖们要么不长寿，要么死于非命，难道你还没有觉悟过来吗？”黎正继续说道。我吃惊地在一旁听着，想想前些日子纪学告诉我的关于炼丹的事情，看来的确有些道理。

“而我，和你们在一起的日子里也觉得十分快乐，但是也很迷茫，本来我应该憎恨的，憎恨将我一族灭杀的皇帝，憎恨我的父亲，憎恨这一切，可是我慢慢地心安理得地接受这个世界了，所以，与其说是他来找我，倒不如说是我主动去跟随他。那个人的理想只能用伟大来形容，如果可以成功，就可以消除我内心的憎恨，所以，我才来告诉你，不要插手，我之所以这样做，是看在妹妹的面子上，否则，我会毫不犹豫地将你抹去，一点儿也不会剩下。”

纪颜的表情很奇怪，他忽然变得有些呆滞。

“你说我……我才是灾难的缔造者？是我给那些不幸的人带来了死亡？如果不是我去多管闲事，或许本来不会有那么多人死去？听上去，似乎有些道理。”纪颜整个人重新栽倒在沙发上，脸色惨白。

“要说的我说完了，至于你，最好还是带着李多离开这里，或许可以活得更长一些。记住，我们背负的厄运是无法消除的，因为那源头正是我们要守护的东西。”说完，黎正走了出去，蹲在外面的老虎似乎有些不耐烦了，低吼了一句。黎正摸了一下它的脑袋，坐了上去。我见他要走，立即追了出去。

“你到底把孩子们藏到哪里去了？”我问他。

黎正看着我笑了笑：“藏起树叶最好的地方就是森林。”说完，老虎背着黎正，渐渐远去了。

我回头看纪颜，他坐在沙发上喃喃自语。

“或许，我真的是不祥之人，我就是竜。”他抱着脑袋，蜷缩起身体。我从未见过纪颜如此脆弱，在我的印象中，面对再困难再危险的事情，纪颜都能处变不惊，甚至还能微笑应对。

但是外表坚强的人或许也有不为人知的脆弱的一面，就像看似坚固的围墙，或许里面也藏着一道道裂缝。

我知道这时候只能让他一个人安静一下，有些事情外人是帮不了的，只能靠当事人自己走出来。

出去的时候我给李多打了个电话，希望她能过来陪陪纪颜，开导开导他。

我始终不明白，黎正需要这么多孩子做什么。

下午，李多打电话告诉我，纪学也来了。我匆匆处理完手上的事情便赶了过去，正好落蕾有空，她也想去见见李多和纪颜，就和我一起去了。

在去的路上，我忽然感觉头上有东西飞过，抬头一看，似乎是架飞机，但它太高了，我看不清楚，不过有镜妖的帮助，我的视力可以超过正常人。

当终于看清楚的时候我忍不住惊讶地喊了一声，宛如神话故事中的一样，我看见一只很大的纸鹤提着一个六七岁大的孩子飞行，就像所谓的仙鹤送子一样。

原来他们是靠纸鹤来绑架这些孩子的，无奈我根本无法跟上，只好暂时先去纪颜那里。

我们到的时候，纪学正在训斥纪颜，李多则在一旁干着急。

“你是纪家的嫡传长子，居然因为别人的几句话就丧失斗志？对，纪家宗家的人总是不得善终，大哥、父亲都是如此，或许反而像我这样无关紧要的人可以活得这么长。”纪学满是自嘲地说着。我们都不敢说话，平时纪学对这位侄子是非常客气的，甚至有些尊卑之分，今天却一反常态。

“可是，黎正的确说得对，无论我走到哪里，灾难和死亡都会伴随而至，或许我从这个世界消失掉，一切就清净了。”纪颜依旧低着头，喃喃地说着，“我以前天真地以为，自己和父亲一样到处旅行，去整理和探究那些神秘的事情，去帮助那些需要帮助的人，我就和他一样了，但其实根本不是这样的，我一直惧怕着，惧怕自己的命运，惧怕死亡，惧怕离开大家。”纪颜的声音越来越低沉了。我很难继续听清楚，想过去劝劝他，却被落蕾拉住了，她对我摆摆手。

“你父亲曾经也和你一样问过我，但是没有得到答案。于是他去问你的祖父，你的祖父告诉他，没有任何人会带来灾难，那些是不可避免的，但是我们可以努力去改变它，或许会很难，甚至大多数人都会失败。你的祖父、你的父亲都没有逃脱掉，但他们走的时候都是没有遗憾的，因为他们努力过，他们战胜了恐惧，我希望你也能真正勇敢起来，或许，我们家族的命运真的可以由你的手扭转过来。”纪学的声音带着轻微的哭腔，但他很快又坚强起来。

“话就说到这里，至于如何去想，就是你自己的事了。有些事情我一直没有告诉你，村口那块刻着梵文的石碑裂开了。其实，我们家族搬到那个村子不是偶然的，那块碑正是为了镇压返魂香内九尾狐的意志而立的，立碑者也就是从印度追击九尾狐的僧人。他活了好几百岁，但最后还是死在了那个村子。临死前，他叮嘱我们将他坐化的地方用泥土混合他的身体做成石碑，或者说石棺，这样我们所看护的返魂香才不会出事。但现在那块碑裂开了，就如同日本的那块杀生石一样，裂开的石器已经无法镇住那家伙的意志了。你是宗家的长子，有义务去阻止这件事，一定要找到黎正和那个持有返魂香的人。你最好快点儿想清楚，如果你惧怕承担这份责任，你可以离开，放弃你的姓氏，去做一个普通人吧。”说完，纪学沉默下来，坐在沙发上抽着闷烟。场面十分安静，我有些不适，于是把刚才看见的事说了出来。

“纸鹤？原来绑走那些小孩的是纸鹤。”纪学掐灭了烟。

“可是我们并不知道纸鹤会飞向哪里。”落蕾说。

“既然是纸鹤，当然要靠风才能飞行，而且还带着小孩，按照今天的风向寻找，一定能找到一些痕迹。”纪学说。不过即便知道了大概的方向，恐怕要找到那个骑鹤者也不容易。

“一起去吧，自己的命运应该掌握在自己手里，何况，我希望能让黎正也解脱出来。”纪颜终于站了起来，我很高兴他又恢复了以往的坚决。李多则狐疑地问我们黎正是谁，结果被大家敷衍过去了。

纪学没有说什么，只是拍了拍纪颜的肩膀。

一行五人，分开按照风向去寻找一些线索。可是那些方向大都指向城市闹区，怎么可能藏得了成百上千个孩子，更何况这些孩子离家这么久，肯定会大叫大嚷。

忙活了一天，我们什么也没有找到，沮丧地回到我最先看到纸鹤的地方。

“他是如何把这么多孩子藏起来的？”纪颜单手托着下巴。

“而且那里明明是市中心，黎正也该挑一些人迹罕至的地方啊。”我说道。

“藏起树叶最好的地方就是森林。”我想起黎正的话，不禁喃喃自语起来。纪颜忽然想起了什么。

“这附近有学校吗？那种比较大型的。”纪颜问我。我想了想，不远处的确有所全封闭式高中，现在高考结束，学校冷清多了。

“你的意思是那些孩子就在那所学校里？这怎么可能？光是让那些小家伙不跑不哭都很困难了。”我反对。

“没关系，去那里看看就是了。”

也是，在这里站着也不是办法，一行人朝那所学校走去。

学校大门紧闭着，只有一个看门的老头坐在传达室里。朝里面望去，压根儿没有什么孩子，死寂死寂的，全然没有平日里的热闹和生气。

“这里没学生了，都放假玩儿去了。”剃着光头的看门老头披上衣服摇着蒲扇走了出来。他阴沉着脸，声音也异常沉闷，仿佛隔着层口罩在说话。

“最近没有人出入吗？”我笑着问他，谁知道他很不耐烦地挥挥手，示意我们快走。纪颜则看着他的脚。

“你的下巴掉了。”纪颜笑着说。

“没有啊。”老头很诧异地摸摸自己的下巴。

“现在掉了啊。”纪颜猛地冲过去，朝老头的脸部砸过去一拳，力气之大，几乎把他打飞了。老头趴在地上，一动不动。

我们非常惊讶，一向温文尔雅的纪颜会出手如此唐突。可是等那老头抬起头来时，我们就更惊讶了，他的下巴犹如掰断的莲藕，除了少许连接的肉丝，倒真的掉下来了。

“你怎么识破我的？”没了下巴，他每次张嘴发出的声音都异常怪异，而且他几乎没有什么血流出来，仅有的那些，也黏稠得很。

“你的脚，肿得连拖鞋也穿不下了，还有你的眼睛，下次扮活人，记得戴上眼镜，你的瞳孔都快赶上猫了，而且最关键的是，你是靠振动胃部黏膜发出声音的，太笨了！”纪颜再次跨前一步，将那家伙又一次重重打飞。

“你们先进去。”纪学将我们赶进校园。

这个老头没再爬起来。从他的腹部钻出一条类似虫子的蠕动形动物。我想，那应该是控尸虫吧。纪学刚要过去抓住它，虫子却一下子不见了，速度非常快。

“别管它，先找到那些孩子要紧。”纪学对走在前面的我们喊道。

整个校园非常安静。我跑向学生的宿舍大楼，以前在那里采访过，所以对地形大致有些了解。不过宿舍里空无一人，于是我们又跑到教室。

果然，孩子们全部整整齐齐地坐在教室里，就像平时上课一样。

但那情景实在安静得让人发冷，即便在炎热的酷夏时节。

所有的孩子都用同一个坐姿一动不动地坐在椅子上，脸上带着雕塑般机械的笑容，仿佛他们的眼睛里根本没有外来者。

“看样子，他们都被洗脑了，或者被催眠了。”纪颜仔细观察着一个孩子。

“那怎么办？”落蕾着急地问，她平时最喜欢孩子。

“我没有办法，如果没有关键字，这些孩子一辈子都醒不过来。”纪颜咬着嘴唇说。

“催眠历史悠久，早在三千多年前古埃及的女巫就在祭祀活动中使用过，后来经过后人不断完善成为一门科学。大多数精神顽强的人都适合使用催眠术，像丘吉尔、爱迪生，他们就经常通过自我催眠来提高自信心和能力，老虎伍兹也从十三岁开始就有专属的催眠教练，告诉自己是最强的。”李多飞快地说。我们看了她一下，她吐了吐舌头。

“都是选修课学的。”她笑着说。

“你说得没错，催眠术在中国古代称为‘祝由术’，但是越是高级的催眠术，施术者所需要的精神控制力就越强，而且，像这种集体催眠，恐怕不是普通人能干得了的。如果不尽快解除，这些孩子的脑部会留下后遗症，可是要强行使他们回到现实，恐怕会伤到他们。”纪颜为难地说。

大家都看着孩子，没有留意到门外走进来的人。

“真难为你们找到这里了，没错，给这些孩子催眠的就是那位大人。”原来是黎正。

他给我的感觉，就像第一次在老屋见到他一样，冷得如同一块冰。

银色的头发，白色的西装，还有墨镜，不同的是身边还有一只老虎。

“看来你已经走出自己的阴影了。”黎正看着纪颜，笑着说。纪颜没有搭理他。

“我知道，你们一定很讨厌我，可是如果允许我把我和那位大人的想法告诉你们，恐怕大家反倒会支持我这样做了。”黎正摘下墨镜，缓缓说道。

没有人反对，算是默认了。

“一切的一切都源自返魂香。你们也知道，被鉴真和尚带去日本的那块造成了日本国的崩溃，皇太子早良亲王被杀，使得整个京都陷入恐慌，最终拉开了平安时代的序幕。一百七十多年后，日本又出现了一个少年时代就精通灵力的阴阳师安倍晴明，他的出身、家世以及神奇的力量来源都是谜团，传说他具有洞悉人心的本领，并且操纵着众多强大的式神。”

“可是这和返魂香有什么关系？”我忍不住问道。

“听上去好像没有，或许在无瞳那件事中，你们对他的身份也有所怀疑和察觉吧，其实他正是被封印在里面的安倍晴明，不，或者说他正是那被冤杀的早良亲王皇太子，但是，如果追查起他的真正身份，却应该是唐朝最伟大的皇帝的儿子！”黎正高声说道。我们全都听糊涂了，只好听他继续说下去。

“记得吗，我说过黎氏一族由于窥伺返魂香的力量而被太宗诛杀灭门，你们纪家也被贬到荒原之地看守返魂香，其实，这件事真正牵扯到的却是诸位王子对皇位的权力斗争，黎氏一族几百条人命不过是替罪羔羊罢了。

“那位承载着两代帝王之血的年轻皇子，怎么可能安心皇位被自己无能的大哥所继承？他希望获得返魂香的力量，可是皇帝看出了他的用心，把返魂香交给纪家保管。一千多年后那块返魂香在战乱中辗转流落到了美国，后来又幸运地被那位工程师带了回来，当然，这是后话。

“太宗并不知道，返魂香有三块。当玄奘从西域带回第二块返魂香的时候，太宗年事已高，晋王李治也早被立为太子。这位皇子郁郁寡欢，将所有的精力投入到研究这块带回来的返魂香上。太宗以前虽然有过立他为太子的想法，却被长孙无忌拒绝，太宗考虑到关内豪强的利益，只好作罢。

“太宗去世四年后，这位被太宗誉为最为像他的皇子，被长孙无忌卷入房遗爱、高阳公主谋反案中，其实是杀之以绝后患，故当时有‘以绝众望，海内冤之’的评语，而他在临刑前也愤怒地喊出了‘社稷有灵，无忌且族灭’的诅咒。果然，可笑那长孙无忌被武后所杀，他最终还是死在了自己辛苦扶上皇位的亲外甥手中，高宗皇帝连他临死前想见一面的要求都驳回了。

“但是无忌的死不是整个事情的终结，被冤杀的皇子的灵魂孤独地在荒世飘荡着，结果被残留在返魂香里的九尾狐的意识捕捉到了。我说过，他们达成了交易，九尾狐给了他新的身份，不过可惜，即便在日本，他也没能圆自己成为皇帝的梦。

“至于以后，他成为了阴阳师，希望靠着普度众人获得的威望成为帝王，但无奈时运不佳，他只好以假毙之法将自己整个封印在返魂香里，等待着时机的到来。”

黎正一边说，一边往外走。我们跟了出去。最后，他来到了学校操场——一个大型的圆形瓷砖铺垫的地方。

“按你的意思，难道那个骑鹤者就是他？”纪学惊恐地说。

“没错，我就是太宗皇帝的第四子吴王李恪！”头顶响过一个声音。

我抬头一看，一只巨大的纸鹤浮在半空之中。上面站着的就是先前见过的那个相貌英俊的年轻人①。他仰着头，犹如俯视蝼蚁一般看着我们，眼神里充满了不屑和骄傲。

“我在返魂香里待了一千多年，并不是睡眠，而是在观察和学习，现在机会终于来了，我要清洗这个世界，我要把它回复到盛唐的时代！那才是真正的中华帝国，那才是让所有人膜拜和臣服的国家！”他说得很激动。

“笑话，凭你能办到？”纪颜冷笑道。

“你太愚蠢了，作为返魂香千百年来的看护者，你们根本不明白它真正的力量何止是医治伤病和让死人复活这么简单。你想想，如果只是这样的话，九尾狐会不远万里横跨三个国家来追寻它吗？返魂香可以使死者复活，不是因为它是药物，而是因为它有可以使时间倒转的能力，让本来死去的东西恢复到还有生命力的时候。”李恪从袖子里掏出一样东西，黑色华彩笼罩了整个操场。

那是返魂香，而且三块已经融合在一起了，比以前更大更漂亮。

“我不想多说，要么，你们把那个女孩交给我，我答应放你们活着回去，否则——”李恪转过身，对黎正喊道：“十五分钟，把那个女孩带过来。”说完，他拂袖而去，纸鹤飞上了半空。

黎正神情冷漠地望着我们。

“你真的甘心做走狗吗？”纪颜吼道。

“不是走狗，是战友，我需要他为我达成理想，创造一个新的世界。”黎正从怀中掏出钉子，慢慢地逼近。他的声音依旧没有太大起伏，如同机器人一样。而那只老虎也同时从另外一个方向朝纪颜扑来。

“你们要杀光这世界上的所有人？”纪颜躲开老虎，朝另外一边跑去。黎正也追了过去，原来纪颜是想引开黎正。

---

① 见《异闻录2》第五十夜“无瞳”。

“不，我们办不到，倒有其他的方法改变，你还是老实待着，把李多交给我吧。”黎正手里的钉子不见了，而纪颜的脚下多了几枚。

“没有射中呢。”纪颜站在原地看了看钉子，嘲笑道。

黎正没有说话，我却发现那钉子忽然变化了。仿佛是蜡做的一般，钉子居然融化了，钻进了地里，紧接着，从地面伸出几根细长的触手，拽住了纪颜的脚踝。

“我告诉你，控尸虫就像橡皮泥，可以模仿任何物体，你给我好好待着吧。”黎正掉头朝我们扑来！

纪学闪身挡在李多面前，迅速地拔出血剑朝黎正刺去。

“太弱了，老头！”黎正只是用手轻轻一推，纪学整个人便如同被弹簧弹了出去一样被撞飞到一边。

“这身体是他为我特制的，你们还是不要反抗的好。”黎正已然站在我和李多中间，几乎超过了我的眼睛所能辨别的速度。

“还有十分钟，看来我高估这些家伙了。”李恪微笑了一下，返魂香如同失重了一样，飘浮在他旁边。

“把那个女孩带过来，我好召出九尾狐，履行你们黎家和九尾狐的契约啊。”李恪高傲地呼喊黎正，犹如叫唤下人一样。黎正低着头，满是谦恭地答应了，将李多拉了过去。李多奋力地反抗着，无奈一点儿用也没有。

“你走的时候叮嘱我什么？不是要好好照顾她吗？你还算是她亲哥哥吗？”纪颜无法动弹，高声质问道。黎正停了一下，转头看了看纪颜，随即又往前走。

我和落蕾无奈地看着，这才发现原来平常人是如此弱小。李恪摊开左手对着李多的脸，右手点向她的十三个耳环。李多宛如被催眠了一样，眼神呆滞，站立在原地不动。

“来吧，你在这黎氏一族的血液里沉睡了一千多年，是该觉醒的时候了！”李恪说完，李多的耳朵再次发出夺目的亮光，一道、两道……十三道光芒逐渐完全释放出来。

“我们完了。”纪学无奈地趴在地上，绝望地说。

“不，纪学，你错了，这只是新世界的开始，真正的大唐王朝会再次回来，要让四方夷族明白，我们才是天朝子民！”李恪高声笑道。返魂香黑色的光芒大盛，整个操场都被笼罩住了。

我居然看见了。

我看见李多的身体逐渐飘浮起来，接着她的身体仿佛着了火一样开始燃烧，衣服很快烧尽，从她的身体里逐渐钻出一个野兽的形态——一只巨大的带着火焰的狐狸，它是如此美丽，足足有六米多高，庞大的身躯很快把操场占满了，不过我却全然感觉不到热，原来那所

异闻录
Yi Wen Lu

从她的身体里逐渐钻出一个野兽的形态——一只巨大的带着火焰的狐狸，它是如此美丽……

谓燃烧的身体是它那金色的皮毛，随风舞动，犹如跳舞的火焰，煞是好看。纸虎不安分地朝着九尾狐大吼起来，九尾狐只是朝它瞟了一眼，后者全身就开始燃烧起来，顷刻间化为乌有。

“我看到了一只狐狸？”落蕾不可思议地问我。原来九尾狐已经完全实体化了，连她也可以看见。

这就是自神话时代起几千年来最令人畏惧的妖怪吗？或许那气势连神也不遑多让。

九尾狐如同造物主一样看着微小的我们，朝天高吼了一声，几乎震坏了我的耳膜，接着，它打了个长长的哈欠。它闭着一只眼睛，只用另外一只黑紫色的半透明的眼球盯着李恪，不，倒不如说是盯着那返魂香。

“带我……带我回大唐吧！”李恪笑了笑，纸鹤高飞起来，一直停到九尾狐的耳旁。

黎正也惊呆了，怔怔地望着九尾狐，说不出话来。在场的人都在这无比美丽而强大的生物面前自惭形秽。

李多似乎虚脱了一样，晕倒在地上。落蕾马上走过去，脱下自己的外套为她披上。纪学已经站了起来，砍断了纪颜脚下的束缚，控尸虫很快回到黎正那里去了。

纪颜连忙跑过去抱着李多，还好，她只是体力透支，脸色略显苍白，没有什么大碍。

“现在该怎么办？另外李恪到底为什么要抓那些孩子？”我问抱着李多的纪颜。

“带我回去，让我愚蠢的父亲和无能的兄弟们知道，我才是真正拥有皇室高贵血统的男人，我要我的母亲和我享受到应有的尊重和礼遇！我要把失去的东西都拿回来！”李恪对着九尾狐高声喊道。后者则似乎耳聋了一般，只是抖了抖脑袋，依旧睁着一只眼睛望着李恪。

“我，拒绝。”九尾狐居然开口说话了！声音仿佛从地底传来的一般，浑厚而带着磁性，又像一个上了年纪的老者发出的低吟。

“是想要这个吗？”李恪笑了笑，指着返魂香。九尾狐眯起眼睛看了看，可是没有说话。

“没人可以威胁我，这，本来就是属于我的。”过了一会儿，九尾狐又说。

“我没打算威胁你，只是交易，我希望你用你的能力将我和这些孩子送回到一千三百多年前去。”李恪笑着指了指那些装满孩子的教室。

九尾狐沉吟了一下，没有说话。

“你先干掉这些杂鱼吧，否则没有资格和我谈所谓的交易。”说完，九尾狐将身体放下来，蜷缩成一团，巨大的火红尾巴把它的身体包裹起来，只露出一个脑袋，似笑非笑地眯起眼睛望着我们，犹如在欣赏一幕即将开演的好戏。

李恪的脸阴沉了下来，他对黎正说：“全部杀掉，包括你妹妹，她已经没有价值了。”

黎正愣了愣，接着点头：“好的。”说完，他脱下西装和墨镜，朝我们走过来。

“你疯了。”纪颜想要拔出血剑，却发现他已经没有这个能力了。他吃惊地望着我们。

“看来上次的丹药虽然救了你的命，却也改变了你的体质和血液，你无法使用血剑了。”纪学咳嗽了一下，将身体挡在纪颜前面。

“你来吗，老鬼？”黎正不屑地说。

“总要试试吧。”纪学笑了笑。

“二叔！”纪颜想要拉住他，纪学则拨开了纪颜的手，带着慈祥和微笑的神情望着纪颜。

“对于你父亲的死，我很难过，我一直都很自责，不过当我看见你完全长大成人了，我觉得自己的使命也完成了，没有辜负族人所托。我们分家本身就是为了你们宗家而生，而你们又是为了守护返魂香而生。一千多年的命运纠缠希望就此画上句号吧，我不想看到你也重蹈祖先的覆辙。好好看着吧，看看叔叔最后能为你做的一些微薄之事。”纪学脱去上衣，朝黎正走去。

纪颜和我们待在原地，只能眼看着纪学走过去。

黎正的身体里渐渐朝外浮现出了凸起物，那东西戳破了皮肤伸了出来，仔细一看，居然是钉子!

“你已经和控尸虫合为一体了？这身体其实就是控尸虫？”纪学惊讶地说。

黎正没有回答，只是稍一用力，全部的钉子犹如散弹一样朝纪学射去。

可是纪学没有退让，迎着钉子冲了过去。

在纪颜的呼喊中，纪学的全身扎满了钉子，可是同时他也冲到了黎正的面前。

“还真有不怕死的。”李恪站在高处冷笑道。

几乎是与此同时，纪学抽出了血剑，削去了黎正的左手，不过黎正没有丝毫的痛感，仿佛那不是他的手臂一样。被削去的部分慢慢变色，然后如泥土一样裂开，一些碎片也飘落到了李恪的身边。

纪学最终倒了下去，倒在了黎正面前。

纪颜大声呼喊着叔叔，跑了过去，我也走了过去。可是纪学已经倒在地上，紧闭着双眼。黎正冷漠地望着我们。

“我会杀了你。”纪颜放下纪学的身体，站在黎正面前。黎正没有理会自己的断臂，也没有理会纪颜，而是望着依旧躺在落蕾怀里的李多。

“如果要杀我，等等也不急。”黎正将剩下的那只手插进了自己的银发，仰头高声笑了笑，然后拍了拍纪颜的肩膀。我和纪颜则奇怪地望着他。

“黎正，你在干什么？”李恪奇怪地质问他。我看见刚才飘浮在他身边的断臂的碎片居然自己活动起来，接着结合在一起，成了一条细绳，套在了返魂香之上。

“我说过，控尸虫可以依照我的意愿变成任何形态，回来吧。”黎正的断臂慢慢长了出来，原先被砍断的部分就像被磁铁吸引一样，慢慢回来了，包括系着返魂香的那部分。而纪学身上的钉子也软了下来，全部回到黎正身上。纪学一点儿伤也没有，好好地爬了起来，只是略有些惊讶。

“刚才似乎昏过去了。”纪学望望自己的身体，纪颜又惊又喜。

李恪面无表情地望着下面的人。

“不要忘记了，我还有九尾狐。”李恪冷笑道。

“哦？我刚才似乎听见，有返魂香的人才有资格和九尾狐对话吧？”黎正的手完全复原了，手里拿着那块真正的完整的返魂香。他把返魂香交给纪颜。

“原来是装的。”纪颜笑了笑。

“不全是，有时候，真的很想杀死你，甚至在刚刚的几秒钟前。不过，我不是他的对手，必须要动点儿脑子。”黎正笑了笑，随即又说道，“而且为了妹妹，我不会这么做的。”

“你们似乎高兴得太早了。”李恪的纸鹤终于飞了下来，高高在上的皇子和我们面对面地说话了。

“看看你的手臂吧，黎正。”李恪指着黎正复原的手，“当你用残骸将返魂香卷过去的时候，我已经把那把纸刀连带送过去了。”

黎正抬起手，果然，一把白色的纸刀刺穿肌肉，直接插在心脏部位，黎正哼都没哼一声，倒了下去。

“我根本不在乎返魂香被你们拿走，因为只要杀光你们，这个自然是我的。可惜，黎正，我本来想给你个机会，但你错过了。不要怪我，你们黎家人本就是皇奴，就像你的祖先，不好好尽忠职守，造次的下场就是如此。”李恪高傲地说。

“哥！”我听见身后传来了李多的声音，原来她醒了，而且似乎以前的记忆也恢复了。她流着泪抱着黎正的身体，后者的呼吸已经很微弱了，但他还是笑着伸出手抚摸着李多的脸。

“很感人啊，临死可以听到妹妹的呼唤就够了吧，不像我，我的兄弟姐妹整天都想着如何提防我、排挤我、杀死我。”李恪的话忽然透着一股悲凉。

“你们凡人的事情太麻烦了。”九尾狐站了起来，咧了咧嘴，露出了整排的獠牙，“我的耐心是有限的。”

李恪皱了皱眉头。

“你们应该知道，我另外的身份安倍晴明拥有控制所有妖怪的能力，既然这样，不要怪我了。”李恪高抬起头，双手合十于胸间，他的眼睛里已经看不到瞳孔，而是朝外散发着黑色的暗光，嘴巴里不知道在念些什么。

“和妖怪订立契约的人会共享妖怪的力量和生命。黎正，如果你的控尸虫消失了，你也就消失了，虽然你的身体不会被杀死，但你的本源被灭，你也无从依靠了！”李恪大喊道。

我的眼睛开始剧烈地疼痛，仿佛有什么东西要跳出来一样，我痛得大叫一声，接着镜妖从我眼睛里跳了出来。

它的状态很不好，仿佛快死了一样，而我也发现自己的一只眼睛失明了。

“欧阳，你没事吧？”落蕾扶住我，我摇摇头，只是捂住眼睛。

“原来你的眼睛里也有啊，那小家伙死去的话，你的眼睛也要永远瞎掉了！”李恪继续笑道。我用剩下的那只眼睛看了看纪颜他们，黎正几乎接近死亡的边缘了，他的身体犹如干枯的树枝，开始枯萎开裂，纪学的面色通红，纪颜和李多没有大碍，而落蕾也无事。

“全都死吧！”李恪眼睛里的亮光更加强烈了。

李多站了起来。

“纪颜哥哥，把你的匕首给我。”她走到纪颜身边。纪颜迟疑了一下，把匕首给她。

“你的血剑，需要拥有灵力的血吧？”李多用带着欣赏的眼神把玩着匕首，又看了看躺在地上的黎正，然后说，“帮我照顾哥哥，他真的很可怜。”说完，李多对我们微笑了一下，纪颜似乎觉察到了什么。

无奈太晚了，李多已经把匕首插进了身体里，鲜血喷洒而出。落蕾哭着跑过去扶住挣扎着站立的她。

“拔……拔出来，别让哥哥和大家就这样死去。”李多苍白的嘴唇动了几下，艰难地说出几个字来。

纪颜颤抖着握住完全没入李多身体的匕首，终于闭上眼睛，将匕首拔了出来。李多随即昏死了过去。

“居然用心爱的人的鲜血铸剑，这是你们纪家的传统吗？如同你的父亲一样？哈哈哈哈！”李恪笑道。

纪颜愣了愣，但手中的血剑似乎与以前不同，更红、更亮了。

“来啊，看看你的血剑是否可以刺穿我的身体，看看是我死得快还是你们死得快！”李恪全身笼罩着白色的光芒，将身体遮掩住了。纪颜拿着剑冲了过去，对着李恪的身体刺下去。

我期待这一剑可以刺穿李恪的身体，那一刻仿佛时间也停止了。

一阵强光后，李恪的身体的确被刺穿了。但刺穿他身体的并不是纪颜的剑，那血剑已然消退，冒出缕缕血色雾气，围绕在两人身边。

纪颜和李恪都很惊讶，刺穿李恪身体的竟是九尾狐长而锋利的爪子。

“真够无聊的，还是让我快点儿解决吧。”九尾狐拔出了爪子，李恪的身体开始朝外喷洒鲜血，他似有不服地望着九尾狐。

“为什么？为什么要这么做？不是我把你召唤出来的吗？不是我让你摆脱了一千多年的束缚吗？你和我的约定呢？交易呢？”李恪绝望地大吼。

“别激动，首先告诉你，如果我要出来，没有人可以阻拦，我也不需要任何帮助。至于我和你的约定或是什么交易，你应该清楚，我不是赐予了你两次生命吗？你该知足了，而且我只按自己的想法做事，什么时候我想出现自然会出现，就如同刚才，或许只是一刹那，也许我消灭的是纪颜而不是你，总之我也不知道下一秒我会做什么。要怪，就怪你的命运吧，李恪，你是无法改变命运的。早在你死的时候，所有的东西就都是无法改变的了。”九尾狐走到黎正面前，返魂香飘了起来，一直飘到它的眼窝边。

九尾狐睁开了一直闭着的那只眼睛。

那是个空洞的眼窝，原来，这块东西正是它的眼球。

“返魂香不是那印度高僧火化而来的宝物吗？”纪颜惊讶地问。

“可笑，那不过是我为了报答他而寄放在他那里的，但贪婪的本性使得他想据为己有，那家伙用法器将我的眼球分成了三块，而且吞服了下去，所以我不过是要回属于自己的东西罢了。”九尾狐眨了眨眼睛，似乎还在适应刚安好的眼球。

“好了，结束了，我该走了，我不想再搭理你们的事情了，总之，我拿到了我要的东西。当然，这几千年的追寻之路有你们低微的人类做伴，让我多了一些趣味，或许，我还会来找你们。”九尾狐睁着眼睛，微笑着在缭绕的红色雾气中慢慢消失，就像烧尽了蜡烛的烛火一样，熄灭了。

黎正和纪学也很快恢复过来，走到躺在地上的李恪身边。他胸口大量流血，呼吸都很困难。

“我费尽气力，学习那么多法术，只是为了保存这身体和灵魂、等待回去的机会。算计了整整一千多年，得来的却是这种结局，为什么，为什么？”李恪大口吐着鲜血。

“告诉我们，那些被你催眠的孩子的关键字是什么？”纪颜走过去，扶住他的肩膀。李恪笑了笑，眼睛却望着天空。

“母亲，我还是未能成为皇帝啊，为什么你不再对我微笑了？我做的一切，都是为了能看见你的笑容，希望本来身为皇族的我们不用受那些低微下贱的人的气，难道这也有错吗？还是说，真的是我的命运早就已经注定好了？”李恪的声音越来越微弱。

“别死啊，告诉我关键字是什么！”纪颜大声喊道。

“回唐。”李恪艰难地说完，闭上了眼睛，他的身体也很快地冷却僵硬，迅速地腐烂化为尘土了。

镜妖又回到了我的眼睛里，当我睁开眼睛时却惊讶地发现，李恪死去的地方站起来一个相貌文雅俊秀的小男孩，他穿着一身唐装，而旁边走过来一个面容美丽、气质高贵的年轻女人，身着唐朝贵妇的衣饰，微笑着牵着男孩的手朝远处走了，两人的背影慢慢消失掉，融合在一起。

李恪没有骗我们，那些孩子醒了过来，四处哭喊着找父母。我们只好打电话给警局，然后在警察来到的时候悄悄离开了那所学校。后来黎正告诉我们，看门的老头被他打晕了，我们看到的那个人只不过是纸虎杀死的一个地痞流氓的尸体罢了。

李多的伤没有大碍，不过需要在医院待上好一阵子，只是她经常缠着纪颜，我和落蕾来了，经常看不见她。黎正依旧离去了，他留下字条说，虽然李恪已经完全消失了，但他的身体依旧不是正常人，他决定四处游历，相信一定有办法可以让自己的身体恢复如初，当然，我们衷心祝福他。

我和落蕾相视一笑，走出病房。

"我不明白为什么李恪要带走那些孩子。"路上落蕾问我。

"你知道徐福吗？当年秦始皇给了他五百对童男童女，让他出海寻找仙丹。据说，日本人可能是这些人的后代，当然，只是传说而已。"我笑道。

落蕾睁着大眼睛，不解地望着我。

"你想，如果李恪回到过去，我们所有人都会被改变，或许你我包括我们的祖先都会完全消失掉，这么说吧，我们整个的层面都会被毁灭了。而李恪可能认为，他带去的那些孩子可以延续这个时代的生命，或者他想从这里选出一批孩子，创造属于他自己的乌托邦，属于他自己的大唐。"

落蕾听完，"哦"了一声。

"其实我也只是猜想罢了，究竟他想做什么，我也不知道，但有一点可以肯定，他比我们任何一个人都想要重新见到盛唐回到这世界上，不过，可能他的方法错了吧。这世界可能的确比以前复杂了，但也同时在发展、进步，负面的东西不可避免，我们只能将它最小化，努力地将它控制在一定范围内吧。"我又继续说。

"你听上去很像教书的老先生在说教啊。"落蕾眨着眼睛笑道。

我摇摇头："或许吧，反正如果真想在我们有生之年看到第二个盛唐，那就要靠我们自己努力去开拓了。走吧，报社还有很多任务等着呢。"

我拉着落蕾的手，朝下一条路的转角走去。

第七十六夜
千目

“所有的瓶子里面装的都是眼球，像一个收藏馆一样，码放得相当整齐，一层一层的，各种各样，黑色、咖啡色、蓝色，我没想到居然还有外国人的。已经丧失生命力的瞳孔很大，在幽暗的室内折射着手机微蓝色的光芒。”

高兴的日子在空气中慢慢变凉，黎正告别了我们，而这座城市也似乎慢慢恢复了宁静。纪颜说，可能近年来出现的怪事多少和返魂香频繁活动有关，而现在它已经回到自己该去的地方，我们的生活自然变得正常了。

“我要远行一趟。”纪颜这样告诉我时，我并不觉得惊讶，他能够在这里待上半年多已经让我很惊讶了。只是，我略有些担心，他的血已经失去了灵力，不知他是否还能应付那些古怪的事物。

他似乎看出来了，爽朗地笑笑。

“不会有事的，我只是希望多出去走走。李多也会和我一起去，这次可能时间会比较长了，你要多保重。”他走过来，拍了拍我的肩膀。

没有多说，纪颜走了，而且带走了那个经常笑个不停的疯丫头，不对，她经历了那件事情后已经长大了。

猛地这么多人离开，我似乎有些寂寞了。

我又接到了采访的任务，对象是一个化妆师。但他绝对不是个普通的化妆师，这似乎是句废话，要不然我去采访他做什么。准确地说，这个叫宗木的男人是一位为死者化妆的化妆师。

我和落蕾一同坐车来到了这家殡仪馆，似乎这个外界称奇的化妆师也吸引了落蕾的注意，所以她跟着一起来了。

我不怕鬼神，但不代表不信鬼神，如同我相信人但又最怕人一样。

从外面看上去殡仪馆如同一个倒扣的冰箱，虽然还是七月里，但这儿依然清凉如秋，甚至略有些冷得刺骨，难不成还真是因为阴气重吗？进大门的时候只有两个工作人员在收费处闲聊，墙壁上挂着一个大大的蓝色塑料牌，标明了各种价位。我不禁有些感叹，就连死去的人也免不了受钱的制约。大门两边摆放了很多盆鲜花，但大都有些枯败了。我们的车停在一辆面包车后面，似乎有人先来了，或者说这里又多了位死者。

穿过狭窄安静的走廊，我们两个走向停尸房。落蕾似乎有些放慢了步伐，我们的脚步声在这寂静中回荡，她生怕惊扰了死者。

与我想象的略有差异，整个房间很空荡，四十多平方米，在左边整齐地停放着二十张床，还有三口漆黑发亮的新棺材，房间很干净，但依旧有些阴冷。不过我很快发现，原来里面有个门，似乎门旁边就是放尸体的冷藏间，难怪有冷气进来。

“你们找谁？”忽然，一个年轻男人过来问我。

我回答他是找宗木。年轻人忽然流露出厌恶而惊讶的表情。

“他就在停尸房，他和死人相处的时间多过与活人的。”年轻人问明了我们的来意后，冷笑了一下就走了。

我和落蕾走了进去，却没有看到人。

“这里一般只来两种人，死人和送死人的活人。”我正觉得奇怪，忽然听到一个低沉却富有磁性的声音，就像是以前老旧的收音机里广播员发出的，带着一点儿杂音的干扰。

我回头一看，一个细瘦而高挑的男人背对着窗外的光站在我们身后。我记得刚才没有看见他，可能他是从旁边的冷藏间过来的。可是他脚步轻盈如猫，走近我和落蕾时没有发出一丝声响。

“我叫宗木，你们是那个报社派来的记者吧？”他慢慢走过来，或者说仿佛一只风筝，被风吹过来一般。

这时候，我才仔细地看了看他。

宗木穿着一身青灰色的长袖硬布装，下身是黑色直筒长裤，脚穿一双黑色白边千层底鞋。很奇怪，虽然这里比较凉快，但还不至于穿得这样密不透风啊，而且他的手上还戴着白色的手套。他的头如同一段被刀削过的白桦原木，一头平整的短发，额头狭而高，两颊高耸，那嘴唇仿佛是不经意地在脸上划开的一道口子，闭起来如同没有一般。最奇怪的是他的眼睛，紧紧闭着，眼窝有些深陷，如同在阳光下暴晒的西红柿，干瘪而赤红。

他吸了吸鼻子，忽然咧开嘴微笑着解释：“你可能对我这行还不是太了解，也难怪，我看过的尸体可能比你认识的人还多。”我看见他的牙齿微黄，但是饱满整齐，仿佛一截刚掰下来的玉米。

话虽然不错，但我听得十分不舒服，勉强笑了笑。

“你们所接触的，或者说大部分人所知道的尸体，都是从电视上看到的或者听亲友说的。对于我们来说，最喜欢的就是为医院里的尸体做尸妆，因为那些尸体还算完整。”宗木一边说，一边向其中一口棺材走过去。他走路的样子很怪，仿佛走在钢丝上的杂技演员，双手略微张开在身体两边，微微摇摆着走过去，步子很小，却非常稳健。

“不过也有些尸体是残破不全的，一般是非正常死亡的。他们的亲友送来的时候，一般都是拿红色的塑料布把他们包起来，据说这样可以安抚死者的怨灵。

“接尸，是我们要做的第一件事情。我说过，这里最高兴的是接医院里的遗体，因为这属于很好处理的那类；如果接到的是腐烂得很厉害的遗体，比如很长时间才被发现的遗体，尸体往往散发着恶臭、生满了虫子，已经面目全非了，通常衣服都透着恶臭味。接尸很有讲究的，头的一边需要仰起，把遗体以半卧的方式从车厢里请出来，这样他才舒服，不会为难我们。所以我需要穿着比较严实的厚重衣服，这样避免被有毒的尸水溅到身上。在这里工作的人，有很多都因为适应不了就离开了，留下来的，在外人眼里多少有些另类。其实所有人都不过是一堆即将腐烂的肉体，只要过得了自己这一关，也就没什么了，而且这一行收入还算丰厚，所以还是有人坚持了下来。

“其实，我们之所以害怕，是因为看见这些尸体，就仿佛看见自己未来的下场罢了。”宗木说话的时候始终微笑着，但脸上没有其他过多的表情，仿佛任何事情都与他无关。

“我的工作比较忙碌，有时候八小时要为上百具尸体化妆，一般二十分钟可以化完一具普通的尸体，但是如果遇见刚才搬进来的那个女孩那样的，恐怕几小时都不够用。”宗木打开了冷藏间。我听见哐当一声，非常响亮，是那种金属碰撞的声音。

“如果你心理承受力还好，就可以过来看看。不过那位小姐还是不要过来了，你的呼吸声很没有规律，看来还是有些害怕吧。”宗木在说落蕾，眼睛却没看着她。

我看了看落蕾，果然，她双手抱臂搓了搓肩膀，望着我尴尬地摇摇头。

“欧阳，还是你去吧。”她未必是害怕，只是觉得有些恶心吧。

我跟着宗木走了进去，脚还没踏入，身体就打了个哆嗦。

里面是一个巨大的闪烁着银色金属光泽的东西，总共三层，布满很多抽屉，就像中药房里的药柜一样。宗木熟练地拉开了一个抽屉，哐一声，一具尸体被拉了出来。

尸体体形偏瘦，应该是个女性，不过整个儿都包裹在一只鲜红如血的塑胶袋子里。

宗木拉开拉链，我看了一下，很庆幸落蕾没有过来。

如果只看半边脸，这是个非常清秀的姑娘，即便是由于失血过多导致面部异常惨白，但依旧掩盖不了她生前的美貌。另外半边脸却像是被白蚁蛀空的老朽木头，残破不堪，边上的皮肤已被烧成焦炭状，整张脸几乎被烧掉了一半。

“这样也能修复？”我捂着嘴巴，忽然想起了鲁迅先生说过的一句话：悲剧将人生有价值的东西毁灭给人看，喜剧将那无价值的撕破给人看。两边脸，美丽与丑陋，截然不同的对比，让我觉得很难受。

“这算好的了。上次一个出车祸的，整个头骨都变形了，我还得用大头针缝好他的头盖骨和头皮。这样吧，你是否有兴趣看看我如何将她化好妆？不过可能要花些时间。”宗木摊开双手说。

我看了看手表，时间尚早，于是叫落蕾去采访其他的工作人员，自己则留在这里看宗木如何工作。

宗木走进了一个小房间，换好了类似医生做手术时穿的衣服。不过，这个时候他将手套摘了下来。

他的手很大，略微和手腕有些不协调，手指细腻修长，白皙如葱段，即便是女孩子，也很少有这么漂亮的手。

宗木把女孩的尸体抬了出来，当然，我也搭了把手。接着，他先弄来一张类似于皮肤颜色的非常有弹性的塑胶制品，平铺在已破损的半边脸上，接着将手掌张开，轻轻地按在死者的脸上。

“你在干什么？”我好奇地问。

“我在感受。为每具尸体化妆，就像制作一件艺术品，损坏得越严重，挑战就越大，而我自然就越兴奋。不过，动手前我必须感受他们的想法。”宗木说着，脸上浮现出孩子获得心爱玩具般的满足感。

“真是个怪人。”我暗自嘀咕。不过我知道，我最期待的事情还没出现，这也是我来这里找他的主要原因。

过了数分钟，宗木的手就像一道白光，忽然拿起了手术刀，在那半块塑胶上开始裁剪，我就像在看一个街头艺人制作泥人。半边本来普通的塑胶，先是大体浮现了被毁灭的五官原来的轮廓，接着是细致的雕塑和修边。我几乎忘记了自己身处何处，完全被那双手迷住了，仿佛那双手已经脱离了宗木，成了一个单独的生命体，独自在完成这项工作，不，与其说是工作，倒不如说是在跳舞。

两小时过后，我几乎不认识这个女孩了，除了接口处有淡淡的缝线痕迹外，两边脸几乎看不出任何异样，看来这种塑胶也是特制的。女孩的脸很漂亮，就像充满哥特风格的唯美人偶娃娃，不过毫无生命力，而且似乎眼睛处有些异样。

“经过火烧，可能皮肤有些萎缩。”宗木似乎看出了我的疑问，解释道。

“接下来就需要化妆了。我们还有一种特殊的药物，可以让死者闭上眼睛和嘴，而且使皮肤松弛，看上去非常安详，但这是要经过死者家属同意的。”宗木的手离开了尸体，他走进洗手的地方，认真地洗刷起来，接着换掉了衣服，再次戴上了手套。

“你做这些不戴手套的？不怕扎伤自己吗？”我问他。

“戴上手套感觉就不灵敏了，我的手和我做出的作品就不完美了。”宗木端起茶杯喝起水来，他的额头全是汗。

“可是，他们不是都说你是一位盲人吗？”我终于还是说了出来。

宗木停止了喝水，他凹陷的眼窝忽然转动了一下，两边的颧骨也动起来。他严肃地对我说：“我比很多眼明的人手更灵巧，这也是我会留在这里的原因。很多他们修补不了的尸体，都要靠我才行。”果然，他的确看不见，却能完成这么精细的工作，实在让人称奇。

“好了，我的工作完成了，你的采访也该结束了。这是我的名片，你是个不错的人，很少有陌生人可以在这里待上几小时，更别说看我工作了。如果有事，你可以来找我，当然，我想永远不要在这里替你工作。”宗木递给我一张名片，然后转过身，不再和我说话了。

我拿着名片走了出来，找到落蕾，离开了殡仪馆。

“真是个怪人。”我暗想。

可是没有想到，很快，我又再次和宗木见面了。因为一个自称了解宗木的人忽然来找我。

“我听说你上午采访了他。”这个年轻男子二十来岁，相貌普通，中等身材，穿着一件白色T恤和黑色沙滩短裤。他大大咧咧地在我面前点烟，好像和我交情很深一样。我忽然想起来了，这个年轻人就是先前我在殡仪馆见过的那个。

“是又如何？”我对这种人有些反感。

“我劝你少接触这个怪物。我和他是殡仪馆的同事，他几乎从来不和任何人打交道，可是我今天发现他居然和你说了这么多话。而且，我们私下里都认为他是个心理变态的人。”年轻男子猛地吸了口烟，烟头马上红了起来。

我看了看他的眼睛，居然比燃烧的烟头还要红，看来充血得很厉害。

“这个家伙居然称自己是艺术家！他明明是个瞎子，却比正常人修补化妆尸体的技术还要好，你不觉得奇怪吗？或者说他根本就是个妖怪。没人知道他的来历，他的所有资料都是个谜。殡仪馆建立的时候他就在了，可是这么多年，别人都说他一点儿都没有变老，几十年前他就是这个样子。虽然所有人都讨厌他，但他的手艺实在出色，如果没了他，我们这个小地方早就支撑不下去了，甚至有外地的人都慕名来找他为尸体化妆。而且，我听说，凡是经过他化妆的尸体，都会少一些东西。”年轻人忽然神秘兮兮地说。

我却看见他的眼睛越来越红了，几乎看不见瞳孔，可是他自己仿佛根本没感觉到。

“少了什么？”我问他。

“眼球。虽然我没有确凿的证据，可是我观察过，一些给他化妆的尸体的眼窝都有些异样，弄不好，他真的是个专门吃眼球的妖怪啊。”年轻人就像一个说评书的艺人，夸张地说道。可是他每蹦一个词儿，他的太阳穴都剧烈地跳动着。他的脸色很不好。

“我告诉你了，你能不能给我些费用？”原来这才是他此行的目的。

“我凭什么相信你？”我并不是傻瓜。

“那好办，你好像有他的名片，跟着他回家看看，不过记得千万别被他发现了，我上次就差点儿被发现了。他虽然是个瞎子，但听觉和嗅觉非常灵敏。”年轻人留下联系方式，然后一摇一摆地走了，他一边走一边按着自己的后脑勺。

我拿出宗木的名片，心里犯起了嘀咕。

下班后，我匆匆赶到名片上的地址附近，待在那里等宗木来。

那是一条老街，由于要拆迁，大部分居民已经搬走了，留下来的除了宗木家外没有几家了。宗木的收入应该很不错，为什么不买个像样的房子呢？跟邻居一打听，他们都说宗木经常关着门，从来没有任何朋友，没有妻子和亲人。一到夏天，他家里还会飘出奇怪难闻的味道。而且，政府要拆迁的时候，宗木居然死活都不愿意搬，还差点儿闹到电视台去，所以拆迁的工作也搁置下来了。

“真是个谜啊。”天色渐渐暗淡，我看着宗木家紧锁的房门忍不住说道。

“什么谜？”身后响起宗木低沉的声音。我吓了一跳，转过身，他微笑着站在我身后。我觉得奇怪，即使在室外，在这么炎热的天气里，他依旧穿着长衣长裤，还戴着手套，连脖子也被高领的衬衫保护着。

“我只是随便说说。”我尴尬地回答。

“我知道你会来找我的。不如去吃点儿东西吧，我有些饿了。”他很友好地对我发出邀请，正好也是吃饭的时候，我决定和他一起去。

饭馆也是这一带的人开的，专门为附近的居民服务，是一个只能容纳三张木桌的小饭馆，后面就是厨房，这是典型的由居民房改成的饭馆。我们随意点了几个菜，开始聊起来。

“哦？有人这样说我吗？”我把年轻人的话告诉他，但没说是谁说的。

“其实并没有什么，我来自一个古老的家族，世代都是为尸体化妆的。你不用惊讶，任何职业都有其悠久的历史，我们自然也不例外，只不过对其他人而言有些另类。比如说空姐，大家之所以对她们好奇，是因为她们的数量少。什么时候飞机取代火车和客车，成为主要交通工具，那时空姐不是同售票员和乘务员一样普通了吗？尸体的化妆术源头很早，我们家族最早是为皇室化妆的，由于压力大，自然手艺也高，即使是战死沙场的人，也能被化得栩栩如生。不过，我们的家族也要付出代价，或许同长期接触死人而招致的诅咒一样——所有继承化妆术的人，都会慢慢成为瞎子，无一幸免，这就是等价交换，我们得到了常人没有的能力，自然要付出惨痛的代价。不过还好，在知道即将变瞎的同时，我们拼命锻炼其他感官，所以长年下来也无所谓了，我的祖父、父亲都是盲人。”他微笑着说，凹陷的眼窝正对着我，让我有些难过。

“不可以选择放弃吗？”我问他。

“不，有些人的命运在他们出生前就注定了，就像墙壁上的浮雕，保持着自己惯有的姿势和习惯。如果我想改变，崩塌的只有我自己的身体。而且我也逐渐适应了。”他依旧很平静。

我开始闲扯些别的东西。两人吃过饭，外面已经完全黑了。宗木喝了些酒，可能由于戴着手套不方便，他除去手套，吃完后将手套塞进了裤子口袋。

“要不要去我家坐坐？”宗木说。

我本想拒绝，可是好奇心占了上风，于是跟随着他穿过了狭窄的弄堂。

街灯很昏暗，就像风中残烛，时亮时熄。前面来了几个类似混混的年轻人。

为首的一个身材比较高大，剃着光头，打着赤膊，肩膀上文了一条龙。我不禁哑然失笑，这一代人真的是看电影看多了，什么都学，没有一点儿创造力，就知道文龙文老虎，文点儿其他的也好啊，比如新七大奇迹的长城，那么长，可以在身上绕几个圈了，出门绝对震撼。

“哥儿几个，兄弟没钱吃饭，掏点儿出来吧。”这家伙拿出一把锋利的弹簧刀，在手里挥舞着，我希望他把自己给割伤了。

还没等我说话，宗木忽然慢步走了过去，缓缓地伸出一只手，手里似乎握着些钱。

“拿去。”他将手伸过去。

忽然，奇怪的事情发生了。几个混混看了看他的手，刚想拿钱，却像看到鬼或者警察一样（这样的比喻似乎有些不妥），大叫着“妖怪啊”“怪物啊”，落荒而逃。

“这是怎么回事？”我再次不解。

“可能是被我的样子吓到了。”宗木转过头。难怪，在这种灯光下，他的脸的确有些吓人。

“胆子这么小还敢出来抢劫。”我摇头苦笑。

终于，我来到了宗木的家，不过时间不早，我最多待半小时就要回去了，还要把关于他的稿件整理一下。

他的家里非常干净，我说的“干净”有两层意思：一是没有什么灰尘，二是也没有其他多余的东西，除了必需的桌椅，其他的什么也没有。我奇怪，他赚的钱到底拿去做什么了。

客厅不大，十平方米左右，里面的房间很暗，其实客厅的光也不强，勉强看得清楚东西，比蜡烛亮不了多少。

“我进去换件衣服。”宗木背朝着我说道。我“嗯”了一声，然后坐在椅子上四处瞧。

只用一眼就能将所有的东西看清楚。我顿觉无聊，于是起身到处看看。

这时候宗木的手机忽然响了，原来殡仪馆来了位特别重要的死者，他们希望宗木赶快去一趟。毕竟在这种天气，虽然尸体可以冷藏，可是过了一夜，多少会影响化妆，家属自然觉得这种事越早办越好。宗木非常抱歉地对我说，他很快会回来，并且希望我能等他一下。

“我有东西给你看。”他笑着说。说完，他再三交代我别走，然后合上门出去了。

房间里只有我一个人了。

我忽然闻到一股若有若无的味道，这味道有些熟悉，似乎就是上午在殡仪馆闻到的。

我朝着黑暗的里屋走去，还好墙壁上有灯，里面居然比客厅还要大些，不过也只有一张床而已。

我沿着房间的墙慢慢走进来，觉得墙壁有些古怪。

天气很热，可是有一段墙体冷得像冰块。为了确定，我又去摸了摸客厅的墙，果然，温度不一样。

“这后面难道有东西？”我疑惑了，然后学着电影里的样子，用手在光滑无一物的墙壁上四处敲打。

忽然，随着一阵类似于机械转动的声音，墙壁居然打开了，当然，一阵冷气也扑面而来，还有那种特殊的味道。

借着不亮的灯光，我勉强朝里面望了望。

那是个非常大的房间，几乎比客厅和卧室加起来还要大。里面整齐地摆放着一个个金属柜子，如同图书馆的书架一样，一层一层的。

上面放的不是书，而是一个个玻璃罐子。

罐子大概和我们普通用的喝水玻璃杯一般大小，上面还有注释用的标签。灯光很暗，我看不清楚里面是什么，也看不清楚标签上写了什么。我随意拿起一个，走到光亮处。

要不是有所准备，我几乎失手把罐子摔碎了。

罐子里装着的是一对眼球。

完整的一对眼球，浸泡在透明的估计是防腐液的东西里。随着我手上的动作，眼球在透明的液体中缓缓转动，仿佛有生命般地看着我一样，我无论如何转动视角，都感觉被它们紧紧盯着。

标签上写着一句话。

“1996年7月14日，女，26岁，杨月，死于溺毙，眼球完好。”

我将瓶子放回去，打开手机灯。

所有的瓶子里面装的都是眼球，像一个收藏馆一样，码放得相当整齐，一层一层的，各种各样，黑色、咖啡色、蓝色，我没想到居然还有外国人的。已经丧失生命力的瞳孔很大，在幽暗的室内折射着手机微蓝色的光芒。瓶子的标签上注明了眼球主人的名字、死亡时间和死亡方式，所有瓶子都严格按照时间分放开来。我犹如被剥光了衣服放在大街上一样，浑身都有被刺的感觉，仿佛这个房间里有很多人，他们都瞪着双眼望着我。

我没有离开，只是沿着柜子找到了最近的一组。

居然有个瓶子是空的，不过也有标签。

“2007年，不明，男，24岁，欧阳轩辕，死因不明，眼球未获得。”我再次几乎没能抓住瓶子。

我将瓶子放回去，拿起了旁边的一个。

里面是一对红得如火的眼球，非常熟悉。我看了看标签，果然，时间就是今天，是那个年轻男子的眼睛，估计他已经不在人世了。

我小心地关上门，拿出那个贴了我的标签的瓶子，稍微镇定了一下，心里只想着要立即离开这里。

我刚走出卧室，却发现宗木站在大门处。他带着古怪的笑容望着我，可是他没有眼睛。

“我说过要给你看些东西，不过你已经看了一部分了吧？”宗木说。

“为什么要选我，而且你不是只拿死人的眼睛吗？”我流着冷汗问他。

“是啊，所以如果杀死了你，你的眼睛不就是死人的眼睛了吗？”他依旧平静地说，仿佛在同我继续讨论刚才吃饭时的话题。

“你为什么要把这么多人的眼睛收藏起来？你难道心理变态吗？”我努力使自己的声音沉稳，尽量不要露出害怕的感觉。

“没有为什么，因为我不想再过瞎子的生活，我要看到阳光、看到颜色！”宗木反而情绪激动了，“去他妈的什么祖宗规矩、什么教条！我愚蠢的祖先定下这么荒唐的法条，却要我来遵守。不过当我即将失去希望的时候，我却从临死的父亲那里得知，其实我还是可以重见光明的。

“我告诉过你，自从我被选为家族的接班人后眼睛就慢慢萎缩，直到完全失明。不过还是有办法让我的眼睛再次看到光明的，这也是我要给你看的另外一些东西。”宗木忽然伸出他的手掌。

异闻录

Yi Wen Lu

所有的瓶子里面装的都是眼球，像一个收藏馆一样，码放得相当整齐，一层一层的，各种各样……

他的掌心有一道刀痕。但是几乎同时，那道刀痕忽然慢慢张开了，里面居然有一个眼球。眼球很活跃，四下里转动着，就像摄像机的镜头。

我吃惊得几乎说不出话来。宗木则得意地从我身旁走过，打开暗门，拿出一个罐子，那是我刚才看到的年轻人火红的眼睛。

“这个家伙太多事了。我没有选择，我只想默默无闻地做一个普通人，可是他非要揪我出来。他以为跟踪没有被发现，可笑，这个蠢材根本不知道我早就在他脑子里放了点儿东西。”宗木打开罐子，拿出其中一个眼球，然后慢慢脱去上衣。

我终于明白为什么天气如此炎热他也要穿着长袖了。

他赤裸的上身布满了类似手掌上的刀痕，一道一道，密密麻麻的。

那些刀痕都在慢慢睁开，里面居然都是眼球，而且全是活的。宗木从其中一个刀痕处拿出一个似乎已经变质的眼球，然后把刚才的火红眼球慢慢塞了进去，塞入的眼球很快恢复了活力，开始转动，并且望着我。

“就像吸毒上瘾一样，开始的时候我只在手掌植入眼球，让我重新看到东西。可是我很快发现，植入的越多，我拥有的能力越强，那种感觉实在妙不可言，我对任何事物的敏感度都远远超过普通人。可是这些眼球大都只能在我身体里待一段日子，接着就需要新的眼球来替换。这就叫千目术，可以通过植入死者的眼球来重新看到光明，还可以获得其他的能力。每植入一个陌生人的眼球，我都会兴奋好一阵子，因为新的体验再次降临了。可是，随后当眼球与我的身体产生排异反应，我又痛不欲生。

“我明白这不是长久之计，父亲告诉我，如果要真正变成正常人，必须找到一对完全适合我的眼球，放进我本来萎缩的眼眶内才可以。而且，死者的眼球里包含了他们各种各样临死的感受，每植入一颗，我就多感受一次死亡，再也没有比濒临死亡的感受更令人刺激的了。”宗木放肆地笑道。

我忽然觉得这家伙根本就是个疯子。

“还好，这么多年，我终于等到了你。在殡仪馆第一次见面，我就知道你的眼睛很适合我，尤其是你的右眼。”

我这才想起我的右眼封印着镜妖。

“不过，现在不是时候，我还不能完全适应你的眼球，可是我会耐心地等待，就像伏在草丛中的老虎，等待完美猎取食物的机会。”他笑着拿出剩余的眼球朝我走过来。

他身上所有的“眼睛”都睁开了，我立即感到一阵眩晕。在失去意识的时候，我看见他拿着刀在我右手手腕处割开一道口子，奇怪的是我没有任何痛感。然后，他缓缓地将红色眼球按进伤口，伤口开始慢慢自己愈合了。

“当这只眼睛完全睁开时，我会来取你的眼球。就像种庄稼一样啊，我会来取我的收成。不过，下次你不会认出我了。”宗木兴奋地大笑着。

接着，我的眼前黑了过去。

当我苏醒过来时，发现自己躺在街边的路灯下。天色已经大亮，我居然睡了一晚，仿佛做了个梦，可是当我抬起右手，手腕处的确有道很细的缝隙。

“当这个眼球完全睁开，他真的会来拿我的眼睛？”我自问道。

后来我去找过宗木的家，那里已经完全空了，什么也没有，包括他那众多令人恶心的收藏品。我也明白他的钱都拿去做什么了。

至于那个年轻男子，几天后他的尸体被找到了，眼窝空空的，眼球被取走了。据说找到他的时候，整个尸体就像脱水蔬菜，都干枯了。殡仪馆说宗木打了个电话告诉领导说不上班了，然后就再没去过。没有了宗木的殡仪馆，很快萧条起来。宗木一下子从这个世界上消失了，仿佛从来没有出现过，但是每当我看到右手手腕上那条细细的黑线，就又会想起他。

我没有把这件事告诉落蕾，怕她担心，可是当老总叫我写篇关于盲人化妆师的文章时，我却不知道该如何下笔了。

我不知道，宗木何时再出现在我面前，微笑着取走我的眼球。

第七十七夜
冥河

“老人又开始缓慢地朝河面走去，一如既往地缓步走着，仿佛周遭的河水对她没有任何影响。我们跟在她身后。可是奇怪的事情发生了，几乎每往上走一步，她都在变化，变得更加年轻。”

希腊神话中的英雄阿喀琉斯是阿尔戈英雄珀琉斯和海洋女神忒提斯的儿子。传说中的英雄大都是半人半神的混血儿。作为神的母亲，海洋女神在儿子出生时，就倒提着他的脚踝将他的身体浸入冥界之水（居然没被淹死），使得这位英雄全身刀枪不入，但唯独被握着的脚后跟没有被浸到，以至于这位英雄最后在特洛伊战争中被弓箭射中这个死穴而身亡。以后人们经常用阿喀琉斯的脚后跟来形容致命的弱点。

在这个故事中出现的那条河，颇为引人关注。据说这条神奇的河流是世间死者的泪水汇聚而成的，而且它就像一个调皮的孩童，经常在人的世界出没，包括以前所说的双界湖[①]，或许也是它的杰作。这条河流只能在晚上被看见，而且据说平凡的生者是很难看到这条河的。

冥河，在中国又被唤作黄泉，古代中国的奈何桥或许就架设其上。各个国家的神话传说中都有关于分隔阴阳的一条黑色河流的传说，看来的确所言非虚。冥河如同塔罗牌中的第十三张——“死神”，既代表着死亡，也象征着重生。

我手中的这封信是上午收到的，当我正奇怪是谁寄来的时候，发现信封上的字迹很熟悉。

居然是纪颜寄的，信中除了说了些寒暄的话，另外就是告诉我他最近遇见的一个怪异的故事。

---

① 见《异闻录1》第二十一夜“双界湖”。

（下面是信的内容。）

当我在给你写这封信的时候，我自己都难以置信，原来在死亡面前任何人都是如此卑微渺小。

冥河是我和父亲立志寻找的河流，虽然这条黑色的不祥之河经常意味着死亡，但依旧挡不住千百年来冒险家的好奇心。而最让大家心动的是，据说英雄阿喀琉斯的传说所言非虚，即便是死去的人，浸入冥河的水中也能获得第二次生命。

可是大部分探险家都无功而返，甚至还有很多人就此失踪。根据父亲遗留下来的资料，据说关于冥河的最后一次的文字记载说它出现在中国西南方的一个小县城附近。

而留下这些珍贵资料的，就是二十年前一位著名的冒险家，也是我父亲的大学好友。他们两人曾经在上学的时候因为兴趣相投而设立了一个社团，经常组织同学去旅游，毕业后也经常联系。

但是父亲结婚后，他收到了这位叫詹起轩的朋友的一封信和一个包裹，之后就再也没有他的音讯了。

在那封信中，詹起轩说他已经找到了冥河的踪迹，并且寄了些样本回来。父亲非常兴奋，同时也为这位好友担心。果然，从那以后詹起轩再也没有回来，而他寄来的样本在包裹被打开后一遇见阳光就消失了，只有一个空瓶子，仿佛蒸发了一样。但是父亲经常说，在那一瞬间他的确看见了黑色的液体。

寻找冥河，一直是父亲的希望，后来成了遗愿。我这次出来，也是想顺便完成他的愿望，当然，我也对冥河很感兴趣。由于旅游有些危险，我好不容易才将李多安置在城里，并打算花一个星期只身前往。

当我来到那个小县城时不禁哑然失笑，原来的县城居然荒败到像个小渔村——忘记说了，这附近有条河，当地的居民大都靠捕鱼维持生计。不过很幸运，我遇见了一位故人。

那天我正挨家挨户地打听詹起轩的消息，要找到冥河，当然要先找到最后发现它的人。不过，大多数居民都摇头。当我将詹起轩的照片给他们认的时候，一些中年人脸上甚至还带着难以抑制的恼怒和厌恶。想想也是，都二十多年了，一个外来旅游者，人家怎么记得住。照片上的詹起轩一身书生气，很端正地微笑着，不过仔细看，他的左边眼球的眼白上有一颗细小的红斑。

“你们在找我的父亲吗？”一个高大的年轻人忽然走过来。他非常强壮，背着个大大的单肩旅行挎包，穿着花格黄衬衫，一顶巨大的太阳帽几乎把他整张脸都遮住了。他还戴着一副眼镜，双手交叉于胸前，玩世不恭地望着我。我看着他，发现他和照片中的詹起轩长得非常相似。

年轻人叫詹晖，他说他是詹起轩的儿子。在和他的攀谈中，我惊叹于他的博学以及非常老练成熟的交际能力，他所表现出来的内在与他的年龄实在不符，连我也自叹不如。

“纪颜，我的父亲曾经说过，冥河曾经在这个村子出现过，当时死了很多人，所以才会破败如此。冥河的运动似乎没有规律，但是有一点可以肯定，它的出现一定会带来死亡。当然，这似乎依它的心情而定，欧洲鼠疫、全球流感，甚至包括战争，都是它的杰作。”詹晖轻抿着嘴唇侃侃而谈。

“那不是瘟疫之河吗，你这样说有什么证据？”我从不轻信别人的论点，当然，如果他有论有据的话，那就另当别论了。

“无论是数人还是数万人，冥河终究是条死亡之河，它似乎没有任何的约束，但是有一点可以肯定，它只会出现在有水的地方。没有水，它也就没有依附的条件了。你信也好，不信也罢，总之，我会证明给你看的。”詹晖似乎并不对我的质疑感到意外和生气，他非常大度和耐心地跟我解释，不时地推推眼镜。我原本以为他会和我大吵一架。

“可是，传说中冥河不仅代表死亡，也象征着重生，不是吗？”我问道。

“是的，的确代表着重生，可惜没有人真正理解，当时的詹起轩——我的父亲——也没能理解。”他叹了口气，我知道触到了他的痛处。

“我们先找地方住下吧。我相信冥河应该离这里不会太远，这附近都是水源地带，湖泊河流交汇很多，我们沿着水域问下去，看看有什么发现。”詹晖的确比我想得要仔细得多。

我不是一个甘于听从别人的人，但詹晖的确要比我有经验，至少在寻找冥河这件事上是如此。

很快，我们得到了一个消息，在离这里三十多里的一个沿河的村落里发生了一些奇怪的事情。不过因为交通不便，我们只好步行过去。

我和詹晖很快赶了过去。村落不大，有二十多户人家，他们大都过着仅仅温饱的生活，似乎社会的进步与发展在这里并没有得到实质的体现。村子始终处于穷困之中，从附近河里捞来的鱼虾也被低价收走了。

他们的日子虽然过得苦，却也平和宁静。中国的百姓不怕苦，只怕乱，不怕过不下去，只怕活不下去。看来这话说得也有些道理。

可是最近发生的事情打乱了他们原本和谐的日常生活。村中的居民分成两部分，男人每隔一段时间出去打鱼，女人则负责家庭生活，照顾老人和孩子。最近出去捕鱼的汉子总是两手空空地回来，原本富饶的河里居然连一条鱼也捕不到！如果只是一次两次，倒能归咎于运气不好，可是接连一段时间都是如此，即便是村子里最好的渔民，也毫无收获。大家开始怀疑水质变化了，这对以水为生的他们而言无疑是一个沉重的打击。如果是真的，他们就要搬离这里，搬离已经居住了好几代的老家。

“你觉得冥河出现在那里？”我问詹晖。

“可能，死亡之河不会破坏河流原本的生态环境，但是据说能给动物带来死亡，而且这种死亡发生得很快，甚至连腐烂都来不及，原本充满生命力的肉体很可能一下子就变成了肥料。”他昂着头说。我听了有些不解。

“你怎么知道得这么清楚？”我问他。詹晖笑了笑。

“你觉得我父亲是告诉你父亲的多呢，还是留给我的资料多呢？”他说得不无道理。

天色已晚，我们俩先找到一户人家讨个住处，而且三十多里地走下来，多少有点儿疲惫。

招待我们的是一户普通的村民，家境还算不错，但明显没有什么朝气。男主人看了看我们，脸上虽然还带着笑意，但那笑容更像是有人从两颊挤出来的。

男人的皮肤很光滑，黝黑发亮，像一块黑色的绸缎，手上的肌肉很发达，手掌里布满一条条细长的暗红色的老茧，可能是经常拉网导致的。他家后院不远处就是河滩，那里停放着一只三米多长的渔船，虽然老旧发黑，却犹如一位经常锻炼的强健老者，仍然散发着生命力。河边的风带着潮气，吹在脸上有些痒痒的。家里一共四口人：这个男人和他的妻子，一个五岁的小男孩，还有男人七十岁的老母亲。

这里的人非常热情好客，所以即便是在这种日子里，他们也尽其所能来款待我们。晚饭相当丰富，蓬莱小面、咸鱼、虾酱、贴饼子，腌制的鱼肉很有韧性，还有一些自家种的蔬菜和自酿的米酒。但这使我们非常内疚，因为我们很可能吃掉了这户善良的村民家里仅存的一点儿粮食，所以我们执意要给他们一些钱，但中年汉子死活不肯收，还是他的妻子——一位身材臃肿、脸上泛着健康的桃红色的孕妇——掩着嘴笑着收下了。汉子埋怨了几句，还是坐下和我们喝酒。

我们只见了那位老人一面，她似乎眼疾很厉害。女人搀扶着她出来，和我们打了个招呼，又回里屋去了。小男孩对我们很好奇，睁着大眼睛盯着，却始终不肯接近我们，只是挑了条鱼，去外面玩耍了。

“打不到活鱼，真是不好意思，本来想让你们尝尝这里的河鲜，那可是我们当地的美味啊。这条河流虽然不大，但是渔产原来一直都很丰富的。”汉子脱去湿透了的黑色长衣，裸着上身，灌下一杯米黄色犹如蜂蜜的米酒，他的脸更加红了，长叹了一口气。

“这样的情况持续多久了？”我问道。

“十多天了，水质并没有什么变化。我们还潜下去看了看。奇怪了，水下居然一个活物也没有，别说鱼了，连其他东西也看不到。大家都快死心了，都计划着搬走，可是这里的河段都是有数的。我们出去，只会捕鱼，叫我们往哪条河去啊？”他苦恼地摇摇头，“我母亲年纪大了，眼睛又瞎了，身体也衰老了，我老婆马上要生了，各处都要钱，可是你看这鬼地方。”他懊恼地用手掌拍了拍自己的额头。我见他有些迷糊了，心情不好，喝米酒也容易醉的。

我们帮着他老婆扶他进了房间，接着又帮着收拾了一下。这女人非常熟练地操持着家务，又哄儿子睡觉，又去招呼自己的婆婆躺下。我们都看得累了。

“大嫂，要多注意休息啊。”詹晖劝道。

女人用手背擦了擦额头的汗，挽起垂下来的头发，只是笑笑，并不说话。

一夜无言。我们在外屋躺下，睡在竹床上，可是怎么也睡不着。虽然没和詹晖说话，但我知道我们心里都在想这条河中是否就寄生着冥河。

天气炎热，外屋倒显得凉快。到了后半夜，河风将我吹醒了，我觉得伸出床的手背似乎被什么东西撞了一下，于是睁开眼睛看了看。

一个佝偻着的身影缓步朝外走去，每走一步停一下。我忽然觉得那身形好生熟悉，那个人走到屋外，忽然回了一下头。

几乎枯萎干涸的脸庞犹如失水的土地，到处是一道道沟壑，两片薄而干裂的嘴唇微微张着，眼睛闭着，双手扶着屋外的墙沿。

我几乎大叫了起来，那分明是那个瞎了眼的婆婆。但是嘴巴上忽然多了一只大手，我终究没有喊出来。

是詹晖。他望了望屋外的人，接着伸出另一只手的食指放在嘴唇上做了个噤声的动作。

詹晖的表情很奇怪，似乎非常兴奋，充满很强烈的期待。

我又看了看那婆婆，她已经走出去了，难道是梦游吗？

詹晖小心地从床上坐起来，穿上外衣，拉着我走出去，跟在婆婆的后面。

老人在前面走得很稳。我不禁奇怪，她不是眼瞎吗？即便是我们，在这么黑的夜里，也不见得不会摔跤。

“我不让你叫，不是怕吵醒她，而是怕吵醒里面睡觉的人。”詹晖说。

“她这是怎么回事？”我一边慢慢在后面跟着，一边小声问。詹晖没有回答我，只是做了个继续走的动作。

我们就这样跟着走了好久，还好这是条非常狭窄的用石头铺成的下行台阶，否则我真怕跟丢了。

我感觉到风中的湿气大了。老人居然来到了河边。詹晖和我伏到一边的石头堆里，仔细看着。

老人在河边停了一下，然后开始向下走去。河水渐渐淹没了她，从脚踝到脖子。我看不下去了，难不成眼睁睁地看着老人被淹死？但我刚想过去，又被詹晖阻止了，我们拉扯的时候，河水已经把老人完全淹没了。

“你这是什么意思？于心何忍啊？”我大声质问他。

詹晖只是笑笑，不说话，拉着我的手往回走。

回到屋子，他带着我蹑手蹑脚地走进里屋，来到了那个老人的房间。

老人好好地躺在床上！

“这是怎么回事？难道刚才那个是老人的魂魄吗？”走出屋子，我点上烟，问詹晖。

“可以这么说，或者说是冥河在召唤她。明天或许还会出现那一幕，我们不如在这里多待几天吧。”詹晖不再说话，而是打了个哈欠，睡觉去了。

由于我们付了足够的钱，中年汉子一家倒也不介意我们多待几天。每天到了后半夜，我们都能看到另外一个老人走出屋子，走进那条河。

连续五天了，老人的身体日渐虚弱。今天，她甚至爬不起床来，中年汉子的脸色也像即将下雨的乌云，他蹲在门口抽闷烟。

“今天晚上我们下河吧。”詹晖忽然提出这么一个建议。我有些吃惊。

“你怕了？”他戏谑地说。

我当然不怕，只是觉得那条河实在有些古怪。我对冥河知之甚少，詹晖似乎始终有事情瞒着我。父亲每每提到詹起轩，总是摇头说这人做事目的性太强，而且心机过重，看来儿子也是如此，和他父亲有些相似了。

“好吧，不过你打算什么时候去？”我问他。

“就今天晚上，跟着那个婆婆一起下河。”他的脸神秘地抽动了一下，宛如被砍掉脑袋的青蛙，或许他自己都没有察觉到。

“今天是农历十九，是退潮最厉害的日子，河水平稳点儿，而且要浅得多，十米左右。夏季河水温差很大，下水前按摩一下你的小腿，别抽筋了，这么晚，恐怕很难找到人救你。”他一边拿出泳裤一边说着走出了大门，他是去外面抽烟，因为有孕妇，自然不便把本来就狭窄且空气不好的屋子弄得乌烟瘴气。

我只好和那对夫妇随便聊着，那个孩子始终用非常奇怪的眼神望着我，仿佛什么都看穿了似的。

村里人没什么特殊的娱乐活动，也没有电视，所以睡得很早。我也先小睡了一下，怕回头精力不够。詹晖说他会叫醒我，我也就放心睡了。

半夜我被推醒了，詹晖兴奋地拉着我走了出去。月光透过他的镜片折射出很奇怪的光芒，不过我来不及多想，跟着他走了出去。

不远处，依稀能看见那个熟悉的影子。和前几天一样，老人再次走入了河里。我和詹晖马上跟过去，为了以防万一，我们在腰间绑了条坚固的绳索——这也是詹晖包里早就准备好的，甚至还有两个微型氧气瓶。

“你怎么像事先知道我们要下河一样？”我拿着绳子问他。

“有备无患罢了，我经常四处走，一些工具总是放在身边。”他脱了衣服，准备下河。

“难道氧气瓶也算吗？”我忍不住嘀咕道。

“不摘眼镜吗？”我问他。

“嗯，我视力很差。”他拿出两盏头灯——矿工用的那种——据说这灯在黑暗的水中照射距离也不近。

河水微凉，但并不深，找了半天，我们终于看到那位婆婆还在朝水下走去。

她的脚步一如在陆地上一样平稳，一动不动地朝深处走去。我们继续往下潜水，我自认为水性不错，但詹晖似乎要更好些，始终比我远一个身位。

快到河底的时候，我们看到了七个老人，包括正在往下走的那位。

她慢慢地走下去，蹲在一群人中间，开始哭泣。那种声音伴随着水流，渐渐送进我的耳中，如同婴孩的哭声。

詹晖用两根指头指了指自己的眼睛，又指了指那一群人，示意我好好看着。

七个人长得都一个模样，仿佛一个人站在六面镜子前。接着，她们站了起来，开始缓缓地消失，最后只剩下一个。

老人又开始缓慢地朝河面走去，一如既往地缓步走着，仿佛周遭的河水对她没有任何影响。

我们跟在她身后。

可是奇怪的事情发生了，几乎每往上走一步，她都在变化，变得更加年轻。

老人……中年人……青年人，我和詹晖仿佛在看一幕快速倒带的人生电影，虽然隔得不近，而且灯光微弱，但老人个头的变化还是很明显的。在接近河面的时候，她已经变成一个小女孩了。

我忽然感觉到，她还会变化。

老人，不，应该说那个小女孩，她的头发开始慢慢脱落，一缕缕发丝朝我这边漂过来了，像黑色的水草，身材越发矮小。离开河面的时候，她只能爬着了。

我看见一个婴孩摇晃着爬出了河面，发出嘤嘤的哭声，消失在河对岸的夜色里。

“这就是冥河既代表死亡也象征重生的意思？”我探出头，大口地呼了一口气。

詹晖在我前面，背对着我没有说话。

我不耐烦地拍了拍他的肩膀，把他的身体翻过来，这才发现他的眼镜被河水冲掉了。

那不是一副普通的眼镜，或许我早该猜到，有一种眼镜表面上看过去和普通的无异，但其实可以遮蔽后面不同的色彩效果。

詹晖左眼球的眼白部分有一块很明显的红斑。他苍白的脸带着笑容看着我。

“该叫你什么？詹晖，还是詹起轩？”我冷笑着问他，但其实浸泡在河水中的我身体更冷。

“我知道瞒不了你多久，你和你父亲很像，都很细心，只不过太容易相信人了，这是致命的弱点。你放心，我对你没有恶意，如果要害你，机会多的是。”他嘲笑了我一句，仿佛已然看透了我心中的一点儿恐惧。说完，他转身游向岸边。

我们两个脱去装备，坐在河沿上。四周安静得瘆人，凉气从毛孔里侵入血液，在炎热的夏季里，这种寒冷本不该有。

“二十年前，我孤身一人寻找冥河，发现了很多未知的信息，了解到冥河就如同寄生虫一样寄居在别的河流湖泊里，并且弄到了一份我认为含有冥河的水样本寄给你父亲。可是不久，那个靠着冥河的村落暴发了瘟疫。我研究冥河的事情被村民们知道了，他们把我看作灾星，一拥而上，几乎把我打了个半死，扔在了村子外面，让我自生自灭。

“等我醒过来，第一件事就是口渴，但我的双腿全断了，手上也都是伤，眼睛由于被揍得充血，完全被肿胀的皮肤遮盖住了，所以我几乎是用下巴一下一下地挪到河边。

“那只是动物的直觉，我下意识地朝水里移动，可是当我浸到河里，才想起这水中还有冥河。

“接着，就如同你看见的那样，当我爬出来的时候，已经变成了个婴孩，但我保留了自己的意识，这种奇怪的变化让我觉得不可思议。

“接下来的事情很有意思，我一家一家地走，累了就爬，还只能在夜晚爬。终于有一户人家收留了我。我装得如同一个婴儿，努力掩饰自己的智慧，慢慢地长大，直到考入大学——你要知道，现在考大学居然比我那个时候难了许多，连我这个原本的高才生也不得不努力去学那些其实根本用不着的迂腐知识。当然，大学四年之后，我再次回到这里寻找冥河。”詹起轩叙述着往事，无论说到哪里，脸上都平静如水。

“其实这对我来说也好，我可以彻底放弃以前的身份，来研究这条冥河。看来我的猜测没错，临死的人会如同口渴的人寻找水源一样找到冥河，无论是灵魂还是肉体，都会回到婴孩的时候，只不过我可以保留自己以前的记忆，那个老人却没有了记忆，她恐怕不知道已经去哪个临产的孕妇那里去了。”詹起轩缓缓说道。

“这就是投胎？”我不禁问道，“不是说这是死亡之河吗？为什么我们下去了却没事？”

“我说过了，将死之人才能感觉到冥河的存在，而他们一般会出现两个结果：一是彻底变成一个婴孩，二是像我。不过估计我这类情况非常少了，冥河不是带来死亡，而是死亡会来找它罢了。”

“那河里的那些鱼呢？还有其他一些生物呢？”我问道。

“不知道，或许被冥河带到别的地方去了，或许会出现在另外一条河里。我所知道的，只有这么多。”他站了起来，开始收拾东西。

“其实，冥河没有大小，无论是一滴雨水，还是一条大河，冥河都有可能存在于其中，就如同细菌与宇宙。我劝你还是不要以现有的知识去理解它吧。而且，我感觉它快要离开这里了。”詹起轩又接着说。我没有回答，只是看着泛黑的水面发呆。

回去后，我们再次睡下。天还未亮时，我们被那对夫妻的哭声惊醒。

那个瞎眼的老人已经去世了。

不知道什么地方又降生了一个新生命。

临走前我看了看那个怀孕的女人，我忽然感觉到似乎有人在注视着那圆鼓鼓的肚子一样，或许已经有个人在痛苦地期望死亡，同时又在等待出生，等待着冥河的召唤。

“你们就这样走了吗？”那个男孩忽然走过来，依旧睁着大眼睛望着我们两个。我伸手想去摸他的脑袋，可是他灵活地闪躲开了。

“走吧，最好不要再回来打扰我的生活。”男孩的脸上浮现出很怪异的表情，那是成人才有的厌恶和城府，但只是一闪，他马上又堆出可爱无邪的笑容，自己玩耍去了。

“或许，你不是个例。”我对詹起轩说。他愣了愣，看了看那个男孩，冷笑了一下。

“可能是吧。总之，我会一直追下去，直到完全揭开冥河的秘密。”他忽然坚定地说道。

“希望吧，不过我还有别的事情要处理。”我和他做了短暂的告别，就回头去接李多了。

或许你见到这封信时还会觉得有很多的不解，但我也只是将我所知道、所了解的告诉你，死亡和降生这对孪生子，恐怕永远都是我们无法解开的谜，我倒是真心希望詹起轩有一天可以真的领悟冥河的实质。

信的末尾是他和李多的一些祝福。我把信折好，放入了抽屉。可能每个人都怕死，但有没有人想过，如果你有一个刚出世的可爱婴儿，在你背过身忙碌的时候，他却带着怪异的眼光望着你，不知道你会不会感到背后一阵发凉呢？

第七十八夜
捉迷藏

“‘弄瞎他的眼睛，他就再也找不到你了。’不知道为什么，我忽然想起这句话，而且嘴里不由自主地说了出来。那个女人忽然明白了什么似的，真的伸出手指头按向了小元的眼窝。”

我的幼年时代是在外婆家度过的，因为家里酷热难耐，只好去外婆那里避暑。按照现在的说法，外婆那儿就是贫民窟，从东往西都是一条条狭长的顶多容三人进出的小巷，每条小巷都住着十几户人家，整片地方都是低矮的平房。当然，如若像外婆一样有六个儿女的，就会在房顶再分出一块更狭窄的空间作为分房。我记得最小的舅舅高考的时候就住在上面，那里潮湿闷热，一股霉味，即便是深秋，在上面待上一会儿也会汗流浃背。房子大都是自己垒的，虽然破旧，却相当结实，只是采光不足，就是白天，里面也伸手不见五指，不过对于这里的人来说，总比住草棚茅棚好。

每条巷子从头到尾总有一两个互通的地方，如同一张大网，又像一块布满沟壑的耕田。各家各户的孩子无论大小，都是放养型的，春天玩弹珠，夏天扑画片，秋天耍陀螺，冬天打雪仗，小伙伴们的脑袋只想着怎样变着法子玩。那时候你几乎随处可见疯跑着满头汗水、满身是土的小鬼，有时候也会撞着忙碌的大人，父母偶尔呵斥一句便也无暇顾及了。

当然，这种地形最适合也最容易玩的游戏自然是捉迷藏了，而谈起捉迷藏，我就会想起小元。

小元一家不是这一带的原住民，他的母亲——一位身体孱弱、面黄肌瘦的女人，带着他搬到外婆的隔壁。原来的住户要去外地，就将这房子租给他们母子俩了。小元的母亲非常古怪，无论春秋冬夏，她都穿着一身碎花衬衣和薄薄的棕色西裤，每天手里拿着一把碎谷子招呼着她养的几只比她还骨瘦如柴的母鸡。她不太爱和邻居们说话，不过她经常靠编制一些竹制品卖钱养活自己和儿子，例如扫把、米斗、斗笠，等等。她的脸上总是挂着难以名状的痛苦，犹如得了暗疾的病人，又像是一直等待责骂的幼童，黄色如小米般的脸庞和青得略有些干裂的嘴唇都让人看着非常不舒服。每次看见儿子回来，她的眼中都带着无法掩饰的厌恶和恐惧，但她的行动显得很体贴。小元母亲说话的声音总是很低，就像是隔着一层头罩，又像是从地底发出来的一样，在热天里听起来像将要断气的知了的哀鸣。

这个女人虽然话不多，却经常和儿子聊天，不过大部分时候都是她在说，听不到她儿子回答。白天大多时候小元在外面疯玩，只有到了晚上，娘俩才在一起聊天。偶尔几次我起来小解，听见隔壁有动静，就趴在他们家窗台下面偷听。

只是谈话的内容颇为奇特，甚至让我费解。

“你放过我吧。”

“你到底还有什么要求？”

“你究竟要跟我跟到什么时候，还不走吗？”

诸如此类，而小元的回答只有重复的一个字：“不。”

我对这对奇特的母子感到好奇，但那时候大人们很烦孩子多事，即便是将这些告诉外婆或者母亲，她们顶多只是一巴掌轻轻地拍在我的屁股上，然后玩笑似的一声训斥，接着又去忙碌自己手上的事情了。

五六岁的孩子脑袋里只有问号，对什么都好奇，于是我对小元留了个心眼。

外婆家所在的地方原本是森林。一百多年前，清末，一些渔民来到岸上，在这里住了下来，并把这一带唤作方家场。至于为何这么叫，大家早已无法解释，只是跟着老一辈人的习惯罢了。

这一带从五岁到八九岁的孩子一抓一大把，在一起玩耍自然少不了。由于大家家境差不多，都不富裕，穷人家的孩子似乎天性喜欢互相帮助，所以小元没来几天，就和大家混熟悉了。

只不过他略有一些怪异。

小元的脑袋很大，而且五官奇特，几乎是平得没有一点儿起伏，远远看去如同一个被精细描绘了五官的人脸后被吹起来的红色气球，又大又圆又亮的脑壳上点缀着几根湿漉漉的头发，薄而白皙如同被洗衣粉漂洗多次的头皮下，一根根如吸管般粗细的紫色血管清晰可见。他的眼睛很小，眉毛稀稀拉拉的，让人觉得他的眼睛像塞进一个面团里的两粒豆子。可是他喜欢眯起眼睛说话。他的鼻子宽而短，还略微向里塌进去，厚厚的略微向上翘起的嘴唇总是挂着油珠子——小元的母亲即便自己不吃饭，也要保证儿子天天有肉有鱼。实在太穷了，她就到附近的池塘用手逮一些蛤蟆烧给小元吃，好几次她的手被蛤蟆分泌的毒液灼伤。所以我们这帮孩子非常妒忌他。他不太爱说话，可每次说话犹如一个大人，总是教训同龄的我们，而大家也对他的话非常信服。小元裸露在外面的皮肤总是肿胀得呈半透明色，如撕扯下来的薄薄的猪皮，手上总是湿漉漉的。每次我握着他的手，总感觉滑腻，仿佛握着一块肥皂。

几乎每次玩捉迷藏，他总是能够找到我们，无论我们藏到哪里——板车下、竹筐里、小黑屋、大树上，每次自以为躲得天衣无缝，可是没过多久就被他发现了。

而且每次小元都出现在你的身后，朝着你的肩膀重重地拍一下，然后冷笑着说："我看见你了。"

按照规矩，小元抓到人以后他再去躲，可是小元似乎不喜欢躲，而大家也乐得让他去抓。只是游戏这东西一旦失去了平衡，被抓住的次数一多就没有意思了，所以后来当小元热情地邀请大家再玩的时候，却遭遇了众人的白眼，小伙伴们一哄而散，只留下我一个人，他则眯起眼睛望了望一个个远去的背影，没有说话。

"为什么你总是能找到我们？"我和他顺路，于是问他。

"你们太笨了，那些地方，我以前躲过无数次了。"他的回答依旧非常不客气，不过我也习惯了。

"那么，有什么办法可以让抓你的人永远找不到呢？"临到家了，小元正要推开木门进去，我又问他。

这次小元没有马上回答，而是将推开木门的手抽了回来。他笑嘻嘻地走到我面前，伸出双手，将大拇指轻轻按在我的眼睛上。

"弄瞎他的眼睛，像这样，大拇指用力按下去，他就再也找不到你了。"他的话像锥子一样，而且手上真的开始用力，我的眼睛很快感到一阵挤压感。

五岁多的我自然哇哇大哭起来，小元似乎也意识到了不妥，立即收回手，走进了屋子，留下我一个人小心地按摩着被按痛的眼睛。

那天晚上，我很晚才睡着，耳边已然听不到外婆和母亲梦呓似的哄我入睡的歌谣，只是不停地回荡着小元说的那句话："弄瞎他的眼睛。"

"真是个怪人。"我翻了个身，忽然感觉到今天夜里热得有些厉害，本来夜风应该非常凉快，而我现在虚弱得厉害。忽然下身一紧，有些尿意，我从竹床板上爬了起来，揉着还略有些疼痛的眼睛去解手。

前面说过，方家场的巷子很窄，一入夏，房子就如同一个蒸笼，大家都将床或竹席摆放到外面来消暑。外婆家在巷子头，而这里各家各户都没有厕所，大人就去一百多米外的公共厕所，至于孩子，一般都在厨房旁边的水沟边对付一下了事。

我从床上下来，月亮已经出来了。由于东西多，我小心地避开堆放的杂物，忽然发现了那些睡在外面的邻居。

以前我并没有过多注意，可能是那天眼睛有些痛，不自然地看了一下。

从我站着的地方一直延伸下去，每家每户的门外都躺着几个人，大家一动不动，就像堆放着的一堆堆货物，看都看不到边。银色的月光透过破旧的塑料棚子的裂缝照射在他们裸露的肌肤上，反射着奇异的光。我见过这附近的一家加工塑料人像的工厂——一个专门为服装店制作模特用具的地方。那天他们卸货，正好大风，一堆堆码放好的人形模特裸露在空地上，就像现在一样。年幼的我有些诧异，几乎分不清楚那些躺在地上的人是不是真实的。

我小解完，才留意到唯独小元家是不在外面睡的，而且似乎从搬来到现在，无论天气多热，他们母子也从未在外面睡过，总是吃完晚饭就早早地关门了。

我刚想过去看个究竟，房门忽然嘎吱一声打开了，一个人影从门缝里猫着腰挤出来，接着挺直身体，又将房门带上。

我连忙蹲在一个竹篓旁边，仔细一看，原来是小元的母亲。

她的脸侧对着我，流露出无法抑制的兴奋和解脱感，就像刑满释放的囚徒，又如同赌博中正在关注结果的赌徒。她的手里提溜着一只小布口袋——她和小元搬过来的时候也背着这个口袋。

这个女人似乎又不放心地看了看里面，接着小心地穿过躺满了人的弄堂，不过那可不是件容易的事。她似乎犹豫了一下，然后选择从我这边走出巷子。她越过我躲藏的地方，消失在夜色里。很幸运，也许她正急着离开，没有注意到我。

我正诧异她为何深夜这样小心地离开时，那扇被带上的木门又打开了。

小元从里面走出来，他的眼睛并不像白天看上去那么细小，而是泛着光，犹如猫的眼睛。

“你走不掉的，我最喜欢的就是捉迷藏了。”小元的声音很低，听上去却像一个成年男人的嗓音，如同我的舅舅和外公那样的嗓音。紧接着，他闪进了屋子。我有些害怕，先前的燥热感一扫而空，我双手揉搓了一下手臂上的鸡皮疙瘩，然后回去，爬上竹床睡了。

第二天早上，我被家人推醒，正打算洗漱停当吃早点，却发现小元的妈妈端着一碗盖有荷包蛋的面条递给坐在小板凳上的小元。

小元的表情很得意，他接过了那碗面条。我看见那面条分明朝外吐着热气，可是小元不怕烫，大口大口吃下去，而且几乎没怎么吞咽，一眨眼工夫，面条下肚，大碗空空了。

而小元的母亲似乎对此并不惊讶，只是恨恨地拿过空碗，咬着嘴唇。小元吃过后就一溜烟跑外面去了，临走前还叮嘱我吃快点儿，赶紧过去和他玩。

我觉得昨天晚上发生的事情非常不真实，或许，那只是我的一个梦，压根儿就没出现过，当时我如此安慰自己。

又过了几天，夏日的高温开始退却，我在外婆家的快乐日子也要到头了，数着指头满打满算也就是明天离开了。而小元听说我要离开，也只是“哦”了一声，然后又邀请大家玩捉迷藏。

孩子们只有在实在没有别的游戏可玩的时候才会同他玩。当然，结果显而易见，一下午都是小元在抓人，而且没漏过一个。游戏结束后，我自然是在小伙伴的抱怨声中和小元一同回家去了。

晚饭过后，大家睡得很早。半夜里，风突然变凉，犹如铁刀刺肉。我闭着眼睛摸了半天的毯子，却摸到了一个圆滚滚的肉球般的东西。

猛地睁眼一看，我发现小元蹲在我床边，我的手正放在他的大脑袋上，他瞪着眼睛抽动着鼻翼望着我。自然，我吓得叫了一声，不过很快他用手把我的嘴巴捂上了。

“跟我来。”他说完背过身，朝外面走去，而我犹如中邪一样，居然真的跟在他后面。

白天热闹的街道、店面都寂静无声，那个年代还没有酒吧、网吧之类的夜生活场所，即便是电视，也是少部分人的奢侈品。这个时段外面除了守夜人，连个鬼影都没有，我和小元的脚步声回荡在带着余热的柏油路上。

他在前面不紧不慢地走着，不知道过了多久，走出了方家场，还有粮站和自由市场。

“你到底去哪里啊？”我忍不住问他。

“去找人，她要和我玩捉迷藏。”他没回头，依旧往前走着。

“找谁啊？”我嘟囔着问，不过这次小元没回答，只是在前面哼哼笑了几声，肥厚的肩膀抖动了两下，脖子后的赘肉也堆积了起来。

不知道走了多久，我几乎累得闭上了眼睛，却一下子撞到了小元身上，原来他停了下来。

“你明知道逃不了的。”小元忽然说话了。我正诧异，接着才发现他不是对着我说的。

他在跟一个蜷缩在早已关门的小杂货铺旁的人说话。

“我会跟着你一辈子的。”小元又说。

这里是一个连接着外面公路和居民区的交接点，旁边一个人也没有。

“我总要试一下。”那个人忽然站了起来，手里提着一个包袱。

原来是小元的母亲。

“你明天就要走了，是吧？”小元忽然转过头，带着微笑望着我。我木然地点点头。

“在这里，也就只有你对我最好了。”小元忽然伸出手，如同长辈似的想摸我的脑袋。

“你又想干什么？”女人忽然尖声叫道，就像是手指甲刮过黑板的声音。

小元的手在半空中停下了。不知道为什么，我下意识地觉得此刻的小元非常危险，便跑到了那个女人身边。

女人用手将我推到身后。

“我讨厌这个身体了。”小元双手抓着自己的脑袋低声说着。

“你为什么总要和我捉迷藏？我说过你玩不过我的，无论你躲到哪里，我都可以找到你。”小元伸出双手做环抱状，朝我走过来，我明显感觉到那个女人在发抖。

“逃啊，躲起来，然后我再来找你，我说过的，我最喜欢找躲起来的人。”小元一边咧着嘴笑着，一边走过来。

“快走，别让他找到我们。”女人拉着我在寂静的街道上跑了起来。

回头望去，小元依旧站在原地一动没动，只是对我们伸着手。

我们先后跑到了好几个地方，可是每次还没等坐稳，小元就从黑暗中慢慢走出来。

“我又找到你了！快跑啊，快躲起来啊！”

女人听完了发疯似的叫喊起来，又拉着我跑。

不知道跑了多久，那个女人和我都没气力了，后来我几乎是被她拖着走的。两人靠在马路的铁栏杆上大口喘气。

“跑不动了？”小元从身后铁栏杆之间的隔缝中伸出脑袋，傻傻地笑着。

“老娘不跑了！”女人不知道哪里来的气力，忽然伸出双手掐住了小元的脖子，把他拖到地上，可是小元依旧笑着。

“我只是买卖东西，从来没杀过人，平日里对你忍让够了，你是第一个！”

“第一个吗？不是吧？”小元的声音已经被掐得走了音，尖细得如同快要断水的水龙头。

“弄瞎他的眼睛，他就再也找不到你了。”不知道为什么，我忽然想起这句话，而且嘴里不由自主地说了出来。那个女人忽然明白了什么似的，真的伸出手指头按向了小元的眼窝。

一股鲜血从眼窝里飞射出来，溅了女人一身，小元却不知道疼痛似的笑着，也没有任何反抗。过了一会儿，小元才真的躺在地上不动了。女人也用尽最后的气力拉着我继续往前跑，一边跑还一边骂骂咧咧。

我则回头望了望，小元躺在那里没有再动弹。

终于，我和她都跑不动了，瘫倒在地上，喘息了一阵，女人的声音似乎又恢复过来了。

“我救了你的命啊，细伢子。”她得意地转过头说。

“小元不是你的儿子吗？”我整理好呼吸，奇怪他们母子怎么会这样。

“他才不是我的儿子！”女人皱着眉头，表情如同恶神，双拳紧攥。

“我原以为他只是件货物，不料想居然像狗皮膏药一样脱不了身了。”她继续抱怨道，不过转头看见我不解的样子，又不耐烦地摆摆手。

“我和你说这个干什么，你个小鬼也不懂。”她站起身来，伸了个腰。

“应该看不到他了。天天说捉迷藏，死小鬼，老娘弄瞎你的眼睛，看你怎么找我。”说完，她忽然眯起眼睛望着我，犹如一个饿鬼望着食物，让我不由得往后退了两步。

“跟阿姨走吧，阿姨带你去好玩的地方。”她朝我伸出手。我拼命摇着头后退，她愤愤地骂了一句，不再理我。

“你去哪里？”我见她转身，忽然很费力地弯着腰。

“不用你管。”她有些奇怪地转动着脖子，“怎么头发老是有被钳着的感觉。”

我发现女人的脖子上忽然伸出一只白白胖胖的手，手上布满青色的血管，犹如枯叶上的经脉，于是我抬起头望去。

又一个小元将沉重的身体压在女人的背上，夸张地咧开嘴巴笑着，一只手攥着女人的头发，另一只手按在自己的嘴巴上，对着我做了个噤声的动作。

不过我又觉得有些不妥，因为小元的脸上没有任何伤痕，可是那个女人刚才手上明明在滴血啊。

女人似乎丝毫不知情，而是沿着街道朝前走去，走不了几步，她就转动转动脖子。

“走到哪里，我都能找到你。”忽然耳边传过一阵低语，那声音是小元的。

我没有回家，而是一直坐到天亮，因为脚有点儿软。

白天回去的时候，我挨了顿臭骂。外婆和母亲吓坏了，不过好在我没出什么事情，这事自然也就算了。

没过多久，听说有警察来到这里，拿着一张通缉令寻找小元的母亲，或者说那个女人更加合适。

“那人到底是谁啊？”我问母亲。

“这个女人是一个人口贩子，专门倒卖几岁的娃娃，就像你这样大小。她把骗来的孩子集到一起，拉到乡下去卖。可是有一次司机晚上没睡好，车子翻到河里，所有的孩子都淹死了，而且泡了好多天才被发现，捞起来的时候一个个头肿得跟包子一样，头上的青筋都暴出来了。十几个娃娃，嘴唇都紫得厉害，眼睛被额头肿起的头皮压得都看不到了，全身的皮肤泡得跟萝卜一样透明。那天警察把通缉令和事情的经过告诉我们，大家才知道那个女人是个这么狠心的人。她自己也有娃，却干这种伤天害理的事情，可惜没抓到她。”母亲愤愤不平地说。

“小元不是她的娃。”我忽然说。

母亲有些奇怪，但又自顾自地说道：“管她呢，反正警察说她在被人告发前好像也骗了个娃，而且经常带在身边，估计也想认个儿子吧。坏事干多了，可能自己生不出来！”母亲再次痛骂道。

说完，母亲就去忙自己的事情了。后来我再去外婆家，那房子又换了别人住了，那个女人再也没了下落。后来偶然听到邻居议论说，在别的地方也看到过一个带着大头儿子的瘦弱女人，只是警察一直抓不到，这两个人仿佛在和警察捉迷藏一样。

后来，我经常做一个同样的梦。梦中，我远远地看见一群孩子在玩捉迷藏，孩子们一个个笑着躲好，只有一个背对着大家枕着手臂靠在墙壁上数数。我也高兴地朝他们走过去想加入。这时，靠墙的孩子忽然转过头，他没有眼睛，眼窝处只有一片片血痂，将眼皮和额头拉得紧紧的，形成了几条深如沟壑的抬头纹。那张脸正是小元的脸。

梦中我吓得一步步往后退，先前躲藏起来的孩子忽然都从躲好的地方走出来，慢慢朝我走来。他们都是小元，胖胖大大水肿的脑袋、细小的眼睛、青而发紫的嘴唇、湿漉漉的身体，都一个样子，却又仿佛有点儿不同。

“来玩捉迷藏吧。”他们异口同声地充满稚气地喊道。

我从梦中惊醒，一身大汗，似乎明白了那个女人为何怎样也甩不掉小元。

第七十九夜
半根针

“可是当我低头的时候，自己的那股气一下子就没了。我的身体下面浮起一件东西，一件人形的东西。我起初以为那是阳光下自己在河底的影子，可是随着卷起的泥沙渐渐退去，那居然是具尸体。”

可能是台风的缘故，原本火热的八月也凉爽起来，只是想到即将到来的农历七月半，忽然觉得这天气又十分应景了。不知道纪颜和李多已经走到哪里了，我随手打开邮箱，却发现纪颜来了封信。

这家伙想必知道七月半将至，发了封问候信。

“又快到七月半了，前些日子我和李多为了寻找当地的传说故事，要渡过一条河，据说河对面的村落发生过非常奇怪的事情。我急于过去，但是河上没有桥，水又涨得厉害，所以搭了一个老人的船过去，没想到居然有意外的收获。鬼节将近，或许这个故事你能用得着。”看到这几句话，我来了精神，早起的困意一扫而空，继续看了下去。

（下面是纪颜的信。）

这里荒凉得很，四处望去只有无边无际的石滩和杂草。原本狭窄的河面到这里忽然阔大起来，河水湍急，就像揉散了的面团，水浪一块一块地涌动着。我和李多找了许久，都没有找到过河的桥。天色渐渐暗淡下来，刚刚结束的大雨似乎又有回头的意思，河边的鹅卵石被雨水冲刷得光亮异常。正着急时，却看到在水天一色的角落里居然停靠着一叶扁舟，不仔细看，它仿佛被周围景象融进去了一样。

我走过去，一位头戴灰白色草帽、身披陈旧蓝色工作服外套、下身穿着灰色短裤的摆渡人正闷着头抽水烟。我走过去，问了声：“请问，开船吗？”

他抬起头，脸犹如一个放置了很久的干瘪老面馒头，带着萎黄，又像个极度脱水的苹果，眉毛几近脱落干净，眼睛四周和脸颊都铺满了深入沟壑的皱纹。他嘴里含着烟嘴，带着漠然的眼神望着我们，卷至手肘处的袖子下面布满了如蚯蚓般粗细的长长的血管，一根根凸出来——常年接触水的人都会这样，皮肤黄而干燥，上面粘着一层层还未完全脱落下来的灰黑色的死皮。终于，在注视了我们几秒后，他的嘴巴离开了水烟筒。

“当然开，不过你们姓什么？”他操着浓重的地方口音问道。

我奇怪他问这个干吗，不过还是告诉了他。李多也有些不悦，性急地催促着。

他看上去似乎年纪很大了，却不知道他为何还在摆渡，而且这里似乎很少有人来，若不是我们，或许他一天也接不到一个客人。

老人的身体看上去很健硕，站起来如铁板一样整齐直立。他将水烟筒收起来，顺手接过我们的行李。船不大，勉强容得下三四个人，我和李多相对而坐，老人则站在船头，将船撑离了河岸。

船缓缓地驶向河心，水流似乎也慢了些。我看到河边耸立着很多怪石。

“七八月山洪来得凶，这里的水也涨得厉害，所以必须看那些石头。如果河水没过了石头，就是出再高的钱，我也是不能出船的。”老人的声音很沙哑，却非常清晰，他可能看我盯着石头看，于是解释了一下。

“您刚才为什么要问我们的姓？”李多好奇地问老人。

老人迟疑了一下，忽然朝天高亢地唱了起来，歌声从四周的山壁反射回来，在我们耳边环绕。

“过河人哟，莫着急，待我将你姓名问哟，不怕恶浪与险滩哟，船工一身都是胆啰，出船宁带一根针，回家不载陈姓人哟。”老人唱完了，这才低头对我们说：“我是住在河对面的船工，这一带有规矩，出船定带一根针，回船不载陈姓人。”

“哦？不载陈姓人是因为‘陈’与‘沉’谐音吧，可是为什么要带一根针呢？”我好奇地问。

“让我给你讲个故事吧，告诉你为什么要带一根针。”老者抬起头望望灰暗的天空。

（下面是老者的讲述。）

这一带地势不好，加上非常荒凉，也就没有修桥，于是便有了我这样的摆渡人。以前河对面的村子还算热闹，大家要出去赶集、看戏、采买货物，都得靠我们船工双手摇过去。有些人家世世代代都是吃河面饭，河边生，河边长，即便死了，也要让家人葬在河边上，这是我们的命，虽然辛苦，却也活得下去。

出船的人水性都好，这是当然的，可是只要是第一次单独出船，老人们总交代身边带好一根针。我问为什么，他们总是叹气摇头不说。

我第一次单独出船，也很欢喜，只是对这根针有些看不大起，可是既然长辈说了，我自然点头称是，便将针别在裤腰带里。时间长了，自然也就忘却了。

直到有一天，也是这样的日子，七八月间，暴雨连着下了几天，大家都出不了船，没了收入，坐在家里发呆。好不容易雨停了半晌，我赶紧推船出河，等着人来。

果然，那天生意旺得很，中午出去的，到了天擦黑的时候已经过了十几趟。我几乎没歇过，虽然累，却心中高兴，一来有了生计，二来觉得自己的本事帮了人。

我刚准备回去，却被一个年轻人叫住了。

他身材高大，不过天色已经灰暗，我看不清他的容貌。他一身读书人打扮，手上还提着一只皮箱子，脚踩黑皮鞋。我瞧他眼生，更断定他不可能是本地人。

“带我过去吧。”年轻人在身上摸了摸，掏出钱。

我瞅了瞅，那已经超过了双倍的船钱，刚想接过来，忽然想起来还未问他的姓。

年轻人居然姓陈。我有点儿懊恼，摆摆手说不渡了。

“你要是不渡，这天已经黑了，这十里八乡的一个人也没有，难不成我还要走回去不成？姓陈又怎么了？难不成姓陈的一辈子都不渡河吗？为什么这个年代还有你这样封建迷信的人啊。”他有些生气，大声斥责我，接着又在身上掏了掏。

“拿去！”他又多拿了些钱。我犹豫了一下。那时候人年轻，天不怕地不怕，哪里管得了这么多，只是想着总要回家的，多带一个人有何不可。于是我一手接过钱，就让那人上了船。

我载着他朝对岸划去，可是心里多少有点儿不安，原本熟悉的水路居然有些陌生起来，只恨不得能来一阵大风，将我一下子吹到对岸，早些回家了事。

船到河心，我们攀谈了起来。原来，这个陈姓的年轻人是个读过大学的秀才，而且是来这里采集民风民俗的，还带了一箱子书来教化这里的孩子。听了他这话，我也忍不住对他敬佩起来。

可是没想到，离岸还有几里的时候，真的开始下雨了。

雨势来得非常猛，不消片刻，我的船里已经灌满水了。风也吹得厉害，只是不把我朝岸边吹，而是往河心吹。我顿时慌了手脚，年纪轻，还从来没遇到过这种架势。

“船家，现在怎么办啊？”年轻人大声喊道，可是口齿不清，含含糊糊的，估计是雨水冲进了嘴巴里。

“你抓牢船，我想办法！”我叮嘱他，心中却忍不住恐惧起来，虽然撑船时间不长，但知道在这样的风雨下，一旦船撞到凸起的石头，我们必定要落河，别说是这秀才，就是我，也不见得能游得出来。

果然，还没等我说完，船就翻了，我和年轻人都落进水里，水流重重地拍在我身上，肉痛得厉害，嘴巴、鼻孔里都灌满了水。

不过还好，我勉强游出了水面，只是那个读书人不见了，旁边都是黑黢黢的河水，雨声混杂着雷声，把我呼喊的声音淹没了。

"可能已经沉到底了吧，唉，这姓还真邪门。"我感叹了一下，立即朝对岸游过去。

忽然，脚底下一沉，仿佛被人拉扯了一般，接着腰也被抱住了，我整个人迅速往水下沉。

一个闪电打过来，我看到那个年轻人死死地环抱着我的腰，他的双手拼命抠住我的裤腰带。

"放手！不然我们会一起死的！"我大声叫喊着，可是他仿佛已经没了知觉，呆呆地抓着我，拼命摇头。

我不知道如何是好，只晓得我气力一尽，明天就要等家人来为我捞尸了。水上的人都知道，就是水性再好的人，一旦被这种求生欲望极强的人抱住，都没办法生还。这种人如同秤砣一般，就是没有这风雨，带着他都很难游过去。

我忽然想起临走前带的那根针。

那时候我没有多想，从裤腰里翻出那根针，朝着年轻人的手背狠狠扎了下去。

他大叫了一声，带着愤怒和怨毒望着我。

"别怪我！否则大家会一起死的！"我闭着眼睛，将针拔了出来，又一次扎下去。

腰间的气力果然小了，我马上挣脱了他的手，只是用力过大，拔出的针断掉了，针头留在了那个年轻人的手背上。

我鼓足了吃奶的劲游过去，等我摸到河岸的石头，挣扎着爬上去时，雨水立即小了起来。

一脱离了危险，我就晕了过去，醒过来的时候，已经躺在家里了。家人说我命大，这种天气，十个有八个难回来。村里人都说那天晚上的雨这辈子都没见过，下得那么大、那么急。

他们还说，搬我回来的时候，我手心里死死地攥着半根针。

从那以后，我大病了一场，一闭上眼就看见那个年轻人湿漉漉地站在我面前向我索命。而我也终于明白，老人们为什么叮嘱要带一根针而又一再不愿意说明原因。

我把那半根针藏了起来，也没将这件事告诉过别人，只是向我父亲说了说。当年父亲听完大惊，他之所以惊讶，不是因为出了这档子事。

"你没有把针完整地拿回来，而是断了一截在那个人手里？"他失色地问道。我则回答说是。

"这是大忌！除非我们可以找到那个人的尸首，否则就……"父亲说了一半，却打住了，接着叹气摇摇头，即便我追问，他也不再告诉我。

随后，大家找了几个水性好的人沿河搜索，可是没有找到那个人的尸体。这让我着实担惊受怕了好一阵子，不过接连十几年没有事情发生，我也就渐渐淡忘了。

直到我也结婚生子，直到我的女儿慢慢长大。我的父亲在忧虑中去世，临终时手里还一直握着那半根针。不过我没有过多在意，或许是从小就不信鬼神的原因吧，而且从那以后我也很注意天气，绝对不再强行带人渡河了。

去年的八月初，我接到女儿的信——这里唯一能够和外界联络的邮局离村子有几十里远，我隔段时间就会去那里替全村的人取信。她在信里告诉我，她会带男朋友回来。这么多年了，女儿只要在外面，就会寄信过来，只是那段时间信有些不一样。

那些信仿佛被雾气打过一样，湿漉漉的。我以为是邮递的时候沾了水，可是其他人的信都没有这种情况。我曾经回信询问她，女儿要么说是不小心沾了水，要么说是刚洗完衣物、碗筷才开始写的。

那点儿水经过这么长时间还没干吗？我狐疑起来。

不过我还是没有过多在意，只是急着回去把这个消息告诉孩子她娘。

我们俩沉浸在快乐之中，自从女儿去外省读大学，她回家的次数越来越少，上一次回家已经是半年多以前了。

这一带的摆渡人已经越来越少，因为怕女儿他们来得匆忙渡不了河，接下来的日子里我天天都在河边等待，而且不载别人，只为等他们——毕竟靠女儿寄来的钱就足够维持家用。

接连等了十几天，一直到七月半那天晚上。那天我本不愿意出去，行船的人忌讳鬼节，尤其是因为河底冤魂多。于是天刚擦黑，我便打算撑船回去，刚起身，却看见远处走来两个人。

一个年轻女人和一个个子高高的男人，两个人的手紧紧地牵在一起。

那个女的自然是我女儿，可是当我看到那个男人时却吓了一跳。

我不知道为什么，竟想起了十几年前那个书生样子的年轻人，除了衣服、发型不同外，他们甚至连手里提着的箱子都是一样的，可就是脸依旧觉得模糊，似像又不像。我暗自咬了咬舌尖，告诉自己天底下哪有如此怪异之事，权当是自己老眼昏花所致。

未来女婿对我很是尊重，女儿也热情地向我介绍。原来这个男的是女儿的大学同学，比女儿高一届，女儿的工作也是他帮忙介绍的。我自然对这个女婿非常欢喜，看着天色已晚，便不再多聊，让两人上了船。

老船工一边摇着桨，一边说着。船已接近河心，他却忽然停住了，带着怪异的眼神，眯起眼睛望着我和李多。

“就像你们两个一样，都是相对而坐，很高兴地望着对方。当时我觉得有些怪异，但始终没有觉察出来，这事本来对于在船上讨了二十多年生计的人来说应该很容易想到的，可能是我当时过于高兴，却忽视了。”他长叹一口气，将草帽往下压了压，我看不到他的眼睛了。

“那天还有个一同撑船的同村人，他的船也载了两个姑娘，是村子里的，说是到河边烧纸钱刚回来。他的船经过我旁边的时候，忽然望了望，然后他奇怪地说了句话：“好浅啊。”然后就划开了。

我没在意，只当是一句玩笑话。

我们回到村子里，我婆娘都等急了，早就做好了一桌子菜，都是时令的河鲜。水上人家，大都以鱼虾为主，我怕女婿吃不惯、畏腥，还特地做了些猪肉和蔬菜。那个人随着女儿一起叫爸爸妈妈。我们听着相当高兴，我也干脆直接把他当女婿看待。

那天晚上吃得很愉快，不过在灯光下，我一直注意看女婿的左手。

我当时断掉的那半根针就遗留在那年轻人的左手里，虽然自己一再骂自己多心，可是眼睛不自觉地瞟了过去。

即便吃饭，女儿的手依然牵着那个男人的左手，我看不到什么。

吃过晚饭，我为女婿腾出了一间房。女儿有些不高兴，我可不管，虽然我们家贫贱，但女孩子家的清誉还是要的。

河畔的村子，晚上风中带水气，吹一夜就能伤了骨头，别说我一把年纪，就是年轻人也吹不起，而家里就两间睡房。

女儿自然跟着她娘睡。

我只能跟女婿睡。

当时我望着女婿的眼睛，他似乎很乐意，那眼神仿佛是河边捕鱼人拿着鱼叉死死地盯着活鱼。

“睡吧！”我咬咬牙，熄了灯，和衣躺下。

那边房里娘俩多些时日没见，自然少不了悄悄话，但到了后半夜，也平静了，只有细微的鼾声。

我则昏昏沉沉地睡去，净做梦，梦见那个掉进河里被我用针扎手的年轻人。

没过多久，我就感到脸颊上一阵冰凉，睁开眼睛，发现女婿浑身湿漉漉地站在我面前盯着我看。他头发一缕一缕的，正朝下滴水。他光着上身，穿着一条短裤。

他的样子和那个落水的年轻人几乎一模一样，仿佛刚从我梦中的河底爬出来。我猛地一激灵，跳了起来，抓起床边的撑衣棍。

没过多久，我就感到脸颊上一阵冰凉，睁开眼睛，发现女婿浑身湿漉漉地站在我面前盯着我看。

他似乎有些惊讶，然后看了看自己，接着笑了笑。

“不好意思，爸，吓着您了，我睡不着，所以出去游了游泳，因为身体弱，从小就被送到游泳队学。这不，反而惯了身臭毛病，一天不游就浑身不舒坦。”他又低头道歉，然后躺下了。

我这才放下撑衣棍，也躺下来。

可是哪个人喜欢七月半晚上去游泳？而且只要不和女儿握着手，他的左手要么藏在身后，要么紧紧攥着。

如果不看看他的手，恐怕我是不会安心的。带着这种想法，我又昏睡过去。

女儿告诉我们，她会和准女婿在这里留一个礼拜。

“爸，过一个礼拜我们就要赶回去了，时间不多，以后我们还会常回家看望二老。”女儿笑了笑说。

女大不中留，这一点我知道，何况这里穷乡僻壤，总不能让女儿走自己的老路吧？可是想起来鼻子又一阵酸楚，仿佛被人从鼻孔倒进了姜水，又苦又辣。

这个女婿不爱说话，却毕恭毕敬。我则一天到晚把眼睛挂在他身上，终于，我想到一个看他左手的机会。

“你喜欢游泳，今天天气不错，河水也暖，要不我们爷俩去游个痛快？还可以比试一下嘛，游不过我，我可不答应把我闺女嫁给你。”我开玩笑打趣道。女婿爽快地答应了。

“我一定会赢你。”他半眯起眼睛，笑嘻嘻地说。

正午河水最不伤人，我带着他来到河边。那里一个人也没有。这一带半山环绕，加上杂草多，太阳照不进来，温度要低很多。

我迅速脱光衣服，然后看着他。女婿也慢慢脱掉衣服，我终于看见他的左手，不知道该说失望还是高兴，他的手上什么也没有，光滑得很，白白嫩嫩，一看就是拿纸笔的读书人的手。

“游吧。”他扑通一声跳进河里。我也紧随着下了河，心里石头落了地，自然没什么牵挂，游起来也格外畅快。

我和他都是话不多的闷葫芦，可能因为这一点，女儿才喜欢他。我们聊了几句后就默不作声了。

河水有些混浊，扬起的泥沙弄得我什么都看不见，想想二十多年前的那件事，犹如一块疤焊在我心里。我尽力朝前游过去，但女婿游在我前面一个身位，可能自己确实老了。可我还是想鼓鼓气超过他。

可是当我低头的时候，自己的那股气一下子就没了。

我的身体下面浮起一件东西，一件人形的东西。

我起初以为那是阳光下自己在河底的影子，可是随着卷起的泥沙渐渐退去，那居然是具尸体。

头发差不多掉落得干干净净，脸犹如泡发的香菇，紫黑色的细小血管密布整张气球般的脸庞，嘴里鼓鼓囊囊的，不知道含了什么东西，四肢也无力地漂浮着。他慢慢浮上来，几乎快要碰到我的脸了。

虽然他的样子变化极大，但我从他的衣着一眼就认出来了，那是二十多年前没找到的尸首，只是那只皮箱子看不到了，想是被冲走了。

我平素胆子极大，但这下也吓得着实不轻，一口气没接上，呛进胸膛里，而且腿又抽筋了。

这时我看见鼓出眼白的尸体望着我微微笑了笑，他左边的袖子漂浮起来，挡住了我的眼睛。

我的咽喉处开始有了被勒紧的感觉，渐渐觉得喘不过来气，眼前一片黑暗，最后听到的是女婿的呼喊声。

醒过来的时候，周围围了很多人，我已经躺在自家床上，原来女婿把我扛了回来。

"尸首！那尸首！"我又大声喊起来，肺里似乎还有积水，所以剧烈地咳嗽起来，我婆娘轻轻拍着我的背。

"捞起来了。"旁边的村民告诉我。

"二十多年的尸体为什么浮不上来？而且还没烂掉？"我大声问道，不知道是问自己，还是问别人，因为我想知道答案，否则我会疯掉。

"烂没烂，不知道，不过浮不上来那是自然的了。"女婿忽然冷冷地说道，"他的肚子里面全是鹅卵石，刚才搬上来的时候还咕噜咕噜作响，跟工地的水泥搅拌机一样，肚皮上凹凸不平的，一个人吞了那么多石头，自然浮不起来了。"

"难怪，我看见那尸体嘴巴鼓鼓的。"我这才安静下来。

"而且，那尸体没了左手，好像被什么啃掉了一样。"旁边的一个人嗫嚅着说。

我沉默了，挥了挥手，示意大家散去，然后不理家人的询问，埋起脑袋睡觉。

其实我哪里睡得着。那只带着半根针的左手究竟在哪里，找不到那半根针，我迟早会像我爹一样郁郁而终，死都不安心。

日子逐渐过去，女儿告诉我他们很快就要离开了。没过多久，我的身体就康复了，只是心病无法医治。村里知道十几年前那件事情的人不多，我在村子里有一定威望，于是让大家出点儿钱把那个人的尸体好生安葬了。

女儿牵着女婿的手，面带愁容地看着新坟。

“好可怜，连名字都没有。”

“怎么会没有，说不定和我同名。”女婿忽然冒出这么一句。

我用眼睛瞪了他一下，他才收声。

七天的时间很快过去了。临别时，女儿哭了，可能是非常不舍得，但又没办法。

“一定要照顾好自己啊。”孩子她娘抹着眼泪抓着女儿的另外一只手，“你这手这么凉，以后怀了娃娃一定要注意。”

“嗯，他会照顾好我的。”女儿笑了笑，望着女婿。女婿也点了点头。

我提出送他们过河，被拒绝了，理由是我身体刚好，不适合，还是多卧床休息。

“爸，妈，我们走了。”女婿朝我们鞠了个躬，接着忽然松开握着女儿的左手，朝我伸过来。我愣了一下，心想可能这是他们的道别方式，也伸手过去，两人的手握在一起。

那时候，我感觉到手心一阵微微的刺痛。

女儿和女婿消失在门外。我把手转过来，手心里是半根生锈的针头。当时我犹如当头棒喝，张了张嘴，想叫女儿回来，但我知道无济于事。孩子她娘还以为我舍不得，安慰我说：“女儿还会回来的，难过什么？”

“回……回不来了。”我哭丧着脸说，不再理会她，只是冲进内屋，翻出一只小铁盒子，打开来，里面是另外半根针。

两下里一连，正好接在一起成为一根完整的针，就是二十年前我带出去的那根。

我无力地把盒子放回去，吃力地抬起眼皮，忽然看到墙角里的皮箱子。

那是女婿带来的皮箱子。

那个和二十年前的年轻人手里提着的一模一样的皮箱子。

只不过前几天它还好好的，可是现在那只箱子在往外冒水，一股股水流从箱子缝隙流出来，湿了好大一块地方。

我爬过去——因为脚已经完全使不上气力了，强忍着打开了箱子，里面并不是我以为的东西——那只失踪的断手。

里面只有很多信，都是被水泡着的信。

每一封，都是我们曾经收到过的，都是女儿曾经寄过来的。那些信大都泡得字迹十分模糊了。我发疯似的把信和箱子全部扔到屋外。老婆怕极了我，她后来说我仿佛恶鬼一样。

几天后，我再次去邮局，那里果然有我的一封信。

可惜不是我女儿写的，那是她单位寄来的。当我打开信，虽然已经有了准备，却还是差点儿昏过去。

信上面说，女儿两星期前独自去游河，遇到风浪，遭到不测，结果过了很久女儿的尸体才被打捞上来，而且最蹊跷的是，女儿被打捞上来时，手里紧紧地攥着一只断手——一只断掉的男人的左手——在场的人都说那只手看起来仿佛被浸泡了很多年。这封信也不知道为何过了许久才寄到这里。

我拿着信，在邮局呆坐了好半天，才撑船回家，甚至不知道如何告诉家里的老伴，所以我决定隐瞒下来，只说是女儿出国了，总之能瞒多久是多久。

回家的时候我又遇见了那个伙计，这时候我才明白，他那天说太浅了，其实是好奇为什么我的船上一个大男人却还没有一个女孩子吃水深。

我苦笑了一下，那当然，当时待在船上的只是一只断手罢了。

船夫终于说完了，船也已经到岸。我把船钱给他，他却摇摇手。

“不用了，你们能听我的故事，我就很高兴了。”他朴实地笑笑。

“那A村往哪里走，您能告诉我们吗？”李多笑着问他。

船夫点了点头，走下船，对着地图详细地指点我们，接着才上船离开。

望着他渐渐消失在河面的身影，我这才想起，他刚才上下船的时候船身动都没动。

谁知道呢？或许是他常年在船上，稳定性好吧。

还没到村子，我们就听到了这样一个故事，心情不免有些抑郁，可是谁又晓得那村子里还有没有更奇异的事情呢？今天时间不够了，我只能先说到这里了，过几天我再告诉你吧。

一切安好，也祝你和落蕾身体健康。

信看完了。看来纪颜是离开了村子以后给我写的信，当然，我更着急知道几天后他的故事，那个奇特的村子里又有些什么怪事呢？不过既然他能告诉我这些，想必他们没有什么危险，只要一切安全，作为朋友的我自然是无比欢喜了。但是，想一想，如果我是船工的话，恐怕也会毫不犹豫地拿起针扎下去。或许每个人都会吧。

第八十夜
羊吃人

“我看见他走向什么东西，那似乎是一只羊，却又仿佛不是。那东西趴在地上，远比羊要大得多，而且那双眼睛透着毫无生气的亮光，直直地望着梁。梁走过去，双手合十，深深地鞠了一躬，嘴里不知道说着些什么，接着他居然举起手来，原来拿着把尖刀。”

这并非是个关于鬼怪的故事，却说明其实人比鬼怪更可怕、更残忍，即便是羊这样温驯的动物，在人为作用下也可能变成狼。

就如同托马斯·莫尔在一本叫作《乌托邦》的书中写道：“绵羊本来是很驯服的，所欲无多，现在它们却变得很贪婪、凶狠，甚至要把人吃掉，它们要踏平我们的田野、住宅和城市。”

事情的起因是我得到了久违的为期一周的假期。我收拾好行李和必备物品，和同事做了简短的告别后便离开了所在的城市——我一直向往像纪颜一样无拘无束地四处旅行，终于得到了一个短暂的改变自己生活的机会，自然十分高兴。可惜的是落蕾无法同行，作为专栏的负责人，她是无法抽身的。不过她依旧叮嘱我，农历七月半将近，出门还是小心点儿为妙。

就在我犹豫该如何挥霍这本来是最普通却对城市人最为珍贵的时间财富的时候，大学时期的一个同学忽然邀请我去他所在的农村。他是一个从村子里出来的普通学生，并不如一般爱情小说里通常描写的那样十分优秀，也没有认识一个欣赏他才华的富家女，更不会有事没事搂着人家的肩膀大吼“你爱不爱我，我一无所有”，当然，他更不可能上演一段轰轰烈烈的爱情故事，总之可能令大家失望了，他只是一位普通的乡村老师。

其实他可以不用回去，实际上他也不是十分愿意回去，可这是一个承诺——是全村人凑份子供他上的大学。可能你会说，不是有助学贷款吗？但是长在城市里的我们又怎能明白不肯要嗟来之食的自尊和在前途与尊严之间的无奈？一旦接受了钱，无疑在自己身上打上了烙印，联系次数多了，被说是贪财，生疏了，则被说是忘义，更何况那些微薄的钱财还只是为了家境最贫寒或者考入名牌大学的学子们准备的，我的同学既没到家徒四壁的地步，也没有考得非常优秀，所以相比之下，他宁愿接受乡亲们的捐助，或者说是一笔交易更恰当。最后他答应一定回来好好教育那帮睁着大眼睛、拖着鼻涕的孩子，虽然大学生活多少改变了他，可是找工作的时候他依旧做出了回去的决定。

“男人的承诺不能乱给，既然给了，就要履行到底，除非我死了。”当我询问他原因的时候，他微笑着如此回答。

一晃过了三年，既然他主动邀请我，看来他起码过得不坏了。我向来厌倦去那些所谓的人为景观游览，但凡经过加工的东西，都丧失了灵魂，按照一些人的说法，物非活物，景非活景，如同那制作精良几可乱真的标本，它始终是标本。

他的村子离这里并不十分遥远，这也是我愿意去的原因之一，毕竟一星期的假期有限，我要好好分配优化一下。在经过六小时的高速列车和两个多小时颠簸的客车旅程后，我带着疲惫看到了夜色中的那个村子。

与其说是村子，倒不如说那是一片巨大的绿色草原，我几乎以为自己到了广阔无垠的内蒙，四处搭建的羊圈和片片草场让我觉得十分诧异，难道这里也适合养羊吗？

我正困惑时，一个穿着朴素的高大汉子从不远处走过来，身后的影子拉得很长，如同一把黑色的剑，插进了村子。

直到他走到跟前，我才认出他来，绝非因为天色暗淡，实在是因为他的相貌变化太大了。

大学的时候他非常瘦弱，虽然个子很高，却经常佝偻着身体，犹如一只大虾，深陷的眼窝总是带着难以名状的悲伤和苦闷，仿佛一团化不开的浓墨，而现在的他充满了自信和骄傲，说句不好听的，颇有些暴发户的样子。我忽然很好奇，三年里在他身上到底发生了什么。

“欧阳，我在村口等你很久了。”他大跨步走过来，伸手要接过我的行囊。不过我拒绝了，一来东西不是很重，二来我向来没有让别人提包的习惯。他也不介意，依旧非常高兴地拉着我往前面走去。

他的手用力很大，将我因长期打字而导致肌肉几乎萎缩的臂膀掐得生疼。走进村子，我闻到了草场的清香和羊的膻味混合发出的犹如肥皂般的味道。这里的村民似乎很少，我觉得有些奇怪，不过他们看上去远比其他地方的村民要富裕得多。我不经意地四下望去，家家都住着如同城市里楼房别墅的住宅，院落里停靠的不再是自行车或者拖拉机，而是摩托车和轿车。

这个村子原来不是比较贫困吗，三年的时间怎么会改变这么多？

“这一切都要归功于这些可爱的羊。”同学拉着我，来到一处建筑得比村民住房要正规而且宏伟得多的地方。我抬头一看，原来是当地的村委会，惊诧之余，疑问更多了。

“到底是怎么回事？”我一边随着他走进去，一边问道。

“我先带你去见村长。”他没有回答我，只是高兴地拉我进去。

里面很宽敞，甚至装修的奢华程度超过了我所在的报社，大可以与城市机关攀比一下了。在楼层的拐角处，我们碰到了村长——一位长着圆胖脑袋、身材短粗的中年男人，光秃的脑门在灯光的照射下闪闪发亮，嘴角叼着一根香烟，双手背在身后。他穿着一套西服，却并不十分得体，拖长的衣角和堆叠的裤筒让他看起来像一个滑稽演员。敞开的西服里面并非是得体的衬衣和领带，居然是一件无袖的白色小夹袄，让人啼笑皆非。那情景不亚于看见一个人在用刀叉吃米饭。

村长正在和另外一个人聊天，那个人戴着一副金边眼镜，白多黑少的眼球鼓鼓的，狭长的脸和光滑得没有一根胡须的尖尖下巴不停地如小鸡啄米般点着，他的腋下夹着一个深黑色的公文包。两人似乎在商量或者说在达成什么协议。

“那就这么说定了，价钱可不能再退让了，吴总，我们也是穷村子，大家伙都指望着这些畜生吃饭过日子呢。”村长的话虽然非常谦恭，但音调像上级训斥下级一样，那个被称作吴总的人也只是嗯嗯啊啊地答应着。见我们来了，他知趣地立即告辞，出去的时候他看了看我，迟疑了一下，推了推鼻梁上的眼镜，忽然高昂起头，从牙签般细长的鼻梁里哼了一声，擦肩出去了。我正觉得这人不可理喻。同学把我拉到村长面前。

“这是我大学最要好的同学，就是我经常提到的在城里做记者的那位。”同学高兴地介绍道。我出于礼节伸出手，村长也伸出手，不过他只是去弹烟灰。

“哦，原来是大记者啊，小梁经常向我提起你，这次你来一定要好好报道一下我们村子，做做宣传嘛。”接着，他又说了几句客套话，同学就领我出去了。

“你们村子靠养羊致富的？”我想起他在大学虽然学的是计算机，却偏爱去图书馆看生物、农作物、养殖业方面的书籍，而且颇有研究。

“是，又不全是，我马上就带你去看看。”他的脸上带着神秘，我也猜不透是怎么回事。

来到楼下，我看见一辆轿车开出了村子，看来这是那个什么吴总的车子。

同学带着我来到一个巨大的羊舍旁边，上面是斜拉式的三角屋顶，利于散热，地面也很光滑，没有什么裂缝或者坑洼，而且略有倾斜，想必是作聚集羊群排泄的粪便之用。羊舍呈倒三角形，两边各有一人半宽的舍道，羊舍围栏每根有10~15厘米粗细。我摸了摸，那是用混凝土和砖石砌成的，砖是灰砖，远胜于现在城里的红砖，冬暖夏凉。看来这些羊比我们生活得还要舒适。

“羊圈建筑是否合理，对羊生长发育影响很大。长期以来，我们这一带农场养羊均是放养，地圈垫草积肥，有的羊牛同圈，圈舍潮湿，阳光不足，羊经常发病，出现春夏发展、秋肥冬死的情况，所以羊圈的设计合理是非常重要的。羊舍的基本要求是通风干燥、卫生清洁、夏凉冬暖，而且多选在草场的中心，这样放养便利，羊群不容易感染疾病。”他滔滔不绝地说着。

“我虽然不懂养殖，但恐怕这些也只是养羊最基本的条件吧，这如何能说明你们这里偏偏羊卖得如此之好？”我想起刚才的那个吴总，忽然觉得有几分眼熟。

“你看到的那个人是城里的商人，专门批发肥羊肉，量大得很，不只是他，全国很多人都来我们这里。三年里，这个村子成了远近闻名的富裕村，很多人都把耕地变成了草场，世世代代面朝黄土背朝天的农民都扔掉了锄头，养起了羊。周围的人也纷纷效仿，可惜，他们的羊却无法养得和我的一样好。”他不屑地摊开双手——这是他在大学时的一个习惯性动作，每当十分高兴或者胜利的时候他都爱这样。

“你的羊？”我奇怪地问道。

“是的，我的羊。”他的脸换了副表情，牙齿紧咬着，仿佛怀揣着仇恨，似乎我们提及的不是羊，而是他的儿子，或者干脆是他身体的一部分。

“我的羊不仅肉质鲜美，吃过的人都赞不绝口，而且与其他羊肉相比简直优差立见，甚至繁殖和生长能力都比普通的羊要优秀得多。一般成年羊六十天就可以育肥出栏，而我养的羊只需要四十天就可以了。”他缓缓说着。可是夜晚的风让我忽然觉得浑身发凉，自从进了村子，我总觉得似乎有一双眼睛在盯着我。而且，眼睛的主人似乎并不是人。

“知道我叫你来的目的吗？如同村长所说的，我还需要更多的人知道这里，你就是活的广告牌。我调查过，你们报纸的影响力不错，只要你多帮我一下，在报纸上做一篇关于这里养殖业的报道，我和村子绝对不会亏待你，甚至可以让你在这里拥有一片草地和羊群。”这话听起来是央求，实际上却口气强硬，不容推辞。

我心算了一下，这样一群羊少说有百八十只，甚至还有一片上好的草地，听上去倒是十分诱人。

“我更想知道你究竟是怎样养羊的，你不是要做一名老师吗？那些本该围绕着你如同精灵般的孩子呢？那些求知若渴的学生去哪里了？”我大声问道。

梁愣了一下，忽然高声笑了起来，笑声在空旷的羊舍和草地里回荡开来。

“问得好，我可以告诉你，如果他们真的和你所说的一样，我和他们，包括我的祖辈父辈，甚至我的子孙，都和这羊圈里待宰的羔羊没有区别了。”

我对他的话十分不解，而他似乎也看出来了，他一屁股坐在羊圈旁边，靠在羊舍的围墙上。我也坐了下来。

“最开始的那年，我的确想回来好好教书，希望他们可以和我一样，读小学、初中、高中、大学，甚至可以飞出国门，去国外留洋。但是很快，我发现我错了，即便是我这样所谓的跨越龙门的天之骄子，其实在村子里的作用还比不过一只种羊。

“我的一名学生家里就是养羊的。那时候村子里养羊和养鸡鸭一样，单纯是为了温饱而已，而且这里穷山恶水，草木枯黄，加上养殖技术缺乏科学管理，所以这里的羊一只只都长得瘦若干柴，毛质低劣。学生被他父亲叫回去放羊，没有再读书。我愤愤不平地跑到他家，质问他为什么不让孩子继续学习，结果反倒被他臭骂一顿。”他忽然苦笑着转头问我，“你知道他说什么吗？”

我自然是摇头。

“‘你算什么东西？我让我儿子放羊，好歹学一门营生，就算再不济，他也可以去做羊倌。你呢？花了村子那么多钱，读个破大学，还不是混成这样？村子又沾你什么光了？’我听完后自然和他理论。他说不过，就把孩子从房间拉了出来，让他自己选择。

“那个孩子低垂着脑袋，将手别在身后。我几乎将自己前半生所有的抱负都寄托在了他的身上，我自己所坚持的原则和牺牲都希望有所回报，而结果是，孩子亲口说了句：‘读书无望，老师，您还是放我回来吧。’

“我不知道当时是如何在那个孩子父亲的谩骂和嘲笑声中走出那间房子的，又是如何如幽灵般飘回自己的房间的。那天晚上我想了很多，觉得自己活着还不如一只羊。不过，后来我想通了，与其慢慢地等着那些孩子成长，再回来建设这里，倒不如靠自己使这个村子富裕起来。”他斩钉截铁地说。

“可是你要知道养人和养羊不一样，要很多年以后才看得到。”我驳斥他道。

“我自然晓得，可是与其把希望寄托到人家身上，倒不如靠自己。”说着，他点燃了一根烟。

在烟雾的缭绕中，我忽然发现有只羊居然走到我们旁边，闭着眼睛嗅着烟气，仿佛十分享受地叫了几声，而其他的羊虽然啃着草料，却吃得非常慢，仿佛难以下咽。

“于是我开始养羊，可是我发现，按照我从书本上学来的知识，根本无法改变村子积蓄已久的穷困弊病，而且真正动起手来又和书本上的文字相差甚远。就在我苦恼的时候，我无意中想起大学时听到的一个故事，不，与其说是故事，倒不如说是传说更恰当。”他忽然咧开嘴笑了笑。月色下，他长长的下巴上那尖尖的胡须使他的脸看起来像羊一样，而且我这时才发现，他的脖子上有一道浅浅的紫色肉芽伤口，伤口不是十分狭长，看来并非刀伤，可是为什么会伤在脖子那里？

“你知道明天是什么日子吗？”他忽然岔开话题，转头问我。

我看了看月亮，非常圆。

“快十五了吧。”我随口答道，不明白他问这个做什么。

“你知道畜神吗？畜神的生日就是七月十五。”他神秘地说道。

关于畜神我倒是略有耳闻，据说世间所有的牲畜都有同一个祖先，那就是畜神，所以七月十五就是畜神的生日。

“得到畜神的人，无论养殖什么动物，都会一帆风顺，远胜于其他人。”他又说。

“你得到了畜神？”我惊讶地喊道。

他点点头，但又摇摇头。

“到底怎么回事？”我继续问道。

“与其说我得到了畜神，倒不如说是它让我知道如何去养好羊。”他得意地笑道。

“我按照传说里的指引，三年前的七月十五在野外独坐，据说只有那天是不可以杀畜的，而且必须好生对待。在那天晚上，据说畜神会来到农户家里看看他们养的牲畜长得如何、农户有没有虐杀它们，如若畜神高兴，那么这户人家自然兴旺发达，反之，则发生瘟疫，灾祸不断。

“我则希望能在那天见到畜神，因为我要知道如何才能把羊养得比一般人养得好。

“可是快三更的时候，我莫名其妙地睡过去了，因为是靠着羊圈等畜神，所以自然脑袋歪到里面去了。一开始怕睡着，我还特意拿了本书看，结果书盖在脸上就不知不觉睡过去了。

“半夜的时候，我做了个梦，梦见了畜神。我问他如何才能把羊养得与众不同，它却回答说我梦醒了自然知道。

“结果我被脖子上的一阵疼痛弄醒了。

“醒过来摸了摸，我发现脖子上全是血，原来一只羊看见了纸，便吃了起来，结果咬伤了我的脖子。

“我当然觉得十分晦气，只好回去养伤，至于畜神的事情，也就淡忘了。

“可是不久，我发现那只咬伤我的羊长得远比其他羊肥壮得多，而且毛色纯亮，相当有精神。

“终于，我意识到了，或许以肉喂养，可以使羊长得更好。”他继续说着。

“你疯了。”我吃惊地望着眼前的人。

“对，我是疯了，如果你有和我一样的遭遇，在歧视和贫困中成长，你可能也会发疯。我这么做也是为了大家。在我的推广下，这里的人很快全部都开始养羊。以前要靠辛苦劳作，还要指望来年没有天灾人祸，才能得到可怜的千八百元钱来维持一家人的温饱，现在大家都富裕了，所有的农田都被征集做了草场。不愿意养羊的人，就让他们走好了。草场需要大量土地，我和村长一起向村民摊牌。很多人不愿意养羊，我就只好靠村长的权力逼走他们，低价买进他们的土地。”他的脸上是我未曾看到过的冷酷。

“你们这么做和16世纪的圈地运动有什么分别？”我站了起来。

他也站了起来。

“当然不一样，他们是为了贵族的利益，而我是为了所有村民的生计。”他也不服地反击。

“算了，我不想谈了，你还是找张床让我躺一晚，天亮我就走。”

“那关于报道的事情……”他还不死心地问我。

我看着他，摇摇头。他也叹了口气，忽然轻松起来。

“我就知道你不会答应，那也好，起码我了解到至少还有一个人遵循着他做人的原则，没有改变。明天早上吃过饭再走吧，这里的羊肉还是很鲜美的，记得大学的时候你经常请我吃涮羊肉。”他的样子仿佛又回到了几年前。

我不忍再回绝，只好答应了。

我躺在床上，他已经走出了房间。可是即便是这里，我仿佛也能嗅到羊特有的膻味，听到羊咩咩的叫声，无法入睡，只好又爬了起来。结果在门口我忽然发现了梁的身影。他行色匆匆，手里似乎还提着什么东西，闪闪发亮。

我紧跟了过去。他飞快地走到一个远离村口的地方，那里有一处和村里高楼不相称的低矮平房，非常破旧，仿佛一阵狂风就能把它吹走。

梁走进了房间，我也跟了过去，透过窗户的缝隙往里看。

我看见他走向什么东西，那似乎是一只羊，却又仿佛不是。那东西趴在地上，远比羊要大得多，而且那双眼睛透着毫无生气的亮光，直直地望着梁。

梁走过去，双手合十，深深地鞠了一躬，嘴里不知道说着些什么，接着他居然举起手来，原来拿着把尖刀。

他朝着那东西缓缓地割了下去，那东西似乎没有痛觉，动都不动一下。

他的动作就如同那些服务生从北京烤鸭上慢慢割下一片薄薄鸭肉。不久，他手里提着一片橡皮似的肉片，接着继续双手合十，退了出来，消失在夜色里。

等他走远，我进了房子。

原来，那是一只黑色的羊，而且体形很大，只是羊的后腿已经被割得只剩下骨头了，但没流一点儿血，而且这只羊动都不动。

“这到底是什么东西？”我忍不住自问。

“它是畜神。”梁的声音在我背后响起。

我猛回过头，发现他左手提着刀，右手拿着那片肉。

“我其实知道你在外面，只是割肉的时候需要非常虔诚，所以我也就当不知道。”

“你说这是畜神？神怎么会是这个样子？”我吃惊地问。

“那你觉得神是什么样子？我所知道的就是这样罢了，它其实只能算是畜神的一部分，或者说是我和畜神达成的买卖，换句话说，它是商品。

“我告诉过你，三年前我知道要用血肉来喂养羊，可是光是那样，羊也仅仅比普通人养得稍好一点儿。我不满足，于是继续追查畜神的事。我终于明白，想要将羊养成现在这个样子，必须喂畜神的肉给它们吃——混合在草料里面。

“可能心诚则灵，我遇见了一位瞎眼的高人，他指点我如何与畜神沟通。最后，我找到了这只奇特的黑羊。你也看到了，它不知道疼痛，也不会流血，每次只要割下它的一小片肉就可以喂养几千只羊。而你也看到结果了，这里一下子就富得流油，就如同羊身上取之不尽的羊毛一样。”

“既然是买卖，那你付出了什么？”我问他。

“付出？不知道，畜神只是说，事无过尽，不可做得太绝。管他呢，或许本身天下间从事养殖畜牧的人越多，对他就越有好处啊。”他回答。

“瞎眼的高人？是不是高高瘦瘦，身上带着一股死气？”我忍不住问他，因为我忽然想起了一个人。

“哦？你认识？虽然是盲人，但他行动自如，根本就不像盲人，要不是我看了他的眼睛，真的很怀疑。”他微笑着说，可是提刀的手靠近了我。

“那你现在打算如何处置我？难道也要如对待这黑羊一般，切碎了拌进草料喂羊吗？”我问道。

梁停止了动作，迟疑起来，嘴角开始不停地抽动。当我们僵持的时候，忽然远处响起了高声的喊叫。

“着火了！草场着火了！”

梁和我都不假思索地冲出房子，果然，不远处火光冲天。

“羊！我的羊！”梁仿佛疯了一样冲过去，完全不理会我。我则跟在他后面赶去救火，可是当我跑到村子的时候，草场几乎烧尽了，羊舍里的羊也全被烧死了，空气里弥漫着呛人的肉被烧焦的气味。

所有人犹如丢了魂魄，顾不得自己的烧伤和脸上的烟灰，沮丧地坐在地上。他们仿佛丧失了一切感官功能，什么也听不到了。

忽然，我听到了一阵汽车行驶的声音，虽然微弱，但还能分辨出来。倒是梁和那些村民，都没有反应。

一辆红色的轿车向那间关着黑羊的房子开过去。

那辆车好生眼熟，我终于想起，就是那个吴总的车。

我立即叫起梁，朝房子赶过去，果然，黑羊不见了。

“没了，全没了。”梁靠着房子瘫倒在地上。我知道此刻说什么也没用了。

天亮后，我告别了梁，他还没有从打击中恢复过来。

“还会去求畜神再给你们一只黑羊吗？”我问他。

“不了，所有的草场都烧掉了，不过那片土地好像肥沃了很多，也许更适合种粮食，我会去好好学习，慢慢来。”梁似乎又回到了从前。

“羊吃人不可怕，别让人心也给吃掉了。”我笑着拍拍他的肩膀。

他也笑了笑，回敬了我一拳。

出村的时候，我才想起来，一年前我写了篇关于无良肉贩倒卖变质羊肉的报道，而那个幕后的肉贩子就是一个叫吴德的家伙。

再后来，听说这个人在一个荒村一个人养了好大一群羊，可惜不久就发生了事故。传说所有人都不见了，羊群也不翼而飞，只有好事者说草场被啃食殆尽，还找到了几具粘连肉末的白骨。

第八十一夜

面具

“他忽然把绸缎打开，还没等我反应过来，他猛地将里面的东西往面具上一扣。我仿佛看到什么东西一闪，接着，眼前站着另外一个人。”

我终于来到一个可以上网的小城市，时间不长的假期已经过去了一半，原本是为了逃离都市现代化的电脑生活，结果却发现，几天不接触电脑，整个人如同丢了魂一般。看来想要如那个男人一样放野四方，我还要多磨炼磨炼。

邮箱里已经躺着一封他的邮件，我非常兴奋地打开，信里是一个关于面具的故事。

（下面是纪颜的信。）

面具是什么？说穿了就像衣服，都是用来遮掩的，不同的是，有的人喜欢给脸戴上面具，有的人喜欢给心戴上面具。

我不经意地居然走进了自古以来中国最为古老而又带着原始气息的地方，这里的空气都是那样充满野性，即便在这个时代，我依旧觉得身处上古，看不见钢筋水泥，也看不到笔直的公路，什么事情都要身体力行，虽然辛苦，却有一种释放感。

当然，这里自然也有许多在当地人看来都觉得非常稀奇古怪的传闻，比如，一个无论何时何地都戴着面具的人。

那是怎样一种生活啊，厚实的面具遮盖了脸与空气的接触，而且是在这个常年潮热阴湿的地方。最重要的是，戴着面具，就如同路易国王的兄弟一样，一辈子都将自己打入了和别人不一样的空间，没有一个人会把你当作正常人。

可是，我的朋友，你知道我就是这样一个人，如果是正常的人和事，我反而懒得去管了。于是我收拾好东西，带着虽然喊累却依旧紧跟着我的小丫头，去寻找那个戴面具的人。

当地人听说我要寻找那个戴面具的男人，都流露出一种非常怪异的表情，嘴角微微上扬，仿佛在笑，可是眉头又紧紧皱了起来。他们纷纷劝我不要去，因为起先就有一伙人也是听闻了面具人的传说，进山寻找，结果一个也没有出来。

我听了自然哈哈大笑，因为我自认为可以应付任何情况，对于他们善意的忠告，我只是点头答应，转身还是朝山里走去。

不知道走了多久，我才穿过厚实如同墙壁一样的巨大的原始森林，来到了先前我寻找的村落。

这里的人非常友善，嘴角总是挂着不变的笑容，人人如此。我想，可能是因为远离城市喧嚣，虽然过得清苦，却也是件乐事。大家的好客让我和李多颇有些不适应，不过寒暄后，我们还是提起了关于面具人的事。

然而笑容满面的主人们对这个常年戴面具的人却有些嫌弃，虽然对我非常好客，可是对于这个面具人，却不屑于谈论。我好不容易找到一位面貌和善、笑起来如弥勒佛一样胖实的中年男人，在他肥厚的嘴巴右下角还有一颗米粒大的红痣。也许他拗不过我，加上我给了他一些便宜却好看的小玩意儿，他终于答应了。

"这个家伙总是喜欢和大家伙做得不一样，有什么好处呢？村子里任何活动都不允许他参加，大家只给他仅够维持生命的粮食。村里的老人劝了他好几回，可他倒有理，像野象一样蛮横。哼，要不是你们求我，我几乎都快忘记还有这么个人了。"即便是友善如他这样的男人，提起面具人也是一肚子怨言。

这是个怎样的人啊，我不禁起了兴趣，一个人要做到被周遭孤立在外，也不是件容易忍耐的事情。

这个村子本就十分荒败，杂草已然长到齐大腿了，每走一步都要忍受带着异味的野草气息，尤其是越接近那人的住处，环境就越糟糕。

"瞧，蹲在那里劈柴的就是他，我就不过去了，省得心烦。一会儿我来接你们，村子里为你们准备饭。"胖男人对我和李多晦涩地笑了笑，忽然带着一种异样的神情，尤其是他看着李多时。

我顺着胖男人细细的手指头望去，看到一个人佝偻着背正费力地举着斧子劈柴。他背对着我们，因此我们还没有看到那个传说中的面具。我让李多待在原地，自己小心地靠了过去。

他看起来没有察觉到。

不过当我离那个人几米远的时候，他猛地转过身来，手里提着锈迹斑斑的铁斧子，朝我迈了一步。

那是怎样一张面具啊。

我们国家拥有悠久的戏剧史，多种多样的脸谱比西方的莎翁戏剧早出现数百年，可是你遍寻所有，恐怕也没看过这样的面具。

椭圆形，上面略宽，整个面具在透过树叶缝隙的细碎阳光的照射下泛着一种奇妙的青色的光泽，犹如一个没有成熟的巨大橄榄，又像是油漆刷过一样，在宽阔额头下方稍微凸起的两根小指头粗细、类似眉骨的东西下，有两个扁平的窟窿。我看不清他的眼睛，但我可以感觉到他在注视着我。眼睛中间隆起了高高的一道，下面则是如刀割般的一道裂缝。

身后响起了一声惊叫，不用看也知道是谁发出的，也难怪她会惊呼，的确，猛地一看这个面具，的确会吓一跳。

“您好。”我努力使自己的声音稳定下来，并且伸出手。

可是这个看上去身体瘦弱的人丝毫不理会，只是望着我，我则时刻提防着他手里的斧子。

他忽然摇头，接着指了指面具上相当于嘴的位置，又沮丧地摇摇头。原来他无法说话。

“能听得到我说话吗？”我只好收回手，再次问道。

这次他反应很快，努力地点着头。在我看来，这个人并不十分令人讨厌，起码不像那些村民所描述的那样。

李多也适应了，朝他挤出些笑容。我拿出张纸，希望他能写字，不过很失望，他好像连笔都没见过。我只好通过他点头或摇头来判断他的回答。

面具人很热情地拉着我走进他的住处——一间低矮潮湿、由原木搭造的木屋。这一带，腰围粗、几米高的上好乔木随处可见，这里的人几乎都是靠它来做房子。反正处于亚热带，没有台风之类的灾害，坚固的木屋足够抗风遮雨了。

房里的陈设很简单，但气味更加难闻。李多忍受不了只好走了出去，我则盘腿坐在一张几乎脏得发黑的竹席上，面前摆了一张低矮木桌，上面的红漆都掉得差不多了。

他递给我一个木杯子，还算干净，我用袖口擦拭了一下，接过他倒来的茶水。这种茶泡出来的水略带红色，是由当地的一种根茎植物晒干，再经过大火煸炒而成的，喝的时候则放到长长的空心竹筒里——当然，他们也用这个装饭。茶水开始口感非常苦涩，可是下肚后却觉得豁然开朗，将起初的闷热烦躁一扫而空，接着口腔内壁有一种滑腻甜香的感觉。据说森林里瘴气非常伤人，加上气候炎热，大家都是赤裸着身体，所以时间长了容易中毒，而饮用适应这里气候的植物炮制的茶水能够有效地抵御瘴气，所以喝茶并非只是为了茶道，更不是用来装高雅的。

一杯茶下肚，面前的男人似乎有些高兴，摇晃起脑袋，看得出，他很久没和人接触了。

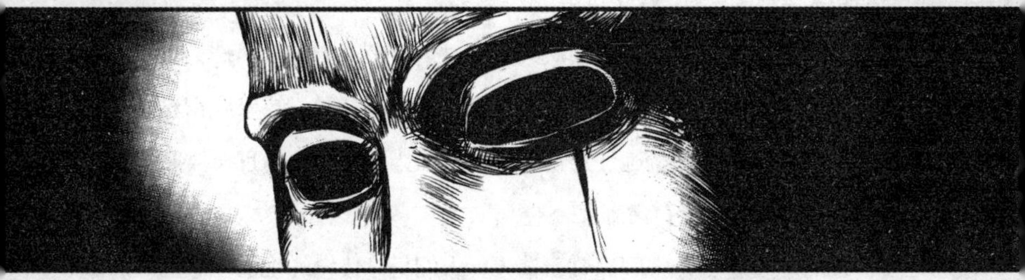

异闻录
Yi Wen Lu

我们国家拥有悠久的戏剧史，多种多样的脸谱比西方的莎翁戏剧早出现数百年，可是你遍寻所有，恐怕也没看过这样的面具。

“你为什么要戴着面具呢？拿掉面具不好吗？和大家一样生活，他们也会接受你的。”我看他高兴，就顺口说道。

面具人忽然猛地站了起来，双手抱着头，非常痛苦地摇晃着，接着拉起我，走出房子，然后指着远方，不停地蹦跳着。

我顺着他的方向看去，那是和村落相反的方向。

接着，面具人又做了个跑的动作。

“你叫我赶快离开这里？”我奇怪地问。可是我还想多住几天，了解一下这里的风土人情。

面具人拼命地点头，忽然他看着我背后，惊恐地往后退，我从他裸露在外的眼球能看到一种本能的畏惧。

这时我听到一阵叽里呱啦的话语，语速非常快。我听不懂，于是扭头朝后望去，原来是先前的那个胖子过来了，他换了套传统的服装，背着手，头上戴着高高的海蓝色布帽走过来。

面具人赶快逃进房子，还没等我反应，他就把门关上了。

我和李多没有办法，只好跟随胖男人回村子去了。走远后，我还回了回头，面具人依旧没出来，只有那间木屋孤零零地矗立在那里。

晚上的饭菜相当丰富，都是些好吃却从来没见过也没听过的东西，什么猪拱菌啊、碎末山螃蟹啊、水菇菜烤鱼啊、鸡肉稀饭啊，总之都是些好吃的佳肴。李多吃得满脸通红，却还是一个劲儿地往嘴巴里塞。我提醒她注意身材，她却只当没听见。从那个胖子的嘴里得知，这些食物都是促进消化的，非常有营养。

现场还有传统的歌舞表演，中间点燃着篝火，人们身穿传统的艳丽多彩的民族服装，女孩子们摇晃着蓬松的长发。虽然看不出所以然，但看他们非常开心，如同过节一般，我也情不自禁地跟着一起高声歌唱，快乐是会传染的。只是当地的一些女孩在一边对我和李多指指点点，窃窃私语，又低声笑着，那笑容不像高兴的笑，反倒有几分嘲笑的味道，弄得我有些奇怪，却又不便多问。

宴会结束后，我们睡在竹床上，竹床下则用一种特殊的香料烘烤着。村民们都聚集在外面，一个都不进来。我们两个颇不好意思。这里的人大都能听懂汉语，但说得不是十分流利，只有那个胖男人的汉语稍微好些，所以我只好和胖子多交流。

“这是名贵的香料，只有最尊贵的客人或者村子里举行祭祀的祭司才有资格使用。这种香料可以使人的毛孔打开，去除污垢，让皮肤变得光滑，而且还带有奇香。”胖子友好并带着些许殷勤说道。

“你们在这里好好住着，过几天再带你们多看看。”胖子又望了望我和李多，最后目光停留在李多裸露在外的白皙胳膊上。

李多被他看得有点儿发毛，躲到我身后去了。胖子似乎也发觉自己的失态，忙赔着笑退出去了。晚上，李多说还是赶紧离开比较好，但我觉得始终有些事情没有搞清楚，而长期带着疑问是我最无法忍受的。

于是我又想到那个面具人，决定再去见见他。

第二天照例是丰盛的饭菜，而且大多数都被我和李多吃了。丫头虽然说要赶快离开，不过美食送上来，前一晚上的担忧又抛之脑后了。我则只吃了一点儿，饥饿感可以使脑袋反应更快，也更清醒。

吃完饭，我便说要上厕所。这里没有公厕，大家方便都是随意随地，所以胖子没有太注意，只是朝我指了指外面，我便溜了出来。

还好我的记忆力不错，很快便找到了那个木屋。

面具人还是在外面劈柴。他发现我过来的时候，不安地四处望了望，接着又指了指我旁边的空位，并双手做了个长条的动作。

“你是说昨天那个女孩？”我问他。面具人点点头。

“还在村子里，吃饭。”我回答。

面具人飞快地摇摇头，接着低头在思考什么。忽然他拉起我的手，这时候我才注意到他的手，上次光线暗淡，加上他一直把手笼在袖子里，所以没有仔细看。

我看到他的手居然也是如面具一样的青色，并且粗糙不堪。

莫非我忽略了一些事情，或者是人一贯的思维定式蒙蔽了我？不等我细想，面具人拉着我朝房子后面走去。

房后有一棵树，一人多高。面具人使劲儿在树下挖着，不一会儿就挖出了一只铁盒子。

一只深黑色的铁盒，还上着锁。

面具人颤抖着双手打开盒子，从里面拿出一个用红色绸缎包裹的东西。

在这一带，如此精细的绸缎是很罕见的，看上去像是中原一带才有的衣饰。

他忽然把绸缎打开，还没等我反应过来，他猛地将里面的东西往面具上一扣。

我仿佛看到什么东西一闪，接着，眼前站着另外一个人。

端正的五官、白皙的皮肤，要不是和面具人完全相同的衣服和头发，我绝对以为忽然间被人施了魔法——一个大变活人的魔法。

接着，面前的这个人毫无表情，抬起青色的左手在脸上一抹，虽然只是一瞬，但我发现先前的脸犹如蛇蜕皮一样软塌塌地起了褶皱，没等我反应，他马上又变了一张脸。这次是个皮肤松弛、满脸皱纹的老者形象，透着树木在炎热阳光下烘烤出来的木香，然后又是一张年轻女孩的脸。就这样我傻子般地看着眼前的人一张张地变换着不同的脸。

而最后出现在我面前的还是最初那张面具。不，或许我该说那才是真实的脸，我却愚蠢地以为那是面具。

“这么说，戴面具的，是那些人？”我颤抖着声音问。男人艰难而缓慢地点头。

当周围的人都戴着面具的时候，不戴面具的人反而会被认为戴着面具，这就是我们的逻辑，虽然荒唐，却往往十分准确。我以为自己很聪明，却依旧跳不出这个圈子。

眼前的这个男人非常悲伤地将人皮面具从脑后取出来。原来所有的面具通过一根细如发丝的铁丝控制着，通过手的操纵，从额头上拉过去拉过来，而面具本身也非常细致，充满弹性，摸上去很滑，半透明的。我拿起来嗅了嗅，闻到一阵熟悉的香味。

“这种香料可以使人的毛孔打开，去除污垢，让皮肤变得光滑，而且还带有奇香。”我的耳边回荡起那个胖男人的话，想起他一直看着李多的眼神，想起在篝火晚会上，众人看起来根本不像是喜迎远客，倒像是在庆祝收获了猎物……

“糟糕！”我大喊一声，顾不得手里的面具，朝村子跑去。而青色面孔的男人一把拉住我，把盒子交到我手中。他指了指盒子，又指向远方。我接过盒子，来不及去看，直接跑回村子。

宴会已经结束，我却没有找到李多。胖子有些奇怪我去了这么长时间，我则强作笑容，说食物太丰盛，吃撑了。他也别有用心地笑了笑。

“吃得多才好，这样皮肤才会紧绷起来。”胖子说道。

我看着他，忽然想那张面具下究竟是怎样一张脸。

还好，我在一堆女孩中间找到了她。

那些身着黑色布衣、面容姣好却肤色暗淡的姑娘，正贪婪地用双手抚摸着李多的手和脸，并拿出很多头饰给她戴上，女孩子们的眼睛里射出攫取的光。我赔着笑将李多从她们中间拉出来。

“干什么啊，她们在帮我试首饰和衣服呢！”她倒不十分情愿了。

我来不及多解释，只说要赶紧离开。不过现在不行，因为外面全是人，而且如那个胖子一样，所有男人的腰间都挎着明晃晃的弯刀。

天色已经渐晚，我捺着性子，等待刚刚入夜的瞬间，因为那时候人的视野最狭窄，无法完全适应从光亮到黑暗的过渡。

果然，有些人开始揉眼睛了。我从房间里找到了两套衣服，那是前一天晚上胖子叫我们换上的，我不太想穿，就打算留起来带走，不过现在有用处了。

我和李多换好衣服，拿出盒子里的面具，各选了一张戴起来。李多虽然不愿意，但还是戴上了。

看来，那个男人早就知道我用得着盒子里的面具。

果然，我们这般打扮后走出去，守卫们没有注意到我们两个。只是戴着面具的感觉难以名状，仿佛涂了层厚厚的蜡油，整张脸都觉得很重。很奇怪，明明是非常轻薄的面具，一戴上却连呼吸都觉得很困难。

从住处到村口，完全脱离村民的视野，要走好长一段路。我们尽量低着头在路边走，偶尔路过的几个村妇没有在意我们，只当我们是一对普通的年轻人。正当我以为即将逃离这里的时候，忽然那个胖子从面前闪了出来。

他依旧带着古怪的笑容，上下打量着我们，不过手里的刀已经拔了出来。

“尊贵的客人，为什么要走啊，莫非山寨的饮食不合您的胃口？”他笑着说。

“为什么？”我低声问。

胖子愣了，接着收起笑容。

“没什么为什么，这是我们的生活方式，即便你们不送上门，我们也需要出外猎食。你们无法理解我们的痛苦，不戴面具，所有人都把我们当作怪物，任何一个人都可以称呼我们为贱民，我们的生死甚至抵不过一头猪！而这仅仅是因为我们的村子世世代代都无法改变的肤色和容貌而已！”胖子声嘶力竭地喊着，手中的刀也抖动起来，反射的月光如同白色的鱼，在我脚边游弋。

“可我没这么想，而且那个男人也没有戴啊。”我表面上这么说，手却握紧口袋里的匕首，随时做好搏斗的准备。

“那是他的事情，我们没有杀他，但又怕他乱说话，只是稍微动了点儿刑罚，因为族里规矩，除非犯下大罪，否则我们没权力处死任何一个族人，在这一点上，我们可不像你们汉人，喜欢窝里斗，自相残杀。”胖子带着讥讽的语气说道，“不过我倒要感谢你们，要不是无意中知道了变脸的诀窍和人皮面具的制作办法，恐怕还要一辈子活在痛苦里，包括我们的子孙。而且我的汉语也是向那个人学的。”

“谁？”我问道，居然还有一个懂得制作这种古老面具的人。

“反正你也快死了，我就告诉你吧，他也是个面貌恐怖、古怪的男人。正是知道他戴着面具，所以我才向他讨教，因为不仅仅是为我自己，也是为了我的小女儿。她第一次看见自己的容貌时就精神失常了。我把这一切告诉了那个男人，他很乐意地教会了我。可当我问起他的来历时，他只冷冷地说，他只是一只逃出蜂房的工蜂罢了，接着便不说话了。”胖子说到自己女儿的时候，忽然流露出一丝悲伤。

“所以，你们安心吧，我会剥下你们的皮，做成最好的面具，尤其是那个女孩。我会把你的脸留给我女儿，经过药物的处理，你的脸永远都不会变化，能够永远保持容貌不正是你们女人最期待的事情吗？”胖子冷笑着，操着刀逼近我们。

正当我准备一搏时，一个人从后面蹿出来，举起棍子，悄无声息地靠近了胖子，一下子把他打晕了。木棒打在胖子的左脸上，粗糙的木杆刮花了他的脸。借着不多的昏黄光线，我看见胖男人一半的脸露出了青褐色的面容，那只眼睛圆圆地鼓胀出来，我真的无法分辨，到底哪边是他的脸、哪边才是面具。

来者是住在木屋的男人，他又一次救了我们。月光下他的脸越发骇人，但眼神非常柔和。他努力笑了笑，两边的颧骨紧缩了一下，但嘴唇没有动。原来，他的嘴巴早就被人用铁丝缝紧了。

我苦涩地笑了笑，走过去伸出手。他奇怪地望了望我，也不安地伸出手来。

我们紧紧地握了握手。

在他的带领下，我和李多终于走出了那个村子。我很担心他回去后的处境，于是邀请他离开那个制造人皮面具的村子，但他坚定地摇头。我怕村子里的人追来，只好作罢。或许真如那个胖子所说，他们从来不会杀自己的族人。由于不放心，我和李多连赶一夜路，直到完全走出了那座山，才找了家小旅馆住下。

躺了整整一天，我才爬起来。李多似乎非常疲倦，我没有叫醒她，自己打开那只盒子看起来。

盒子里还有几张发黄的稿纸，上面写着一些文字，不过更像是从日记本上撕了几页下来。

通过那几页纸，我知道原来几年前就有一支探险队到过那个村子，在被村民当牲口一样养了一阵子后，全部被活活剥皮了。这几张纸是一个侥幸逃走的人记录的，他那颤抖潦草的笔迹让人感觉到了他的恐惧。不过很可惜，看来日记并没有写完，最后一张纸上已经暗淡如墨的血迹表明他应该也遇害了。日记可能是那个唯一不肯戴面具的男人收集起来的。

最后，盒子里是张血迹模糊的残破证件，证件上的照片是一个笑嘻嘻的胖男人，嘴巴右下角有颗米粒大小的红痣。

李多吓得不轻。我们只好在小镇上多住几天，找到机会，我才把故事写给你。现在我只是想查查那个会制作人皮面具的人的下落，因为我隐约觉得那个人似乎和父亲生前追查的使用魔术的一族有些关系。

纪颜的信到此为止，看看日期，已经是一天前写的。

我无法帮助他，只能默默为他祈祷祝福了。走出网吧，我看着周围的陌生人，真的有些迷糊了，到底是我看他们像戴着面具，还是他们看我像戴着面具?

或者，我们都戴着。

第八十二夜
怀梦草

“她瞎着右眼躺在病床上，和老叶形容的一样，不，其实更加瘦，就如同一副根雕，所有的紫黑色血管像蛆虫一样爬满了她裸露在外的身体。雪白的病号服穿在她已经因血液不畅而导致皮肤黝黑的身上，让她看上去犹如一只黑白相间的猫。”

在古代，很多成功人士总喜欢标榜自己的不同，形容最多的就是在出生之前，天就要降大任，宣扬的方式一般是说生母在怀自己前做了些千奇百怪的梦，例如舜的母亲梦见吃下土巨人的泥土而怀舜；汉武帝未曾降生，他母亲王夫人也说自己梦见拥日入怀；孙坚的妻子怀上孙策、孙权兄弟的时候，也分别梦见月日入怀。小时候我也会去好奇地去问母亲怀我的时候梦见了什么，可是答案非常失望：母亲思考良久，回答说经常梦见吃红烧猪脚。

也难怪，母亲怀孕的那个年代连鸡蛋都吃不到几个。

可是梦的确是非常神奇的东西，最出名的当然要属周公解梦了，周朝还有专门的占梦官。《周礼·春官宗伯第三·占梦》云：“占梦掌其岁时，观天地之会，辨阴阳之气，以日月星辰占六梦之吉凶。”关于梦的形成，民间多认为是灵魂离开躯体而游荡，是灵魂的经历，而死亡是灵魂永久地离开身体。

何谓六梦？《周礼》中将梦分为正梦、噩梦、思梦、寤梦、喜梦、惧梦。

做梦颇有禁忌，据说古人睡觉很有讲究，如枕头要高点儿，是为“高枕无忧”；最好侧身而睡，忌讳开口仰面“尸卧”；睡觉地点忌寒、忌风、忌近烟；春卧南首、秋卧西首、冬卧北首。睡前最好清心寡欲，少思少想，自然不会做梦。而且佛教认为梦代表着人的欲望，梦多则意心杂，对于修行者不利，他们往往采用咏颂多遍经文来禁梦，或者干脆不让自己熟睡，彻夜阅读经书。

而我所要说的，是关于一个占梦官的故事。

占梦官属礼部，最高为太卜，下面则是占梦官员，职责多为解答皇室的梦境或者占卜星相变化。

随着时间的推移，这项古老的工作现在已几近消亡，就如同伴随着紫禁城的炮声，宫廷的御膳流落到民间一般，养尊处优的占梦官也要为自己的生计着想了。我就在这座城市里找到了一位靠占梦为生的人。

这种人往往和市井骗子没有太大的区别，然而，真理与谎言、荒谬和真实总是一线之隔，如果都那么好区分，也就没那么多烦恼事了。所谓大智若愚、大奸若忠，大师和骗子自然不是我等凡人肉眼能够分辨出来的。

当然，在我去见他的路上，仍然对这种事抱着怀疑态度。

这个奇人住在一片贫民区内。我们最喜欢讽刺算命先生的一句话就是："既然你这么准，为什么不把自己的命算好点儿呢？"我自然也萌生出这种想法，但既然来了，见一见也不会损失什么。

小脸脏兮兮的少年四处乱跑，看见陌生人就害羞地躲藏在墙角，犹如受惊的小兔子探着脑袋、睁着大眼睛望着我。收破烂的老人和使用拖车的移动早餐店，一切仿佛都很熟悉，我似乎又回到了自己儿时居住的地方。二十年了，这些地方仿佛从未曾变化过。

这个被大家唤作老叶的占梦者在这一带非常出名，随便问个人，他都能讲出一堆关于老叶的故事。只是大家听说我现在要去找他，都摇头说不要去。他们说，要找老叶，最好入夜以后再去。

我当然更加好奇，不顾大家的劝阻来到老叶的住处——一个在这一带少见的带有庭院的砖瓦房，青砖白瓦，洁净如洗，和周遭的木棚、低矮如柴房的房屋形成很强烈的对比。庭院右边摆放着一些花盆，只是相当奇怪，陶盆里只有黑色的泥土，什么都没有种，想必主人还没有决定好种什么。另外还有一只毛色黑白相间的猫咪半眯着眼睛趴在门口打盹。

我小心地走过去，拉开围栏上的木门，咯吱一声，猫似乎被惊醒，警觉地抬起头，但身体依旧保持着躺的姿势，它圆睁着双眼望着我。

我逐渐走近由猫把守的大门，这只猫忽然弓着腰向后缩去，接着猛地跳起，全身的毛都竖了起来，犹如一只豪猪，体形也变大了。它弯着腰，对着我，喉咙发出的声音让我想起了准备攻击猎物前的响尾蛇。而且它的眼睛看上去有些奇怪，但我又说不上来到底哪里奇怪。

我只好待在原地不动，对着门喊了一声。不多会儿，大门开了，一个人走了出来。这人四十来岁，满脸络腮胡子，宽额剑眉，隆鼻阔嘴，四方国字脸，身材虽然不十分高大，却相当健壮魁梧。他蹲下来，一把拎起那只很不友好的猫咪的脖子，像提着一块毛被子一样，猫忽然也老实了很多。

“别闹了。”中年男人朝猫屁股轻轻一拍，便不再搭理它，猫也知趣地走到一边继续睡觉了。

“进来吧。”男人看都不看我，低头拍了拍自己的衣袖——满是油腻，几乎已经结成了半透明的油壳子。他自顾自地走进了屋子，我也跟了进去。

房间里有一股淡淡的茶香和木头的清新味，墙壁雪白一片，像刚刷过一样。所有的家具似乎都未曾上色，保留着原始的明黄色。我拿过一把木凳，居然还是打了蜡的，握在手里光滑如琉璃。靠墙摆放着一张很大的木床，有一米多高。床上铺着白色毛巾被，一头高高隆起，想必是枕头一类的东西。我在茶几旁坐下，老叶很快端来两杯清茶。

老叶招待我喝茶，坐下后又站起来说："占卜这种事情要沐浴更衣，你就算了，不过也要烧炷香，以示虔诚。"说完，他从床下掏出一根香递给我，烧罢，自己就走进里屋。没多久，听见里面有水声传来，我再等片刻，老叶走了出来。

这时的老叶却和先前大不相同，面庞干净，挺胸直背，穿着一套类似道袍但是白颜色的长衫，胸前印着一幅八卦图。

“梦为天机，于解梦者不吉，所以干我们这行的越来越少，而我也看梦而言，普通无关痛痒的，我可以解，但事关生死兴亡的，我便不再说话，希望您能见谅。”说罢，老叶忽然对我鞠了个躬，站在我面前。

“其实我不想解梦，更不想知道关于未来之类的事，倒是想听听叶先生在解过那么多梦后有没有什么不同寻常的事发生过。”我尽量措辞谨慎些。

老叶眼珠子往上翻动了几下。

“当然有，只是怕你不信。”

“未曾细说，何来不信？”我笑谈。

“既然这样，那我告诉你吧。”老叶知道我不是来解梦的，反倒有些轻松。他脱去鞋，盘起双腿，端正地坐在木床上，讲了起来。

（下面是老叶的讲述。）

解梦和占梦并不相同，解梦是帮人释梦，而占梦不一样，占梦是来人问我们问题，我们靠梦来得出结果，就如同算卦者靠抽签或者龟壳铜钱，是一个道理。所以，解梦并没什么了不起的，占梦却不那么容易。

就在几年前，一个生意人模样的年轻人来到我这里。他黑着眼圈，面容憔悴，我一看就知道他是为梦所扰。果然，他告诉我，他一直做噩梦，但一醒又记不起自己梦见了什么，所以到现在都不敢睡觉了，而长此以往，生意也没法做下去了。他从朋友那里知道了我，希望我可以帮帮他。

我让他边吸着檀香，边睡在我床上，我则坐在一边看他。果然，他睡着以后开始流汗，接着紧紧抓着胸口，脸色苍白。这个时候断不可惊吓他、将他喊醒，只能轻微摇动他的身体，或者以指甲按他的人中，或挤压他的大拇指，让他恢复神志。

这个人醒后告诉我，他又做了噩梦，但依旧记不得梦见些什么。不知道自己梦些什么，这叫我如何解梦？我帮人解了这么多次，还头次遇见这种情况。不过我早有准备。

老叶说到这里，忽然停住，神秘地笑笑，用手掌拍了拍自己身下的木床，接着将床被掀了起来。

出乎我的意料，原来这张木床就如同专为人体设计的一般，隆起的部分并非枕头，而是床体自身凸起了一块，整张床浑然一体，从侧面看像一把倒扣的勺子，好生怪异。而且床头也放着一个装满土的陶盆，和院子里的一模一样。

“这叫梦床，是用非常稀有的木材制成的，所有躺在床上的人做的梦都会被记录下来。而我再躺上去，就能看到先前那个人所做的梦了。所以我不对它上漆。而且这个是祖传的，占梦世家才有的好宝贝。”

我“哦”了一声，想不到还有如此神奇的东西。

“不过，要是我知道后来发生的事情，我是断不会躺下去的。”老叶语带颤抖，似有难言之隐，他端起茶杯喝了一口才继续说下去。

（下面仍是老叶的讲述。）

你可能知道，梦主反向，所谓平梦主凶，梦凶得吉。我躺在床上，一闭上眼睛就看到一片白色，然后是一团棉花一样的东西如同滚雪球一般越来越大，整个地方很快被它塞满了，而我也逐渐喘不上气来，还好我神志尚在，赶快从床上跳起来。做梦有两种：一种是深睡之梦，就是俗话说的睡得很死；另外一种是神未定之梦，也就是碰巧打个盹做的梦，这种梦很容易醒。但做的梦也不可靠，所以占梦有规矩，所谓五不占，也就是五种梦是不占卜的，神未定之梦就是其中之一，而我躺在床上所看见的就是这种梦，所以我也能很快醒过来。

既然看到了年轻人做的梦，似乎就很好解决了，但还是觉得非常奇怪，我只好暗地里去查查那个年轻人。有些人，他们来求我解梦、占梦却不实话实说而隐瞒内情，因为占梦、解梦有规矩，他们怕触犯规矩，所以多有忌讳，我必须了解清楚才行。

那个年轻人虽然年纪不大，生意却做得十分红火，我直觉多是钱财来路不当，但我也查不出个所以然。我只好告诉他多宁神安息，不要思虑过多而伤神。年轻人不满而去。我原以为事情结束，可没想到最后招到自己身上来了，所谓打鹰的让鹰啄了眼啊。

（老叶说到这里，似乎有所感触。）

从那之后我开始和那个年轻人一样，不停地做梦，醒来后满身大汗，却记不起梦见了什么，而且开始日渐消瘦，神气不足。我只好反过去找那个年轻人，结果被告知这个人居然发疯了。我去看他，他满嘴胡言乱语。当我沮丧着要往回走的时候，他似乎认出了我，抓住我的衣袖大喊起来。

“来了，来了，你也快了，你迟早是醒不过来的！”说完，他又自己一边疯去了。

我开始意识到不妙，却没有破解的方法，看来这东西如同传染病，居然把我也拖下水了。接下来的几天，我遍寻古书都没有办法，而我的一些行内师傅也不敢为我圆梦，我也忽然发现，自己睡眠做梦的时间越来越长，睡得越来越死。

还好天无绝人之路，我在父亲遗留的一本差点儿被我卖掉的手记上看到了一段话：

“梦者，魂行也，梦不得醒，则魂不归，观似醒而实为梦中，是为怀梦。梦无实形，然聚之则夺人魂，终不得脱。”

家父的留言提醒了我，原来梦就如同袋子里的水，人的魂魄如同那个袋子。每天做梦就如同往袋子里装水，普通人一觉醒来，梦也就散了。但如果做的梦不能释放掉，便会堆积在一起，如同怀孕一样越堆越大，终究会让本来无形的梦成为实体，将魂魄夺取，而这个人就永远醒不过来，他的生活就会被梦所代替。所谓看上去是清醒的，实际上仍然在梦中，也就是像年轻人一样疯掉了。

我虽然知道了结果，但还是不知道起因，根本于事无补，几天后我照样会变成疯子，永远醒不了。

随后的几天我关门谢客，决心查清楚那个疯掉的年轻人到底做了些什么。虽然从他生意方面没有查到什么，我却查到了他的家庭状况。

他本来是个普通的白领，靠着与老板的女儿结婚才平步青云。而且不知道该说幸还是不幸，他的老丈人在他婚后不久就心脏病突发死亡，年轻人接管了岳父的所有产业，所以难怪生意做得那么大。而他的妻子也不知道为什么，忽然药物过敏导致瘫痪不起，成了植物人。年轻人疯掉后，她依旧能受到良好的护理——她父亲留下来一笔专门给女儿的钱，所以这个可怜的女人仍然活在医院里。

我以朋友的身份前去探望，刚进去就觉得病房似曾相识：雪白的墙壁和白色的天花板、床单、被子。

黑瘦的女人平躺在床上，浑身插满了导管，她的手臂满是因长期不曾活动而形成的黑色淤血块，脸部则瘦削得吓人，几乎是一个蒙了层人皮的骷髅头，只是深陷的眼窝里残留着一双凸起的眼珠。

我开始觉得年轻人和我的病与她有关了，因为我看见这个女人的眼球居然在飞快地转动。

难道说从她瘫痪消失意识到现在一直在做梦？其实她只是一直处于深度睡眠中？

原来不是我和年轻人的梦无法释放，而是这个女人的梦进入了我们的身体，并且积聚起来。一个人的梦尚且会多到令人郁结、难以释放，何况是两个人的。那个年轻人终究是突破了临界点，犹如一个装满了水的气球，还一直加水的话，当然会爆裂开来，梦已经超出了他现实生活的部分，所以他疯了。

这个女人就像一个造梦的机器，将源源不断的噩梦输入我们脑袋里、思想中，然而我现在又该做些什么？

难道说关掉这个机器？我只要动一动手指头，一切就结束了。

当然我不会这么做，先别说良心的谴责，而且整个病房都是由摄像头监控着。

既然找到了源头，我自然有世代为占梦官的解决办法。

老叶又笑了笑，指了指床头的陶盆。

“你可能以为这里什么都没种吧？其实你错了，这个叫怀梦草，白天它是不会出来的，只有到夜晚才会钻出来，像蒲公英一样，不过颜色鲜红，揣着它睡觉可以占卜梦的吉凶，非常灵验。”

“嗯，这个我知道。”我点点头。

“不过有一点你就不晓得了，怀梦草不是靠水或者肥料生长的，它靠的是吸取人的梦。睡觉前将它摆在床边，一觉醒来便发现你什么梦也不做了。所以，我在那个女人和我这里都放了一盆怀梦草。”老叶将陶盆放到地上，我实在看不出它有什么特别之处。

“后来我便没有再做那样的梦了。不过更奇怪的是，那个女人居然醒了过来，她康复之后还找到了我。

“她说她在梦中见过我，并且感激我治好了她的病。她还说，她是被她丈夫害的，误食了本不能吃的药物。现在她取回了遗产的继承权，而且想嫁给我。这可能是大难不死必有后福，我正好也没有娶妻，两人就自然走到了一起。”老叶又爽朗地笑笑。

“不错啊。”我也很高兴。

“既然你来了，证明大家有缘，我送你一盆怀梦草吧。”说完，老叶往院子里走去，我也跟了出来。

先前的猫咪绕着老叶的脚跟直叫唤，似乎相当不友好。老叶却摸摸它的脑袋，喃喃说道：“人家是好人，有缘人，别小气了。”

我接过那盆神奇的草，拜谢之后离开了那个屋子。

临走前老叶还握着我的手，一再要求我常来看他，说完，他抱着猫咪进去了。

临进去前那只猫看了看我。我才发现原来那只猫只有一只眼睛，另外一只一直是圆睁着的，动都不动，仿佛玻璃珠子般的假眼，一点儿生气也没有。

我抱着怀梦草走在回去的路上，突然觉得有些不对劲儿。既然那个富有的女人嫁给了老叶，为什么他还住在这里？或许是有钱也无法改变老叶多年养成的生活习惯？

我走出那片贫民区的时候，一个一看就长舌的老妇人拉住我的手，神秘兮兮地问我是不是从老叶那里来，我说是。

“你是不知道，他发疯了，疯了很多年了，好像是在捡到一只猫之后。而且他疯得很奇怪，白天总告诉别人自己娶了个有钱的寡妇。大家看他可怜，经常来照顾他，也绝口不提他疯了的事情。但更奇怪的是，老叶晚上又恢复正常了，对白天的事情一点儿都不记得了。所以我们只有晚上才去找他解梦。他也不多说，只是发每人一片叶子，叫我们揣着睡觉，就可以推算凶吉了。别说，还真是灵验。”

老妇人的话让我吃了一惊。望了望手中的盆栽，我连声道谢，然后赶紧回了报社。

我急于回去并非是因为害怕，而是想查些东西。

果然，几年前有则新闻：一个年轻富有的商人的妻子在服药后产生过敏反应，摔倒后被桌角戮瞎了右眼，并且陷入深度昏迷，而这个年轻商人不久也发了疯。

我按照地址又找到了那个女人，到医院的时候已经是夜晚了。

她瞎着右眼躺在病床上，和老叶形容的一样，不，其实更加瘦，就如同一副根雕，所有的紫黑色血管像蛆虫一样爬满了她裸露在外的身体。

雪白的病号服穿在她已经因血液不畅而导致皮肤黝黑的身上，让她看上去犹如一只黑白相间的猫。

病床前摆放着一株盆栽，那个陶盆好生眼熟。

盆里开放着一株特殊的植物，鲜红如血，形状似蒲，正对着那女人。

我看到女人剩下的那只眼球在飞快地转动着。

忽然间，我有种冲动，我知道这个重症监护室有录像监控，但我还是不自觉地走了过去。

我离那个女人越来越近了，她的眼球也转动得越发厉害。

我伸出颤抖的手，我也不明白自己在干什么，我忽然很想知道那只转动的眼睛到底是什么样子的。

手指离粗糙褶皱的眼皮很近了，当我将要触及它的时候，居然停电了，我惊恐了一下之后镇定下来，想拿出手机照一照。但是我发现正前方多了个光源，不，与其说是光源，不如说是一只绿幽幽的眼睛，那瞳孔很大，像猫的。

但只有一只。

然后是一阵刺耳的猫叫，那绝不是猫发春的声音，因为那声音掺杂着一种女性特有的高音和尖细。

长而不间断的叫声过后，电力恢复了。我满头大汗，发现那个女人依旧好好地躺在病床上，那只眼睛依旧飞速转着。

走出病房，我又想起老叶，或许他也正抱着那只花猫躺在梦床上。

究竟什么是梦、什么是现实，我也说不清楚了。

不过我想回家看看，是否抱着那株植物真的会睡个好觉，一夜无梦。

第八十三夜
种子

“我开始在家里翻找，终于在母亲床下的木板隔层里找到了那个用厚厚油纸包起来的牌位。我拆开一看，感到一阵不解。牌位上赫然写着的，居然是我的名字。”

“种瓜得瓜，种豆得豆。”这句古语不知道传了多少年，一切都是有因才有果吗？或许该说什么样的种子发什么样的芽。

若不是站在眼前的这个颓废男人，我恐怕不会知道这个故事。即便是隔着老远，我也能闻见他身上混合着酒臭味和多日不曾清洗的酸味。他随意地将一件皱巴巴的西服套在已经变色的白衬衣外面，皮鞋已经完全失去了光泽，只有架在高耸的鼻梁上的那副金丝边眼镜和后面的那双虽然低垂却依然眼神犀利的眼睛还能提醒我，这个男人以前过着高高在上的非常优越的生活。

“我出生在一个令人羡慕的家庭。”他使劲儿舔了舔干裂的嘴唇。我倒了杯水给他。喝完后，他开始谈起那个关于种子的故事。

（下面是男人的讲述。）

我们家虽然是名门望族，却有着外人无法了解的痛苦，无论我们家如何风光、如何显赫，但始终都是单传。

每代下来，都只有一个儿子，家里的长辈总是战战兢兢地抚养这个孩子，即使是以前可以有三妻四妾，但始终只有一个能继承香火的，再要生，要不就是女孩，要不虽是男孩，也会夭折或流产。

人丁兴旺关系到家族兴亡，这是几千年来以家族形成个体的中国社会不变的法则。我们家虽然竭尽所能到处寻找办法，似乎也只是徒劳无功，后来想开了，也就算了。

我的父亲是一名富裕的儒商，下海前是大学教授，做生意则一帆风顺，而且又赢得了极好的名声。我从小就在钱和墨水中长大，不过在他的教导下，我没有成为书呆子，也没变成尖酸刻薄、唯利是图的商人，我平稳地按照家里为我设计好的路走下去，成为外人仰慕的一名成功者。

但路有时候也会出现岔口。

我娶了一位我非常爱的女人为妻，但结婚六年都没有任何生育的迹象。表面看上去和谐的家庭却始终蒙着一层阴影。在我看来，没有孩子，多少带来些痛苦，却不影响我的生活。双亲则急得满头生白发，而这个年代又不比以前可以讨妾，借腹生子的事我们家更是干不出来的。

妻子经常会在睡梦中流泪。我明白她的痛苦，这也令我更加烦恼。我和她早去医院检查过，可两个人都没问题。妻子也一度提出离婚，但被我严厉地拒绝了，如果为这件事抛弃她，那我就真不是人了。

我的母亲，也是我父亲的大学同学，是在四十岁的时候才生下我，当时她也是冒着极大的风险。而那之后她的身体每况愈下，经常腿疼，可是无论什么天气，每天早上她都起得很早。

终于有一次，幼年的我悄悄爬起来跟着她，看她做什么。我望见她居然在寒冷的清晨披着单衣走到客厅，不知道从哪里拿出一个长形的木制品。

似乎是一个牌位。

母亲将牌位放在正对客厅的窗口，居然跪了下来。

我想过去搀她起来，但好奇心让我躲在一旁看了起来。

母亲哭了起来，那声音非常悲凉。我一时没了主意。哭了片刻，母亲站起来，收起牌位，回到自己的卧室。

几十年来，母亲天天如此。我一直想知道那个牌位是谁的，或许是母亲的好朋友的？父亲说，母亲年轻的时候交游很广，颇有女中豪杰的风范，而且又是重情重义之人。如果这样想，只是凭吊一位故友，倒也说得过去了。

家里的气氛让人窒息。日子就这样一天天过去，我极力想化解父母和妻子之间的矛盾，可是三人之间的隔阂越来越大，直到有一次，父亲居然外出许久。我问起母亲，她只是说去老家为我讨要生孩子的秘方。

父亲回来的时候非常高兴，仿佛人都年轻了几岁，而老两口对妻子的态度也忽然转变了，这反而让我们俩觉得颇为不适应。我以为维持了几年的坚冰或许真的打碎了，然而事实证明我错了。

父亲不是一个人回来的，他并没有带来什么秘方，而是带来一个即将临盆的孕妇。父亲说，她是乡下的友人，由于家里已经超生，不敢在村子里生，所以顺便带她过来，让她在城里生娃，也算帮乡里人做点儿好事，而且农村认为不添丁的家里来个孕妇也可以讨个好彩头。我自然没有怀疑，因为父亲经常帮家乡人的忙，什么工作调动、资助贫困生之类，以前都做过。

不过，这个有着黑红色健康脸孔的女人死死地盯着我看，仿佛看怪物一样，接着又看了看我的妻子。她忽然抚摸着自己圆滚如西瓜般的肚皮笑起来，那笑容却比哭都难看。

我走过去帮她接过行李，那个女人忽然低头摸着肚子小声说："娃啊，记住他。"

我以为自己听错了，但她又重复了一遍，我不禁有些纳闷。看到父亲热情地招待她，似乎和以前对待家乡来的人的态度有些异样，但家里向来是父亲做主，只要父亲不愿说，我从来不多问。

两个礼拜后，那个妇人生了，是个小男孩，很可爱，不过右手有六指。父亲说没什么大碍。我和妻子去医院看她，但她似乎根本没有为人母的开心，反而是一种非常痛苦的表情。那个女人摸着孩子嫩嫩的小脸，又对着我和妻子小声嘀咕着："娃啊，记住他们。"

我开始讨厌这个女人了，是的，当时我的确心生厌恶，甚至怀疑这个女人不会是要把孩子交给我们家照顾吧。父亲一直都是好人，对别人的要求从来不会拒绝。

但我多想了，没几天，那个女人和那个孩子都消失了，仿佛从没来过。而父亲忽然劝我和妻子去散散心，出去好好旅游。

在家里待得郁闷，我也正想如此，临走前，父亲兴奋地和我们告别。

我和妻子去了以前就很想去的地方。这次旅游犹如再次回到蜜月的时候，当旅行结束回到家里时，我发现居然已经过了一年。果然玩起来时间过得飞快。

但我没想到奇迹居然出现了，回家一段时间后，妻子出现了强烈的妊娠反应，去医院一查，她居然怀孕了。或许真的是那名孕妇给家里带来了好运。检查后，医生还说是双胞胎。当我高兴地将这个好消息告诉父亲的时候，正在沙发上看报纸的他猛地站了起来。

"双胞胎？"父亲颤抖着声音问我。

我觉得他非常奇怪，但没有多想，以为他是开心得有些失态。

父亲低着头，不停地嘟囔着，我隐约听到他在说什么"怎么会这样"一类的话。很快，他意识到自己的失态，马上堆起笑容，说"好事好事"，接着失神地走到卧室去了，一边走还一边叹气。由于我沉浸在即将做父亲的幸福中，并没有太过在意父亲的异常。

妻子的肚子随着时间的流逝渐渐隆起，很快就要临产了。

医生告诉我们，妻子这几天就要生了。父亲担心我的身体，于是叫我回去睡。我已经向单位告假，在医院照顾妻子很久了，的确有些疲惫。于是，那天夜里我自己回家休息，而父母留在医院，一有消息就随时通知我。

本来是四个人的家忽然只剩我一个人，当然有少许不适应，我并非是个胆小的人，只是那天心里惦记妻子，所以总觉得有些心神不宁。

我躺在床上无论如何也睡不着，不知道怎么回事，脑子里总是浮现出幼年时看见母亲对着那个牌位祭拜的身影。

好奇心一旦涌起，就如同决堤的洪水。我开始在家里翻找，终于在母亲床下的木板隔层里找到了那个用厚厚油纸包起来的牌位。

我拆开一看，感到一阵不解。

牌位上赫然写着的，居然是我的名字。正当我奇怪的时候，空旷的客厅外忽然传来一阵银铃般的小孩的笑声。

我把牌位重新包起放好，走到客厅里。

笑声依然如远处飘来的雾气一般弥漫在冰冷黑暗的客厅里面。出来的时候我发现停电了，而这种事情在我家是极少发生的。

跟随着那笑声，我走出了房子。外面比客厅里更冷，北风呜呜地刮着，但还是可以清晰地听到那个孩子的笑声。

当我走到屋外的庭院角落时，笑声开始微弱了，渐渐变成了啼哭的声音。我被这声音搞得五心烦躁，于是想干脆不管了，既然睡不着，不如去医院陪陪妻子。

我正要转身，却感觉到脚底有什么东西在慢慢隆起，仿佛有什么东西在土里蠕动着。

我移开脚，慢慢蹲下来，开始用手慢慢地刨开脚底的土。

这个庭院种植了一块草坪，向来是父亲打理的，草长得异常丰茂好看。旁人看得羡慕不已，经常向父亲讨教，但父亲总是闭口不答。不过，我发现我脚底的这块土非常松软，似乎刚翻新不久。

我的手指触及了什么软腻的东西，如同搁置久了的肥肉，又像豆腐。我急急地打开手机照了过去。

借着手机幽暗的灯光，我看到的是一截苍白的手，准确地说是小手，婴孩的小手。那只手有六指。

我已经没有勇气再挖下去了，但是当我努力要支撑起身体离开的时候，我发现那个孩子的手紧紧握了起来。

旁边的土开始出现更大的动作，抖动个不停。手机的光也暗淡下来，无论我怎样去按，也不再显示。

黑暗里我闻到一股腥臭味，那是土壤中夹杂着腐肉的味道。那味道非常熟悉，儿时的我帮父亲翻新土地的时候，经常会找到一些被动物藏匿在土里的吃剩下的残尸。

有东西顺着我的脚踝慢慢地爬了上来，我的身体如同被绳子绑住了一样。那不知名的家伙居然一直爬到我的耳朵边上，细细地说了一句话。声音虽然微弱，一下子就淹没在呼啸的冷风中，但我依然听到了。

“我认识你。”犹如牙牙学语的孩子说出来的话，却根本没让人觉得可爱，话语中没有夹杂任何生命力。

手机忽然响了起来，我慌忙接起电话，身边的一切又消失了，只有脚下的土依旧松软。

电话中父亲焦急地告诉我，妻子要生了。我胡乱应了声，连忙赶到医院。

焦急地等待了几小时，天蒙蒙亮时，神情疲惫的医生走出了手术室。

“母子平安。”他勉强笑了笑，接着揉揉眼睛，伸了个懒腰，朝更衣室走去。

可是当我把孩子抱出来的时候，发现只有一个。

“不是双胞胎吗？”我抓住刚才那个医生问道。他奇怪地告诉我妻子只生了一个，并且说这种事经常发生，产检偶尔会有失误，双胞胎变一个、一个变双胞胎，都是可能的。

既然医生这么说，我也不好再拖着人家。我又低头看了看孩子，忽然发现孩子的右手居然是六指。

父亲过来安慰我，说没什么大碍，不影响什么。我则将孩子交给父亲，自己进去看妻子。她很虚弱，不过看得出她非常开心，我却笑不出来，因为我觉得那绝对不是我的孩子。

孩子的六指很快切去了，伤口也好得很快，日子回到了普通而幸福的状态。当然，除了我，他们三人对那个孩子都很喜欢，而孩子也的确十分可爱。我不得不挤出笑容强作欢颜地照顾那个孩子，但那天晚上的事情如烙印一般让我难以忘记。

在两代人的照顾下，这个孩子成长得很快。他继承了家族的优点，漂亮、聪明，但他还是多少有些怪异，他从来不肯叫我爸爸，这让我更加厌恶他。父母和妻子经常安慰我，我却对那个孩子更加冷淡起来，聪明的他也知道这一点，所以他从来都是黏着那三个人。

终于有一天，我忍不住了，我把妻子支开，让她带着孩子出去散步，我则把父母叫到客厅。

“前年村里来的那个孕妇现在怎样了？”我直接问父亲。

他一听这话犹如遭到电击，身体抖动了一下。我看见他苍老的脸孔和白发，忽然觉得有些不忍，或许我正触及这个老人心里最脆弱的地方，但一想到那个古怪的孩子，我又硬下心来。

“你一定要知道？”父亲没有抬头看我。我“嗯”了一声。

“我不会告诉你的，或者说，只有到我死的那天才会告诉你，那样就算你再怎么怪我，我也不会知道了。”父亲幽幽地说完，便拉着同样神情默然的母亲走出了卧室，留下我一个人傻傻地站着。

父母的态度让我更加怀疑，但我表面上还是做出一副放弃追查的样子，父亲也以为我真的不想过多探究。但是很快，我借口出差，来到了老家。虽说是故土，但其实我根本没来过，只是从父亲那里得知有这么一个村子。

我到了之后才发现，这儿的确是个普通得不能再普通的地方，同中国成千上万个村落一样普通，那里的人也一样勤劳朴实。我忽然想到，如果那个妇人根本不是这里的人，我岂不是白跑一趟。

不过很幸运，父亲的确来过这里，而且还住在当地一个远房亲戚家里。这个老实的村里人告诉我，他知道那个孕妇的下落，并且带我找到了她。

这个女人仿佛知道我会来找她，平和地招待了我，她的家比普通人家看上去要豪华得多，已经接近城里的标准了。

我把心中的疑问告诉她，并希望看看当年的那个孩子，女人冷笑了一下。

“你不该问我，孩子的下落，应该去问你父亲。当年我只是负责把孩子卖给他罢了，别的我一概不知道。他告诉我，你们夫妇没孩子，所以要收养一个。我们家穷，什么都没有，唯一就是孩子多，一年一个娃，送人的送人，卖的卖，我和我男人根本养不起。有你爸爸这样的富人出得起高价，我当然开心了。”她如连珠炮一般说着。

“可是我没看到那个孩子。”我连忙说道。妇人又冷笑了一下。

“呵呵，想不到他看上去慈眉善目，居然也做这个勾当。看来我猜得没错，一个孩子值当不了那么多票子，可怜我的娃，居然做了种子。”她的脸上闪过一阵嘲讽和悲戚之色，但也只是一瞬间，很快又恢复那副冷漠的脸孔。

我不明所以地望着她。她见我真的不懂，就继续说道：“生不出娃的家里就是少种子，种什么，得什么。你父亲把我的娃买去做了种子，好让你和你婆娘能生出一个来。”说完，她站了起来，转过身不再理会我。我还想问，却被她回绝了。

离开的时候，我听到房里响起呜呜的哭声，撕心裂肺。

回家的路上，我想到了关于埋小鬼的说法——东南亚的赌场经常会买来刚出生的婴儿，然后让一些有道行的修士禁锢他们的亡魂，镇压在赌场之中，为赌场招财进宝。未能生有子嗣的家庭也会偷偷将小孩的尸骸埋在家外墙角，为家里做招财招子的看门小鬼。难不成父亲真的做了那事？我不敢再想下去，只能赶快回家。在火车上，我一闭上眼睛就能看见房子外面角落的草坪下有一堆新土，犹如一座坟。

我回来的时候，草地长得更加茂盛了。我忽然想起有人说过，死人是最好的肥料，如果一块地上的花草长得很好，那下面一定埋了人。

到家的时候已经是下午，又是个懒洋洋的秋日下午，在家门口，我看到那个孩子一个人站在庭院里玩耍。

他真是我儿子吗？或者是那个种子结出来的果子？我的脑子乱得很。

我猛地生出一种想过去抱他的冲动。阳光照在那个孩子光滑如缎的脸上，红扑扑的很好看，他挥舞着藕节样的手，仿佛在跳舞。

我慢慢走过去，却看到他高高向上伸展的手在阳光下显得有些异样。

我清晰地看到原本被切去的六指好好地长在那个伤口上，仿佛在嘲笑我的愚蠢。

孩子背对着我，他迎住了太阳落下的长长黑影，正好叠加在那个土堆上，土堆又开始耸动起来。我站的地方离孩子只有十米远，却宛如相隔天涯。

土堆中伸出的小手抓住了孩子的脚踝，但孩子仿佛什么也感觉不到，那只手也是六指，却已经腐烂接近白骨。

我再也无法忍受了，那就是我儿子，我不允许任何东西抢走他。我扔下衣服和行李，冲过去抱起他，亲着他的小脸。

"我认识你。"怀中的孩子忽然说道，声音和那天晚上听到的一模一样。他不安分地从我手里挣脱出来，冷冷地望着我。

"我认识你，而且我把你的孩子吃掉了。"他哈哈地笑了起来，那笑容分外熟悉，就像那个村子里的女人。

孩子笑完后就晕了过去，我抱着他，看了看那只手，又成了正常的五根手指。

父母和妻子吓坏了，还好孩子很快又醒了过来，只不过依然躲着我。

这不是我想要的生活，我再也无法忍受了，于是我拿出翻新草地的工具，跑到外面。父亲仿佛知道我要做什么，猛地朝我冲了过来。

"不要啊！"他老泪纵横地拉着我的手臂，曾几何时这双手是那么强壮有力，现在却如此软弱，我几乎感觉不到他的力量。

"爸，我一定要解决这件事。"说完，我将外套脱掉，大步走到外面，对着那个土堆挖起来。

父亲瘫倒在地上，而母亲也尖叫着跑过来想阻止我。

"你会后悔的！一定会！"母亲如疯子般诅咒着我，披头散发的样子非常可怕。

我瞟了一眼妻子，她正流着泪抱着孩子。妻子从来不会阻拦我做任何事情，在她眼里，我永远是对的，绝对不会犯错，就像父亲在母亲心目中一样。

只有那个孩子，却咬着指头带着嘲笑和好奇的眼神望着我。

随着工具的翻动，草坪被支离破碎地翻开了。果然，我找到了那个被深埋的婴孩，虽然他的四肢开始腐烂，但脸部依然清晰可见。我小心地把那个孩子的尸体取出来。

“结束了，一切都结束了。”我扶着那个孩子的脑袋，喃喃自语道。

当我将尸体缓缓脱离泥土的时候，忽然发现似乎被什么东西扯到了，我低头一看，原来婴孩的脚踝处居然还有一只手——一只只剩下骨头的手，正死死地抓着尸体的脚踝。

居然有两具尸体？我回望母亲，她面无表情地望着我。

我拂去面上的泥土，腐败之气更加浓重。那下面是一具稍微小一点儿的尸骸，似乎已经掩埋很久了。

我将两具尸体都取出来，用白布盖着放在草地上。阳光冷了下来，妻子和小家伙一直盯着那两具尸体。

回到屋子里，妻子和我坐一边，父母坐对面，在灯光下他们仿佛一下子苍老了几十岁。

“第二具尸体是谁？”我问他们。

“你的孪生哥哥。”母亲低声说。

我震惊了，我何时有个哥哥？

“我们家族向来只能有一个传接香火的后代，但是我们家都是生双胞胎，而为了镇宅和保护家族的兴亡，必须将其中一个活埋在家里的后院，绝不能有两个男丁同时存在，而且埋下去就不能再开启，否则家必败。你以为这些财富地位是怎么来的？那是用你的兄弟、我的兄弟、你爷爷你祖爷爷的兄弟的命换来的，或者说，这本身就是一笔交易。”父亲忽然如释重负地叹了口气。

“你一直没有后代，我非常着急，所以从那个妇人手里买了个孩子，我想你一定也知道了。同样，我把那个孩子活生生埋了下去。造孽啊，多好的孩子，我只是希望他作为种子可以让我们家开枝散叶，或许可以改变这该死的命运。但没想到还是双胞胎，生出来却又只有一个，我实在不知道该哭还是该笑。每一个活下来的男丁，都会沿用死去的兄弟的名字，表示已死一次，不会再被世间的命格所牵绊，当然可以做任何事情都一帆风顺。”父亲垂着头。我很难相信一向被外人称道、善良、富有爱心的父亲居然会杀死一个襁褓之中的婴儿。

而这一切又都是为了我。

我终于明白，为什么母亲要去祭拜那个牌位，为什么那个牌位上的名字和我的名字一样。

我到底是谁，只是一个借着已经死去的兄长的名字活下去的人吗？

“家败了，家一定败了，罢了罢了，或者这样本身就太累了。”父亲忽然站了起来，摇晃着身体走了出去。

母亲一言不发，只是转身回到卧室，出来的时候拿着那个牌位。

那天晚上，我们把那两具尸骸和牌位都烧掉了。火光中我儿子的样子变得非常痛苦，并且大病了一场。他病好后，父亲的生意也开始一落千丈，我的工作也丢了。上个月，父母二人先后过世，相隔不到一个星期，仅存的财产也用于为他们操办后事了。

现在的我只能靠着妻子微薄的收入支撑家用，当然，我还一直在找工作。

说到这里，男人忽然开心起来。我很难想象一个人从高峰跌落谷底、经历这些事情后还能笑出来。

“不过我很高兴，因为我儿子终于开口叫我‘爸爸’了，有了他，做任何事情都有动力，我会一直努力下去的。”说完，他这才拿出自己的资料。

忘记说了，他是来报社应聘的。我友好地接过来，并告诉他最好收拾一下，下午再来见社长。他兴奋地走出去，临走前还热情地给了我一个拥抱。望着他的背影，我觉得对他来说，得到的远比失去的要多得多。

第八十四夜
魍魉[1]

“它整个身体是黑色的，就像涂了煤渣一样，长而尖细的耳朵高高竖起，样子犹如小孩子，但却小得多。最令我不舒服的是它的眼睛像充血一样诡异地跳动着红色，四肢如同壁虎，牢牢地吸附在天花板上，扭过头来盯着我看。”

有些办公室里很少办公事，就像老板的或者营销部的办公室，只不过前者指挥别人去外面办公，后者被别人指挥。我所在的地方不过十几平方米，除去打印机、书桌、电脑外，所剩空间一目了然，还好大家很少同时待在一起，除了星期五统一排版、印小样。

也正是如此，我几乎和老黄一个星期才见一次。

老黄并不老，也不姓黄。他是专门负责娱乐版块的，此人相当八卦，不过想想这是职责所在，也就不觉得讨厌了。

但他老是喜欢讲黄段子，编辑部女职员多，久而久之就叫他老黄了。这人贵在讲究尺度，不会太过，但凡高手都知道，点到即止，老黄显然明白这一点，所以只要别人脸上露出少许不耐烦或者厌恶的表情，他就立即停下来。再加上平日里对人和善、爱帮忙，他偶尔讲一些笑话倒也无伤大雅。

今天就我和他到得早，他只好拉着我说：“知道我们记者的老祖宗是谁吗？”老黄除了喜欢讲笑话，还喜欢问一些不着四六的问题。

我摇头。

老黄显得很得意，告诉我说是张良。

---

① 魍魉，木石之怪，亦有说为山川之精。状如三岁小孩，红眼长耳，赤黑色，喜欢模仿人声，用以迷惑人。

这下我连摇头都不会了。“你瞎说。”我马上回应道，但老黄要的就是这个效果。

“想当初霸王被困垓下时不是唱歌吗？”老黄笑道。

“是啊。”我忽然觉得有些被他忽悠了，不过既然无聊，就听他说吧。

“他不是念着‘虞姬虞姬奈若何’吗？”老黄说。

“是啊，”我说，“可那不是他怕自己女朋友落到有流氓之称的刘邦手里吗？”

“你错了，人家其实念的是‘娱记娱记奈若何’，就是‘娱乐记者啊娱乐记者啊我拿你有什么办法’。你想想，当时最有名的两个男艺人是谁？是项羽和刘邦吧，最有名的女艺人是谁？虞姬吧？所以张良就对项羽的子弟兵报道说，项羽和刘邦哪里是争天下，其实是为了争女人才打仗。这绯闻一夜之间就传开了，八千子弟兵当然觉得不爽，于是都不愿意做这种没意义的炮灰。所以说，张良是我们记者——准确地说是娱乐记者的祖师爷啊。”

我不禁哑然失笑，对着老黄仔细端详起来：斑秃的头顶像一个足球，没掉光的头发毛茸茸的，一片片地挂在闪闪发亮的头皮上，虽然才小四十，人却憔悴得厉害，如同一截暴晒多日的腌萝卜干，干巴巴地翻起褶皱的黄皮。也难怪，他比我们辛苦，而且经常像鸭子一样被赶来赶去，加上熬夜早起、风吹日晒，若以为抹点儿什么宝就真的洁白干净了，可以当老白脸而不是老白干了，那完全是自欺欺人。

不过最近我发现他不仅仅是脸，仿佛整个人都有点儿奇怪。

他没结婚，准确地说是刚离婚。在他们那个部门离婚是家常便饭，换老婆比换底片勤快，有时候搂着相机的时间比搂着女人的时间长，除非对方能长成相机那样，否则恐怕谁都不会开心的。

可是最近每次他接电话，我都会听到一阵阵婴儿的声音传来，有时候是哭声，有时候却是笑声。

我曾经问他，是不是用了那种小孩声音的铃声，但他说没有，而且还奇怪地说他压根儿没听见。

最有意思的是，老黄似乎越来越高兴。他的运气很好，有几则大新闻都被他独家捕捉到了。最夸张的一次是，一个小有名气的男明星深夜上街急着如厕，一时没找到地方就随意躲墙角解决了，结果这也被他拍到了，简直是神了！后来这个男明星要告他，老黄不在乎。官司打下来，两人都红了，男明星被找去拍疏通尿路的利尿药物广告，据说广告词是“喝了某某肾宝，尿到天荒地老”。两人后来还成了好友，只是那个明星央求老黄，拍拍小便也就罢了，其他事情给他留点儿脸面。老黄也一夜之间成为报社的台柱，报纸发行量猛增。一个多月来几乎所有重大事件发生时他都在场，不过大家问起来，他都只是说运气而已。

想想他上个月还因为一篇报道失实而闯了大祸，还好社里念他资格老才抹平了，其实是事主没什么背景罢了。这世道就是如此，富人的汗比穷人的血要值钱。据说事主出事前还打了个电话给老黄，老黄连接都懒得接。

也可能霉运走到头了吧，所以现在一路风光。

看着老黄接过电话又火急火燎地出去了，我不禁笑了笑。

老黄出门不久，他抽屉里忽然又传来了手机的声音。我只好翻出来赶快追下楼，但老黄已经不见人影了。

我只好自己接了电话。

话筒里面只有一个婴儿的哭声，非常刺耳。我喂了半天，哭声却越来越大。

我是对着听筒的，却感觉哭声是从后面或者说从四面八方传过来的，将我包围起来。

我觉得有些不对劲儿，立即挂了电话。

这时，我的电话响了起来。是老黄，可他不是没带手机吗？

“欧阳啊，和老总说下，晚点儿出打样，我又拍到好东西了。就这样，我不多说了。”说完，电话就挂了。

这么说，我手里的电话不是老黄的。

但那个手机显示的正是老黄家里的电话。想想现在没事，我忽然有种恶作剧的感觉——难不成老黄偷偷地金屋藏娇，还多了个娃娃？估计刚才是那个女人打的，听着是我的声音就不敢说话了吧。

想到这里，一切倒也解释得通了。老黄家，我也认识，很久没去，干脆去拜访一下，而且要在老黄回家之前到。一想到到时候老黄惊愕尴尬的表情，我就想笑。

周末只是例行的三校，工作不多，我招呼一下就往他家赶了。

老黄住在报社新盖的职工楼，他资格老，正好赶上最后一班自费集资，房子不贵，但也不实惠。

典型的小两室一厅，他搬家时，我去帮过手，不过以后就没去过了。那时候他还没离婚，不过从两人的关系来看离离婚也不远了。

老黄不愧是娱乐记者，除了口才好外，经常打官司也让他最后离婚上法庭时游刃有余，结果房子被他争取到了，他前妻则愤愤不平地扬言要报复。老黄不以为然，说要报复他得排队买票。

说话间我就来到他家了，按了按门铃。毕竟是要见新黄嫂，我提了些水果和蛋糕，可是门却不见开。

我又按了一下，不过这次时间比较长，站在厚厚门外的我几乎都能听到里面的音乐声。

楼道里一个人也没有，我像木头一样杵在那儿。

当我以为里面没人的时候，门却打开了。

我摆好例行的笑容，低着头刚想把提得手酸的袋子交接过去，冷不丁发现眼前一个人也没有，但门是开着的。

这下轮到我尴尬了，只好喊了句："我能进来吗？"喊过数句后，没人应，我不禁有些不耐烦，心想，和老黄蛮熟，怎么他竟找了个这么不懂规矩的女人？

还好房子布局和那次见到的没多大变化，我找到双拖鞋，趿拉着走进去，将礼物放在一张铺着玻璃的四方木桌上。

我原以为开门的人可能躲在门口，可我带上门时却依然没见有人。

房子不大，几乎可以一目了然。但我始终感觉不到有人在。我又喊了几句，回应我的只是自己的声音。

"或许新嫂子耳背吧，但那个孩子不可能也睡得这么死吧？"我纳闷起来，于是踮着脚走进内室。

一个房间几乎是空的，里面放着一些杂物和旧家具。

另外一间有一张单人床。那张床我认识，还是上次我帮他从旧货市场淘来的。床旁边只有一张书桌，上面放着电脑。我没有看到半点儿女人或者是小孩的衣物。

当我转身想要去厨房看看时，忽然听到身后一阵窸窸窣窣和吞咽咀嚼的声音。

回头一看，我发现满桌子的食物渣滓，蛋糕和水果都不见了。

即便是吃东西比赛，这也太快了，或许说，人，是不能吃那么快的。

现在这房子里只有厨房和厕所没看过了。那东西只能躲在这两个地方。

厕所不大，里面什么也没有。厨房也只是几平方米，不过灶台下有很多大柜子。

我将柜子一个个打开，里面无非是锅碗瓢盆和暂时不用而搁置起来的厨具。不过，最后一个柜子旁散落着一些黄色的犹如小米粒的蛋糕屑。

我将手慢慢伸过去，刚想打开柜子，大门却有了响动。

老黄回来了。我只好赶紧过去。

"你在这里做什么？"老黄吃惊地望着我，他一头的汗，脸上被烟熏得乌黑，手里小心地握着相机。

"这不，你把手机落办公室了，我也很久没来了，所以顺便送过来。不过有人帮我开门，进来后却什么都没看见啊。"我故意把"啊"字拖得很长。老黄脸色有些不好。

"谁叫你进来的？说不定是我自己门没锁好。还好是你，要是贼就完了，看来我虽然一无所有，家中还是要养条狗。"

"老黄，你家里到底养了什么？"我猛地追问一句。

“没……没什么。”老黄有些慌张。我见他手里好像提了点儿什么，趁他没注意，我一把拉过来。

“让我看看你买了些什么。中午我就不走了，在你这里混口——”我的“饭”字还未出口，袋子里一股腥臭味便扑鼻而来。我急忙对光一看，里面居然都是血淋淋的内脏。

“你买这个做什么？我记得你说过最讨厌吃下水的。”我将袋子扔给他。

“不关你的事！”老黄有些生气，一下子把我推到大门口，还指着桌子上的垃圾骂我，“你这哪里像来做客的，把我家弄得乱七八糟。快走快走，我收拾完还要赶下午的文字稿。”接着不由分说就把我扫地出门了。

我嘟囔着回了报社，不过可以肯定的是，老黄一定瞒着我什么，而且应该和他最近出色的表现有关，或许他怕我知道了后和他竞争。

但那天以后，老黄照例是一个星期来我这里拿一次小样，只是不再和我说话，也不再和其他人说话，接手机的时候婴孩哭笑的声音居然也没有了，取而代之的是——我仿佛听见两个老黄在说话，犹如双声道或者回声一样，不同的是一个苍老些，一个却异常稚嫩。

老黄依旧到处抓新闻，或者说新闻到处抓他，他几乎抢了报社所有栏目的摄影记者的饭碗，他倒满不在乎，每月领取丰厚的报酬。

只不过，他的脸色越来越难看了，原本头上还残存的几块“绿洲”也全面凋零了，眼圈黑黑的，皮肤也由黄色变成搅拌了水泥的沙砾色了。

终于有一天，他拉住了正要出门的我。

“来……来我家好吗？就晚上，我有事情告诉你。”

我早预料到这结果，但没想到这么快。

下午下班后，我买了点儿卤菜，再次和老黄一起回他家。路上我特意没让他坐车。

“到底怎么回事？想让我帮忙，就最好别隐瞒。”我问老黄。

老黄一副欲言又止的神态，最终才哽着嗓子慢慢说起来。

“我开始还以为捡到个宝贝，可是现在看来，它已经紧紧黏上我了。”老黄的声音带着哭腔。

（下面是老黄的讲述。）

那次事后我差点儿丢了工作，老总和同事也压根儿不拿正眼瞧我，加上年纪大反应慢，跑新闻也跑不过那些年轻人了，于是我天天酗酒。有一次我酒醒后却发现一件怪事。

我去背包掏手机，却发现有两个。

两个很像，我分辨了好久才找到自己的，因为另外一个的外壳有一点儿被碰坏的痕迹。

正当我纳闷的时候，手机忽然响了。里面传来个女人的哭声，她的声音断断续续，我根本听不清楚，但主要意思还是明白了，她要我照顾她的孩子。

我听得莫名其妙，就把手机挂了。可是没多久我就听到一阵小孩的哭声，非常凄惨。当时是深夜，我一个人躺在床上，到处找声音的来源，最后居然是在背包中找到了。

我把背包里的所有东西都抖搂出来，最后有一个黑色的手掌大小的家伙一出来就嗖的一下不见了。我吓了一跳，还以为是老鼠，赶紧拿出本书来想追赶。

房间的光线不亮，我发现那东西在高速地运动，而且还在不停地哭着，声音越来越大。我心中郁闷非常，于是大吼一声："别号了！"

那家伙居然停了下来，这时候我才看清楚它的样貌。

它整个身体是黑色的，就像涂了煤渣一样，长而尖细的耳朵高高竖起，样子犹如小孩子，但却小得多。最令我不舒服的是它的眼睛像充血一样诡异地跳动着红色，四肢如同壁虎，牢牢地吸附在天花板上，扭过头来盯着我看。

而接下来让我更惊讶的是，我居然听见了刚才自己的那一声吼叫。

"别号了！"

和我的声音一模一样，就如同录音机回放一般，不过仔细听还是带点儿稚嫩。那小家伙仿佛很高兴，不过似乎只是会这一句，接着又开始发出婴儿的哭喊声。当我手足无措的时候，那个电话又响了。

"你看到我孩子了吗？好好喂养它，它会帮助你的。记住，别轻易让它说话，因为它说出来的都会成为现实。"说完，电话就挂了。

为了让那个家伙闭嘴，我也没多想，随便找了点儿吃的，比如我吃剩下的面包或者饼干。小东西一见我手里的吃的，马上跳了下来，趴在我手里狼吞虎咽，吃完后就不动了，仿佛睡着了一样。

我猜想，估计它是有钱人的一种宠物吧。这年头钱多了烧包，那些贵妇人都喜欢与众不同，养些阿猫阿狗都无法满足她们了。不是这样说吗，不走性感路线就要走性格路线，于是蛇啊、壁虎啊、蚂蟥蚯蚓之类的都来了，眼前的估摸着也是一种会模仿人声的不知名动物罢了。既然这么想，我就让它睡一夜，第二天再去找它的主人。

但是我想错了。

半夜的时候它忽然叫了起来："楼下有人被车撞了！"它不停地重复这句，可当时凌晨两点还不到，我被它吵得烦躁，于是想下楼去超市买瓶啤酒，结果居然发现超市老板出来倒垃圾的时候真的被车子撞了，于是我稀里糊涂成了他的救命恩人——这一带的人很早就睡，他被撞断了的肋骨刺进肺部，根本喊不出来，要不是我下来，他必死无疑。

这件事后我开始相信那个女人所说的话了。果然，所有还未发生的新闻，它都能预先知道，我只需要拿好相机在指定的地方等待便是。后面的事情，你也知道了，我靠着所谓的预言一下成了社里的名记，而那个小东西的胃口也越来越大，口味也越来越怪，最喜欢生吃那些动物的内脏。它说的每一件事情都毫无例外地发生，有时候，我还真怕它冷不丁说一句我快玩完了之类的。

而最令我不安的是最近这段日子。

它居然会长大，由一个婴孩逐渐长大了！

老黄说到这里，几乎全身都在发抖，他舔了舔嘴唇，喉结一上一下地动着。

“长大？”我奇怪地问。

“是的，它甚至开始慢慢变成一个成人，相貌却……算了，我说不出来，你跟我回家看看就知道了。”老黄忽然加紧了脚步。我抬头望了望，已经到了那栋楼前了。

开门的时候老黄的手都在抖，好不容易打开，里面却传来一股臭味。

外面的灯光还没消散，我感觉到臭味来自客厅的一个角落。

一个黑乎乎的人影蹲在那里，不停地往嘴巴里塞些什么。它似乎发觉有人进来了，猛地跳起，像猴子一样敏捷，又像壁虎一样趴在对面的墙壁上，伸出黑色的舌头，警惕地望着我。

我惊奇地发现，除了那对长耳朵和鲜红的眼睛，这个怪物居然长得和老黄一模一样。

我回头望了望老黄，有些无语。老黄则摇头苦笑。

无论如何，我得走近点儿看看。抱着这种想法，我向前探了一步。

“你会摔倒。”那个家伙居然说话了，而且俨然是老黄平日惯用的强调口吻。

还没等我反应，果然脚底一滑，啪地摔在地上。我顾不得揉屁股，看了看地面，没有任何东西，我莫名其妙地摔了一跤。

墙壁上的“老黄”咧开嘴笑了笑，缓慢地爬到我身边。

到了近处，我觉得它嘴巴里的臭味更浓了。

“它天天都要吃这些生的内脏，还最喜欢等腐烂以后再吃。”老黄强忍着走过去，提起墙角被血浸透的塑料袋。

“我真的快发疯了，每天对着一个酷似自己的人。”老黄一边说，忽然一只手伸进袋子，他几乎是下意识地这么做。

我吃惊地望着他用手拿起一片破碎的猪肝，毫不犹豫地就往嘴里塞。我连忙大喊一声，冲过去打掉了他手里的东西，这时老黄才如梦初醒似的望着我。

“我……我到底他妈的在干什么？”老黄看见自己满手的血污，痛苦地喊道。

“你在喂养我，你吃就等于我吃。”那个家伙居然笑嘻嘻地说。这次它没再爬行，而是跳下来，如正常人一样走到我们面前。

“你看，你就是我，我就是你。”像极了老黄的家伙一边说着，一边揉搓着自己的脸。

它的脸在剧烈地老化，仿佛是在水中揉搓着的一块烂布。

而老黄的脸居然也在慢慢地变化，眼角的皱纹慢慢延伸出来，就像一只无形的手缓慢地割过去似的，老黄的呼吸也渐渐沉重起来。

“我要死了，你也要死了。我就是以后的你，我所看见的、听见的，就是你以后看见的、听见的。”它依旧用着老黄的声音，但无比苍老。

老黄忽然暂时清醒了过来，发疯似的痛哭起来，接着又冲进了厨房。

他手里提着把菜刀出来了。

我来不及阻止，因为菜刀明显不是砍向我，这种情况下老黄的眼睛看不到一个人。因为我发现他的眼睛也变成红色了，和那个怪物一样。

手起刀落，仿佛拆卸零件一样，“老黄”被老黄剁碎了。第一刀就砍掉了脑袋，以后每剁一刀，那个怪物都在呵呵地笑着，地上滚动的头颅却依旧说着话，犹如背诵经文。

“你杀了我，就是杀了自己。我的样子就是你以后的样子。”重复多遍后，头颅最终不转动了，随着黑色粉末状的东西洒遍整个房间，那些断裂的残肢都融化了。我打开客厅的窗户，风灌满了这里。没多久，客厅里又恢复了洁净，仿佛什么事都没发生过一样。

“没事了？”老黄好像得救了，虽然他看上去更老了。

可是他口袋里的手机又响了起来，老黄犹豫地接了，但接起后脸色更加难看。

我听见手机里传出一个女人的哭声。老黄把手机递给我，我耳边听到的只有一句话。

“你杀了我，又杀了我儿子吗？”翻来覆去的就只有这么一句。即便是隔着那么远，我也听得异常清楚。

“你走吧，让我一个人安静一下。”老黄不再出声。

我安慰了他几句，只好回去了。临走前，我不放心，拿走了他的刀。他则像个木头人一样，靠着墙坐着，抱头低声哭泣。

我没有回家，而是去了报社，还好这时候依旧有人值班，我调出了总社以前的存档。

关于上次社内处分老黄的存档。

原来那次老黄报道了一位未婚怀孕的少女。而她原本是希望借老黄向社会求救，并希望让那个不负责任的男人悔悟，但老黄擅自把她的照片登了出来，并将女孩写成了富商的情妇。按照老黄平日的逻辑，既然有照片就要上照片，要不就白拍了，这样才显得真实。结果很显然，女孩是从外地来打工的，求诉无门后跳楼自杀。死了人，多少闹大了，然而这个女孩在这座城市里连一个熟人都没有，老黄的责任也就不了了之了。

但是，据说那天女孩是半夜跳的楼，临死前她打了个电话给老黄，不过老黄根本没接。

尸检的时候，女孩肚子里的孩子不见了，只是在尸体双腿下面有一道延伸很远的血迹，就如同爬行过一般，而那个手机也不见了。

女孩有照片，就是老黄照的，同时还有另外一张，是尸检官拍的。老黄拍的那张清秀可怜，而死去的那张也没多大变化，只是眼睛通红而已。

我关上电脑，不知道明天老黄是否还能来上班。或许，即便他还能来，也不过是个躯壳而已，魂早没了。

至于是什么时候，到底是今天，还是女孩临死的那夜，我说不上来。不过，即便是娱乐记者，似乎也在经常制造悲剧，究竟是娱乐了那些读报纸的人，还是娱乐了自己，那就不知道了。

第八十五夜
狼凝

“在树腰处挂着几只布袋。虽然爬树技艺不算高超，但我还是勉强上去了。我打开了离我最近的一只袋子，那一刻我几乎失手摔下来。里面是一颗人头，一颗血液凝固的人头，还有那撇八字胡。”

久未曾接到那个男人的消息了，像风一样的人总是让人难以捉摸，猛然间没有那些刺激的事情而过着普通的生活，让人觉得如同缺盐少料的菜肴一样淡而无味。不过最近我收到了一个邮包，不大，只有两个烟盒大小。

邮包还夹带着一封信，这次没有用电子邮件呢。我拿着信有些莫名的兴奋，向来觉得摸在手上有着光滑木香质感的纸张才是真的信，那些由1和0代号组成的东西已经悄然把我们的传统文化吞噬了。

纪颜的字很漂亮，不过他的信和他的人一样，向来是略去那些无关紧要的枝节，直奔主题。

（下面是信的内容。）

原谅我许久未曾联系你了，因为我对那个神秘的制作脸谱的人越来越感兴趣，虽然我只是大体知道他的去向，但我相信，只要沿着这个方向，总能遇见一些奇怪的事。

一直向北走，我来到了一座生长着茂密树林的大山，这里的山路不像南方那样崎岖坎坷，北方的山比南方的大气许多，只是非常陡峭。不过，当我路过一片树林的时候，却忍不住停下了脚步。

我并非第一次爬山，更不是初次看见树林，只是发现这里和其他地方不同。树很多，却很稀疏，而且都是桦树，一片片的白桦林很漂亮，但总看起来有些异样。于是我和李多停下来，看着那些树，脚底下踩着厚实的落叶。

偌大的林子里非常安静，连风声都没有。我发现，似乎每棵白桦树的皮都被剥过，俗话说人怕伤心、树怕剥皮，既然种了树，何必去剥皮呢？而且这些树大都有十余米高，少说都是种了好些年，灰白色的树干和几乎光秃秃的枝杈让我觉得有些荒败。

可是当我仔细查看时，发现那些枝杈并非光秃秃的。

向外延伸的枝杈上挂着一只只灰布袋子，有新有旧，但大小都差不多，而且几乎每棵树上都有，整个树林犹如结满了“果实”。

我和李多当然十分好奇，想知道那些袋子里究竟装了些什么。袋子似乎很沉，几乎把树枝压弯了，但白桦树质坚硬，富有弹性，就像本来就是用来挂重物的。

这“果实”究竟是什么？好奇心让我们在这一带停留了下来，既然想知道真相，自然要询问当地的人。

在这里过活的人以猎户为主，北方山林里的活物不少，手艺好的猎人多半是饿不着的。

不过人烟到底稀少了点儿，我们走了很久才看见少许炊烟。

一座有些简陋的普通木屋外面，站着一个身材高大的中年男人，他半披着一件花斑兽夹袄，里面套着一件灰色粗棉袄，正在整理房子外面晒的干肉条和玉米棒子。他长着粗黑的络腮胡子，大嘴时不时地朝外吐着白雾，一双蒲扇大的手非常灵活地整理着杂物。我在他身后喊了声“大哥”，他一个激灵转过身来，用疑惑的眼神望着我们。

高大的北方汉子看见我时有些惊讶，可能很少看见我们这样穿着的人。突如其来的客人让他很高兴，却也有些慌乱，这反而让我和李多不好意思了。

“很久……很久没和外人唠了，瞧我舌头都有点儿不利索了。前些日子冷得忒邪乎，我和孩子他娘就在房子里窝了起来，反正前些日子打的獐子和风干的鹿肉还很多。这不你们来巧了，我炉子上正炖着山蘑菇汤呢，喝了暖暖身子吧。”他很高兴，兴许的确是很少与人接触了，显得非常热情。

我和李多推辞不过，只好喝了些。

这个山里的猎人自称顺子，顺子的老婆刚下山去取那些过冬的衣物。

“我们是过路人，想找个地方休息一下。”我向顺子解释道。

顺子望了望我和李多，忽然意味深长地笑了笑。

“您知道这一带的树上为什么都挂着一只只袋子吗？”我将汤放下，笑着问道。

顺子的脸色变了变——虽然他的皮肤被山风吹得如同冻裂的柿子，但我仍然觉察到了一丝不快浮现在他脸上。

“这是我们族的规矩。我虽然跟您不熟，但看您的样子也是个敞亮人，您既然到这地界了，遇见我，算是我俩的缘分，有缘分就是哥们儿。您既然问到这事了，我也不和您打哑谜。摊开了说，那些袋子里装的都是娃，都是未满三岁就走了的娃娃。”顺子的话让我很吃惊。

“那为什么不埋了他们，而是吊在树上？”李多奇怪地问。

顺子摇摇头，抖了抖身子，狠狠地吸溜了一口浓浓的蘑菇汤，长吐出一口热气。

“这您就不懂了吧。我们这里的习俗，未长大的孩子死得早，是不能埋土里的，大家一般用桦树皮把孩子的尸首包起来，然后放在袋子里，挂在白桦树的高杈上。因为孩子魂嫩，钻不出土来，埋了的话，以后就生不出来了，挂高高的，好让孩子的魂早点儿散开，去别家投生。”顺子一边说着，一边黑着脸瓮声低头念叨着，越到后面，声音越低，犹如即将熄灭的蜡烛。

这时候我才明白过来，为什么我看着那片白桦林觉得不对劲儿，那苍凉的感觉不像树林，倒像是一座座坟堆，一株株坚硬的白桦仿佛是那些早夭孩子的墓碑。

“山里就您一个人？这都冬天了，不冷吗？而且好像也没什么动物活动啊。”我问顺子。

“我不是在打猎，我是在等人。”顺子忽然冷了声，板起脸站了起来。

我见他不再说话，只好闭嘴。

山里日头沉得快，尤其是冬天，仿佛白天的时间只有一会儿。很快，入夜后寒气更重。顺子出外看了看，建议我们留下来，虽然衣物不够，但是好歹可以生火驱寒，否则这种天气下山，一定会冻出事。虽然顺子的表情老大不情愿，但他实在不放心我和李多这样下山，还是让我们留宿。

我和李多同意了。

当最后一抹光从天边擦去，我望了望远处的那一片片白桦林，枝头的袋子依然醒目。

我们三人围着热腾腾的火炉，喝着蘑菇汤，聊着天。顺子告诉我们，可能他妻子没这么快回来，要等到第二天早晨。

顺子的木屋摆设很整齐，并不大，不过十几平方米。东西很少，只是在地上铺了层厚厚的由兽皮和棉被混拼的床垫子，在墙壁上还挂着猎枪，角落里有一些铁质的陷阱用具，像铁夹子、倒踬刺，还有个中间凹陷的四方炭炉，虽然简陋，却也一应俱全。

顺子告诉我们，这座大山更像是他的家，或者说是他的父亲。顺子的爹也是个猎人，顺子的祖父也是，世世代代都是，他们向大山索取，但更敬畏大山，对山神和狩猎之神总是敬畏有加。他们坚信所有的大型动物，像狗熊、老虎，都是有灵性的，所以不能直呼它们的名字，而用其他词代替，像狗熊叫“大爷”“老爷子”，老虎则叫“大虫”。顺子说，很久没打到过大的家伙了，上个月只是打了头野猪。

“山里的生气越来越少了，采菇的、摸参的、捕蛇的，一群群的，一到开春就呼呼啦啦来一片，山里都糟蹋得不成样子。”顺子气鼓鼓地抱怨。或许对他来说，城里人和他本就属于两个不同的种族，他当然无法理解为什么那些人要不远千里跑到山里来破坏他安宁的生活。

我们聊到深夜。顺子似乎越来越焦躁，终于，当听到门外传来一阵特别的铃铛声时，他才露出释怀的样子。

顺子直起身，缩了缩脖子，打开了木门。

从门外闪进一个人影，一个比顺子矮半头的男人走进了屋子。

他戴着一顶大大的皮帽子，身上穿着和我们类似的羽绒服，背着一只书包大小的口袋。

“怎么，还有人在？”那个男人望了望我和李多，口气颇为不满。顺子立即赔笑向他解释说我们是过路的旅者。

“过路的？该不是也是来惦记这山里的东西吧。”那个男人冷笑了一下。我看不清他的容貌，只能依稀瞧见嘴边浓密的八字胡。

顺子见他的语气不好，连忙把那个人推搡出去，两人似乎在寒风里嘀咕着什么。没多久，顺子走了进来。

“你们早点儿睡吧，那个人是我一亲戚，他昨儿个就在跟一‘老爷子’了，我这就和他去。如果走运，明天你们就能吃上熊肉了。”顺子从墙上摘下枪，又不知道从哪里翻出一盒子弹，戴上皮帽，穿好皮衣，顶着风跟那个人出去了。

想想觉得好笑，他居然让我这样一个刚认识半天的陌生人独自守着他的家。这在像你我这样的城市里的人看来，简直是不可思议的事。可是，我又能偷走什么呢？

或许拥有得越多，就越怕失去。

我老老实实地照顾着炉火。李多睡得很香，让我很放心。

想起顺子的话，总觉得这种时候两个人用一把枪去猎杀狗熊，实在不可理解。门外呼呼的风声中偶尔夹杂着几声悠长尖锐的狼嚎，一声声直让人起鸡皮疙瘩。

或许，顺子只是在敷衍我。但是我又不能离开，别说山里野兽多，就是炉火也要好生看着，万一熄灭，我们非冻死不可；而我也不能带着李多一起去，更何况要在黑夜追踪一个当地的猎人，无疑在说笑。

可是，整整一夜，顺子都没回来。

天刚亮，我就和睡醒的李多决定一起去找顺子。

清晨的山风稍微柔和了些，不知道为什么，找着找着，我们又来到了那片白桦林。

树枝上的袋子依旧沉甸甸地挂着，我很难想象里面装的居然是一个个小孩。

从外面根本看不清那些布袋里面东西的形状，我忽然想到，难道真有这么多孩子早夭吗？

白桦每年最高长一米，五十年就要进入衰老期。这一带原本人口不密集，也没发生过什么重大的灾荒兵乱，怎么可能同时死去这么多孩子？可是那袋子里装的究竟又是什么？我看着头顶高悬的布袋，忍不住爬上了一棵最矮的白桦。

李多在树下有些担心，一个劲儿劝我下来，而我也知道，万一真的是孩子的尸体，我这么做，被人发现是要犯众怒的。

可我还是解开了其中一只袋子。

袋子很奇特，是那种缩口袋，一边牢牢地固定在树杈上，而只要将袋子提起，口子就自动展开，放下去，口子又勒紧了。袋口有着数排深浅不一的凹槽，有点儿像装订机订过的样子，但我更觉得像是牙印。看上去它已经挂了几年了，有点儿沉。我使劲儿提了起来，往外扒拉下来一截，露出一段东西来。

里面装的不是孩子。

那是我无法分辨的一种东西，黑乎乎的，有些类似酱过的牛肉，但又带着一股特殊的腐败气味。我把布袋全部褪下，这才觉得那似乎很像人体的某个部位。

应该是除去了手腕的断臂，只是放置时间过长，已经完全风干了，紧绷在骨头上的皮肤布满了一道道肉缝，并且脱水蜷曲了起来。我将断臂放回袋子，按照刚才的样子又重新放好。

李多小声问我袋子里是否是孩子，我摇摇头，但又不想明说。我回头望了望整片树林，难道说上面挂着的不仅有孩子，还有被肢解后的人体吗？或许顺子没有说清楚？

我听说过天葬、水葬，还没听说过树葬。

当我和李多满腹狐疑地回到小木屋的时候，却发现顺子站在门外，他眼睛里全是血丝，像一头猛兽一样盯着我们。

“你们去哪里了？”顺子劈头就问。我笑着回答说只是四处溜达一下。

“溜达没关系，只是要小心，这附近狼多，尤其是孤狼。”顺子叹了口气，嘀咕了一句。

“孤狼？”我问道。

“就是被狼群驱逐出来的雄狼，多半是威胁到狼头地位的那种刚成年的狼，或者是已经没有捕猎能力的狼。说是孤狼，但其实都是两只两只的，一般是没什么经验的搭配一只老狼，就如同师徒。这种狼很凶，你们最好小心。”顺子转身进了屋，我们也随他一起进去。

一进屋子，我忽然看见了什么熟悉的东西，原来屋子角落的陷阱上多了个包，那包的样子好像在哪里见过。最后我想起来，昨天晚上来找顺子的那个八字胡就是背着这个包。

顺子见我盯着包，笑了笑。

“没跟到，估计是那家伙眼拙了，他执意要去追，所以暂时把包搁这儿了。本来让你们吃顿山里的烧熊肉是我们的规矩，不过天冷得厉害，我这样的老猎户也抓了瞎。下次，下次你们来，我准给你们备好。”我笑着答应，并感谢他的热情。顺子的解释很合理，但我发现包上有血迹——擦拭过的血迹。

顺子执意留我们再住几天，说在山上给他做个伴，也好等他老婆来。不过我们还是拒绝了。

顺子送了我们一程，直到看不见木屋了，他才开始往回走。但我并没有继续走，而是嘱咐李多去山下的小镇上等我，因为我必须再回那片白桦林一趟。

即便是中午，一踏入那片林地，我就觉得光线暗淡了，或许是高耸的白桦枝叶遮蔽的缘故，那一个个饱满而低垂的布袋子高悬在我头顶，一想到里面都是人体的残肢，我不由得一阵恶心。

古有纣王建酒池肉林，但那还都是挂着烤熟的肉而已。

果然，我在地上堆积的几乎腐败的树叶上，发现了几滴不易察觉的血迹，血的颜色很新鲜，我跟随着血迹来到了一棵高近六米的白桦树下。

在树腰处挂着几只布袋。虽然爬树技艺不算高超，但我还是勉强上去了。

我打开了离我最近的一只袋子，那一刻我几乎失手摔下来。

里面是一颗人头，一颗血液凝固的人头，还有那撇八字胡。

但是让我惊诧的不是这颗人头，而是同时在袋子里啃食人头的东西，那颗头的左脸几乎被吃光了，露出灰白如砖瓦的骨头。

一只半个手掌大小、裹着灰白坚硬短毛的幼狼对我拿走它的食物颇为不满，嗷嗷地叫唤起来。

我将袋子放回去，正准备下树，却发现树下多了一只狼。

一只体形非常庞大的狼，高耸而尖锐的耳朵兴奋地抖动着。在我看来，残酷的冬季是不可能有如此强壮的狼出现的，缺少食物是冬天的特征。

不过，它真的缺少食物吗？我回望了一下满树林的肉袋。

狼半蹲在树下，昂起头望着我，不时地伸出舌头舔舔嘴巴。当我注视着狼眼的时候，忽然感觉身体一阵僵硬。

它的眼睛犹如墨绿色的宝石般迷人，中间闪烁着奇异的光芒。

“别看它的眼睛！”我听到顺子的声音从不远处传来，但身体已经不由自主地滑落下去。

就算我不被狼咬死，三米的高度也会把我摔得够呛。

还好地面厚厚的落叶救了我，再加上落地姿势不错，我没有大碍。

大狼看了看顺子，朝天低吼了一声，转身走了。

惊魂未定的我看着顺子走过来，他的手里没有猎枪。

“你一走，我就想兴许能到这儿寻到你。还好，它对你没什么胃口。”顺子似乎也吓得不轻。

“你能告诉我这到底怎么回事吗？”我喘着气，扶靠着树干爬起来。

“先回我家再说吧。”顺子叹了口气。

在屋子里我喝了口热茶，舒服了很多，刚才出的汗几乎又瞬间结成了冰凌，扎得后背生疼。

“他们死有余辜！”未等我问，顺子忽然狠狠地将拨火棍摔了一下。

“我曾经有个闺女，别提多水灵了，长得像极了孩子她娘，但她一岁的时候被狼咬死了。”顺子咬着嘴唇说道。

我没吭声。他过了好久才继续说下去。

“我们和这里的狼世世代代都有着看不见的规矩，我们从来不猎杀在群的狼，只捕杀那些老狼或者孤狼。狼群连熊瞎子都不惧，我们虽然是猎户，但其实捕猎技术还不及它们的一半。

“可是这些年，一群群不知道从哪里来的东西，居然上山挖参杀狼，而且专杀幼狼。他们剥下幼狼的皮和眼睛去卖钱，却将尸首留在狼窝里。狼失去幼仔后像疯了一样，于是它们报复我的闺女。孩子她娘抱孩子上山的时候，狼群围住了她们，孩子就那样在她面前被咬死，于是她也疯了，现在还在山下待着。

“我也去拼命地杀狼，但换来的是这附近更多的孩子被咬死，还有大人们。于是我忽然想到了，祸根不是狼，而是那些上山来的人。”顺子忽然抬起头看着我。

“于是昨天的八字胡……”我试探着问他。

“哼，他是来捕幼狼的，我不过是带他去了狼窝。这里的狼喜欢把没吃完的尸体咬断，然后在冬天和幼仔一起放在那袋子里。”

原来那片树林也是狼的储藏室，我暗想。

“这里的狼会爬树？”我惊讶地问顺子。

“如果我告诉你它们还听得懂我们的话，你是不是觉得更不靠谱？”顺子冷笑着说。

“你要知道，我们不过在这座山里待了一百多年，而它们打有这座山开始就在这里了，而且，刚才那种情况下你不能看它的眼睛。这里的山狼在捕食猎物前，会看着猎物的眼睛，那时候猎物会血液凝固而导致动弹不得。猎人捕狼，哪怕将狼打死以后都先将狼眼用布包起来，这个就叫狼凝。”顺子说，“而那特别的眼睛，也正是那伙家伙追寻的最主要的目标，幼狼的眼睛比红石头都贵。”

我听完后默然地点点头。

“其实，你在白桦林看见的那些布袋，是很早就有人挂上去的，那天我没说完。大家觉得，把早夭的孩子让狼吃掉，可以使狼的家族兴旺，我们也会如此。所以刚才那只狼一来是吃饱了，二来，它也不会吃我。”顺子咧开嘴笑了笑，露出一口雪白的牙齿。

这次，我是真的离开了，我真的很希望不要再有人去打扰顺子的平静生活，包括那个狼群。

顺子在我临走的时候送了我一件礼物，那是他从偷猎者的遗物中拿来的。他从来不贪那些人的东西，因为当地人觉得死人的东西很不吉利，不过这个东西，他留下了。

所以我将它转送给你，希望你会喜欢。

我读完信，看了看那个盒子。

盒子里是一颗圆形的东西，玻璃珠大小，半透明的。我将它拿了起来，对着早上初升的太阳望过去，我似乎看见了一些东西，是一座大山，或者是一片林立的白桦树。

第八十六夜
插班生

“刘霍凯开始剧烈而又痛苦地挣扎起来，他四处张望着，忽然扑向餐桌，谁也不知道他要干什么。他拿起了切烤鸭的小刀，犹豫了一下，但是很快便割向了自己的喉咙。”

最近的信好像特别多，我又收到了一封，不过这次是初中同学的聚会邀请。其实几天前我就在报纸上看到了，和以前的聚会不同，这次组织者力求做得轰轰烈烈、路人皆知。

将近十年未曾提起的日子忽然像倒垃圾一样被翻找出来，我努力回忆他们的相貌，避免突然见面时的尴尬。

即便如此，我还是对很多人叫不出名字，我相信他们也和我一样，因为大家能记得的只有少数印象深刻的风云人物，像我这样默默无名的人实在不值得占用大脑的存储空间。在这种情况下，大家都会非常有默契地长长地“哦”一声，然后大笑着拥抱，接着说，你不就是那谁谁谁吗，对，就是谁谁谁。

虽然我对这个班级没有半点儿好感，留有印象的人也屈指可数，但依然抱着好奇的想法去了。

当然，有些人，比如我前面说的风云人物，大家还是记得的。

宋易就是其中一位，他当时是班长、学生会主席，成绩优异的他还是运动健将，这样的人很难让人忘记。如果当时年级里某个男同学傻了吧唧地站在一堆女生中间说“宋易这小子是谁啊”，马上会“幸福”地死在千手观音掌下。

一如众人的预料，宋易也是混得最好的，据说由于条件优秀，加上他家厚实的政治背景，他已经是市委最年轻的机关秘书了，这就是所谓的前途不可限量的人。不过宋易也是个非常谦和的人，他热情地同大家拥抱，甚至可以准确地叫出每个人的名字，这让大家受宠若惊。他的相貌相比以前更加成熟、大气，直看得女生们依旧是眼带桃花，而我等也只好摇头，感叹原来这世界还是有完美事物存在的。

“欧阳，哈哈，好久没见，现在都是大记者了吧？”

我不是太习惯拥抱，当他扑过来的时候我伸出了左手。

“不错啊，你还记得我是左撇子嘛。”

宋易热情地拍了拍我的肩膀。寒暄几句后，我入了席。我回头望去，身材修长的宋易站在门口多少显得有些落寞，他左顾右盼，似乎在等什么人。

同学会最重要的事情就是吃，所以我免去了前面的烦恼，几乎是踏着点儿来。席间大家吃得很尽兴，但更多的则是询问各自的状况，相互发着名片。坐在我斜对面的是当年班里的刺头，虽说我们是重点班，但其实也就比其他班要重点些罢了——别的班五十多人，我们七十多人，人多基数大，自然考得好的也多。所以班级里也不乏害群之马。

刘霍凯就是其中一个，当然，大家叫得更多的名字是“祸害”，也不过是小孩子顽皮。他身上沾染了一些地方痞子的习气，在班上没人不怕他，几句话没说好就报以老拳，只是对宋易非常尊敬，不敢造次。他现在倒混得不错，据说还是公务员，也真难为他单位，还能供得起他这尊佛。此君脾气十年不改，依旧是大大咧咧的，只是整个人肥了一圈，头上也秃了不少。想必长期酒桌应酬不断，嘴唇带着暗紫色，脸颊也像发好的两片香菇，耷拉在嘴边。宋易似乎对他很礼貌，开席前还特地给了他一玻璃杯酸奶，说是常年喝酒对身体不好，开席前先暖暖胃。刘霍凯有些不情愿，不过还是喝下去了。

菜一道道端上来，直到端来一盘海带丝，海带切得很细，细到让人很不舒服，也很嫩。刘霍凯起初还好好的，忽然脸色一变，盯着那盘海带丝发呆。

“吃啊，老刘。”旁边坐的人见他发呆，推搡了一把，没料到刘霍凯“嗯”了一声，还是不动筷子。

“你们不觉得那盘海带丝很古怪吗？”刘霍凯忽然说道，他的声音很低，一下子便淹没在了高声笑谈中。

我听见了，笑着问他为什么。

“不觉得那盘海带丝像一堆死人的头发吗？”刘霍凯依旧低声说着，似乎想躲避什么，又像是怕被谁听见。

我望了望那盘海带丝，黑乎乎的一片，的确很像头发，我仿佛还可以透过那些头发看到里面埋藏着一只死盯着我的眼睛。或许是刀工过于精细了，也可能是心理作用，我顿时吃不下了，胃口大倒，心里相当后悔听了“祸害”的屁话。

“逗你哪，欧阳，没想到你还和以前一样那么天真，真他妈的容易上当。”刘霍凯忽然抬起头高声笑着，接着挑起一大筷子海带丝塞进嘴巴里。

大家跟着笑了起来，我无奈地摇摇头，果然江山易改，本性难移。

宋易忽然瞪了刘霍凯一眼，刘霍凯尴尬地笑了笑，低头猛吃。只是我再也没有了胃口，只吃了几片烤鸭。

酒席刚到一半，刘霍凯站起来去小解，但是他没迈开几步，忽然脸色大变，双手按住自己的喉咙，似乎被什么东西卡住了，接着跪在地上剧烈地咳嗽。

我走过去想扶起他，可是刘霍凯的身体很重，仿佛粘在地上一样。他的呼吸越来越沉重，脸色也变得闷红起来。

大家纷纷围过来，有的说估计噎住了，也有的说可能是犯病了。但刘霍凯自己一句话也说不出来，他只是看着宋易。宋易铁沉着脸，一边吩咐人去打120，一边望着刘霍凯。

宋易的眼神冰沉如铁，或许，从政的人都是如此吧。

刘霍凯开始剧烈而又痛苦地挣扎起来，他四处张望着，忽然扑向餐桌，谁也不知道他要干什么。

他拿起了切烤鸭的小刀，犹豫了一下，但是很快便割向了自己的喉咙。

那把刀虽然小，却极其锋利，只一下，他便割开了喉管，鲜血如注般喷洒出来。大家下意识地退开，生怕血飞溅到自己身上。

所有人如同看戏一般把刘霍凯围成了一个圈子，虽然打了120，但还要等上一段时间。我也不知道该做什么，于是去拿餐布想按住刘霍凯的伤口。当我穿过密密麻麻的人群，拿着东西冲到刘霍凯身旁打算为他包扎的时候，却惊诧得说不出话来。

刘霍凯把手指头伸进自己的伤口，拼命地往外抠着什么，他的呼吸声越来越重，但又非常沉闷，如同破了的鼓风机，发出呼呼的声音。

我不知道他在干什么，在场的人完全惊呆了，即便是在电影里，大家也没见过这种情形。

刘霍凯从自己的喉咙里掏出了一堆黑色的丝状物，我知道那是刚才的海带丝，但我觉得更像是头发。

鲜血浸透了地毯，可地毯是红色的，也看不出来什么，只有等血干了，才能看到一片黑色。

医生来的时候都大吃一惊，虽然把他抬上了车，但还是摇头。我也知道，即便是按住被割开的喉管，他最多只能活半小时，而刚才他流出的血就足够致命了。

宋易一言不发，但是我看见他垂在身体两侧的手在发抖。

刘霍凯就这么死了，他本就圆胖的脑袋似乎憋得更加大，眼睛翻了出来，像极了死掉的胖头鱼。好好的同学聚会被搞成这样，实在晦气，虽然说“祸害活千年”，但刘霍凯才三十不到就去了，看来古语也未必准确。

刘霍凯的暴毙让酒店吓了一跳，至于后面的事情，那就是他的家人与酒店的纠葛了，我就不得而知了。反正酒席不欢而散，大家都败兴而归。有几个女孩子多愁善感地哭了，不过很快就转头谈论化妆品去了。

事实就是如此，你很难解释刘霍凯在大家心里到底是什么位置，或许家养的宠物暴毙，都会比他的死更加让人伤心吧。

但是我回去之后意外地接到了一个女人的电话。

作为班花，胡悦的确很难让人忘记，记得整个初中我只和她说过几句话而已。她为人并不高傲，甚至可以说非常温和，只是成绩并不佳，或许美貌与智慧难以兼得，并不是说漂亮的女孩就一定没脑子，而是她们为漂亮所累，花在其上的时间太多了。大家智商都差不多，你花的时间少，成绩自然好不了。在宴会上我看见她沉默地坐在一边，并没过多地招摇、说话，所以也不曾注意她。

不过她能给我打电话，倒让我非常惊讶。因为我和她接触并不多，我初中换了三个班级，在胡悦这个班实际上我只待了小两年，算长的了。

“能出来一下吗，我有话想对你说。”胡悦的声音很好听，但是带着战栗，似乎很冷，或许说应该是很害怕。

我晚上没事，能去见见美女也无所谓，不过我忽然想起在酒席上胡悦看见刘霍凯时总是躲躲闪闪的。当刘霍凯死去的时候，他只看着两个人，一个是宋易，另一个就是胡悦。

我依稀觉得这两个人似乎和刘霍凯有着千丝万缕的关系，甚至怀疑以刘霍凯的能力，根本无法做公务员，或许他抓住了宋易的某些把柄。但是宋易依旧单身，何来把柄？

胡悦把我叫到了离她家不远的公园。冬天依然非常寒冷，即便穿了盔甲，南方的湿气也能慢慢渗进你的骨头，我只有加快步伐，好让自己暖和一点儿。

胡悦身着黑色大衣，穿着皮靴，背着包站在灯下，和十年前相比，显得更加成熟了。

“你找我，是为了死去的刘霍凯还是宋易？”职业的习惯让我开门见山地问她。

胡悦笑得很勉强，脸色苍白。在路灯下我看着她，觉得非常不真实。

“刘霍凯死了，那不是偶然。”胡悦小声说着，如果不是四周寂静，我几乎只能看到她薄薄的嘴唇翕动了几下而已。

“我之所以找你，是因为只有你是可以信任的。”胡悦抬起头，带着祈求的表情望着我。

“我不明白，如果需要我帮忙，我会帮的，但为什么说只有我是可以信任的？”胡悦的话让我很诧异。

“因为，我要你陪我去趟母校，就是现在。”胡悦思考了一下，终于说道。

我没有拒绝，虽然我觉得这个要求很荒唐，但我认为即便表面看上去最怪异最荒谬的事情，也绝对有它的理由和合理性，不必去强行追究，真相永远会在海水落潮时浮出来。

很久未曾来到母校了，虽然白天的时候有人提起来看看，但想想学校还在上课就作罢了。其实我觉得大可不必来了，因为十年前的建筑物几乎一样都没留下来，我们所希望的作为心底留念的东西已然不在了。

但胡悦依旧在寻找什么。她把我带到了一片空地前。我依稀记得这片空地就是我们曾经的校舍，只不过已经变成运动场了。

夜晚的校园很安静。

我不惧怕地走在安静的山间小路上。

但是我惧怕待在这种反差极大的地方——白天非常喧闹，夜晚却空无一人，本来就冷落的地方不会让人恐惧，但曾经有人的地方会，因为你会在心底去做对比。

或许我们害怕的不是黑夜，而是人。

“你到底想告诉我什么？”空旷的操场很冷，我跺了跺脚。

胡悦低着头，看着月亮。

“你是初二转来的，所以，你不认识那个人。”胡悦的声音像月光一样散开，洒落在银白色的地面上。

“有些人生来就是给人尊敬和羡慕的，像宋易；有些人生来让人厌恶和惧怕，如刘霍凯；可是还有一些人，或者说这种人更少，生来就是被人欺辱和发泄的。”胡悦斜靠在操场的塑料栏杆上，双手提着包放于身前。

（下面是胡悦的讲述。）

你可能无法想象，整个班的人都去欺负一个人，是什么滋味。我们所谓的重点班在外人眼里那么风光，其实承受着更大的压力，压力不可怕，但可怕的是如何去释放和发泄。

繁重的功课和家长的期盼让那些孩子有些变了，当他们发现欺负同龄人比玩游戏、打篮球、大吼大叫更能发泄自己的情绪时，就会一而再、再而三地去做，而做这种事情是会上瘾的。

开始，我们只是一些恶作剧。是的，班里的女孩子也参与了，其实无非是撕掉他的书、偷走他的笔或者别的什么，选择那个人作为对象，也不过是因为他看上去如此懦弱和胆怯。

如果，如果当时他生气或者反抗了，或许事情不会演变到那个地步。但是他默默忍受了，甚至对我们还报以痛苦的微笑，这纵容了我们。几乎所有人都知道，无论对他干什么，他都不会生气，不会告诉老师。

事情越来越过分：在水里放粉笔，在他的盒饭里放沙子，用圆规扎他手，辱骂，殴打。我们也不知道自己在干什么，可能都是孩子，可能有时候邪恶和天真只是一线之隔。

刘霍凯做得最过分，有一次他拿着偷来的电动理发刀，强行当着全班的面把那个孩子的头发全部理干净，而且，还强迫他把头发吞了下去。

（胡悦的声音有些颤抖。“头发？吞了下去？”我吃惊地望着胡悦，很难想象这些所谓的优秀的干部或者富家子弟居然会做这种事，他们一边残忍地折磨着自己的同学，一边又在家里扮演着乖乖仔、乖乖女的角色。）

他终于愤怒了，但已经晚了，虽然只是简单的一句怒吼，但丝毫没有让大家住手，反而引起了变本加厉的报复。

日子一天天过去，只有在考试的那几天，大家忙于复习，他才可以稍微舒服一些。而考试一结束，他又沦为大家放松的玩具。

可是我们忘记了，那时候我们毕竟是孩子，我们不知道玩具也会坏的。

（胡悦的声音开始变得混乱而可怕，声音忽高忽低，我难以相信她那美丽的红色嘴唇还会说出什么。她稍微平静了一下心情，继续说下去。）

期末考试后，我和宋易还有刘霍凯的几个兄弟非常无聊，于是刘霍凯提议把那个人喊出来玩。

于是由我来打电话，把他叫了出来。

果然，他来了，他看见刘霍凯后有些畏惧，不过看到我和宋易也在，又稍稍放心了些。

在班里，只有我和宋易没有过多地欺负他，只是经常在旁边看笑话，偶尔见他们太过分了，也会阻止一下。因为宋易不屑，而我则不忍。

他很小心地说着话迎合我们，但还是说到了宋易。

宋易的母亲，其实是未婚生子的，知道这一点的人不多。宋易很忌讳这个，据说他的生父是一位高官，母亲则是宋易父亲的保健医生。

于是几个人开始打他，打完之后却还是不解恨。

那时刘霍凯问有什么新奇的办法来玩玩。宋易推了推眼镜，望着躺在地上的那个人。

“活埋看看。”宋易笑了笑说。

我一开始吓坏了，后来才知道只是把整个人的身体埋进土里——那段时间学校在维修校舍路面，土被翻动过了。那几天要过节，所以工程队也撤了，不过即便如此，我们还是累得一身大汗。

他无助地恳求我们不要这么做，但大家只是笑嘻嘻的，仿佛在做游戏。

（“那当然，对你们而言，玩具没有发言权。”我冷冷地说。胡悦愣了一下，叹了口气。）

我们只是让他的头露在外面，这样，远远看去仿佛一个人头摆在那里一样。大家还找来一些石子垒在他面前，装作祭拜的样子，接着哈哈大笑起来。

谁知道天开始下雨了，冬天的雨很冷，我们忘记了埋在土里的他，一哄而散跑回家了。可他还在雨里大喊，叫着“别离开我”。

等到我们想起来赶回去的时候，他已经没有反应了，脸冻得通红，歪着脑袋望着天空。

这次大家真的吓坏了，甚至平日里像小霸王一样的刘霍凯也跟傻子一样没了言语，只是宋易依旧低头不语。

宋易说，既然是放假，学校里又在施工期，应该没人看到，干脆将他埋进土里。

这个提议得到了响应。我们把他挖了出来，又重新埋进去，而且尽量将坑挖深些，并且远离了本来要施工的地方。

我永远记得那个傍晚，低矮的校舍旁边，几个少年满头大汗地挖着一个大坑，旁边躺着一具早已经冻僵的尸体。

就这样，那个人消失了，班里没有发生任何异样，大家只是稍微有些不舒服，觉得没有欺侮的对象了，压力更大了。再后来，他的父母来闹过，但也不了了之。

再后来，你转来了，大家以为你会是第二个他，不过没想到你和他不一样。

（胡悦说到这里，忽然看了看我。我没有说话，只是望向别处。她叹了口气，继续说。）

虽然初中、高中甚至大学毕业，十多年过去了，那个梦魇却一直纠缠着我们。我和宋易交往过一段，但后来分手了，因为他要娶市委办公厅主任的女儿。但他警告我，不准把那件事抖搂出去，还为刘霍凯和他几个哥们儿想办法安排了工作。可是就在上个月，也就是埋下那个孩子的日子，我们都收到一封奇怪的信。

信上说，他活得很好，那天他并没有死，只是身体暂时假死过去了，不过醒来后他不愿意再回来，一个人去了远方生活。现在他过得很好，并希望宋易开个同学会，大家好好聚聚。因为他说，要不是那次的经历，他也不会改变了，反倒是要感谢我们几个。再说，都是孩子时干的荒唐事情，自然不必追究。

所以宋易搞了这个同学会，并且力求每个人都到，他却没有来。后来的事情，你知道了，刘霍凯死了。同学会结束后，我越来越害怕，我知道很快就会轮到我了。我对宋易这么说，但他不相信，并且说，今天晚上他会亲自来翻找尸体，如果尸体不在，自然没那么多事情。

胡悦终于说完了，接着，看了看表。

“我不明白，既然有宋易，为什么还叫我来？”我奇怪地问她。

异闻录
Yi Wen Lu
他无助地恳求我们不要这么做，但大家只是笑嘻嘻的，仿佛在做游戏。

胡悦望着我，缓缓地说："因为今天我看到，只有你真的想去救刘霍凯。"

我望了望胡悦，笑着说："希望你没找错人，其实，我很胆小。"

胡悦也笑了笑。

我们等了半小时，依然不见宋易。

但胡悦收到一则短信息。

短信只有几个字："救我，在教室！"

胡悦吓呆了，我和胡悦立即跑向教学楼。

我们一间间找过去，却不见宋易。最后胡悦说，不如去和以前班一样的教室看看。

果然，看见一个人躺在课桌上，胡悦马上冲了进去，我也跟了进去。

胡悦刚刚靠近那个人，却马上倒了下去。我想过去看个究竟，但感觉手臂一阵刺痛。

课桌上的人爬了起来，手里握着一根筒状物。

"还好，还好多带了些。"这是我听到的最后一句话。

强烈的灯光刺痛了我的眼睛，原来我还在教室里，但手已经被反绑了。眼前还有些迷糊，但可以分辨出前面站着一个人。

是宋易，他依然满脸骄傲地望着我。

"幸亏我做事从来都留一手，所以我从我母亲那里多带了两支针剂。你放心，只是普通的七氟烷混了些中草药罢了，最多让你身体暂时麻痹一会儿。我没料到胡悦居然带了你来，看样子她似乎预感到了什么。"宋易冷笑了一声，从地上把绑住的胡悦拉起来。

"你知道吗，校舍的翻修工作是我进行的，我以保留学校那棵百年古树的理由没让他们去动那块地方。我经常梦见他，不放心，就去看了看，结果尸体还在，而且居然栩栩如生，甚至他还在生长！生长，知道吗？那已经不是人了。刘霍凯已经死了，他的几个哥们儿也死了。我知道杨起死了，当年就死了，他死了十几年，可尸体根本没腐烂，连头发、指甲都在生长。我把尸体挖出来了，就在这里。"宋易抬起胡悦的头，我顺着宋易的眼神望过去。

在我左边的墙角坐着一个人，他仿佛睡着了一样，头发和指甲很长，看不清楚相貌。但是我看到那个人的右臂上被割去了一块肉，伤口还没完全好，继续渗着血。只是他的体形很小，别说是与宋易相比，就是娇小的胡悦也比他大一号。

宋易开口道："我不想死，更不想失去现在的一切。下星期我要结婚了，我不想让你再纠缠我，包括那个该死的不停敲诈我的刘霍凯。

"于是我一闪念想到了个办法，一个借杨起来除掉你们的办法。

"你知道吗，我祖上学医，知道像杨起这样死而不腐的尸体有多么神奇。只要吃下他的皮肉，远比那些所谓的下蛊要管用得多，而且关键是什么都不会留下，没有证据，一点儿都不会有。

“所以开席前我给了刘霍凯一杯酸奶——混合着杨起血肉的酸奶。当时我还要装着期盼杨起能来的样子，真是可笑。还好那个笨蛋连想都不想就喝了下去。本来也想让你喝，不过想想如果酒席上同时死两个人，还如此诡异，多少有些不妥，所以，我就把你叫到这里。

“我没想到，当刘霍凯发作的时候我有点儿害怕，但更多的是兴奋，原来这东西真的有效，杨起的仇恨让刘霍凯到死都不知道自己是怎么死的。有了这个，我想除掉谁就能除掉谁，一点儿痕迹不留。谁也不会再敢说我是没爸爸的野孩子，再也不会有哪个无能的废物骑在我脖子上对我颐指气使了！”

宋易英俊的脸变得狰狞起来。我完全不认识他了，或许说，我压根儿没认识过他。

“来，亲爱的，不会痛苦的，喝下去就没事了，就当是我对你最后的爱。”宋易拿起一杯水强行要灌进胡悦的嘴巴里，后者竭尽全力反抗，却没有用。

在那个水杯的底部，一缕缕如同丝状物的皮肉沉淀着，水泛着混浊的暗褐色。

我的脚还是麻木的，但还是想挪过去。但我没有动，因为我发现有人先动了。

坐在我旁边的那个杨起，或者说杨起的尸体，踉跄着爬了起来，走向宋易。

宋易没有看到，他背对着杨起，只是想把水灌进胡悦的嘴里。

但他从胡悦更加恐慌的眼神里觉察到了什么，他的手抖了一下，水倒进了胡悦的嘴巴和鼻子里，呛得她剧烈地咳嗽。

宋易放开了捆绑着的胡悦，呆滞地望着杨起。

杨起撕下手臂上伤口的肉，塞进了宋易的嘴巴，并让他吞了下去，然后瘫软在地上。尸体迅速腐烂了，只剩下一具骸骨。

宋易拼命地往外呕吐，但一点儿用也没有。

他的双手按在课桌上，忽然剧烈抖动了一下，手指头开始冒出一滴滴血珠，在灯光下晶莹发亮。

从他的每根指头里都钻出了一根针——圆规上的那种针头。

宋易就这样被固定在了课桌上。

接着，他大张着嘴，对着我，还在努力向外呕吐。这次，他的确吐出了一些东西。

一只骨瘦如柴的细长的手指头渐渐从宋易的嘴巴里伸出来，接着是整只手臂，蜿蜒柔软如同一条黑蛇。

那只手臂上还残留着伤口——很多被针扎过的密密麻麻的伤口和淤紫的伤痕。

手臂伸向了摆在宋易旁边的教学用具，拿起了一支巨大的圆规，并且将有针的部位对准了宋易的喉咙深处。

宋易看着，惊恐地喊了起来，我虽然听不清楚，但可以勉强听出他是在喊胡悦和我救他。

胡悦已经缩到墙角不会动了，而我的麻醉效果仍然没有退去。

圆规缓缓地伸进了宋易的喉咙。

鲜血开始一束束地从宋易的嘴里喷出去，他的身体开始剧烈地抽搐，手指头上的针也被弄歪了。

当圆规扎进去三分之二的时候，宋易不会动了。

当脚开始有些许知觉的时候，我过去解开了胡悦的绳子。

"我……我也会死吗，和宋易一样？不，不要，我不要死。"胡悦惊恐地望着我。

我也不知道该说什么，只好随意安慰了她几句。

事情如此结束，让很多同学非常感慨，他们未曾说什么，只是暗自担心，担心得对吃喝相当注意了。许久不见，他们都日益苗条起来。

胡悦也渐渐从那次的惊吓中恢复过来，只是好像变了个人，少言寡语。我偶尔会和她通通电话，她有些失神，总是说着同一句话。

"为什么，为什么我会没事呢？杨起不会这么轻易放过我的。"

我无法回答。有段时间很忙，我就无暇顾及，待缓过来的时候，我发现胡悦消失了，问了很多人，他们都不知道。

终于，在纪颜父亲的笔记中，我偶然看到一段关于不腐尸的记录。

"人死而不腐，非常理，有异格，脱六道而无法转身，唯有妇人食其血肉，体内形成胎儿，方可轮回再生。"

我终于知道杨起为什么独独放过了胡悦，或许宋易的疯狂举动都是杨起安排好的。

只是，我不知道胡悦会有一个怎样的结果，笔记没有再说下去。或许，她在某个角落，等着把杨起生下来，或者说是杨起等着自己再次回到这世上，只不过是以另外一个身份罢了。

十二年前那些天真的孩子，无法知道和理解那时的无心举动会对一个人造成怎样的伤害，而杨起如果能反抗，能坚强起来，或许在那天的同学会上我会看见一个和大家一样性情开朗的年轻人。

我将笔记放回书柜，自己手臂上的针眼依稀在目，却又看不清楚了。

第八十七夜

露白

“密室里什么都没有，只有一口棺材。漆黑的棺木在烛光下闪着黝黑的光。我小心地挪开棺木盖子。我将蜡烛移过去，却发现一张我熟悉的脸。”

纪颜几乎保持着每星期一封信的习惯，我也逐渐开始适应了。每次拿到信，我都知道又会看到一个奇怪而有趣的故事。

（下面是纪颜的信。）

从北方南下，我一路上都在查找那个怪人的消息，当然，更重要的是见识那些异事，这个世界即便是对我而言，也有太多无法理解的东西。

天气骤冷，不过由于到了长江以南，与北方相比还是要暖和一些。只是李多没适应，反而感冒了，我们不得不在一个小镇上停留。

这是一个典型的南方小镇，弯弯曲曲、高低不平的狭窄小巷子，两边是宅门高耸的人家。水墨色是这里特有的标准色，墨绿色的房门、黑瓦、青砖与江南的雨很好地相映衬，宛如画境。每天早上白色半透明的雾气与炊烟相互缠绕，还有空气中弥漫着的江南特有的水气，让我感觉非常惬意。

镇上的人虽然不及北方大汉热情豪爽，总与人保持着一种若有若无的距离，但他们都很友好，过着自己的生活。

当地有好些个上了年纪却依旧精神矍铄的老人，他们弓着腰，拐杖轻轻地撞击着被多年的雨水冲刷得已经光滑的石板路，虽然满脸皱纹，却犹如树的年轮一样代表着他们长寿，嘴中虽已无牙，却可以吐出许多千奇百怪的故事。

黄阿婆就是其中一个。

黄阿婆已经七十多岁了，是大家最尊敬的人，因为她的医术不错，对于头痛、发烧、小病小痛的，她都能治。所有人提到黄阿婆时都是跷起大拇指夸赞不已，但黄阿婆听了只是眯着眼睛咧嘴笑笑。正好李多感冒，于是找到她看病。阿婆很和蔼地告诉我们，李多只是身体受了江南的湿寒之气，于是给她按摩了一番。之后她还热情地邀请我们去她家住下。我和李多正愁这个小镇没有旅社，自然高兴地答应了。

黄阿婆一个人住在镇上小路的东头。房子很大，据说阿婆年轻的时候是镇上有钱人家的小姐，这座与众不同的房子就是她父亲留下来的。

但是从外面狭窄破旧的房门看，你很难想象里面的宽敞与华丽。院子中间有一口井，井口是五边形的，非常旧了，看来很久没有用过了，井绳也老旧不堪。进门两边是两层的木制阁楼，每层阁楼有两个房间，正中间是四米多高的正堂，穿过天井进去，可以发现所有的顶柱和房梁都是用上好的红木做的，至今未曾掉色。从正堂到阁楼还要穿过一道走廊，两壁还有壁画，大都是四大名著里的人物工笔画，虽然由于江南的潮气而褪色许多，但色彩依旧艳丽，可以清楚地看出画中的精细之处。房屋的地板很结实，人走在上面，脚下很柔软，而院子里都是用非常光滑的石板铺地。

正堂摆放着会客的桌椅，整个布局与老家差不多，不过更多了份高雅的书香之气。两边分别是连接内屋的门。

只是偌大的房子，只有黄阿婆一个人住。正因为如此，她热情地邀请我们两个住进来。

下雨的时候，雨水如串起的珠子一般一条条地挂在屋檐下，宛如挂了幅玻璃帘子，煞是好看。这个时候，黄阿婆一般会拿着茶壶坐在太师椅上，给我们讲她所经历的奇异故事。

这个小镇并不出名，只是在抗日的时候发生过一场战役，其实战场离小镇还有段距离，这个几乎被所有人遗忘的地方并没有遭到太多的破坏。

黄阿婆一家似乎是为了躲避什么才来到这里的，也就是说，她不是这里的原住民。她的父亲携着巨款，驾着车，带着一大堆行李，在当地建了这样一座豪宅。据说，当时有村民说，黄老爷不仅带来满车的钱财，还有只巨大的箱子。

黄阿婆说，她从小未曾见过母亲，父亲也经常唉声叹气，半夜还会突然惊醒。她十六岁生日的那个夜晚，父亲说出去买点儿东西，结果再也没回来。

（下面是黄阿婆的讲述。）

那个晚上他很恐慌，总是坐卧不宁，就像有人在催促他一样。父亲告诉我家里的钱财放在何处，并留下一本医书，交代我要好生保管，然后就急匆匆地出门去了。就这样，我生命里最重要的一个男人消失了。

两年后的一个夜晚，一个年轻人来到了镇里。他和其他人完全不同，高大英俊，满脸书生气。在那个年代，西装和皮鞋是稀罕物，镇上的人谁也不认识他。年轻人提着一只皮箱，拿着一张纸找到了我这里。

我第一眼就看上他了，但是当年轻人告诉我他是我的未婚夫时，我惊讶万分。可是更让人惊讶的是，他拿出一封信。

信是由我父亲署名的，也是父亲的笔迹。信里父亲告诉我，年轻人是他的世侄，婚事是他在外面和他的双亲谈好的，所以叫他来这里迎娶我。信上还告诉我，年轻人留过洋，学过西医，叫冯孝。

或许你们年轻人会觉得无法理解，但我的确相信了那封信，并且遵从了父亲的安排，和冯孝结婚了。

婚事很简单，只是请大家来家里吃了一顿。冯孝的表情始终非常严肃，仿佛从来不会笑一样，只是例行公事般地敬酒，却从来不喝。我后来问他，他就以喝不惯白酒为由。

婚后的生活很简单，但我也很幸福。虽然冯孝经常看书，并不和我多说话，但我依然觉得有这样一个丈夫很幸运，也觉得父亲的选择没有错。

可是，每到晚上，我就发现冯孝喜欢在房间里翻找什么。我不想问，因为我知道问也无用，他找不到，迟早会来问我。

终于，他忍不住了。

“东西，你爹有没有藏起什么东西？”他瓮声瓮气地问我，虽然他对我不是很热情，但一直礼敬有加，从来不曾用这种态度。

我只能回答说不知道，我忽然发现原来自己根本不了解这个男人。冯孝听完，开始冷笑。

“你们父女俩都是一路货色。”

我生气了，我可以容忍他说我，却不允许他辱骂我的父亲。那天晚上他动手打了我，并搬到阁楼去住。

第二天，冯孝忽然问我父亲有没有留下什么东西给我，我只好把那本普通的记载着一些简单医理的书给他。他拿了去，天天躲在房子里读，一连好几天都不出来，饭也是我送进去的。他只是开了一道缝，吃完后又放在门外。那些日子他丢了魂一样，样子邋遢极了，满眼血丝。

终于，当我发现放在门口的饭菜没有人动的时候，才知道他也消失了。就这样，我的丈夫也奇怪地离开了这座宅子。

我在他的桌子上看到了那本医书，只好无奈地将书收起来，重新放到我房间里。

在书桌上，我看到他写的很多字，一张张散落在地，都是一些中药名，还有一些字迹很潦草，大都写着“我的”“都是我的”之类。

就这样，我依旧过着独居生活。

十年后，我仍然没有收到这两个男人的任何消息，我也逐渐将他们忘记，于是我开始研究起这座宅子来。

这是我父亲设计并亲自督工建造的。那些日子他很忙碌，几乎都不同我说话，所以我想熟悉这所房子的每一个角落，就如同熟悉我的父亲一样。

在父亲的书房，我偶然发现他的书柜有一道焊口。

我请人过来撬开了木墙，发现里面有间不大的暗室。我不想将父亲的秘密公之于众，还好请来的都是外乡人，我把工钱付给他们后，就把他们打发走了。

那天傍晚，我一个人拿着蜡烛走进了那间密室。

密室里什么都没有，只有一口棺材。漆黑的棺木在烛光下闪着黝黑的光。

我小心地挪开棺木盖子。

我将蜡烛移过去，却发现一张我熟悉的脸。

是冯孝的，当时我差点儿吓晕过去。可是等我镇静下来仔细一看，那人却不是冯孝。

虽然他们很相像，但那个人不是冯孝，棺木里的人年纪比冯孝大，而且穿的服饰还是民国初年的马褂，手上戴着一个巨大的绿色扳指，看起来衣着非常华丽。尸体的脖子处还有一道深紫近乎黑色的淤痕。

可是这个人究竟是谁，父亲又怎么会将这个人的尸体藏在密室里？

密室应该是建宅子的时候做的，尸体最少已经放了二十多年了，为何这么长时间不腐烂？这更让我不解。

我只好将棺木重新盖好，退了出来。

我要么找到父亲，要么找到冯孝，否则永远不会知道发生了什么事。

于是我决定去寻找父亲，并且拿了冯孝留下来的唯一的照片。如果父亲认识棺材里的人的话，那冯孝的样子应该对找到他有帮助。

寻找东西很辛苦，寻找人更加辛苦，何况我是个女孩子，不过我还是找到了父亲当年的一些朋友。

他们提及父亲时却总是一脸的不屑，并告诉我，长得和冯孝像的那个人或者说那具尸体叫冯奉，是父亲的好朋友，也是一同学医的师兄弟。

其实，我父亲只是一位普通的郎中，却拥有一大笔财产，我对此也一直困惑不解。当我渐渐了解了父亲和冯奉的关系后，一个非常令我难过而恐惧的想法逐渐形成，犹如一幅慢慢画好的图画显现出来。

当年父亲和冯奉师从一个师傅学习中医。两人家境迥异，冯奉家是当地首富，而冯奉又是独子，为人豪爽而且有学医的天分。他对我父亲很好，资助他衣食和学习，父亲也非常感谢他。

他们两人有一次跟随师傅去外地治病，结果冯奉家中突变，他必须回去继承遗产，于是我父亲陪着他一道回去。

但是冯奉的家人告诉我，冯奉一回家就仿佛变了个人，天天和我父亲在一起。不久，他就将所有财产交与我父亲，然后就消失了。

消失，又是消失。

而家中冯奉的尸体告诉我，父亲一定做了什么。他对冯奉做了什么？我不敢想下去，无法接受自己的父亲居然还有如此的一面。

在回去的路上父亲究竟对冯奉做了什么？我始终想不出来，可是我在冯孝带来的行李夹层里居然发现了一些东西。

那都是一些零碎的记录。

都是关于引路人的。

“人将死，而存气于喉，以药泡之，固气，可半月不腐，面如常人，谈吐吃食无异，然需引路归家，会家人，诉遗命，方立死。”

而且还有一些引路人的样貌。

“黄袍，高冠，白布扎头，手持幡，脚踩七星，容貌不可辨，须以石灰混以茶米覆之。”

幡是引魂幡，七星，是七星黑色布鞋，传说引路人不可被死者看到容貌，所以以石灰涂抹到脸上辟邪，而茶米就是糯米。

我这才想起，父亲曾经跟我提及家中有一门世代相传的古术。在他的书房里我也看到过黄色的道袍。

原来，冯奉到家前已经死去，父亲靠着引路的古术将他带回家，并控制尸体让冯家的财产全部变成他的。

难怪，他宛如躲避什么一样逃到这样一个人烟稀疏的古镇。

当我情绪低落到极点时，父亲却又出现了。只是他老了很多，几乎快让我认不出来了。

那个夜晚，如同他离开家一样，他再次回到这里，带着一身的酒气和疾病。

他没活几天。我明白，他知道自己活不长了，想死在老宅里。

那几天我没有问他关于冯家的一切，不过他除了看着我不说话，就是不停地流泪。

弥留的那天晚上，月亮很圆。他终于开口说话了。

“是我害死了冯奉兄，我对不起冯家。可我真的穷怕了。家传祖训，做过引路人，人丁不旺，财不进门。我和他待得越久，他对我越好，我就越恨，我恨为什么他比我幸运这么多。他资助我，在外人看来是为了师兄弟情意，其实在背地里他经常对我颐指气使，动不动就嘲笑我。学徒的时候他让我做这做那，我每天都要到深夜才能静下心来学习白天师傅教授的东西。长此以往，我自然不及他，在外人看来我们感情很好，其实恰巧相反。那天晚上，也是这样一个晚上，我随着他一起赶路回家。一路上，他急着回家，出手极为阔绰，白花花的银子拿出来，也不要人家找。

“出门在外，货不离客，财不露白，什么是露白？银子就是白色的，也就是不要过于招摇。我提醒过他，可他根本不听，还羞辱我。

“果然，一群贼人盯上了我们，他们将冯奉洗劫一空，并将我俩吊在树上。我比他身体灵活，等贼人走后没多久便解开绳子翻了下来。可冯奉娇生惯养，绳子本来绑在身上，挣扎一番后居然退到脖子上卡住了。

“他拼命挣扎，高声叫我去救他，那一刻我犹豫了。

“‘救我下来，回去我赏你些……赏你些银子，你不就是缺银子吗？快啊，你平日看着银子不都傻子一样吗？’冯奉说话有些不清楚，我却清楚地听到耳朵里。

“我不知道当时干了些什么，只是走过去，拉紧了系在他脖子上的绳索。不消半刻，冯奉就不会动了。

“那时我开始惊恐了，但很快发现这是个山野荒地，根本没人知道。后来我又想到尸体刚死，可以利用自己的家传古术将他引回冯府。接着，我就将冯家的财产据为己有。

“拿到钱后我很怕，因为我几乎天天看到冯奉吐着舌头来找我，于是我将他好好安葬在宅子里。这座宅子其实是可以镇魂的，一来希望他早日超生，二来也是让他别再来纠缠我。

“可是我发现根本没用，几乎每天都能听到冯奉在我耳边喊‘还我的银子，还我的银子’。我几乎快疯了，于是逃了出来。

“可是我遇见了冯奉的儿子。他似乎知道了什么，并一再问我将冯家的银子拿到哪里去了。于是我干脆告诉他，只要和我女儿结婚，并好生对你，我自然会把银子给他。这个小子也压根儿不想知道自己的爹是如何死的，他居然说，就算是我杀的，他报了父仇，也没钱，还要偿命，根本不值当。这个时候我才想起，冯奉有个老早送到外地读书的儿子。

“我不知道冯孝对你怎样，我只是觉得有那笔银子吊着他，他应该会对你好点儿。这些年在外地，冯奉一直追着我，所以我只好又逃了回来。

“其实，冯孝找的银子，我全部铸成了大的银锭，就藏在，藏在……”

我父亲说到这里，忽然睁大眼睛不说话了，手颤抖着指着我身后。

“冯兄，你来接我了？”父亲忽然大笑起来。

我惊恐地转过头，身后什么也没有。可是当我回过头来，父亲的脖子上忽然多了一双手按住的痕迹，而且还有个清晰的扳指印记。

父亲的呼吸越来越急促，说话也开始打结。

“我不会告诉你银子在哪里，哈哈，永远不会，那笔银子我只会留给我女儿，你和你儿子都找不到！”

脖子上的痕迹越来越深，父亲的笑声也越来越小了。

终于，他咽气了。

我将父亲和冯奉的尸体一起火化了。只是当天，冯奉的尸体就开始臭不可闻。我希望这样可以化解他们之间的怨恨。

可是，那些让人争斗的银子，那些不吉利的银子，究竟被父亲藏在哪里？我想到了那本医书。于是我开始仔细寻找起来。我突然发现，最后一页有被撕开的痕迹。这应该是冯孝撕的，我马上打开，发现夹层里有几行字。

但让我失望的是里面只有四种植物的名称：黄天竹、南酸枣、香叶子、六月干。

看上去根本没什么，不过我发现它们的中药名有着联系：十大功劳、五眼果、月桂、夏枯草。开头的四个字合起来便是十五月下（夏）。于是我在宅子里待着，耐心地等着那个月的十五月圆之日。

那天的月亮一如往昔，原来我一直没注意，十五的时候月亮恰巧有一半投射在井里。

那一半白色的月亮影子就如同一锭银两一样白得诱人。

我不禁一阵苦笑，可是我无法一个人下井寻找，于是赶紧叫来一些人，打算下井。

第一个下井的人高声尖叫起来，他兴奋地告诉大家，原来水下的井壁封了很多银子，大家的眼睛都直了。

可是马上第二声尖叫响了起来，这声却充满了恐惧。

冯孝的尸体被找到了，他背着一只大袋子，里面装满了从井壁抠出来的银子。

那天晚上他一定找到了书里的秘密，于是一个人下井，但是银子过重，结果他被压在井水里。那时候还是冬天，他不敢喊我，自己又爬不上来，结果被活活冻死了。

难怪，难怪我觉得井水的味道忽然变了，冯孝的尸体没有腐烂多少，这里气候偏冷，加上井水凉，反而起了防腐的作用。

我看着他，心里有些悲凉，并非为了他的死，因为我早当他死了，而是为他临死前都死死地握着一锭白花花的银子。

那银子在月亮的照射下显得更加诱人，散发着温柔却冰冷的白光。

打捞银子的人表情都有些呆滞，他们一辈子都未见过这么多银两。

我只好高声宣布，这些银子早就上报给国家了，如果有人乱动，政府会抓人的。他们听了只好作罢，这里毕竟还是民风淳朴。

其实国家哪里知道，那个时候还忙着内战，不过我还是将这笔钱捐了出去，一部分给了冯家的遗孤，这本该是他们的；一部分用来修葺这个镇子；剩下来的我拿去系统地学习了医术和购买药品。

我觉得只有这样，才能为父亲赎罪。

黄阿婆喝下一口清茶，雨停了，故事也讲完了。

只是黄阿婆看着那口黑乎乎的深井不说话。许久，她望了望我们，眼角流出一股混浊的眼泪。

“财不露白啊，怕丢的不是银子，而是人心。”

黄阿婆用黑色的袖口抹了抹眼睛，不再说话了。

第八十八夜
盗目

“我可以感觉到身后的脚步声很急促。‘跑有用吗？把眼睛给我吧。’那个该死的声音再次响了起来。”

我做了个噩梦，梦见了很多只眼睛——毫无生气的眼睛，一直注视着我。醒来后，我觉得手腕一阵疼痛。

“我会回来的，回来取你的眼睛。”那家伙的话仍在我耳边回荡。由于是冬天，没人知道我的手腕上长着一只眼睛。但是，我忽然发现一直闭着的眼睛居然睁开了，而且似乎在盯着我，我发现它犹如有生命般地会转动，而且居然会对光线强弱有反应。我想用针去刺它，但它马上闭合起来，我刺到的只是自己的皮肤而已。

而且我觉得，每天回家的路上总有个人影跟着我，却犹如鬼魅一般无法被我看见。再这样下去，我真的会疯掉。

或许，宗木正在某个角落里，他回来取我的眼睛了。我下意识地摸了摸自己的眼睛，肌肉由于紧张而痉挛起来。

工作可以使我暂时缓解紧张，我只能让自己忙碌起来，好忘记这些事情。

可是接下来的事情仿佛和我息息相关。

几乎每隔一个星期，在郊外都能发现一具年轻人的尸体，没有明显的死亡特征，但是他们的眼球都不见了。

受害者之间没有任何的共通点，即便警方四处追查，凶手却犹如失踪了一般。警察们焦头烂额，虽然一再隐瞒案情，但影响实在过大，不得不求助于媒体。而挖去死者眼球的变态做法，很自然地让人联想到那位收集眼球的狂人宗木。

所以，作为最后一个接触宗木而活着的人，我自然被警察传讯了。当然，他们也为我派出了一名名义上的助手，其实是保镖，一位身材矮小、笑容可掬的年轻干警。

他的额头光洁得犹如镜子，我很少在这城市里看见三十岁以后没有抬头纹的人，尤其是男人。而他细小的眼睛让我永远也看不透他的眼神，更无法知道他在想些什么，只有握手时感觉到他的食指厚实如钢铁般的老茧，我才能稍微相信这个人是警队的王牌警官。他说话有点儿结巴，他笑称自己天生是大舌头。

我起初对这位叫严武军的警官很不放心，因为我以为他可能连我都打不过，不过很快我便庆幸自己保住了自己赖以吃饭的家什——手腕。

一群不知道天高地厚的小流氓和我们在街上撞上了，结果严警官在谈笑声中便将其中两个人的手腕弄脱臼了。

还好家里空房多，我便安排他住在旁边。开始我还担心自己不习惯和人同住，但很快发现他非常整洁，而且极少说话，只是开始的时候询问了些有关我和宗木的案情。当然，关于手腕上的眼睛，我谁也没有告诉，我可不想没被宗木挖去眼睛，却被送到实验室让教授们做活体解剖。

时间过得很快，但宗木似乎没有出现的意思，而且似乎也不再犯案，严警官颇有些失望。警方认为宗木对我失去了兴趣，所以决定第二天就让严警官回去。

虽然我每天还是觉得被跟踪，但警方是不会相信没有证据的想法的，他们只是一味地告诉我要镇静，不要惊慌，在他们看来这只是我神经紧张造成的幻觉罢了。我只能无奈地回家，看来只有靠自保了。

所以这天晚上，我买了些熟食和酒，决定好好喝一顿。这么多天，严警官也很累了，分别前也算交个朋友。

可是回到家里，我却发现严武军并不在。我将手里还冒着香气的菜倒进盘子里，放在桌子上，然后身子瘫软地坐在沙发上。

电话忽然响了起来，我一看是个陌生人的。

“是欧阳记者吧？”声音也很陌生。

我“嗯”了一声，每天都会接到很多陌生电话，人也各种各样，推销的、举报的、报告新闻的，或者申诉的，都说记者是无冕之王，我觉得是无眠之王才对——报社里的同事没几个睡眠好的，顶着熊猫眼去上班是家常便饭。

“你现在正坐在家里的沙发上，手里还握着刚刚开门的钥匙吧？”陌生人的话让我觉得很奇怪。

我下意识地站了起来，四下望了望，心想或许警察给我装了监视器？这或许是严警官的朋友的恶作剧。

我打算走到桌前拿一只鸡腿。

“你正打算去拿一只鸡腿吧？”电话里的声音又响起来，颇有嘲讽的味道。

我放下鸡腿。

“你到底是谁？如果是玩笑，就开得太没趣味，过于低级了。”我冷冷地说。

“你真的连我是谁都不知道了？我说过，要回来取你的眼睛。”

是宗木，可是他声音变了。

“知道我为什么要去拿新的眼睛吗？我说过，我需要的只是你的眼睛，适合我身体的眼睛，不会腐烂，也不会失去生命，所以我需要不停地找新的眼睛，而我拿到眼睛就会拥有原来主人所有的东西，下次见面，你不会知道我是谁。呵呵，你放心，不会有痛苦，成为我的眼睛，会使你自豪的。”说完，电话挂了。

我本来想去追查电话的来历，但又想到宗木绝对不会做那么愚蠢的事情。看来如果我不把眼睛的事情告诉严警官，真的性命不保了。

严武军回来了，一脸疲惫。我和他边吃边聊，并且告诉了他所有的事情，还将那只眼睛给他看了。

严武军掩饰不住地一脸惊讶。

“原来我们追捕的根本就不是人，难怪呢。”严武军狠狠地抽了一口烟，烟嘴被嘬得吱吱地叫了起来，火苗更加明亮。

“我们该怎么办？他说他可以变化成任何人。”我低头说道。

“没关系，我会把所有受害者的照片都拿来，先认识认识，他也只能在这几个人中变化吧？”严武军将半截烟头拧灭，掐在烟灰缸里。

我叹了口气，说也只能如此了。

这是个浩大的工程，我和严武军这么一找，才发现全国各地的受害者非常多，有很多案子都是积案死案。宗木早在三十多年前就在其他地方做过这种事了，可是由于捉不到凶手，事情最后都不了了之，加上他不断变换容貌，抓住他无疑天方夜谭。所有的案件，都将凶手称呼为“眼贼”。

望着摞在我面前的布满灰尘的厚厚的卷宗，我仿佛看到了一张张没有眼睛、眼眶里空空的脸，有男人的，也有女人的。

我又想起了最近经常做的那个梦，很多的眼睛，各有不同。

“这太难了，我根本不可能把所有人的长相都记住啊。”我揉了揉眼睛。

严武军也叹了口气。

“的确。要不这样，我把所有人的照片缩小，做成相册，你带在身上或者存到手机里，有陌生人找你，你就看看，如何？”

这个提议不错，我们马上照办了。

严武军还答应我不会将眼睛的事情告诉上面，而是我们两个人之间的秘密。其实如果说了，他们也会当我们是疯子的。

最终严武军还是被召回。临走前他叮嘱我，有事情，立即找他。

我忽然觉得，这个矮个子男人让人很有安全感，我们的人民警察是可以信任的。

接下来的日子过得有些滑稽，每次有人找我，我就先和来者保持距离，然后不停地翻着手机图像。这让造访者很恼火，他们经常抱怨我把他们当通缉犯了。老总骂了我好几次，我也只好点头认错，心想得赶快抓住宗木。

但是他一直都没出现，自从那个电话以后。

圣诞节渐渐临近，我也将宗木逐渐淡忘，要不是严警官经常打电话提醒我小心，我几乎忘记这事了。

可事情就是如此，当你要忘记的时候，它又浮现出来了。

我穿过平日经常走的小巷，街边不远处的圣诞歌曲和路边飘散的烤玉米的香味慢慢消退，回荡在我耳边的只有自己的脚步声。不多的灯光像打碎的玻璃碎片，洒落在漆黑如墨的路上。我只有打开手机灯一路照过去。

路上只有我一个人，但我依稀听到了两种脚步声，当我停下来回头望去时，却又重新寂静无声。

我只有加快脚步，这时我看到灯光下多了一双红色的皮鞋——一双破旧不堪的男式皮鞋。

穿红色皮鞋的男人很少，真的很少，不过起码我眼前就有一个。

“你好。”那个男人的容貌，我看不清楚，他却说话了。我没回答他，只是哈着气，我背着风，哈气凝结在我眼镜前，瞬间形成一道冷雾，却又很快不见了。

我将手机对着他的脸照射过去，那是一张我从未见过的脸。

我开始不停地从自己的大脑里筛选着这张脸。

他笑了笑，露出一排雪白的牙齿，在昏暗的手机光下泛着银光。我看过那排牙齿，动物世界里食肉动物进食前都会露出一排雪白的獠牙。他的眼睛通红，几乎看不到别的颜色。

二话不说，我冲过去就是一拳，啪，完全命中他的左脸，手很疼，看来揍得不轻。我一边往家跑去，一边打电话给严武军。

电话里严武军嘱我注意保护自己，说他马上就到。

我可以感觉到身后的脚步声很急促。

“跑有用吗？把眼睛给我吧。”那个该死的声音再次响了起来。

“你要知道，这个眼睛的主人以前可是长跑健将，当时挖去他的眼睛，他的腿居然还在习惯性地跑着，一直跑了几十米才倒了下去啊。”宗木哈哈大笑起来，笑声像倒进油锅的水，在安静的小巷里沸腾开来。

“疯子。”我低声咒骂道，不过我已经离家很近了。这个时候我才责怪自己应该没事多早起练练长跑、搏击、自由体操之类的，当然，我在电脑上经常干这个。

终于进了单元楼，当按下电梯的时候，我稍稍松了口气。我着急地掏出钥匙打开家门。

钥匙刚刚伸进去，忽然眼前晃出一张人脸。

那家伙居然倒吊在天花板上。

“我说过，我拥有很多人的力量，我是个超人，我跑楼梯比你用电梯快得多，太过于依赖工具的结果就是如此。”我和他的眼睛很近，近到能看到他的瞳孔。

但他的瞳孔放得很大，而且毫无光泽。

我的身体往后退了一步，一下子栽倒在地上。严武军并没有来。

果然，到最后还是要靠自己，或许我已经看不到那些朋友了，也无法再听纪颜讲故事了。

宗木笑嘻嘻地走了过来，如鹰爪般枯瘦的手伸向我的眼球。

越来越近了，手的指甲已经碰到我的睫毛，我却无法动弹。

“只是一下，很快，我们就合二为一了，有了你的眼睛，我会替你好好活下去，没人知道你死了。”宗木的话犹如咒语，我仿佛也默许了。

耳边忽然传来一道破风的尖厉声，接着我看见宗木的食指上插着一根我熟悉的东西。

一根刻着字的桃木长钉。

“纪颜不在吗？怎么让这种低等生物这么嚣张？”那古怪刻薄的声音再次响起，我欣喜地回头一看。

果然，那家伙一如既往地一身白衣银发，站在楼梯口，手中把玩着几根长钉，正歪着脑袋斜视着宗木。

宗木的脸色却没有半点儿意外，他毫不在意地拔出了钉子，扔到地上。“你终于出现了啊。”宗木大叫起来，接着跳上顶楼，快速地从黎正头顶爬过去。

“想逃吗？”黎正抬头看了看，接着追了出去。我也起身跑出去。

外面的草坪很宽敞，而且人们都去过圣诞节了，一个人也没有。

“咯咯咯。”宗木像一只蟑螂一样趴在地上，抬起头看着黎正。

“我怎么会逃？只是里面太狭窄罢了。”

“这是什么怪物？”黎正转过头问我。我还未想好怎么回答，他却又摆摆手。

“算了，不管是什么，反正几分钟后都会变成尸体。”他说完，嘲笑地看着宗木。

宗木脸上的笑容没有了。他飞快地冲向黎正，那根本不是人的速度。黎正稍有些惊讶，但很快又笑起来。

宗木的脚步又变慢了，就像慢镜头一样，最终停了下来。当他疑惑地低头看的时候，我发现宗木的脚被一堆金黄色软软如面团般的东西缠绕了起来。

“死吧，不管你是什么，这些钉子会把你打进轮回，永远不会回到常世来。”黎正咬着牙齿，从手中拔出六根钉子，分别射入了宗木的眉心、双目、人中、太阳穴。

宗木怪叫起来，声音惨烈，接着，他瘫倒在地上，脚底的东西也渐渐回到黎正肩上，形成一个巨大的蠕虫形象。

“这样就结束了啊。”黎正轻松地笑笑，走到宗木面前，想拔出那些钉子。当黎正的手触及钉子的时候，我隐约觉得哪里不对劲儿，事情似乎太顺利了。

果然，钉子还未拔出，宗木忽然活了过来，双手死死勒住了黎正的脖子。他身上的衣服也渐渐脱落，露出了裸露的上身。

这种走光我宁愿不看，因为和上次一样，宗木的身上全是眼睛，睁开的，未睁开的。

黎正的脸上露出不解的神情：“这不可能，任何有灵魂的东西中了钉子，都应该被送进六道里！”

“我说过，我拥有一双眼睛，等于拥有一次生命，除非你同时将我所有的眼睛都毁灭，否则我是不会死的。”宗木一边笑着一边手上开始用力。

黎正还未说话，宗木的手指已经伸进了他的眼窝：“你的眼睛，我收下了。”

我不忍再看，再转过头来时，宗木已将黎正放开了，不过后者左眼没有了。宗木将自己的眼睛挖了出来，扔在路旁，而将黎正的眼睛放了进去。

“现在，我也有你的能力了，你又将如何杀我呢？欧阳的眼睛，我要定了！”说完，他再次朝我跑来。

我躲闪不及，腹部被他狠狠撞了一下。我感觉某根肋骨断了，呼吸开始有些困难，每次呼吸都能让骨头刺痛不已。

宗木站在我旁边，看着趴在地上的我：“这远比打断你的腿要好得多，肋骨的刺痛让你根本无法使力，乖乖把那只封印镜妖的眼睛给我吧。”

我很奇怪，为什么他会知道镜妖的事情。

“你该不会以为这样就赢了吧？”黎正在宗木身后站着，他的伤眼里没有流出一点儿血，仿佛全然不知道疼痛。

宗木怪异地望着他，随即嘲笑起来。

“原来，你和我一样是怪物啊。”宗木的话音刚落，他再次放下我，冲向黎正。

“别忙着杀我，看看你身上的钉子吧。”黎正指了指宗木的脸。

我艰难地抬起头，看到宗木脸上的钉子慢慢地渗了进去，最后完全看不到了。

宗木惶恐地在自己的脸上乱摸着，又在自己的身体上乱摸，仿佛想找到失踪的钉子。

黎正双手合十，盯着宗木说：“谢谢你刚才告诉我，是什么来着？好像是要同时毁灭你身上所有的眼睛吧？”

宗木开始恐惧了，对着黎正摆手道：“不，不要那样做！”宗木原本塞在眼眶里的黎正的眼睛也消失了。

“你身体上镶嵌的眼睛散发着严重的尸臭，那是控尸虫最喜欢的食物，它们已经在你体内分裂成钉子，我会引导它们找到那些眼睛的位置。”黎正停顿一下，“然后，你就安息吧，没有人会去超度你的灵魂的。”

宗木张了张嘴巴，但喊不出来一个字，接着他的身体如一个往外膨胀的榴莲，所有的眼睛开始朝外凸起，最后，飞出了无数根桃木钉。宗木的身体仿佛变成了肉片，分散开来，所有的眼睛也化为了混浊的尸水。

黎正将钉子收回来，左眼也慢慢浮现出来。

“你还好吧？”黎正扶起我，接着望了望地上，“这样，那些眼睛的主人也能重新去轮回了。”

我点点头。

这时远处跑来一个人，原来是严武军。他着急地跑过来看着我。我向他介绍了黎正，严武军对着黎正“哦”了一声，后者只是冷冷望着他。我忍着痛向严武军说了刚刚发生的事情，严武军只是一个劲儿抱歉说被一些事情耽误了。

“我知道这种术，通过在人体内栽植眼球来控制他们，并且可以共享视野。刚才钉子之所以没有起作用，是因为那家伙根本不是本体，根本没有生命或者灵魂。”

“哦？那又如何？”严武军对黎正笑笑。

“傀儡身上总有个部位会有眼睛。”黎正看着严武军。

“难道你因为我来晚了就怀疑我吗？那好啊。”严武军赌气地将身上的衣服都脱光，他的身体上的确没有任何所谓的眼球。

“要不要脱裤子？反正也没女人。”严武军真的在解皮带了。

“算了算了，我这个朋友只是比较谨慎些罢了，没别的意思。严警官绝对不是宗木的傀儡，这一点我做证，前些日子我们还一道去过澡堂子呢，要是他身上有眼睛，不早把人吓死了。你们还是先送我去医院吧。”

“我认识一个很好的骨科医生，你的肋骨没什么事的。”严武军笑着说。

黎正忽然将我拉了过来。

“你怎么知道他伤在肋骨？”

严武军没有说话，只是笑了笑说：“猜的。”

我不解地望着这两个人。黎正忽然拔出钉子，朝严武军的虎口插去，不过后者敏捷地闪开了，但他的脚底下又浮现出那只金色的控尸虫。

“不要欺骗我了，你身上的尸臭味瞒不过它的。而且，一般人是无法看见那只虫子的。”黎正望着躲闪着的严武军冷笑。

严武军朝外跳了出去，与黎正保持了一段距离。

“一直不敢轻易去找欧阳，是因为我知道有人在暗中跟着，本来希望那个傀儡能对付你，只是没想到你如此厉害啊。”严武军低着头说，接着吐出自己的舌头。

那鲜红如血的舌头上有一颗蠕动的眼球。原来他的眼睛在舌头上，难怪他说话时有些含混不清。

“真是恶心的家伙。”黎正厌恶地说道，同时将手中的钉子朝严武军扔过去。后者的速度很快，轻易避开了钉子。

“知己知彼，我不会再让你把钉子打进我身体了！”说完，严武军朝我飞奔过来，“我的速度比你快得多，在你的钉子打中我之前我就可以拿到他的眼球，那时候即便是你，也杀不死我的！”

的确，黎正还在十几米外，而严武军已经冲到我面前，我几乎可以感觉到他的手指头快要碰到我的眼睛了。

腹部的疼痛让我根本无法动弹，只能下意识地举起手来遮挡。可是几秒钟后，我发现严武军的手在离我眼睛几厘米处停了下来。他的表情也很惊讶，几乎无法置信地低头看着自己的脚。或者说，他已经没有脚了。

“愚蠢，我发射钉子，只是让你自己跳进控尸虫的领地而已，只需要几秒，它就会把你这具尸体啃噬得连渣儿都不剩，这身体一定是你杀死人以后占有的吧。和你的木偶不一样，这次你是用自己的眼睛，失去了宿主，你也活不了了。”黎正从后面慢慢走过来。

严武军仿佛踩进了一个泥潭，身体慢慢下陷，仿佛被分解了一般，只剩下一堆衣服和一颗眼球。

那颗眼球充满了愤怒和哀怨。黎正走到它面前，用钉子朝它刺了过去。

“要诅咒，就诅咒你那该死的命运吧，就像我一样。”钉子刺穿了宗木唯一的眼球。

一切都结束了，我手腕上的眼睛也掉了下来，消失了，伤口也很快愈合了。在黎正的搀扶下，我去了医院，经过检查，伤不是很重，还好肋骨没有断裂。

“你怎么会突然赶来救我呢？”我非常好奇。

“哼，我只是顺便回来看看妹妹，结果听说你遭到一个奇怪的家伙威胁，所以暗中看着，还好没出什么事情。你好好养伤，现在暂时没有什么危险了。”

黎正说完，走出了病房。

我望着他的背影，依旧对他非常陌生，但是有一点可以肯定，他绝对是一个值得信任的朋友和伙伴，就像纪颜一样。

第八十九夜
文身

“更令我不解的是，这东西开始随着我的脊背慢慢蠕动起来，李充大张着嘴，充血的眼睛从镜子里瞪着我，他的嘴巴开始慢慢向我的颈部靠近。”

黎正的到来让我感到既意外又非常高兴，虽然他是个话不多的家伙，却也有着奇特的经历。他为我除去了宗木种在我手腕上的眼睛。

“使用镜妖，需要耗费很多的精力，对你这样体质的人来说不太合适，还是让它暂时在你的眼睛里睡睡吧。”黎正建议道。我也同意了。

当我问及他这段时间去了哪里时，他却低头不语，良久才回过神来。

“我去尽了我最后的一点儿责任，完成他的遗愿罢了。”他的脸上露出少有的悲凉之色，但只是一瞬，随即被往日的霜冷所取代。

“我四处去寻找可以恢复自己原有身体的办法。我和你的好朋友不同，与自己无关的事情，我绝对不会插手，不过，这次例外了。在那座我非常熟悉的城市里，居然也发生了奇特的案件，与其说是案件，不如说是一桩桩神秘的人口失踪案。失踪者大都是青少年，其中不乏小混混，由于身份的边缘化，他们很少得到人们的注意，所以直到失踪人数开始逐渐变多，才引起警察的关注。

“而让这事情蒙上一层血腥气的是一个小孩。孩子们喜欢疯跑，从头到脚都充满成人不会有的好奇心，而这好奇心往往是灾祸的根源。第一个受害者的尸体是在一家废弃工厂的厕所里发现的，不，与其说是尸体，倒不如说是尸体的一部分。孩子们喜欢把玩耍时捡来的东西带回家，如果只是抓来一些奇异的昆虫或者小物件，父母自然不会注意。可是如果你的孩子带着一块人皮回家，你会如何呢？那个孩子的父母起初以为那只是块肮脏的皮革，但仔细一看，那是一块人皮。”

“哦？他们怎么会判断出是人皮呢？”我好奇地问。

“你说猪皮或者牛皮会有文身吗？”黎正反问道。我无言以对。

（下面是黎正的讲述。）

这块皮自然被交到了警察手里。一位细心的警察想起了最近发生的一系列失踪案件，于是拿人皮去化验，结果这块人皮就是其中一个男性失踪者的，根据皮的样子，估计是后腰到脊背的一块皮肤。

这样一来，失踪案件就变成杀人案了。当然，这也引起了我的兴趣。我通过控尸虫的外貌变形，非常容易地拿到了那个可怜的受害者的资料。

他外号叫虫子，大名叫李充，十七岁，初中毕业后没有继续读书，而是混迹在一群混混中。父母都去了外地打工，虫子被交给年近七十的奶奶抚养。我去过他家——一处位于贫民区的低矮民房，老人家至今还不知道孙子已经出事，她只是叹着气说孩子经常在外面，很少[illegible]就走了。

看来，虫子的失踪还不是他家人发现[illegible]

报案者是一个叫阿美的女孩，在一家餐馆打工。虫子和他的一帮朋友经常光顾这家普通的小饭馆，所以和阿美混熟了，也可以说阿美是虫子的女朋友。

当我来到这家餐馆的时候，经过别人的指点，见到了阿美。

我看见她正被一个喝得满脸通红的矮胖男人纠缠，这种开在公路边上的餐馆招待过往的司机，当然有很多借酒闹事的。我不禁产生了兴趣，想看看这个女孩会如何应对。

阿美个子不高，但身材非常匀称。时值冬天，紧裹在腿上的黑色尼龙裤子勾勒出她细长却饱满的双腿，一样的红色制服穿在她身上非常合适。她不算漂亮，更无气质可言，但是微微上翘的薄薄嘴唇和一双不大却眼神犀利的丹凤眼无疑带着一种野性，或许某些男人正喜欢这种调调。

我预感到，对她动手的男人占不到半点儿便宜。

果然，那只毛茸茸的胖手只是伸到阿美胸前，就忽然被针扎了似的缩了回去，而且还啊啊地怪叫起来。

原来泼辣的女孩随手拿起旁边的开水壶将开水浇到了那个男人大腿上，不大的饭馆顿时炸开了锅。

很快，阿美的脸上多了五条手指印。我立即过去，拿出一张证件，对于可以改变容貌的我来说，做一张可以乱真的警察证易如反掌。

胖子和他的同伴立即软了，赶紧付了钱走人，阿美则捂着红肿起来的脸蛋忍着眼泪望着我。

五分钟后，阿美被开除了。她出去的时候旁人非常奇怪地望着她，都小声议论说平日里随便开玩笑的她怎么忽然变了一个人。

我追了出去，想叫住她，结果她如同一只被激怒的母狮一样圆睁着眼睛对我吼道：“警察了不起啊？你和那些流氓有什么分别？以为救了老娘，就想和我困觉吗？滚！”说完，她大口喘着气，吐出一团团白雾。

我并没有生气，而是拉着她去了旁边的一家粥店，为她叫了碗白粥，并说明了来意。

“虫子不会死的，他答应我要和我结婚的。”阿美没有喝粥，而是忽然低下头，边哭边说道，到后来泣不成声。我只好等她稍微平复一下。

半小时后，她抹了抹像水蜜桃一样哭红的双眼，断断续续地告诉我，她已经将近两个月没有见到李充了，在这之前李充曾许诺要和阿美一起出去旅游，但很快就音信全无。阿美没有办法，只好在两星期前去报警。

“你一定要帮我找到他啊。我……我不能没有他，再苦的日子我也不怕的，我有他的孩子了啊。”女孩忽然变了一个人似的，带着哀求看着我。

于是我没有告诉她关于发现李充人皮的事情，只是安慰她几句，并要到了其他几个和李充来往密切的人的资料。

而当我拿到李充其他朋友的名单时，发现上面的两个名字也在失踪名单之列，看来，这两个人也凶多吉少了。而这三个人是同时失踪的。其他两人的亲友告诉我，他们三个似乎集体去了某处，然后就再也没了消息。

线索就这样断了。我实在无法知道李充他们究竟做了什么而遭到被扒皮的厄运。

于是我只好去了最初那个孩子发现人皮的地方。

我说过，那是一家废弃的工厂，准确地说是一家阀门制作工厂。工厂破产很久了，一直闲置在那里。由于杂草丛生，到处都是生锈的铁渣儿，很适合一些混混在那里聚会。

看来李充最后就出现在这里，但是工厂也有几十亩大小，更何况我对这里也不熟悉。

李充的那块皮是在靠近厕所的地方被发现的。我开始模拟当时的情形，或许三人正在这里互相吹牛，而李充一时尿急，在去厕所的路上遇害了。

可是为什么只剩下那块皮，尸体究竟去了什么地方？我放出控尸虫，四散开去寻找尸体，但是除了在地上找到一些血迹之外，没有任何线索，而那些血显然是李充的。

于是我只剩下李充留下的那块皮了。

要拿到那块皮，不是容易的事情，那东西待在证物房，于是我只有找到那个男人。我与纪颜多少有些相像，既然已经查了一半，无论付出多少代价，我也要知道真相。

他对我的到来一点儿也不觉得惊讶，似乎早有准备。他比以前苍老很多，也难怪，还有几年就要退休了。

“是来杀我的吗？”他微笑着端起一杯茶，手却在发抖。我有些可怜他。

我告诉他自己已经将以前的事情都忘记了，这次来只是为了拿证物。他有点儿失望，不过还是很高兴。

“能破这个案子，我也求之不得，不过那块皮只能借你一天，因为明天省里的专案组就要来了，某位领导的公子也离奇失踪了，他走前说是来了我们市。”他轻声解释道。

我无心和他多言，只是希望尽早拿到那块人皮。

靠他的地位，我很轻易地拿到了李充留下的那块皮。

我开始仔细观察，但是很失望，那只是非常普通的人皮，而且开始腐烂变质，呈暗紫[illegible]

不过，我[illegible]

其实文身有很多种：第一种是毛利人流传下来的，用鲨鱼牙齿及动物骨刺[illegible]蘸上墨水，用小锤敲击入肤；第二种是将数根针一起捆在木棒上，手工点刺入肤；第三种是用电机带动针刺入皮肤。现在大都是用最后一种。而李充的文身非常奇怪，并不像是文上去的，反倒是如同胎记自己长出来的，而且文身的图样也很奇特，看上去像某种动物的一部分，似乎是马的腿。或许，李充文了一匹马。

这些东西对我而言似乎没有太大价值，但是，我很快又从阿美的嘴里知道李充和他的伙伴都酷爱文身，并一度想学习这门手艺，开一家自己的文身店。

不过这座城市里的文身店大大小小有几十家，我只好一家家去询问，终于得知最近有一家新开不到一年的小店生意非常好，而李充也提出过去那家店文身。

这是一家普通的文身小店，类似于筒状的连接房，第一间是主人居住的地方，里面则是文身室。

不要小看文身，那无疑是一次小型的手术，如果随便做，很容易造成皮肤感染。大部分文身店对自己的器械都要求严格，何况这个店面在市中心，里面使用的都是不锈钢的手术器械、一次性的手套和刺针等等。

老板是一个瘦高个头、满脸微笑的中年人。他穿着时尚，头上包着一块红色头巾，戴着黑色墨镜。我看着他的笑脸却非常不舒服，因为那笑容仿佛是用东西吊起两边脸颊的肌肉堆出来的。

他以为我是来文身的。当我向他提及李充和他的朋友是否来过这里文身的时候，老板的笑容虽然还在，但眼神有些异样。

“他们文了，但很快就走了，本来我想叫他们一星期都要保持干燥，并且来擦洗一下，他们却没了踪迹。”老板眯着眼睛说。

我没有多问，于是干脆叫他帮我文身。老板愣了一下，马上答应了。

他戴好手套，拿出刺针、温水和肾上腺素，准备为我止血。要开始文的时候，他才问我到底要文什么图案。

“就文李充文过的吧。”我头都不抬地告诉他。

“好的。”老板低声应答，开始文身。

我丝毫感觉不到疼痛，虽然我的身体和常人的无异，但我是没有触感的，不过我注意到他用来文身的色料有些怪。

一般的文身色料是经酒精浸泡的液体植物色素，由于植物色素是从天然植物中提取出来的，渗入皮肤时，比较不易受感染。他却从里屋取出一个颜色暗沉的瓶子，从中拿出色料。

我问起他。老板随意地告诉我这是他们家传的色料，非常安全，而且颜色鲜艳，不易掉色，并开玩笑地说，如果我实在不放心，可以当场给他自己用一下。

图案文好后，我看了看，果然如我所料，是一匹马，而且后腰的位置也是同样的马腿，我付过钱后就出去了。老板则依旧堆着笑脸弯腰告别。

我将人皮还给了那个人，独自回到宾馆。

我洗澡的时候，对着镜子看那处文身，热气慢慢弥散，镜子里的马图案没有什么异样，我失望地转过身。

但是那一刹那，我觉得有什么地方不对劲儿，因为我感觉到控尸虫有些奇怪——它居然没有我的命令就出现在我脚下。

我再次转身看背上的文身，那文身真的变化了。原本固定不动的图案居然开始活动，在白雾缭绕的狭小浴室里，那匹马开始剧烈地变形。

马的身体开始膨胀，变成了牛的样子，而马头也由雄壮潇洒变得狰狞起来，最后居然形成了一张熟悉的脸孔。

那是李充的脸。没错，虽然模糊，可是我对这张看了好几天的脸绝对不会记错，李充的脸、牛身、马腿，一个怪物般的家伙居然文在我的背上。

而更令我不解的是，这东西开始随着我的脊背慢慢蠕动起来，李充大张着嘴，充血的眼睛从镜子里瞪着我，他的嘴巴开始慢慢向我的颈部靠近。

虽然我感觉不到疼痛，但是我从镜子里看到这个图案咬住了我的脖子，肌肉开始剧烈地收缩，我感觉到自己仿佛被人用绳索勒住了一样，呼吸有些困难了。

李充始终死死咬住不放，我无法和一个图案而且是我自己身体上的图案作战。一时间我完全没有了主意，控尸虫就在我的脚下，但我总不能命令它将我自己吃掉吧。

那时候我想到了阿美，于是我大喊起来："虫子，你不想见阿美吗？"

李充的脑袋似乎疑惑了一下，但依旧咬着，我只好又喊了一句："她可是一直在等着你，而且还有了你的孩子！"

李充的眼睛开始缩小，咬住我后颈的力气居然也小了。

我让控尸虫撕下了我背上那张文着李充脑袋的皮，不过后背很快又恢复如初了。

[illegible]着我，张了张嘴，但很快便闭上了眼睛，整张脸开始迅速变黑，犹如一张[illegible]从皮上掉了下来，化为乌有。

[illegible]李充的后尘，我开始为自己[illegible]随意在老板那里文身的冒[illegible]

而这人面牛身马腿的怪物，我也知道是什么，接下来，我要[illegible]

那天晚上我就赶了过去，我原以为老板早就关张走人，没想到他居然坐在里面微笑着望着我，仿佛是在等我。

"我没有看错人，普通的办法对付不了你。"他再次站起来，全然没有先前的谦恭。

我没有作声，只是盘算着该从什么地方给他致命的一击，因为显然他对我很了解，而我对他一无所知。

老板解开头上的头巾，摘下墨镜。

他没有头发，但这不是主要的，关键是他眼睛以上的额头部位的肤色明显与眼睛下方的肤色不同，仿佛是一个人从眼睛处被切开来而又随意和另外一个人的头组合在一起。

"不要想着如何击倒我，我对你很了解，你控制的虫子无法对活人造成直接伤害。"老板微笑着说，但那笑容令我心里发凉。

"不过你放心，我也无法杀了你，本来我想多收集一些材料再离开这里，不过既然你来了，我只有赶紧走了。我可以告诉你，我通过文在那些人背上的文身来吃掉他们的肉体，而这些新鲜的血肉是我非常宝贵的材料，至于究竟要做什么，暂时还是个秘密。"老板伸出左手食指放在嘴边，仿佛谈及的不是人命，而是蝼蚁。

我依旧不语，只是想着该如何拖住他，并叫警察来。

老板摇摇头："不要想着叫帮手，除非你想这里多死点儿人。真是的，你和那个孩子一点儿都不一样啊，如果是纪家的孩子在，一定会义正词严地问我为什么要杀那么多人、为什么这么残忍，并且拼死也要拖住我。"老板依旧带着挑衅的眼神看着我，我惊讶于他居然也知道纪颜，但我压根儿不知道有他这个人存在。

我哼了一声，的确，了解事情的真相远比抓到凶手更重要，这的确是我和纪颜的区别。

“好了，我似乎说得太多了，这里的残局交给你了，真可惜，人的皮肤是多好的艺术品啊。”老板哼着曲子从我身边走过。

我没有任何办法，因为我知道自己没能力留住他。

小店的后面如同一个血腥的屠宰场，所有失踪者的尸体都找到了，但他们基本上都骨肉分离，并用刀剔到骨骼。我不知道老板收集如此多的尸体做什么，但可以肯定的是，他将受害者的鲜血收集起来，并掺杂在色料里刺入下一个人的皮肤。

就如同伥和老虎，先前死去的人摇身一变就成了吃人的恶鬼。李充是被自己背上的文身吃掉的，所以只留下了有部分文身的那块皮肤。

我将案子的前因后果告诉了那个男人，他很高兴，这也算是帮了他一个忙，了结最后一点儿关系吧。只是可怜阿美，我只有告诉她李充和他的朋友去外地做生意了，希望时间可以让她慢慢接受残酷的事实。

说完，黎正站了起来，似乎要离开。

“那么，那种人面牛身马腿的怪物到底是什么啊？”我忍不住问道。

“猰貐啊，一种嗜好食人肉的怪物，我也不知道那个老板是如何召唤它的。算了，你也不懂，我先走了，有事的话就打这个电话找我。”黎正在日历上写下一组号码，就匆匆离去了。

我无聊地打开电脑，发现了这样一则新闻：“黎队长破获系列连环杀人案，多名遇害青年冤魂平息。”

第九十夜
窥脑

“一双瘦弱稚嫩的小手从我的脑后环绕过来，我看见那手指渐渐靠近我的眼角，似乎想撑开我极力想闭上的眼睛。我开始剧烈挣扎，但一切都是徒劳的，我的身体和双手被另外一双手紧紧箍了起来。”

人类的大脑仅仅开发了不到百分之十，绝大多数人的开发比率比这个更低，这是现在科学家所认可的数字，谁也无法知道或者预测，如果人脑开发到百分之百，那将会出现怎样的情况。无法开发的大脑如同一个被封印的盒子，你猜不到打开盒子后出来的会是天使还是恶魔。

记得早在儿时看过郑渊洁写的一篇童话，大体上是说一个小男孩的大脑被完全开发，他成了超人，真正的是德智体美劳全发展：赚大钱、追美女、打击社会恶势力、保卫和谐社会、勇斗火星人、捍卫地球和平、大叫一声“我是奥尔曼”等，但童话终究是童话，谁也不知道人脑到底蕴含着多少力量。

如果有一天，一个陌生人告诉你他能窥视人的脑子，你会作何感想呢？或许只是将他看作一个精神病患者？可是我面前的确坐着一个这样的男人。

他三十岁出头，如刺猬一样尖利上翘的短发非常精神，犹如刀削斧砍过的脸颊微微有些向内凹陷，泛着健康的红润，鼻子略塌，但很直，唯一与其他人不一样的是饱满的额头下的那双眼睛。

那种眼睛，我从未见过，就如同画的一样，狭窄而细长，仿佛比一般人的眼睛多往太阳穴两侧延伸了一部分。我看不清楚他的眼球，因为他正飞快地转动着眼珠，样子有些不安。

“你说你可以窥视他人的想法？”我故意这样问道。因为这类事情已经不是新闻了，很多人都自称可以看透陌生人的想法，但事实证明他们都是骗子。

“不，不是想法，是脑子！”他固执地摇晃着不大却非常圆的脑袋，如同转动一个地球仪，而且还特意用食指点了点自己的脑壳。

“那怎么可能呢？”我有些好笑，别说他看不见厚厚脑壳内的大脑，即便看得到，又能代表什么，人脑不都差不多嘛。

“这个世界上从来没有两个人的脑子是一样的，就如同马一样。”他得意地微抬起头。

马脑吗？我的确听闻过这类传说。传说马脑实为奇石，马死则扣其脑而视，也就是马死后形成的石头，不同的马脑颜色代表了马生前的能力。

“其色如血者，则日行万里，能腾飞空虚；脑色黄者，日行千里；脑色青者，嘶闻数百里外；脑色黑者，入水毛鬣不濡，日行五百里；脑色白者，多力而驽。善辨者克闻马声而辨其脑色。”男人仿佛背书一般念了出来，这并不让我吃惊，我吃惊的是这本该是我刚才想的话。

但这也不能说明他能窥视到我的脑子。我摇摇头：“你还有别的证据吗？”

男人有些失望地垂下眼皮，双手放到双腿叉开的膝盖上，他的脚在抖动，不知道是由于不安还是兴奋。

终于，他抬起眼睛，眼神坚定。

“我知道你不相信，其实我自己也花了很长的时间才能适应，我的确可以从人的外貌看到人的大脑，如同马一样。大多数昏庸无能的人脑子都是白色或者灰色的，只有真正的天才的大脑才是别的颜色，而且，脑色是会变换的，小时候不加以引导，即便是天才，也会变得平庸，脑色也会变淡。”他的嘴唇如同活塞一样翕动着，我真的怀疑自己是否在和一个疯子对话。

或许，所有的先行者在别人看来都是疯子。

“可是，你来找我，到底要做什么？”我无奈地转动着手里的钢笔。

“我需要一个媒体，一个可以见证我能力的公证者。”他的双手死死地抓住裤子，弄出了一大片褶皱。

“好吧，我答应你，可是你也要答应告诉我更多信息。”我点了点头。

他非常高兴地站起来，大力地和我握握手，离开了报社。送走了他，我发现手里全是汗水，我摇摇头，不知道他是否还会来找我。

谁知道下午下班后我居然在一楼的拐角处看到了他。

只是短短几小时，他居然老了很多，双鬓斑白了，鼻子两侧也出现了显而易见的皱纹。他张了张嘴叫我，但气力不足。

“怎么会这样？”我惊讶地问他。

“我的时间不多了，所以我必须找到你。”他似乎很虚弱。我搀扶着他——看上去壮实的男人远比我想象的要轻得多。我拦下一辆的士，按照他说的地址开去。

汽车里的光线开始暗淡，透过茶色的车窗能看见已经微微发亮的星星和一路上着急回家的行人，他们的脸上带着不同的表情，有喜悦，有懊恼，有疲惫，有兴奋。

车子开得很稳，穿过一座立交桥的时候，车里猛地一片灰暗，我的眼睛一时无法适应，不过车子很快就开出来了。我下意识地回头看看那个男人是否好点儿，但他似乎依旧很衰弱，大口地喘气。我望着他的脸，总觉得似乎哪里不对劲儿。

车子停在了接近郊区的一个路口，这里已经很冷清了。司机接过车钱，在昏暗的灯光下翻来覆去地照了照，满意地放进口袋。

我扶着那个男人下了车，不远处有一些灯光，看来他住在那里。

果然，他用手指了指前面。

那是一座上了年头的红砖房，大概四层楼，不远处有一家药厂，可能这里是厂里以前建的职工宿舍。

走进单元楼里时，天几乎全黑了，楼道很安静，也没有楼灯，好在他住在二楼。

开门的是一个和他年纪相仿的女人，披肩长发乱蓬蓬地披在脑后，宽阔高耸的额头有着几条浅浅的皱纹。她两边的脸颊很宽，几乎看不到颧骨，富态的脸和非常温柔的眼睛颇有点儿像菩萨。她只是随意地穿着带花边的紫色睡衣和拖鞋。

“又这样了。”妇人嘴里嘟囔着，熟练地从我手里接过自己的丈夫。

我这才发现男人瘦弱的身材和这个高大壮实的妻子相比，显得非常滑稽可笑。她几乎是像对待货物一样将丈夫扔在沙发上，这才跑过来拿了双鞋子给我，并热情地邀请我进屋。

出于好奇，我进去了。

房子很狭小，采光不足，不过很干净，没有任何异味。你会很诧异一个人的空间布置能力，有些人明明有很大的房子，但你走进他的家时依然觉得很小。而这个家虽然小，但所有的东西都非常科学地摆放着，井井有条。如果不是我突然进来，这里还是相对比较宽敞的。

不大的客厅同时容纳三个人，当然开始慢慢暖和起来。我看了看墙壁，发现上面有很多奖状，还有一些书法和国画作品。

那些字画很明显出自孩子之手，但是已经略显老到。奖状也无非是三好学生啊、小发明家一类的。看来这家的孩子非常优秀。

“让您见笑了，我男人非常窝囊，身体又不好，这儿又有问题。”中年女人用手指敲了敲自己的前额，显得非常无奈。

我很想笑，因为她的姿势和之前她丈夫的姿势如出一辙。

但是我很快就笑不出来了。

这家是两室一厅的套房，我听见客厅左边的门伴随着嘎吱的嘶哑音缓缓地打开了。

我想，或许是孩子听到我们的对话走出来了。

可是出来的不是我想象中的活泼可爱的孩子，而是从门缝里伸出一只细长瘦弱的手臂，对着那个女人招了招手。女人像触电一样从刚坐下去的沙发上弹起来，跑进厨房，端了一些茶点走进去，然后又出来了，脸上有些抽搐。

“孩子在用功吧？”我指了指合上的门。女人点点头，但很快又摇头。

这个时候，那个宛如喝醉酒的男人忽然醒过来，坐了起来。

“他是我的骄傲啊。”男人闭上眼睛，自豪地说。可是话音未落，女人犹如一只暴怒的母狮朝他扑过去。

女人的气力远比她丈夫大得多，加上猝不及防，男人被女人骑马一样压在身下，女人伸出蒲扇大而厚实的肉掌狠狠扇打着男人。

“你还好意思当着外人说！孩子都让你毁了！”女人一边哭一边咬着牙扇自己男人的耳光，最后打不动了，她才抽泣着站起来，坐到旁边。

沙发上的男人慢慢爬起来，揉了揉自己高肿起来的脸颊，那脸颊就如同挂了两片烧熟的扣肉。

在昏暗的灯光里，三人沉默了一会儿。

“我本来有个很健康可爱的儿子，但是不知道我丈夫他中了什么邪，居然说自己可以看见人的脑子！”女人愤愤地说着。

我饶有兴趣地望着她。

“孩子三岁的时候，他天天捧着儿子的脑袋看，看得我都发毛，他那眼神像在看东西而不是在看孩子。

“终于有一天，他忽然将儿子抱了起来，疯子似的扔上扔下，吓得孩子大哭。我责问他为什么，他却告诉我我们的儿子是个天才。”女人的声音忽然颤抖起来。

“我相信了他的话，却犯下了一个无法饶恕的错误。他叫我出去工作，说他自己有一套训练孩子成才的办法。我们本来都是这里药厂的工人，家境也都不好，我们想这辈子也就这样混吃等死算了，一切指望都在这个孩子身上，所以我就满怀希望地让他带孩子，自己则去多兼两份工。”女人依旧低沉着声音说着，话语里夹杂着些嘶哑的哭音。

这时候一旁一直不说话的男人忽然精神起来。

“你知道吗，我也不知道从什么时候开始真的可以看到人的脑子，或许是长期在药厂工作的原因，我的眼睛产生了变化。我可以透过人的眼睛看到他们的脑子，看到他们哪部分在活跃，看到他们脑的颜色，就像以前的观马师一样。我辞去了自己的工作，四处做试验，这种试验太容易了，大街上什么最多？当然人最多。我到处看着他们的脑子。知道吗？你想象一下，如果你眼睛里看到的不是一张张人脸，而是一个个鲜活的脑子，那会是什么感觉？”他一边说，一边向我靠了过来。他的脸有些狰狞，和之前又不一样，的确，我是无法理解满街的人脑是什么样的画面。

“当然，光这样不够，我还自学脑医学，看了很多的标本。这些东西日益完善着我的技术，我开始大胆地去和人交谈，而且我发现自己的确可以看穿人家的想法、构思、心情等等。而与此同时，我的眼睛也开始变化。当看了众多的脑子后，我忽然想到，为什么没有去看自己的脑子？”他的嘴唇起了一层白色泡沫，像那些从湖里捞起来未死的鱼吐着白沫一样，他的眼睛完全睁开了，布满血丝，但我并没有发现它们和我的眼睛有什么不同。

“很可惜，我对着镜子看却看不到，或许镜子无法反射那些东西。但是我不甘心，光是能了解别人的想法，这已经无法满足我的好奇心了，所以我又想到如何去分辨天才的脑子和平常人的脑子。

“我的眼球开始剧烈地疼痛，或许是用眼过度，那很难，不过我没有放弃。有一次我摔倒了，右脑磕在了门框上，很重的一下，我当即昏了过去，醒来的时候眼睛看不见东西了。我以为自己瞎了，但是几天后眼睛又好了起来。

“当看见我妻子的时候，我下意识地转动了一下眼睛，结果我发现她吓了一跳。”他的脸离我越来越近。我想往后退，他却死死地抓住我的袖子。我转过头望望妇人，希望她来制止她丈夫。

可是我发现，当我听得入神的时候，那个中年女人早就悄无生息地离开了。

客厅的吊灯在窗外风的吹动下开始晃动，黄色的投影在男人脸上荡漾起来，然后慢慢停下，停在他的眼睛上。

“现在，让我看看你的脑子吧。”他微笑着望着我。

我很想闭上眼睛，却觉察到身后有人。

一双瘦弱稚嫩的小手从我的脑后环绕过来，我看见那手指渐渐靠近我的眼角，似乎想撑开我极力想闭上的眼睛。

我开始剧烈挣扎，但一切都是徒劳的，我的身体和双手被另外一双手紧紧箍了起来。

沙发上的我望着男人渐渐靠近的眼睛，觉得自己犹如一只待宰的羔羊。

男人的眼球开始缓慢地左右转动，速度越来越快，忽然，整个眼球翻转了过去，我看到一双没有瞳孔的红色眼睛。但只是一瞬间，我还以为自己产生了错觉。

身上的手臂猛地一松，男人也恢复了常态，略带失望地回到沙发上。我喘着粗气，冷风将额头的汗瞬间吹干了。当我回过头时，女人已经将那个孩子送进了房间，合上了门，重新坐在沙发上。

我一句话也说不出，先前的事情似乎很短暂，短暂到像从来没发生过。

“你的脑子也很一般啊，和我儿子的根本没得比。”男人再次自豪地伸展了一下腰，舒服地斜靠在沙发上。

女人叹着气不说话，任由丈夫滔滔不绝地说下去。

“自从发现儿子的大脑非比寻常后，我就决定好好教导他，任何东西即便资质再好，不经调教也会退化啊。我竭尽所能去引导，但孩子他妈老说我害了她儿子，好像儿子不是我的一样！”男人说话的时候很不满，但还是老用眼角扫着身旁的妻子。

“我教他学音乐、书法、国画、外语、奥数，总之什么都要学，你知道吗，我见过那么多脑子，没有一个能比得过我儿子的！”男人伸出自己的右手，竖起大拇指在我眼前晃了晃。

“他是个天才！”男人又补充了句，但话没说完，旁边的女人再也按捺不住，一反手就打在男人的后脑勺上，他立即踉跄地摔倒在地上。

女人一边骂，一边拉起我的手。

“我现在就带你看看我儿子，看完后你就知道了。”女人咬着厚厚的嘴唇，下了很大的决心说道。

我忽然很兴奋，想看看真正的天才究竟是什么样的。

离门越来越近，我的手开始渗出汗水，我回头看了看那个男人。他爬了起来，继续揉着摔痛的地方。

房间的门打开了，里面很暗，只有一张不大的单人床和一张老式书桌。床头的墙壁上挂着一把吉他、一只小号，房间角落里还有个很高的书架，虽然看不太清楚，但是里面应该放满了书。

只是简单几样东西，房间却已经非常狭窄了。我和那个女人走进来，孩子马上站了起来。

“为什么不开灯呢？”我问道。

“他害怕光，害怕看到别人，也害怕别人看到自己。”可怜的母亲颤抖着声音说道，接着走过去抱着孩子。

我忽然隐约发现那个孩子有些不同。

不同在于他的头，特别的大，那绝对不该是一个孩子的头颅大小。像什么？就像万圣节顶着南瓜头的人。

母亲似乎在和儿子低语着，终于谈成了什么。女人走到墙壁旁边，啪的一声打开了灯。

瞬间的光明让我有些不适应，但是当我适应光线后，又无法接受眼前所见。

那个孩子的头颅如同ET（斯皮尔伯格同名电影中的大脑袋外星人）一样肿胀着，头上稀少干黄的头发犹如杂草一般稀稀拉拉地点缀在脑壳上，他的头皮几乎被撑成了半透明状，长期不接触阳光让他的脸色更加惨白，猛看过去，他就像是一个被充气充过了头的塑料娃娃。脆弱纤细的脖子似乎支撑不住他那颗过大的头颅，仿佛随时都会折断。而更让我作呕的是，我几乎可以清楚地看见他的眼球与连接神经的大脑，布满一根根如丝线般神经的脑体和里面的脑水，他的脑子居然不是白色的，而是红色的，就像一块绯红的玛瑙，在灯下泛着赤色的光芒。难道人脑也和玛瑙一样靠颜色分类?

“他不能站太久，大多数时候都要躺着。”母亲叹了口气，让孩子平躺下来，关上灯，和我退出了房间。

“怎么会变成这样？”我忍不住问道。

“大概半年前变成这样的。开始他老喊头痛，我以为是学得太累，但慢慢地他的头开始肿起来，我带他去看了好多医生也不管用。那蠢货还高喊着说儿子的脑子开始真正地开发了，开发到天才的标准，远远超越常人。他还说，因为脑子的开发，当然样子也有所变化。他依旧让孩子学习各种各样的东西，甚至比以前更多，结果，孩子变成了这样。他不敢出去，他怕别人叫他怪物，他只能天天坐在家里看看书、弹弹吉他，而且和我说的话也越来越少，我真的不知道该怎么办了。”女人再也忍不住了，号哭起来。

“哭什么，这是好事，哪里有光得不出的道理，等我们的孩子成了世界第一人，谁还敢说他丑，说他像妖怪？到时候估计很多人都要找我教育他们的孩子了。孩子就是要提早开发啊，否则就像我们一样成了废物，脑子的颜色也变了，那样难道就好了？”男人振振有词地喊道，但明显忌惮女人出手，站得远远的。

女人用手抹了抹眼泪，不再理会她的丈夫，只是拉着我的袖子跪了下来。我没想到她会这样，有些不知所措，只是叫她赶紧起来。

“他说他去找记者来。我求求你，如果你是记者，就帮我报道一下，让大家来帮忙治好孩子，我不想他活得这么痛苦啊。”女人和我执拗起来，一个劲儿地求我，我只好暂时答应她。

屋子的门再次打开，这次那个孩子小心地扶着墙走了出来，他犹如受惊吓的小动物，只是下意识地朝母亲走去，或许听见母亲的哭泣让他很难过。

可是长期不动加上头的重量，让他走起来平衡性很差。

母亲意识到了，想过去抱起他，但是晚了，孩子倒下了，虽然他努力维持着身体的平衡，但还是摔倒了，他的右脑磕在了地板坚硬的瓷砖上。

女人像疯了一样从地上弹起来，高喊着孩子的小名扑了过去。缩在一边的男人也慌了，一边念叨着“千万别磕伤头啊，千万别撞成弱智了”，一边过去扶起孩子。

我也不知道该做什么，只是赶紧拿起电话打120。

孩子柔弱的脑壳经不住这样的撞击，他的头破了。这是很奇怪的现象，我能看到他大脑的血液一起涌向那个缺口，仿佛一股被压抑很久的暗流在涌动，从伤口渐渐渗透出来，流了一地。而那个孩子的脑壳似乎也慢慢模糊起来，渐渐变得看不清楚了。

母亲努力地用手按着伤口，一边流泪一边抽打着丈夫的脸。

“都怪你啊，都怪你，孩子要是死了，我要砍死你。”

男人一边被抽着一边用力辩解，在吵闹声中孩子被送进了医院。

我离开了那个怪异的家庭。

半个月后，我带着好奇又去拜访了他们。

这次开门的是一个孩子，我差点儿没认出他来。不过，虽然他的头上绑着绷带，我还是想起他是那个长着怪异脑壳的孩子。但是他现在好像恢复正常了。

“是你来了啊。”那个泼辣的女人风风火火地走了出来，系着黄色泛着油光的围裙，双手挽起袖子朝我走来。

我朝她笑了笑，拒绝了要我进去的邀请，只是想知道情况。

原来这个孩子在那次撞击以后居然慢慢恢复正常了，只是把以前所学的东西都忘记了，也没了过人的天赋和记忆，那些奖状也摘了下来，他完全从天才变成了普通人。

而那个古怪的可以窥视人脑的男人不在家。

“他出去了。他天天叹气说儿子被我毁了，说我毁了一个天才。他天天去外面，到处拉着那些带着小孩的路人，告诉他们儿女脑子的颜色，每天身上都有伤。你说，他这样，人家能不揍他吗？唉，我也没办法，反正儿子好就够了，我也顾不得他了，随他去吧。”这个可怜的女人把沾着油沫的手往围裙上擦拭了几下，绾起了散开的头发，低头不语。

简短的聊天后，我离开了那户人家，临走前那个可爱的孩子朝我用力挥着手，我觉得他可能不是一个天才了，但他是个真正的男孩。

宽阔的人行道上，一个激动得疯子似的男人拦住一个个带着孩子的父母，转动着眼球问他们：“你们想知道自己孩子的脑色吗，想知道他们是不是天才吗？”

第九十一夜
相骨

“这时我又闻到了一种气味，很熟悉的气味，那是曹伯的。很久以来，我一直都觉得曹伯身上有一种别人没有的怪异气味，类似于豆腐乳和铜锈混在一起的味道，还夹杂着一股药味。我没有回头，因为脑门上多了一双手。”

人靠骨架支撑，古人多以为根据不同的骨头可以判断人的不同命运。古人列举了范蠡去越、尉缭亡秦的例子，说：“越王为人长颈鸟喙，可与共患难，不可与共乐。”“秦王为人，蜂准，长目，鸷鸟膺，豺声，少恩而虎狼心……不可与久游。”可见长颈、鸟嘴、眼细小而狭长都不是什么好相貌。只是骨相往往和面相混在一起，不为人注意罢了。

人的骨头真的可以反映人的命运？我不得而知，但不仅仅是在中国，在19世纪的法国也流行过骨相学，只不过昙花一现，而在中国，骨相学流传已久矣。

见多识广的纪颜自然不会不了解，很凑巧，他最近遇见了一位不同寻常的相骨者。

“骨相和面相，历来都是被用作观察人的方式，只不过面相更多的是用来测试未来吉凶，骨相则是用来判断整个人的个性与内心，所谓相由心生，其实骨头也可以反映出来。

“我可以告诉你一个关于相骨的故事。”

（下面是纪颜的讲述。）

在我遇见过的所有人中，曹伯无疑是最奇怪的一个，无论是他的相貌、经历、职业，还是谈吐举止，在我眼中都与其他人格格不入，但是父亲相当尊敬他，在我儿时就常带我去他家。

曹伯只比我父亲大六岁，却苍老得吓人。他的脑袋光秃秃的，一根头发也没有，中间高高地凸起，头皮松弛得厉害，就像一个废旧的米面口袋罩在头颅上一样，耷拉下来的面皮垂落在两腮，眼袋大而暗黑，肿胀得很。他几乎从来不睁开眼睛，本身就极长而狭的脸庞又搭配了一个细窄如鹰嘴的鼻子，让整张脸显得更加长了。他的嘴唇薄而苍白，不太爱开口，每次说几句话就会下意识地伸出殷红的舌头舔一下上下嘴唇，长满红锈的刀片般的嘴唇被舔得干裂起皮，一丝丝如身上死皮样的东西在上面翻起，那情景像极了动物世界里的蛇，一下下地吐出自己的信子。

父亲很尊敬他，我很少见到父亲这样。而曹伯也很疼爱我，几乎将我视为己出。他总是颤抖着用蒲扇大的双手摩挲着我的脑袋，然后犹如挑选西瓜般地屈起自己的手指骨节，在我的脑门上敲打一下，接着用尖锐如圆锥的声音厉声喊起来，每次说的都一样。

“好娃，好骨！”

儿时我始终不明白他的意思，后来父亲告诉我，我生下来的时候整个家族就担心我的命运，所以找来曹伯摸骨。曹伯是天瞎，也就是生下来就没眼睛瞳子，翻开了眼皮，里面灰蒙蒙的，所以他从小就听觉和嗅觉奇佳。而且最令人称奇的是他的手，较常人大而宽厚，手指白而细，如葱段一般。他从不用拐杖，总是靠双脚和双手来摸索前进，虽然也曾摔伤、撞伤，但他不以为然，因为他告诉过我，如果用拐杖，固然少了些皮肉伤，多了些方便，但如果突然有一天没了拐杖，自己又该如何呢?

“我是个瞎子，自己的眼睛姑且靠不住，还要去靠一截烂木头？”曹伯笑道。他一笑起来，嘴巴就缓缓张开，不，与其说是张开，倒不如说裂开更合适，就像有人慢慢用剪刀从原本没有嘴巴的脸上剪开了一道齐整的裂缝。

曹伯八岁的时候，好好的忽然摸到一位来自己家里借宿的远房亲戚的脸上。当时那人正在睡觉，结果被吓了一跳，可是曹伯很快就说出了他的年纪和长相，居然八九不离十。这人从未来过，曹伯当然不可能从家里人的话中推测出此人的外貌。曹家人看到一个瞎子居然能有如此本事，都暗自感叹，总算老天爷为他留了条生路。

于是，曹伯被送到了一个非常有名的相骨师傅那里学习相骨。

这个相骨师很少收人，据说他也是个天瞎，他收徒弟只有两个条件：一是要盲人，生下来就是的那种；二就是要摸手。结果曹伯两个条件都符合，家里人也为他找到个好活计而高兴。

从这以后曹伯一直都跟着师傅，直到师傅过世，然后自己接替了师傅的位置，为十里八乡的人摸骨。可是谁也不曾见过他师傅出那屋子，直到他死后的第二天，曹伯告诉我父亲这件事，然后草草安葬了他。

曹伯经常告诉我，有些事情似乎往往是注定好的，他从来没有埋怨老天爷让他瞎了眼，因为他注定好了是要做这个的，既然是这样，瞎了眼睛也就没什么不好了。

随着时间推移，不相信的人被曹伯相骨后也相信了，他的名气越来越大。有的人还专门来测试，前后三次把不同人的手给曹伯，但曹伯很快识别出来，于是大家都觉得曹伯神了。

可是曹伯极少笑，他似乎永远都没有太多的表情。大家也知道，他没老婆，而且也找不到传人，他不想把自己的本事带进棺材。

曹伯老早就和家里人分开住了，他一直待在自己师傅的两间黑屋里。那屋子如同一个黑色魔方。小时候，每次父亲有事情要通知曹伯就叫我去，但我每次进去都找不到他，总感觉里面很大，如同黑色的潘神迷宫，而且屋子里从来没有半点儿光亮，自然，曹伯压根儿不需要，他早对屋子里任何物件的摆放都非常清楚，我却觉得很麻烦，几乎每次都要撞到脚。

或许，黑暗给我们这些习惯光明的人带来过多的未知和不确定感，所以会觉得原本不大的空间非常宽阔吧。

不过，曹伯在我十二岁要离开老家的时候突然失踪了。

没有人发觉，只是觉得他好像很久没出现了。村子里的人总在需要他的时候去找他，当他们感觉不对劲儿的时候已经晚了。他们在黑屋子外面喊了好久也没人回话，而平时曹伯总是很快就会出来应声。

没人敢进那黑屋子，因为曹伯不准任何人进去，除了我。

那屋子只有曹伯的师傅、曹伯和我进去过，据说曾经有个外地的贼进去偷东西，是东村的阿细半夜解手的时候瞧见的。那个贼猫着腰翻了进去，但第二天竟没听曹伯说家里遭贼，而在门外也只有进去的脚印，没有出来的，于是大家都很忌讳进那屋子。

进得去，出不来，如黑洞一般。更有传言，说还有很多小动物进去也没见出来，所以他们需要找曹伯摸骨时都是远远地站在门外喊他出来。

“八成死了吧。”

“难说，好像干这事的都活不了多久。”

“是啊，泄露天机呢，遭天谴的。”

“他不是会摸吗，怎么不摸摸自己的骨头啊？”

“那不是自摸了吗？和多少的啊？”

村民们说着说着忽然一起哂笑起来，接着一哄而散。

我和父亲也在其中。我听他们说话觉得异常刺耳，抬头看了看父亲。他也紧皱着眉头，盯着那黑色的屋子不说话。

人群散去，我随父亲回了家，回头的时候我仿佛看见那扇门似乎隐约开了道细缝。

回到家我问及这事，父亲却不回答我，只说我还小。我记得前些天父亲和曹伯在家中还谈过话，两人似乎还争论了起来，只是当时我睡意正浓，已然记不得他们说了些什么。

在老家的最后一天，家里人忙着为我收拾行李，而我总是心不在焉。奶奶看出来了，叫我出去走走。父亲有些不情愿，却不敢违背奶奶的意思。

不知道为什么，我走着走着，竟又来到了那黑屋子旁。我叫了几声，依旧没人回答。

当我转身准备离去的时候，看到门外有一只袋子。

湿漉漉的黑色袋子，昨天好像没看到。那只袋子被扔在不起眼的角落里，我一走过去就闻到一股腐烂的恶臭。

我的鼻子很灵，从小就是。

我好奇地用脚踢了踢，发现里面有东西，软软的，像棉花团。于是我找来一根断裂的树枝，将袋子扒开。

里面都是一块块的血肉，撕裂开来，我无法判断那是什么动物的肉，但有一点可以肯定，那里面没有一根骨头。

我感到一阵恶心，扔下树枝就想走，可是仍然很担心曹伯，我不相信村里人对他的妄加猜测。

这时我又闻到了一种气味，很熟悉的气味，那是曹伯的。很久以来，我一直都觉得曹伯身上有一种别人没有的怪异气味，类似于豆腐乳和铜锈混在一起的味道，还夹杂着一股药味。

我没有回头，因为脑门上多了一双手。

依旧是那种光滑的感觉，曹伯的手摸过很多东西，石头、木桌、栏杆、活人的骨头、死人的骨头——当初他开始学的时候，据说他的师傅就先让他摸骨骼标本，去了解哪块是肩骨，哪块是脊椎，哪块又是肋骨。神奇的是，虽然摸过那么多粗糙的东西，曹伯的手依旧洁白如绢，柔软似棉，宛若无骨，即便是村子里最年轻最好看的姑娘，也没有他这样一双好手。

所以我很喜欢他抚摸着我的脑袋，温软而舒服。

今天却不，我觉得一阵寒冷，那双手犹如爪子在我头上慢慢滑过，周围安静得很。那时候刚过完元宵节，风吹过头皮，激起一阵疙瘩，我忍不住打了个哆嗦。

“娃娃，怕什么？”他笑着问我，我没回答。

“好娃，好骨啊。我摸过那么多人的骨头，没有一个如你这样的，三国里诸葛丞相言魏延脑后有反骨，在他死后必反，果不其然。所以说，是应该相信摸骨的，你说，对吗？”曹伯的手依旧在我的头皮和头发中间穿梭，像十条蚯蚓一样慢慢蠕动。

“曹伯，我要走了。”我低着头，手指头绞着衣角说。

“嗯，你爹告诉过我了。”曹伯的声音很低沉，就像水桶砸进井里一样。

“曹伯，你还有什么话要告诉我吗？”我问他。

但他良久不回答，最后他的手落在了我的锁骨上。

“你还记得我教你的东西吗？”曹伯忽然问。

我“嗯”了声，开始朗声背诵，只是风越来越大，我的声音又稚嫩，如同即将熄灭的烛火忽明忽暗。大风像冰水一样冲进我的嘴巴里，弄得我生疼生疼的。

“你说说什么是九骨。”他听了会儿，又问。

“天庭骨丰隆饱满；枕骨充实显露；顶骨平正而突兀；佐串骨像角一样斜斜而上，直入发际；太阳骨直线上升；眉骨骨棱显而不露，隐隐约约像犀角平伏在那里；鼻骨状如芦笋竹芽，挺拔而起；颧骨有力有势，又不陷不露；项骨平伏厚实，又约显约露。”我一口气背下来。

“很好，你随我来。”他的手忽然从我肩膀处滑落下来，拉着我往黑屋走去。我不自觉地跟在后面，只能看到他的后背。

屋子里和外面一样，依旧黑，只是这种黑给人感觉更深更浓。

曹伯咳嗽了一下，我可以感觉到他在我前面坐了下来。

“你知道吗？看相不如看骨，因为人的面相会变，而骨相不会。看头部的骨相，主要看天庭骨、枕骨、太阳骨这三处关键部位；看面部的骨相，则主要看眉骨、颧骨这两处关键部位。如果以上五种骨相完美无缺，此人一定是国家的栋梁之材；如果只具备其中的一种，此人便终生不会贫穷；如果能具备其中的两种，此人便终生不会卑贱；如果能具备其中的三种，此人只要有所作为，就会发达起来；如果能具备其中的四种，此人一定会显贵。”他停顿一下，又叹口气，然后问我记住了吗。

我连忙点头，后来又想起他根本看不见，于是高声说“记住了”。

“四娃子啊，你知道为什么我和我师傅一定要天瞎吗？”他从来未曾说过原因，我问过他，却总是没有答案。

“骨相可以看，但最准确的是摸，只有瞎子不会被眼前的虚景迷惑，只有他们亲手摸出来的结果才是最准确的，但是这个要求太苛刻了，很难传承下去。而且，其实我一直都想看见东西，一直想看看你长什么样子，因为，在我的脑海里，所有人的脸都是没有血肉、毛发的，都是一个个骷髅头罢了。”曹伯的话说得很慢，慢得像深夜渐渐侵袭过来的寒气，让我打了个哆嗦。

我抱紧身子不自觉地退后一步，可是我的手肘似乎碰到什么东西，发出一阵咕噜的声音。

“你旁边就是一具骨架，好好摸摸，然后告诉我你摸到了什么。”曹伯的话让我大吃一惊，但手还是不自觉地摸了上去。

那是我第一次摸人的骨头，终生难忘。

这是非常奇特的感觉，有点儿像铺了层砂纸的硬塑料，又感觉像裹了层冰屑子的铁杆。

我顺着肋骨往上摸去。这人骨架不大，但肩骨又不算狭窄。我沿着脊椎往上摸，逐渐摸到这具骨骸的头骨。

“男子的骨头重而粗，女子的骨头轻而细；胖人的骨头表面比较光滑，而瘦子的骨头表面比较粗糙。”曹伯又在旁边说着，既像自言自语，又像是说给我听。

我轻声嗯了一下，接着继续摸头骨。

牙齿很整齐，颧骨高耸，接着是鼻梁骨，在两目中间。上部为“鼻梁”，又名“山根”。梁下称“鼻柱”，是两鼻孔的分界骨。鼻之末端，名为“准头”。这人鼻骨高而窄，而且中间一段还有裂痕，似乎被打断过，歪在一边。额骨平整。最后我摸到颠顶骨，位置在头部最高处。前面部分称为“囟骨”，小儿初生未合拢时叫“囟门”，中间叫“顶心”。顶心左右有棱处称为“山角骨”，俗名“头角骨”。可是我感觉到很大一块凹陷，圆形的，似乎是铁锤一类钝器砸出来的。

“曹伯，这人是被砸死的。”我转过头对着他的方向说。

“是的，是我砸死的。”他的话依旧沉稳如秤砣，我的心却像秤杆，歪斜得不成样子。

“为……为什么啊？”我开始口吃了。

“他是我师傅，是我亲手砸死他的。”曹伯仿佛在谈论别人。

这个时候我全身瘫软在地上，忽然想起了父亲似乎曾提及曹伯的师傅是一个歪鼻子——曾经被掉下来的木头砸断的。

“我师傅说，他活着没意思，他帮人摸了一辈子的骨头，有好有坏，有贵有贱，可自己的骨头他始终摸不透，他不知道自己是什么。于是他告诉我，收了我，就当是有儿子送终了，还交代我不要把尸体入葬，这年头完整的骨架很难搞。”曹伯说。

“四娃子，我本来也想收你做徒弟，可你爸爸不同意，说你们纪家的后人不能学相骨。我摸了你的骨，知道你是好命，是要干大事的，可我舍不得你啊，唉。”曹伯叹了口气。

“曹伯，你不是说学这个要天瞎吗？”我打着颤音说道。

“有什么关系，现在刺瞎你还不一样。”他说着，忽然一阵响动，似乎站了起来。

在这黑暗的屋子里，我这个本来视力正常的人成了瞎子，而他对这里了如指掌，所以很快我就被他抓住了。

“四娃子，不用怕，很快的，曹伯会教你很多东西，你不是最喜欢相骨吗？”曹伯的手忽然变得有力起来，像老鹰的爪子一样紧紧箍在我手腕上，而另外一只手摸到我的脸上，渐渐向眼睛摸去。

我几乎喊不出声来，下意识地用手朝前面挥去。

我触到了他的脸，但很快就像触电一样收了回来，因为我感觉自己碰到的不是血肉，而

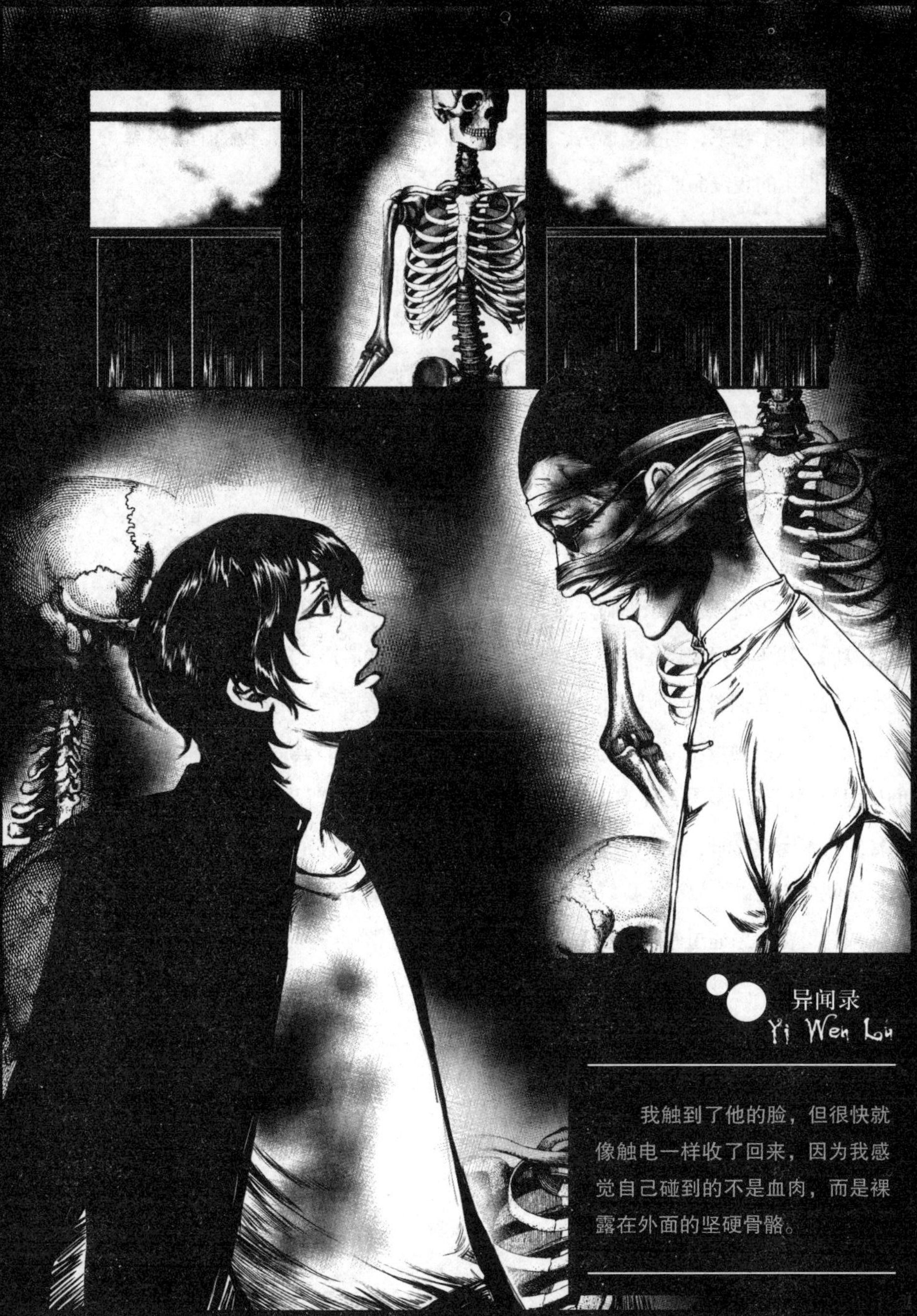

异闻录
Yi Wen Lu

我触到了他的脸，但很快就像触电一样收了回来，因为我感觉自己碰到的不是血肉，而是裸露在外面的坚硬骨骼。

是裸露在外面的坚硬骨骼。

“你……知道了？我知道自己骨相不好，我常告诉你们这是命，但我偏偏不信。不就是骨头吗，我可以自己改，改了骨头，不就改了命吗？”他忽然发疯似的高声大笑起来，手也松开了。

我趁机跳了起来，朝前面撞去，很幸运，那恰巧是门的位置，我跑出了黑屋。

落在地上的我没命地往前跑，可还是回头看了一眼。

曹伯站在门口，外面明媚而刺眼的阳光照在他的脸颊上。

没有血肉的脸颊，整齐地被削去了的脸颊和磨平了颧骨的半边脸，绑着绷带，而且血迹斑斑。

他又笑了，依旧如同凭空多出来的一张嘴巴似的。

“四娃子，想通了再来找我，我会等你。”他闪身又将自己埋进了那黑屋子。

我不知道自己跑了多久，漫无目的地跑着，直到腿抽筋才一下子趴倒在地上。

回家时已经是傍晚了，父亲和奶奶把我痛骂一顿，我却不敢说话，倒是父亲看了出来。当我把所有事情告诉他后，他只是叹了口气，并未显出太多的惊讶。

第二天，我离开了老家，临走时父亲只对我说了一句话，叫我原谅曹伯。

以后，我再也没了曹伯的消息，和父亲说话时也像避讳似的不提他，只是零零碎碎地听到有人说他还在相骨，遇见好的骨头就杀了人家，再拿过来，用在自己身上。也有人说他死了，因为他自己削骨不成功。总之对这些我都不相信。而那黑屋子，后来也被拆了，据说人们从里面翻出了很多骨架标本，有动物的，也有人的。大家咒骂着，咒骂他是魔鬼，全然忘记他为大家摸骨算命、趋吉避凶。

这就是个相骨的故事，我只是路经一个小县城，居然发现也有人相骨，所以有感而发。

或许，曹伯想通过削骨改变命运，有的人想通过整容改变命运，但其实都是没用的，因为改变了骨头、改变了相貌，似乎可以改变命运了，但那已经不是以前的你了，改变的，也不是你的命运了。

第九十二夜

活墓

“很普通的坟墓，立着一块青石碑，后面是圆形的坟冢，不过，比我见过的普通的坟要大得多。但不普通的是从坟冢后伸出了一只手——女人的手，细长而苍白，或许并不十分白，只是在这夜色的衬托下显得比较白皙而已。”

我无意去叙述金庸先生的小说《神雕侠侣》，但这确实是纪颜告诉我的众多故事中的一个。

（下面是纪颜的讲述。）

天气开始骤冷，我旅行的速度也开始慢下来。旅行时我总是避开那些大城市，这一天我们又来到了一个村落。

一路上的村子、小镇很多，但是这一个不得不说。

与其说这是一个村子，不如说是一个巨大的陵园，因为在这里嗅不到任何活物的味道，铺天盖地映入眼帘的只有一座座坟墓。村口很宽阔，大片已经干枯的草地在冬日的阳光里没有太多的喜色，大都已经如死去脱水的虫子般将身体蜷缩起来，脚踏上去还能依稀听到干脆破裂的响声，就像踩在大片大片的刨花上一样。

草地旁有一条两人宽的崎岖小路，路的另外一边就是一座座坟墓。有的是杂草混杂枯树枝搭建的三角支架，有的是竖立着残破石碑的坟墓，四周广阔的视野里，除了一头低头啃草的牛外没有任何东西。

在这种不像城市里有众多遮蔽视野的障碍物的地方，我们往往能看得更远，但我只看到了一头牛，整个村子里别说人，似乎连房子都没有。

耳边偶尔掠过一些风声，阳光更加热情，但没有提供半点儿热量。站在这种地方，我觉得更冷了。

终于，我看到了一个人，一个老人，一个蹒跚着向我走过来的老人。

“大爷，请问这里是什么地方？”我拉着李多走过去问道。

老人低着头，驼着背，穿着一套几乎褪色的羊皮夹袄，下身是肥大的黑色棉裤，踩着厚重的圆口布鞋。他将手拢在袖口里，半天才抬起头。我一看吓了一跳，他的脑袋几乎干瘪成一个破旧皮球，上面嵌着一双眯起来的三角眼，沟壑纵横的脸上带着一种莫名的悲凉表情。他的嘴唇干得裂开，露出道道血丝，他却毫不在乎，干枯卷曲在一起的头发很脏，一片片地粘在一起。

“这里叫墓村。”他的声音含混，仿佛含着一口水在说话。我也没有听出来那是什么地方的口音。

“墓村？”李多惊讶地问。老人“嗯”了一声算是回答。

“这里没有房子，有的只是坟地，活人墓，死人路。”老头解释道，慢悠悠地又向前走去。

在那条狭长的路上，阳光投下老人狭长的背影，他几乎漫无目的地朝前方走去，我隐约看见他的腰带处悬挂着一只灰色的布袋。

“我们再向前走走吧，或许能找到别的人问问。”李多建议说。不过也的确只能如此了。

即便走出很远，我也忍不住回头想看看那个老人。

但是他不见了，那绝不是超出了我的视野。我说过，这个地带很空旷，而且我的视力是很不错的，刚分开也没有多久，老人绝对不会凭空消失。但在那条路上的确不曾看见他，半点儿人影也没有。

“活人墓、死人路吗？”我低声暗自念叨了一句，似乎想起了什么，却又无法完全记起，人总是这样，越想想起什么却越想不起来。

不知道走了多久，我们看到的仍然只有一堆堆的坟，但让我奇怪的是，这些坟头并没有任何的祭品或者被祭拜过的痕迹。

“难不成都是孤坟吗？”李多小声嘀咕着。

这个村子很大，但走来走去只有我们两个人。于是我发现了一个问题，我们该如何留宿？天空开始渐渐被墨色浸入，眼睛能看见的光线也越来越少。

李多忽然“啊”了一声，接着拉了拉我，用手指了指旁边。

我顺着她的手指看去，那是一座坟。

很普通的坟墓，立着一块青石碑，后面是圆形的坟冢，不过，比我见过的普通的坟要大得多。但不普通的是从坟冢后伸出了一只手——女人的手，细长而苍白，或许并不十分白，只是在这夜色的衬托下显得比较白皙而已。而后出来的是一颗毛茸茸的脑袋。我仔细看了看，原来是一颗人头，她的双手支撑着上肢，用力一拉，犹如做俯卧撑一般，身体虽然瘦弱，却十分矫健。不消一会儿，她的整个身体便从坟墓里出来了。

我忽然觉得一阵怪异，就如同那女孩是从坟墓生出来的。

然后我看见了光，虽然混浊昏暗，但我肯定那是蜡烛的光，而非人或者某种动物的瞳孔发出来的。

果然，那个女孩又拉出了一个人，体形矮胖，而且手里拿着一个烛台。

就像捉迷藏一样，从那个巨大的坟堆里出来了三个人。

“啊，有外人。”女孩清脆地喊了起来，声音非常好听，像风吹铃铛，却又带着野性的不羁，就如同山里的杂果，甜脆里带着酸涩。

“莫咋呼，不要惊了人家。”说话的是一个沉稳的中年男人，他很高大，虽然看不清楚他的脸，但觉得整个人如同一块厚实的门板。

终于，蜡烛近来了些，我开始可以看清楚他们了。

一个年轻女孩、一对中年夫妇，看来，他们是一家人。

“那马（母亲），他们莫不是被我们吓到了？”女孩看我们两个不说话，走过去一只手搂着中年女人的胳膊，一只手捂着嘴笑了起来。

中年女人的头发整齐地梳理在后面，虽然身体已经发福，但从端正的五官来看，年轻时候也肯定如这个女孩一样秀丽。

母亲笑了笑，有点儿责怪地对着女孩挥了挥手，却不说话。

“你们是外乡人吧，不知道我们的规矩，惊吓了你们，实在不好意思。”中年男人的普通话很不错。

我立即朝他点了点头。

“没什么，只是有些奇怪罢了。”我笑道。

于是，这家人请我们进了他们的家——那座很大的坟冢。

我绝对不会想到自己能活着进到坟墓里。这种感觉是相当怪异的，我甚至有些恍惚，自己到底是活着还是死了。或许都不重要。

里面比我想象的更加宽阔，有点儿类似于陕西的窑洞，却是圆形的，就如同一口倒扣着的巨大铁锅。坟墓高2.5米左右，长宽各有4米，看来当初挖这个坟的确很费气力。入口处离里面将近2米，虽然有个土堆垫脚，爬上去还是很不容易。四壁非常光滑，虽然是泥制的，却干燥得很，带着灰土色，别有一种味道，只是待在里面空气沉闷，略觉得压抑。

“我知道你一定觉得很奇怪，为什么我们好端端的要住在坟堆里。”女孩爽朗地笑着，望着我们说。她摇晃着脑袋，整个身体发出脆脆的声音，听她说话，犹如在吃一个甜脆的苹果。

我仔细看了看她，她全身裹着深蓝色的棉裙，上面带着很漂亮的花纹，身上还挂着一些银器，难怪会有声响。女孩很漂亮，五官倒还略显稚嫩，皮肤也很白皙，手腕上戴着一个银色的饰物，非常漂亮，只是似乎饰物很重，在她手腕上留下青紫的淤痕。

“莫要胡闹。”母亲把她拉走了，女孩有些不情愿，但还是走了。

原来旁边还有一个通道，估计是通往里间的路，如果我过去，还要低头，看来那是女孩的房间。

这个姑且可以称作家的地方，日常生活物品一应俱全，桌椅、板凳、茶水、吃食一样不缺。男主人给了我们两块火柴盒大小的白色甜点，似乎是糯米做的，非常香甜。

“这个地方叫墓村，住着很多像我这样的人家，大家都住在这样一堆堆的坟墓里。这几天大家白天都不会出去，直到晚上才出来活动透透气。没想到有外地人，没有吓到你们吧？”中年男人阔脸粗眉，高鼻方嘴，一脸英气，只是眼神略有些落寞，似乎有什么心事。

“白天都不会有人在吗？”我问道。男人肯定地点点头。

我一下子想起了那个老头——说话、长相古怪的老头，他一下子消失在那条路上。

“为什么会有如此奇怪的规矩？”李多好奇地问。

其实我也很想问，但有时候人家可能并不想告诉你，换句话说，如果人家愿意说，不用问，他们也会说。

果然，他脸上露出难色，似乎有些犹豫。他斜眼看了看旁边，似乎女孩还在那边和母亲聊天，于是缓缓说道：“我们在这个村子已经住了好些年头了，谁也不知道这规矩是何时定下的。传说是老早以前汉人想在我们这里征兵，老人们怕青壮的汉子死在战场上，于是把他们全部藏在活人坟里，只留下气孔和一些食物。那些男人白天不敢出来，直到夜晚才能露面。后来这些人活了下来，才有了今天的村子。所以每到一年的这个时候，大家就会躲在早就修建好的坟堆里纪念先人，而且冬天这里也非常暖和，久而久之就形成习惯了。外人不太理解，经常传言我们这里是鬼村。”

我“哦”了一声。他又告诉我，实际上他们一家有自己的房子，不过离这里还有一段路程，脚力好的也要走一个多小时。

我问他“活人墓、死人路”是什么意思。男人吃了一惊，问我怎么知道。我没有告诉他是老人说的，只说是自己听来的。

“时候马上到了，你很快就会知道。”说完，他朝里面招呼了一声，女孩和她母亲都出来了。

“我带你们一起去，你们就知道‘活人墓、死人路’是什么意思了。你来得很巧，一年只有这个时候才能看到。”他缓缓地说，接着再次爬出了坟墓。

一出来，外面居然起了三三两两的零星灯火，像萤火虫一样，只是现在是冬天，又身处坟堆边，全然没有了那种诗意。

火点渐渐聚集起来，我们跟着那个中年男人一起坐过去，大概聚拢了上百人，大都穿着一样，虽然单薄，但他们不显得冷。

只是有一个老者，低着头不停地咳嗽着，他和我们白天见到的老人似乎有几分相像。

大家都默不作声，全环绕在老人四周，缓缓往前移动，他们都走在那条路的两侧，只有老人一个人走在路中间。

不知道走了多久，大家来到了一座不高的荒废的石山边，而那条小路到这里也就结束了。

这座山很怪异，山脚下有很多大大小小的窟窿，每个大概0.8米高、1米宽，至于多深，则看不清楚，每个窟窿都被石头堆砌起来封死了。他们走到一个没有被封口的窟窿旁边，老人自己走了进去。

老人没有说什么，只是走得非常缓慢。在众多火把的照耀下，黑夜也显得亮了，而老者的背影依旧灰暗。

他弯腰进去，坐在里面。旁边有个年轻人将一瓶水和一袋子食物放了进去。我还是不明白他们要做什么。

很快，所有的人都抱着一块石头堆积到老人面前。

原来他们要将洞封死，让他死在里面。当那个老人喝下最后一口水、啃掉最后一口干粮后，等待他的就只有死亡了。我想过去阻止他被活埋，却被一只大手拉住。

回头一看，原来是女孩的父亲，他的样子很难看，脸庞像被几只手揉捏着一样。他很费力地将我和李多拉了回来，并且叫上妻女一起往回走。

路上我质问他这究竟是怎么回事。当我慢慢平息自己的惊讶与愤怒的时候，男人才慢慢解释给我听。

“在村子里，所有的人，只要是快死了，都会被封到那里。大家留一些水和食物，把洞封死，然后让他在洞里终结。每个人都会是如此，我以后会这样，我的女儿也会，所以你无须愤怒和不解。”

“就在去年的这个时候，我也亲手把我的波洛（岳父）埋了进去。”他的声音很小，随着喉结的上下蠕动才吐出这几个字，旁边的女孩和他妻子都默不作声。

我实在无法理解他们的习俗，忽然，我想起白天的老人，因为我又看到了他。他就在前方不远处，依旧弯着腰拢着袖子盯着我们，不，应该说盯着那个男人。他就站在小路上，刚才那个被封进石窟的老者刚刚走过的小路上。

中年男人也看到了，女孩和她母亲也看到了。

他们不约而同地愣在原地。老人慢慢地朝这里走来，而那一家人在往后退。

“阿打（外公）！”女孩似乎很激动，高喊着要过去，却被父母死命拉住。

老人停住了脚步，站在那里一动不动。

“阿姆（岳父），是我对不起你，你不要找孩子。”中年男人忽然挡在妻女前面厉声说。

老人依旧不出声，只是指了指被母亲拉住的女孩。他慢慢挪过去，似乎想去抓女孩的手。

“阿打，阿打！”女孩哭着喊道，也伸出手去，却被她父母扯远了。

我连忙走了过去。那老者见我过来，忽然慢慢退到那条路上，渐渐消失了。

那一家人惊魂未定，尤其是女孩哭着喊着自己的外公。

回到墓里，母亲好不容易把女孩哄睡了。

“我们也是没有办法啊。”男人痛苦地抓着自己的头发，他的妻子温柔地抚摸着丈夫宽厚的脊背，但眼里依然有泪水。

“家里穷得很，连咪彩（女儿）上学的钱都凑不齐。她喜欢唱歌，山歌唱得很好听，周围的孩子都喜欢她，可是我没本事送她去上学，她阿打又得了不知道缘由的病，钱像扔进了无底洞，看也看不好。

“眼见着活不下去，我只好和她一起跪在老人面前求他，我知道这么做要遭报应。进活人坟的人是出不来的，除非自己愿意进去，没人可以强迫。若是被村子里的人知道我们求家里的长辈进活人坟，是要被他们骂死的，而且要被赶出去。我们族人向来有长少、无尊卑，老人在村子里都是极为受敬重的，而且孩子她阿打年轻的时候还跑过马帮、贩过金子，为村子流过汗出过血，大家都尊称他是孜尤（有胆有识、德高望重的男子汉），同辈分的人没有比他更能得到村里人敬重的了。

“他老了，生了病，连话也讲不了，却爱极了这外孙女，喜欢听她唱歌。我们要不是没办法也不会这样做，当我们求他的时候，他啊啊的说不出话，只是不停地用手指着外孙女。

“于是我们告诉村里人，说他自己同意进活人墓。村里人来问的时候，他也只好艰难地点了头，不过一直在流眼泪。

“我亲手为他堆的石墙。这都一年了，他不可能还活着啊。我别的不怕，就怕他抓走我们咪彩啊。”男人说到这里泣不成声，和他妻子相拥在一起。

“阿打！”里面忽然传来女孩尖锐的叫喊，我们赶紧走进去。

那个老者居然就在那里，他一只手摸着女孩的头，一只手握着女孩的手，脸上没有任何表情。我非常担心，甚至想要冲过去救出女孩。李多却紧紧抓住了我，她一边摇头一边指了指女孩。

女孩流着眼泪望着自己的外公，我忽然觉得老人不会伤害她。

“不要，不要啊。”女孩的母亲跪在地上，男人也跪了下来。

老人没有说话，只是褪下了女孩手上的饰物。

他将饰物放在床沿上，慢慢又走出了坟墓。过了好久，那对夫妇才爬起来，赶紧抱住女儿，生怕她少了什么。

我把床沿的饰物拿起来，发现重量不对，拿手一推，发现它居然是可以活动的。

原来是空心的，里面装的都是类似沙子样的东西，准确地说，是金沙。

夫妇两个非常吃惊地望着那些金子，又拿下女儿其他的银饰，据说这些都是老人生前送给外孙女的，结果里面都装着金沙。

夫妇俩这才明白老者回来的原因，他们抱着女儿痛苦地哭泣起来。

每隔一年，死去的人都会沿着那条小路走回自己的故里，去看自己的家人，所以这个村子的人都会在这时候躲到坟墓里，意喻不在阳世见故去的家人。而且这样他们也不会因害怕而不敢露面。

我问李多她为什么会明白老人的意思，她只是淡淡地说以前黎正看着她的眼神也和那老人一样——虽然冷漠，却带着不舍。

第二天，我们离开了那个墓村，那对夫妇则带着女儿去了埋葬老人的地方，好生祭拜去了。或许对亲人来说，永远不会存在所谓的仇恨，有的只是关怀和谅解吧。至于那条路，或许每个人都会走上去，我也会，你也会。

第九十三夜
名字

“嘉慧像是受到了触动，抬起头，出神地望着我，可是没等她走过来，从池子里伸出一双几乎完全骨肉脱离的手。手伸出的速度很快，并且牢牢抓住了嘉慧的头发，朝硫酸池子里拖。”

姓名是什么？或许你会说是一个人的代号，但对于有些人来说是性命，名就是命。

我至今记得那个冬天。为什么会想起那段令人不快的回忆，全因为这座城市已经很久没这么冷过了，而那个冬天在我的印象里是最冷的。冷到什么地步？在街上，无论穿着多少衣服，只要夹杂着雨气的风一吹，你就仿佛什么都没穿，寒气透过棉衣棉裤钻进毛孔，渗入你的血管里、骨髓中，浑身就像被钉子扎了一样。你要是把嘴巴张大点儿，满嘴就是冰沫子，嘴唇都是一道道细细的裂开的血口。待在家里吧，站着就想坐着，坐着就想站着，不消一会儿，你的双脚准觉得麻酥酥的，重得要死，仿佛脚底粘了块铁疙瘩。这种情况，你除了咒骂该死的鬼天气外毫无办法，滚烫的开水倒出来不到几分钟就冰冷了，南方的冬天没有零下十几甚至几十摄氏度那么夸张，却透着一股阴冷，犹如钝刀子割肉。

那年我正读高三，寒假里还要补课，甚至晚上也要去开开小灶。没有办法，我是极恨补课的，问题是人家都补，你不补，你自然要落下来，到时候高考通知书是不会区分你是补课了还是没补课的。

我就学的高中是一所有着近百年校龄的老校，学校地处幽静，连过往的汽车都少得很，而且学校的前身是一所老教堂，全木制结构——每当我踏在上面总觉得不踏实，嘎吱嘎吱的声音就像一位上了年纪的老人在咳嗽，似乎房子随时都会塌下来。

寒假补习的最后一天，学校决定对所有的初三和高三毕业班举行一次模拟考试，摸清大家的学习程度，为下学期的教学进度做准备。

举行考试的教室，就在学校老房里，而且是在三楼。当老师宣布考试安排的时候，大家都发出了讶异的声音。

虽说是三楼，其实是原来教堂的阁楼部分，就是一个很狭小的房间。以前是作为生化实验室用，但不知道为什么，那里一直锁着，据说那里出过一些事情，谣言很多，我们平日里做实验都在新教学楼里。可是所有的教室都在装修，而且其他教室也已经被别的班占了，没办法，谁叫我们班人数少，不是重点班呢？老师也很无奈，只说是教室小，大家在里面也暖和点儿。里面相当脏，桌椅也杂乱不堪，还有几个缺胳膊短腿的，于是老师叫了四个住得离学校近些的人留下来收拾，其他同学则提早放学回去了。我就是留下来打扫教室的人之一。

虽然只有四点半，但外面的天色已经昏暗，加上教室背光，我们只好开着灯打扫。到处都是积灰，我们又不敢用力，只好先用湿抹布擦。手冷得要命，干一会儿就搓手哈气。到了五点，其中两人就先回了，教室里只剩下我和同桌田嘉慧。

她似乎始终不太爱说话，只是喜欢低头做自己的事。同桌几年，除了必需的回答或者实在有事，她很少出声，就连其他女孩子也不太爱和她在一起。但是她成绩很不错，是老师重点培养的对象。由于很少看见她的脸，只是对她大概有个印象：双眼皮，宽额头，鹅蛋脸，高鼻梁，皮肤白得有些晃眼。据说她祖上有外国人的血统。我不禁感叹，难怪人家的外语学得那么利索，敢情骨子里、血脉中流的东西都和咱的不一样。

除了老师，估计我也算是她在学校里走得最近的一个了。

“你知道吗，老师说这次考试会挑选一些成绩最好的去重点班，下个学期要开始冲刺了。去重点班，进大学的机会就大得多了。”我一边摆放好桌椅一边对她说。

田嘉慧似乎面无表情地擦拭着黑板，我以为她没听清楚，结果过了老半天她“嗯”了一声。

门外的脚步声越来越少了，老木板被挤压得嘎吱嘎吱的喘息声也几乎听不见了，所有的人开始渐渐离开这栋原本是教堂的老教学楼。不知道为什么，我总觉得这座楼不像其他建筑，一旦人走光，这里就变得死气沉沉，这老楼人越少，反而越觉得有生气。

“明天要考试，早点儿回吧。”田嘉慧终于对着我说了句。我算了算，估计是这学期她对我说的最长的一句了。

窗外开始暗淡下来，天色不早了，虽然家近，也想回去复习。我问田嘉慧要一起走吗，她则摇头说自己想在这里看看书。

我没有吃惊，因为我曾经听说过她家里环境很不好，父母经常吵架，而没工作的父亲总是理亏，于是拼命地喝酒，喝完就发酒疯。对她来说，或许在教室里看书要好些。

“不过，你一个人在这里不怕啊？”我走到门口忽然问她。

我看到从仅有的昏黄的灯泡发出的柔和的光洒在她光滑如瓷的脸上，她抬了抬眼皮。

“没事的，你先回吧。”接着，她又认真看书了。

我“哦”了声，低头带上了门，并且使劲儿关紧些，好让冷风少进去点儿。

从三楼下来到老楼的出口，要经过一条黑暗而狭长的楼道。我最讨厌这条路，因为脚下都是满是窟窿和裂缝的老腐木板，而墙壁的两边挂满了人物油画，大都是科学家、文学家的画像。我不喜欢人像画，因为总觉得越是昏暗的地方，画像中人的眼睛就越盯着你，平时还有点儿人气，现在则更加安静，我快步走了过去。

几乎到出口的时候，我忽然觉得两边的画像似乎哪里有些不对劲儿，可是我急着回家，就头也不回地走出去了。

到了楼下，我下意识地回头看了看三楼。

田嘉慧似乎站在窗户那里，低着头望着我，像她，我又觉得不是她，或许是我眼花。我对她招了招手，她似乎也对我招了招手，虽然我觉得无比怪异，但也没有多想，放心回家了。

第二天，大家的表情都很严肃，毕竟是很重要的考试。来到三楼考场的时候，我看见了田嘉慧，不过她一如既往地不搭理人，只是坐在自己的座位上等待考试。

考试很快结束了，老师把卷子收上去后，大家的表情略显轻松，不过还有剩下的几门没考。田嘉慧交完卷子就匆匆出去了。后面有人叫她，想对答案，她却头也不回地走了。这让我觉得很奇怪，虽然她不太爱说话，但只要你叫她，她还是会很有礼貌地回答，今天却宛如一个陌生人。

几场考试很快结束，成绩要到下学期开学再公布。我自然不抱太大希望，倒是想着田嘉慧一定会去重点班，于是无聊地猜想自己下学期的同桌会是谁。

可是让我非常意外，田嘉慧并没有考上，准确地说她没有分数，因为她压根儿没有在任何一张卷子上填写自己的名字。

老师奇怪地问她，她则一脸的茫然无措。我极少见她这样，想去安慰一下，却又不知道从何说起。而田嘉慧每次都是最后一个离开学校，照例不和别人同行。因为考试的缘故，她没有去重点班，依旧和我一样留在班上，并且还是同桌，我则说不清是高兴还是为她惋惜。

高三下学期更加紧张了，大家也不再留意田嘉慧的怪异举止，仿佛每个人都生活在自己的空间里，想的只有考上大学这件事。以前在一起的同学，自从进入重点班后也形同路人。

由于是同桌，自然会被安排在一起值日，其实也是应付一下，谁还有心情打扫。田嘉慧却依旧认真，每次都是最晚离开。有一次我已经回去了，结果发现一本习题集没有带，便又折回教室。

原本热闹的学校几乎空无一人，当我跑到教室门口时，却看到田嘉慧伏在课桌上。

黑色的头发几乎将她的脑袋整个儿包裹起来，教室里很安静，我清晰地听到一阵摩擦声，她似乎用笔在课桌上写着什么。

我悄悄走过去。

“你在干什么呢？还不回家啊？”我问道。但她还是不搭理我，专心地画画。

当我和她只有一米多远的时候，田嘉慧忽然跳了起来，抓起手里的笔朝我的眼睛刺来。我吓了一跳，还好闪了过去，结果她自己摔到了地上。

惊魂未定的我下意识地看了看那张课桌。

那上面是一幅女性的半身像，很陌生的一个女人，齐耳短发，小圆脸，眼睛大大的。可是我又觉得似乎在什么地方看过。

那一边田嘉慧似乎恢复了过来，怪异地看着我，又低头看了看自己。

“你到底怎么了，变了个人似的。”我把她扶了起来。我忽然发现，她的头发似乎比以前长了些，已经超过肩膀了，不过女孩子头发变长也是正常的。

“你可能吓着我了，我在画画呢。”她不好意思地笑笑，很少看她笑，但这次笑得非常苦涩。

“要不我送你回去吧，可能最近压力太大了，你好好休息一下吧。”我帮她收拾好东西。

路上，她居然说了很多话，说自己最近的记忆力总是下降，甚至老是记不住自己的名字，而且刚才做的事情很快就忘记了。我问她画的那个女人是谁，她也摇头说不清楚。

第二天，学校里就传说我们考试用的老教学楼三楼教室的门不知道为什么自己开了，而我记得考试结束后那门是上了锁的。如果是小偷，那间教室又没什么值钱的东西。于是大家纷纷说，以前死在那里的一个女学生回来了。

这个故事在学校里传了很久。没有新教学楼之前，那间教室就是理化实验室，据说一个刚来学校的女孩子不知道为什么在里面自杀了，而且是把脸浸到硫酸里，谁也不知道她为什么选择这种自杀方式。当然，也有人说，她可能是因为高考没考好，导致压力太大，或者是遭遇了感情问题。总之在那以后做实验的学生总是受伤，或被电击，或被强酸或强碱灼伤，学校只好把它关闭了。

流言的传播如同吸水的海绵，将所有人的心变得沉甸甸、湿漉漉的。下午，一些校领导来到了班上，为首的是我们的副校长。

副校长姓罗，很和蔼的中年女性，没什么架子，对所有学生都轻声细语。这次她来到各个班级，强调要大家好好学习，不要轻信谣言，所有的事情她会去处理。

罗副校长穿着灰色的连衣套裙，戴着金丝边眼镜，对大家一一嘱咐。当她走到嘉慧桌子前时，她似乎对桌子上的画像有些兴趣。

“同学，喜欢画画是好事，不过现在是冲刺阶段，一来分心，二来损坏桌椅可不好啊，以后的同学也要使用啊，你可以等高考结束再好好学习画画嘛。”罗副校长摸了摸嘉慧的头，不过后者依旧没有太大的反应。

罗副校长只好摇头出去了。我发现嘉慧还在课桌上用笔画着。

似乎自从那次她单独留在三楼教室后就变了，难不成真的有鬼魂之说吗？我不想相信，却害怕那是真的，人总是如此，对于越害怕的东西，就越逃避。

我决定去查查那个传说是否是真的，因为好奇才是人最大的欲望。

于是我想办法查找学校以前的档案，很幸运，我母亲就是这所学校的老师，并且和分管档案的人也很熟悉。我借口要了解学校的历史，在一个周末，母亲终于带我去了档案室。

我惊讶地发现，二十多年前学校里的确发生了一桩轰动一时的自杀案件，遇害的女生把自己的脑袋放进倒满硫酸的池子里，现场惨不忍睹，她的头发全部掉了，尸体的脑袋光秃秃的，烧焦的皮肤满地都是。而更加让我觉得畏惧的是，这个女孩子叫田嘉慧。

一模一样的名字，令我忍不住打了个寒战。从档案上发黄的照片上几乎看不清遇害女学生是什么样子了，不过她应该是很清秀的女孩子，据说是因为高考失败、家境贫寒而一时想不开自杀了。档案上还有她的住址，当时她的父母都还健在，并且为女儿收了尸。

我暗暗抄下了地址，并决定去她家看看。不过嘉慧的状态越来越不好，每天都是在画画，不只是桌子，所有的纸张，包括她自己的手臂上，都画着那个女人。我觉得她画的那个人并不像照片中遇害的女孩子。而且，嘉慧的头发更长了。

很幸运，在路人的指点下，我很快找到了另一个嘉慧的住所——她的父母搬家了，不过还好告诉了邻居新的地址。那是一栋漂亮的居民楼，我来到门前，正不知道是否该敲门的时候，却看到罗副校长从对面的房子里出来。

原来她就住在那户人家隔壁。罗副校长认出了我，并奇怪地询问起来。我有些支支吾吾，于是撒谎说来找亲戚，并说自己可能走错了。罗副校长意味深长地笑了笑。

“欧阳啊，你很聪明，不过还是要多用在学习上啊，本来你考重点班是很容易的，要多为父母着想，现在的社会你考不上大学还有什么用呢？何谈前途啊？另外，不要把心思放在关心女同学身上哦。”说完她拍拍我的肩膀。我只好拼命点头，逃也似的跑了出去。

日子缓慢过去，我的调查并无太大进展，加上那家人和罗副校长住在一起，我几乎没有机会靠近他们好好询问二十年前的事情。何况，就算能接近，老人也不见得愿意提及自己的伤心事。

嘉慧的状况还在恶化，老师已经非常厌恶她了，她就如同自暴自弃一般。她的父亲来了一次，除了当众给她一个耳光之外，什么都没说。她那长长的头发披在肩膀上，如同盖了一块黑色的长布，大家看见她，都跟看见怪物一样躲开。

她只是不停地画着那个女人的头像，每张都一样，但又有点儿小小的不同，似乎是眼睛，又似乎是头发和嘴巴。每次画完，她就把画纸小心地折叠好，厚厚的一摞，跟书一样放在自己的书包里，还装订起来，她已经完全不看任何参考书籍。我真的觉得非常内疚，或许那天我不急着离开三楼的那间教室，她可能不会变成这个样子。

终于，学校传出了要拆除老教学楼的说法，据说是因为明年招生名额大涨，怕人多后老教学楼不安全，决定重新建一座，最后消息由罗副校长证实了。那天嘉慧的神情很怪异。放学后，她又是最后一个离开。我假装回去，告诉母亲我去同学家有事情，自己却借好手电筒，等在老教学楼门外的角落里。

果然，当人群渐渐散去，嘉慧朝老教学楼走了过来。她没有注意到我，长长的头发垂在两边，慢慢地朝楼里走去。

我跟在她后面，小心自己的步子，因为这里都是老木板，很容易踩得嘎吱响。越往里面越黑，嘉慧却走得很稳当，她穿着白色的长衬衣，一直朝着最里面的楼梯走去。

长长的甬道旁挂满了画像。我见她走上楼梯，就也跟了过去，我终于知道那次哪里不对劲儿了。

两边的画像原本是一边对应一个的，可那天我看到的是单独多了一幅，因为跑得太快而没留意。

今天，那幅画像又出来了。我扭开手电筒，朝画像上照过去。

我原以为那会是嘉慧天天画的那个女人像，但出乎我的意料，那画上是另外一个穿着校服的年轻女人。

我仔细看去，却又觉得好生熟悉。当我看到画像上那个女人胸前的学生证时才知道，那居然是学生时代的罗副校长。

来不及多想，我朝楼梯跑去，估计嘉慧已经去那间教室了。果然，她走到上了锁的门前，那把锁竟自己掉了下来。我站在门外，看她想干什么。

嘉慧毫无表情地走到废弃的洗手池旁边，扭开了水龙头，可是我分明记得那个水龙头早就生锈没用了。

但是事实是一种暗黄色的液体从水龙头里流了出来，油状，很黏稠。没多久，整个池子就满是那种东西了。

嘉慧缓慢地将头朝池子里放进去，长长的头发粘到液体时立即卷曲起来，并发出一阵类似烧焦的臭味。

我眼前闪过了那个将脑袋放进硫酸池中的女孩的样子，忙高喊了一声“不要”，便要朝嘉慧冲过去。

可是我发现自己的脚动弹不得了，低头看去，从破旧木板的缝隙中冒出了很多头发，将我的腿缠绕在了一起。

我只能眼睁睁地看着嘉慧将头放进硫酸池里，手里一紧，想起自己还有手电筒，于是我拧开手电筒朝着她的眼睛射去。

果然，嘉慧像是受到了触动，抬起头，出神地望着我，可是没等她走过来，从池子里伸出一双几乎完全骨肉脱离的手。

手伸出的速度很快，并且牢牢抓住了嘉慧的头发，朝硫酸池子里拖。嘉慧似乎清醒了过来，大声哭喊着“不要”，她和池子里的手互相拉扯僵持起来。

我趁机挣脱掉了脚腕上的头发，拉住嘉慧的身体朝外走，可是那双手的气力很大，而我又找不到可以割断头发的东西。眼看着我气力不支的时候，耳边却传来了熟悉的声音。

“放手吧，不然你们两个都要死的。”

我抬起头，竟看到罗副校长站在我面前，她的脸色很难看。是的，即便在如此昏暗的地方，我依旧可以看到她扭曲得不成样子的脸，和平日的温柔和蔼截然不同。

罗副校长看了看池子里的手，冷笑了一下。

“我拿走了你的一切，就让你这么不甘心吗？毕业后我主动要求分到这所学校，你又能拿我怎样呢？”罗副校长纵声大笑起来。

“校长，你在说什么啊？快帮我救救嘉慧啊。”我央求道。

“欧阳，我告诫过你，不要管这件事情，但是你不听，还跑去档案室查找资料，还去了我家。你不是想知道那个被硫酸烧死的女孩子是怎么回事吗？我可以告诉你，她是我的同桌、同学，还是我的邻居，可是她从小到大无论哪一样都比我好，漂亮、聪明、家境富裕，大家都以为我们是好朋友，但其实我希望她早点儿死去。是的，我除了期盼自己能活得比她长之外，没有任何一点能胜过她。高考后我落榜了，她却考上了名牌大学，还假惺惺地叫我来学校告别。那个时候我闪过一个念头，如果我变成她，那该多好。”罗副校长激动地说着，而池子里的双手似乎也在倾听着，放松了些，但依旧牢牢抓着嘉慧的头发。

“于是我提议去三楼理化实验室玩玩，因为那里是当时全校最高的地方。我也不知道自己在干什么，当我走过那条挂满画像的甬道的时候，发现上面多了一幅，画像里的人似乎在告诉我，只要我杀了她，我就能取代她。”罗副校长继续说着，并且朝我走来。我知道她想干什么——把我和嘉慧一起推进硫酸池。

“可是你就算杀了那个女孩也没用，你和她长得又不一样。”我不解地说。

“你很快会知道这个池子神奇的地方了。”罗副校长得意地笑道，忽然抓起嘉慧的头朝池子里按去。

但是，抓住嘉慧头发的那双腐蚀殆尽的手臂转而抓住了罗副校长，罗副校长几乎连吭都没吭一声，整个人上半身全部进了硫酸池里。

池子开始冒烟，罗副校长在池子里发出痛苦而含混不清的尖叫声，那声音划破了学校的寂静，在老教学楼回荡开来。

没多久，她不再动弹了。

而我也知道她所说的那池子所谓的神奇之处是什么了——她的头发全部被腐蚀了，唯有那张脸完好地保存了下来，并且如一张画纸从池底浮了上来。

一张栩栩如生的脸蛋，几乎和活着的时候比没有任何变化，依旧和蔼如平日里的罗副校长。

嘉慧完全清醒了过来，只是有些虚弱。

但我心中依然不解，事情是不是真的结束了？看来二十年前被杀的女孩才姓罗，而校长才叫田嘉慧，这么多年来她一直暗暗地以好朋友的身份帮助自己的亲生父母，难怪她会住在老人家对面。

嘉慧重新振作起来，投入复习中。她笑着告诉我，即便自己今年考不上，明年也会继续复读。我则鼓励她一定可以成功，只是对她新理的发型有些困惑，虽然她说自己完全不记得这段日子所做的事情，但是她的发型和那些天她画的那个女人一样。

我将她画满人像的本子拿过来。她告诉我说，它们没用了，就送我做纪念。学校也开始准备推倒老楼重建了。当然，作为百年老校的标志性建筑物，还是要介绍一下它的历史。学校放了半天假让我们回去调整状态，准备模拟考试。我则对学校建校历史有些好奇，于是照例去了档案室翻看。

这些老档案已经积满灰尘，并且准备烧毁了，还好我早来了一步。上面说这所原本是教堂的学校是一位神甫捐款修建的，在抗日战争的时候，被作为侵华日军的驻地。

我继续翻看下去，却发现了意想不到的事情。档案上清楚地记载着，一位大学毕业后来学校教书的年轻漂亮的女老师被日军充作慰安妇，关在了学校老楼的阁楼里面，最后这个女孩不愿再受折磨，吊死在阁楼窗户前。而这个女孩就叫田嘉慧，是上海人。

这个时候我恍然大悟，那个冬天的傍晚我离开的时候看到嘉慧在窗口向我告别，当时我觉得那么诧异，因为以她的身高站在三楼的教室窗边是根本看不到她的脸的，而我那天清楚地看到她低着头对我招手。

我的手碰到了旁边的画集，忽然一阵风吹开了它。随着书页的翻动，我看到画集上清秀的女子如活了一样，嘴巴一张一合。于是我立即拿了过来，一页页迅速翻起来。

随着口型的变动，画像上的女人似乎在说话，我看了好几遍才勉强猜出来。

“四月初五，阿拉来找侬。”

我慌忙看了看日期，果然，那天正是农历四月初五，也是那个女老师上吊的日子。于是我跑到教室，却发现嘉慧早就离开了。

我连忙冲到三楼，教室的门敞开着，果然，嘉慧站在课桌上，头顶的房梁上悬下来一条黑色绳状的东西。

我把嘉慧抱下来，可是房梁上的“绳子”依旧朝着她的脖子飞去。这个时候我才看清楚，那不是绳子，而是一条又黑又长的发辫。

然而紧接着，一个倒吊着的女人从房梁上渐渐浮现出来，先是头，再是肩膀，接着是整个身体，黑色的辫子缠绕在她的脖子上，白色无瞳孔的眼睛死死地望着嘉慧。

“我们，都是嘉慧，来啊，来啊。”她的喉咙里发出咕咕的声音，又像水管没有被关死一样，辫子依旧朝着嘉慧的脖子飞过来。女人赤裸着双脚站在房顶朝我们走过来。

“我不叫嘉慧！”嘉慧忽然大声叫道，辫子在触及嘉慧脖子的时候停住了。

“对，她不叫嘉慧，你找错人了！”我抱着嘉慧也高声喊道。

倒吊着的女人似乎有所怀疑，却慢慢朝房顶退去了。当她的脸渐渐湮没在房屋顶部时，她忽然又喃喃自语道：“我去找嘉慧，找嘉慧去。”接着，她完全不见了。

我和嘉慧都吓得不轻，过了好半天才缓过神来，档案上分明写着那个可怜的女教师因为找不到绳子自杀，于是将自己留得很长的辫子剪下来结成绳索吊死了自己。于是她留下来的最后一张照片上就是齐耳的短发。

高考结束了，我出乎意料地考上了，而嘉慧还需要拼搏一年。她依旧留着短发，她告诉我她的确不想再用这个名字了，至于新名字，她说等想好了再告诉我。

冬天的寒冷犹如锥子般扎进我的皮肤和思想里，学校的老楼早就被推倒了，并且建了一所更大更新的教学楼，后来再也没有不好的传说和谣言，只是听一些学弟学妹提起，每当夏天夜晚，总看到有个赤脚提着黑色辫子的女人拦住一个晚归的女生问道：“你叫嘉慧吗？”

第九十四夜
雪人

“我蹲了下来，哈着气打开了手电筒。眼前黑乎乎的一片，我脱去手套用手摸了一下，即便它已经冻结得光滑如铁，但我依旧感觉到了，那是人的头盖骨。”

冬天的雪，就像春天的雨、夏天的太阳、秋天的风一样本应是我们习以为常的事，可是长期以来的暖冬似乎让所有人都忘记了冬天的寒冷。当大家还一如以前一样，以为仅仅靠着几件厚衣服就能度过短暂的寒冷的时候，大自然给了我们当头一棒，它如同猛兽一般将整座城市一口吞下，我们仿佛生活在冰箱里一样，新年的到来丝毫没有减弱寒冬的淫威。

大雪令四处的信息都闭塞了。许久不曾得到纪颜的消息，我不禁为他的处境担忧，不过还好，我终于收到了新年的第一封来信。

（下面是纪颜的信。）

你想象不到我这里成了什么样子，从新闻里知道你那里也是灾区，不过和我现在待的地方比，简直有着天壤之别啊。我本不喜欢用电子邮件，不过想想，如果写信的话，你恐怕要数星期之后才能收到。作为最好的朋友，我实在忍不住要和你分享我的见闻，哪怕多耽搁一天，我都无法忍受啊。你是做新闻的，应该有和我相同的感受吧。（看到这里我忍不住笑，的确，无论是喜悦还是悲伤，与人分享各种各样的情绪都是一件趣事。）

或许你和你周遭的人在咒骂这该死的天气，我却以为这是正常的，只是我们以前常年生活在不正常的环境中罢了，就如同那句话，如果旁边的人都在撒谎，那你一定也在撒谎。

我和李多忍受着与北方不同的寒冷，缓慢龟行到了一个地方。这里带着湿气的冷和北方的干冷截然不同，总是如同浸透到骨髓和血液中一般，穿着再厚的衣服也不顶用，你的衣服仿佛刚从水里捞出来又穿在身上似的，为了不被冻伤，我们只好尽量走快些来取暖。

山里的空气较之外面更冷，我们原本打算穿过山路去临近的县城住宿，不过没有想到被冻结的山路比起北方齐腰的雪路更难走，我们只好互相搀扶着，沿着山壁走，速度比预想的要慢得多。天色几近擦黑，我们却只走了一半路不到。然而让我费解的是，以前我来过这里，作为连接前面县城的必经之路，即使是冻雨，也不应该会导致路面情况这么恶劣。

四周没有别的颜色，全是白茫茫一片，从雪的完好程度看，这里应该没有任何活物经过。

是的，按照我们的习惯来讲，从雪地经过的生物自然要留下一星半点儿的印迹。

终于在几乎完全沉没进黑暗之前，我依稀找到了一些足迹。

脚印很小，应该是女人或者孩子的。我们跟着足迹走，果然看到了一处偏远的村落。

但这个村子太小了，远远一看就尽收眼底，不过在这个没有生气的地方，能看到人已经让我心头一暖了。

我鼓励李多快走几步，进了村子。村口竖着一块四米左右高的木制牌坊，宽两米多，两边各摆着一只汉白玉石狮。木牌坊被冻雨侵袭得岌岌可危，悬下来的冰柱足有一只胳膊那么长，看起来有好些个年头了。

看来，这并非普通的村子，倒很像是古代颇有底蕴家世的人隐居在山林里一样。

离牌坊最近的一户人家的门忽然开了，走出一位精壮汉子，留着板寸头，两耳冻得通红，不只是耳朵，鼻子、脸颊、下巴全是红通通的，像是抹了层厚厚的番茄酱，但看上去又是硬邦邦的；眼睛半睁着，似乎有些睡眠不足。他疲倦地上下打量着我们，脸上几乎没有一点儿余肉。我可以很清楚地看到他脸部的骨骼结构，厚厚的嘴唇上油光发亮，似乎正在吃晚饭。他穿着臃肿的花格夹袄，拢着双手奇怪地望着我们俩，踏着棉鞋的脚踩在雪地上发出扑哧扑哧的声音，在走到离我们两米多远的地方停住了。

“我说，你们从什么地方来哦？”他的声音也仿佛被冻住了一样，硬而冰冷地砸过来，落地有声，沉闷却又干脆。

我简要地阐明了来意和窘境，希望能借宿一宿。不料他一口拒绝了。

“我做不了主，这里留不留你，得听刘爷的。”说完他伸出手指了指村子里头一栋两层楼高的白砖房。

“你最好赶紧去，刘爷困觉早，他只要上了床，就不开门了。”他一边说，一边闪身进了门。

我只好按照那个男人的话去找刘爷，心里不明白为什么这件事情也要请示那个什么刘爷。

我们叫了半天的门，门终于开了，不过只开了道门缝，里面钻出一颗灵巧的小脑袋，眨巴着大眼睛望着我们。

“天色太晚，我们想在村子里留宿一夜，希望刘爷允许。”我勉强从冻僵的脸上挤出点儿笑容。

里面估计是个孩子，虽然看不太清楚，不过看得出他（她）肤色雪白，白得晃眼，只有眼窝里那双眼睛黑得十分漂亮，宛如倒进去的一注墨汁，随时都在晃动。

也不知道是男孩还是女孩，总之俊俏得紧，他（她）点了点头，一溜小跑进了院子。

过了一会儿，门彻底打开了，出来一个四十来岁的中年人，双手背在身后，看上去颇为骄傲，虽然上了年纪，却看得出保养得很好。

这里要说一下，人的保养并不光指生理上，比如良好的生活习惯、饮食、优质的生活环境，最重要的却是心理，如果一个人总是忧愁恐慌，即便锦衣玉食，也会老得很快。不过眼前的这个男人显然不是，他看上去四十岁上下，精神抖擞，面容儒雅，即便身处寒冷的天气，也不为所动，所以我自然认定他是刘爷了。

于是我小声说了句：“刘爷，您好。”

他的身材很高大，南方人中也有高的，但很少有这么宽大的体形，不是胖，而是魁梧。他的长相也颇有些与普通的南方人不符，宽而厚实的下巴，高鼻梁，深陷的眼窝，好像略有些疲惫，不过依然精神很好，薄而紧闭着的嘴唇终于开口了。

“我是刘爷，你想留宿？”他一口标准的普通话多少让我有些诧异。

我点了点头，可是刘爷伸出蒲扇大的手掌摇了摇。

“女的可以，你不行。我们这里绝对不留外面男人过夜，尤其是冬天。”说完，他又示意我们赶紧走。

“可是这种天气里，等走到能休息的地方，恐怕我们都要冻死了，您就当救人一命，好吗？”李多苦苦央求道。

刘爷低头迟疑了一下，接着抬起头爽快地说：“好，留你们也可以，但必须答应我一个条件。”

我绝对猜不到，所谓的条件竟是要我答应他绝对不可以睡着。

房间里放着燃烧的木炭，闻起来无烟，烧起来噼啪作响，火星子像水沫一样四溅开来，还好炭炉周围有铁片围着。

“是上好的乌冈白炭吧？”我问刘爷。

他领着我们穿过大院，沿着右边的石子路走到偏房——十几平方米，里面虽然简单，却有床，有炭火，还有一套茶具，以及四张圆木黑漆凳。

“哦？看来客人倒是识货啊。”刘爷有些高兴。他很讲究，而讲究的人最高兴的莫过于人家看出他很讲究。

“可是这木炭多产于北方，大老远运到这里使用？”我忍不住问道。

“呵呵，我是北方人，闻不惯烧黑炭的味儿，所以烧自己运的白炭。前几年天气暖和，倒也用得不多，今年用的都是往年留下来的，有些潮了，不过还是很顶事。”

从房子的布局来看，这里的确不像是南方的住宅，看来刘爷的确是北方搬过来的。

“我不明白，为什么您答应留宿我们却又不准我们睡着呢？”李多抖了抖身上的残雪，问道。

刘爷的眼睛带着暖意，望着李多许久不说话。过了会儿，他又坐到椅子上，盯着炭火一字一字地说，虽然声音轻微，但在这房间里听得真切得很。

“如果你睡着，我们明天就要到外面去捞你了。”说完，他用火钳拨弄拨弄木炭，站了起来。

“你们也不必害怕，我去拿点儿吃的和酒。今天我也不睡了，陪你们聊聊，人多说话不容易困。”说完，他又走了出去。

刘爷的话很费解，不过既然他警告我别睡觉，那我就依嘱而为吧，反正熬上一夜总比在外面冻着强。

我看了看表，才七点，却觉得已经很晚了似的。

吃的东西很简单，却很实在，都是入腹就能产生热量的——肉馅大饺子、厚实的煎饼，还有温酒，喝下去的确暖和多了。

“别吃太饱，否则容易犯困。告诉你，别说睡觉，打盹儿也不行！”刘爷再次严厉地警告我们。我和李多饿极了，只好一边吃一边含糊地答应着。

忽然房门一开，先前开门的那个孩子蹿了进来，像只小老鼠一样拉着刘爷的衣袖，仰着头怯生生地喊道：“爷爷。”说着他（她）伸出小手等着刘爷抱，还看着桌子上的东西咂吧着嘴。李多想叫她一块儿过来吃，但刘爷拒绝了。刘爷没有抱他（她），只是拉着他（她）的手走过来。

“这是我外孙女，你们叫她望春吧。”说完，他低头叫着女孩，“望春，晚饭吃过了啊，那是客人的。”说着，他领着她出去了，小女孩则听话地点点头。

大概过了半小时，刘爷进来收拾了一下，然后三人坐在炭炉边聊起来。

从刘爷口里得知道他本是北方人，幼年时随家人躲避战乱来到这个小村子。而这个村子倒也不普通，古时出过几位状元。这些人走出了山村，走进了京城，功成名就的时候又在家乡修建了村子外面的功德牌坊，这个村子也开始小有名气。不过当刘爷一家人逃难到这里的时候，这里已经大不如前了，但当地人毕竟都是识礼讲义之人，所以让刘爷一家人在这里生活了下来。

交谈中，刘爷始终不曾提及我的疑问，那就是为什么他一个外姓人现在反而是村子里地位最高的人。还有开始的那个男人，虽然说刘爷在这里说话最有分量，但那个男人脸上的厌恶之情是无法掩饰的，而且谈及刘爷的家人时也总是一语带过。

谈话的内容越来越少，最后刘爷出去了。我开始觉得疲倦，看了看李多，她似乎已经睡着了。我记得刘爷的话，强打着精神不敢睡过去，可是不知道是否白天走得太累了，我越来越犯困，最后居然真的睡了过去，打了个瞌睡。我怕自己再睡过头，于是站了起来，想打开门去雪地上站站，好清醒一会儿。

外面黑得很沉，大家都睡了，除了偶尔刮过的风声，就只剩下我自己的脚步声了。还好外面不算太冷，不过我站了一会儿，还是打算进屋暖和暖和。

当我转身想开门进屋的时候，忽然看到茫茫雪地上站着一个人影，并不高，只是孤零零地站在远处功德牌坊之下。

我不想大声喊，怕扰了人家的美梦，心想那可能也是过路人，于是迈着步子走了过去。

雪地反射着仅有的一点点月光，让周围产生了一圈圈如水注般的梦幻景象。当我走到那“人”面前时才看清楚，原来那只是一个雪人。我哑然失笑，或许是哪个顽皮的孩子堆的吧，远远看去的确很像真人。

可是我再仔细一看，却又觉得不对劲儿，孩子堆的雪人哪里会如此逼真，五官、脸庞、服饰都出来了，与其说是雪人，倒不如说是雪的雕塑品。只是我对这人却不太熟悉，也从来未见过他。

而雪人的面貌分明是我的样子，在暗淡的月光下，我对着另外一个雪白的自己发呆。

忽然我觉得雪人动了起来，我原以为是自己眼花，但的确如此，它犹如滑行着一般朝外面“走”去。

不知道为什么，我产生了很大的兴趣，于是赶紧回到屋子里，戴好手套、帽子，拿着手电筒走了出去，紧跟着雪人。

它似乎有意让我跟着，总是保持着不紧不慢的速度。我却叫苦不迭，虽然穿上了胶鞋，脚底下却依旧打滑得厉害，所以我们之间始终有段距离。

我不知道走了多久，总之回头已然看不见那个高大的功德牌坊了。我有些犹豫，离天亮尚早，万一在这里迷了路，那就不妙了，可是如果就这样回去，更加不符合我做事的原则。

雪人的身影开始变得模糊起来，最后停在一片空旷的雪地上。当我慢慢靠近的时候，却看到雪人开始慢慢地融化，最后和雪地融为一体。

而我也感觉脚下踩到了什么，似乎是硬石。

我蹲了下来，哈着气打开了手电筒。

眼前黑乎乎的一片，我脱去手套用手摸了一下，即便它已经冻结得光滑如铁，但我依旧感觉到了，那是人的头盖骨。

我使劲儿拔开了雪，果然，一个人头露了出来，他整个儿被埋在了雪地下面，两颊青紫，双手环绕在胸前，十指弯曲，保持着冻死前的样子。我又从旁边的雪地里陆续挖出了几具尸体。

他们有着共同的特点，都是冻死的，都是男性。他们的服饰多种多样，不像当地人。

我意识到自己似乎进入了一个设计好的圈套，而我是猎物。

当我想转身回去时，却发现双脚已经被牢牢抓住了，一双如雪般的手虽然纤细，却如老虎钳一般死死固定住了我。

脚下的雪地开始慢慢隆起一个大包，雪块滑下，一个留着雪白长发的人形的东西冲了上来。我下意识地将手电筒推到最强，然后对着它照射过去。

我一辈子都将无法忘记它的眼睛，犹如两颗黑色玛瑙，它全身雪白，唯有那双眼睛漆黑如墨。

它似乎很惧怕强光，一下子又退进雪里，但是我的双脚依然无法移动。气温开始急速下降，这样下去，不到两小时，我一定会被冻死。那东西犹如狼惧怕火焰一样躲藏了起来，只要手电筒光源一断，它又会再次扑过来。

而电池也支撑不了太久。

我必须迅速做出选择，要么站在这里等人来，要么脱去胶鞋，自己走回去。

要么靠别人，要么靠自己，我当然选择后者。我始终记得有人说过，如果你打算完全依靠别人，就意味着将后背完全出卖。

我迅速脱去了鞋子，然后脱掉里面的一件毛衣，将它撕扯开来，分别包住自己的脚趾，然后沿着自己来时的脚印往回走。

一路上我可以感觉到身后那个东西还在追我，脚趾也由开始的冷变为麻木。我知道，如果不尽快赶回去，即便能逃脱，脚趾也会冻掉。

还好，我依稀看到了前面的灯光。

李多出现在我面前，而我身后的东西也选择了退却。

李多哭着搀扶着我回到屋里，立即用雪为我擦脚，万幸，我的脚保住了。李多想去叫刘爷过来，而我拒绝了，告诉她不要把这件事告诉刘爷。

第二天日头刚出来，刘爷走到房间里来，他非常吃惊地望着我，而我也看到他的眼睛黑了一圈。

“你……居然还活着？”

我的现状让原本泰山崩于前而面不改色的刘爷失态，我更加确信了自己的想法，只是还有些事情我必须知道。

“当然，我自己也觉得侥幸，如果不是李多赶来救我，恐怕就算能逃出来，我的脚也残废了。”我躺在床上，苦笑了一下。

刘爷很快恢复了镇静，只是依旧疑惑不解。

“你在食物里掺了些类似安眠药的东西吧。其实从进村子的时候起我就发现你们的脸色很疲倦，像那种长期睡眠不足或者深度失眠的人一样。当然，我也没在意，只是想到我原本很能熬夜，但昨晚居然会睡着，而你又不让望春吃那些东西，我这才明白过来。

“其实昨晚你压根儿就没睡，或者说这个村子里的男人都没睡吧。”我缓缓地说着，其实那也只是我的猜测罢了。不过刘爷的默认坚定了我的看法。

“我只是想知道，你究竟想做什么，昨天晚上的东西又是什么。”我质问刘爷。

“我不想说那档子事，我作孽太多，要不是怕望春还小，我早就了结自己了。”刘爷痛苦地闭起双眼。

从刘爷的话中我得知了一个让我心寒的事实，那就是村外难走的路原来是人为造成的。刘爷让人把水一遍遍浇在路面上，为的就是留住过往的路人，而这样做只是为了保住他们自己的性命，因为每到雪夜，那个东西就会出来觅食，而食物是睡着的人。

“所以，其实你开始只是欲擒故纵罢了。”我冷冷地说。刘爷摇头。

“我是真的希望你们别留在这里，我已经害了很多人。不怕告诉你，你遇见的怪物就是我的女儿。”刘爷的话让我更加吃惊。

“她还未出阁，就莫名其妙大了肚子，无论我如何打骂，她也只是哭着说在一个雪夜被人蹿进房子里糟蹋了。于是我想隐瞒下来，等她生下孩子后将她送回老家，结果在她即将临盆的时候不知道怎么走漏了消息。那时候正好也是如这般几十年不遇的寒冬，大雪封山，村子无法和外界沟通。族长说是我女儿的不贞触怒了功德牌坊，老祖宗怪罪下来了。他还逼我们将身怀六甲的孩子赶出去，否则就将我们全家驱逐出去，结果，我女儿在雪夜里自己离开了村子。”刘爷一边抹着眼泪，一边痛苦地说。

“一个月后，我在家门口发现我女儿的衣物，里面裹着一个婴儿，就是我现在的外孙女。我希望她的到来可以让春天赶快来，所以为她取名望春。从那以后，只要是每年雪夜，村门口的功德牌坊下就会出现一个雪人，和雪人长相一样的人只要晚上睡着，就会被带走，然后再无音信。他们说我的女儿变成了妖怪。几年前族长也失踪了，所以没人敢继续待在这里，可是逃出去的人依旧被折磨着，他们最后又回到这里。不过，失踪的都是男人，于是大家建议骗那些外地人来充当替死鬼，我也只好昧着良心这样做了。”

刘爷的话音刚落，房门忽然被踹开了，先前我在村口遇见的精壮汉子领着一群老少爷们儿闯了进来。他们个个手里提着家伙，一脸凶相。

“姓刘的，让你做村长不是因为我们怕你，别不识好歹，你居然把事都告诉这外人了，以后村子里的人怎么活？从现在开始，我们一致推选孙茂当我们村长了，本来嘛，人家就是老族长的儿子。”中间一个瘦猴似的男人扯着嗓子喊道，谄笑着望着那个叫孙茂的人。

“刘爷，我敬重你年纪大，但我们村子世代知书达理，祖上还出过状元，你女儿伤风败俗，你自己尽干那些缺德事，还连累乡亲们受苦，我劝你还是别坐这位子了，乖乖养老。我马上就带着大家上山，把那个害人精给灭了，不就一个白毛女吗，我还不信她成了妖了！”孙茂冷笑着说。

刘爷气得全身发抖，指着他们半天说不出话。

“明明是你们要挟我，若是我不去骗那些外乡人上当，你们就对我外孙女下手，现在反而说是我？”刘爷双眼一黑，差点儿昏死过去。

孙茂继续笑道：“我可没去做那些事，收留那些人的是你，给人家下迷药的也是你。我们一村人都读过书、懂仁义，现在我们就去除害！”说完，一伙人跑出了屋子。

我很想制止他们，因为刘爷的女儿已经不是人力可以杀死的了，但是我无能为力。

当人群散去，李多扶起刘爷，喂了他一杯水，他这才缓过来。而望春忽然跑了进来，拉着刘爷的手。

“爷爷，外面好多雪人啊。”她奶声奶气地说道。

我一听，心想坏了，赶紧扶着墙走出去。

外面一个人都没有，只有那些汉子的婆娘站在门外非常恐惧地望着那些雪人。

日头变得分外昏黄，只见几十个雪人站在功德牌坊下面。我一一看去，却发现没有孙茂的。

一直到下午，我的脚稍微好点儿，便带着刘爷和那些女人赶去昨夜去过的地方。

我只看见孙茂在，其他人都不见了，他面相痴呆地坐在雪地上。孙茂老婆哭喊着跑过去摇晃着他的身体，但他没有什么反应。

“冷，好冷。”孙茂只是不停地重复这句话。

望春看着孙茂，忽然张口喊了起来：“叔叔的背上有个雪人。”

但是我和其他人什么都没看到，孙茂一个劲儿地弯着腰说冷。

其他的男人都不见了，空旷的雪地里回荡着女人撕心裂肺的哭喊声。

“这个村子完了。”刘爷叹着气说。

大家把孙茂带回去。刘爷问我有什么办法可以救他，我只能摇头。

刘爷的女儿对温暖的渴望使她变成专门窃取人温度的怪物，或者就像上古时期提及的傒囊一样，将人引回住所就吸干他们的精气，但她偏偏放过了孙茂，或者说给了他比死更重的惩罚。

李多忽然又盯着望春，问我："你不觉得孙茂和望春很像吗？"

这个没必要回答，望春正在外面不知忧愁地堆着雪人。

分手前，刘爷说要带望春回北方。他说，望春天生喜欢雪，也不怕冷，所以干脆带她去东北，那里有全国最美最厚的雪。

离开村子的时候，我回头看了看，功德牌坊似乎更加老旧了，上面堆积的雪花将它压得喘不过气来，或许，摧毁它只是迟早的事。

第九十五夜
荷官

“我看了看他，又看了看瓶子，透过玻璃壁，瓶里的液体散发着诡异的黑色光芒。我打开瓶塞，朝着他的双手浇过去，我并不知道会发生什么，几乎是下意识这样做。”

纪颜的信总是在我最觉无聊的时候到来，我知道那也必然是另一个有趣的故事。

（下面是纪颜的信。）

我是个喜欢四处走的人，朋友也是遍天下，于是在我路过那座比较熟悉的城市时，我自然想起了那个比较熟悉的名字。

我无意去拜访他。实际上我并没去过他的家，而我也无法联系到他，因为他从不用手机。可是我知道如何找到他，因为他这种人生活极其有规律，无论什么时候，你都会在特定的地方看到他，因为他是一名荷官。

这是个让你我都会觉得神秘而遥远的职业，而实际上，它仅仅是一份职业。对那些耳熟能详的职业，我们总以为非常了解，可是实际上我们往往对其非常无知。好比娱乐圈，那五彩光鲜的荧屏后究竟藏了几张照片，谁也不知道。每个人各司其职，好比你知道报社、医生了解医院一样，所谓隔行如隔山，也是这个道理。

荷官只是一个略有些不同的职业罢了，他接触赌博，却又十分远离赌博，实际上一个纯粹的荷官是不参与赌博的——我指的是那些迷失心智的赌博，小小的赌其实可以是一种娱乐，就像听歌、泡吧、蹦迪一样正常，可是往往有很多荷官无法从中脱身。

我不知道你是否了解这个职业，其实在澳门和拉斯维加斯这是很普通的职业，但是在内地的地下赌场和赌船上还是见不得光的。培养一名荷官也不是一朝一夕的事情，虽然在那些有牌照的正规赌场，荷官工资待遇都很高，但如我朋友这样的，却无人来保障他们的利益。

我沿着自己熟悉的路找到了那家赌场，通过了盘查和暗口，里面并非如影视作品里描述的那样喧闹、污秽不堪，充斥着香烟和汗水混合的味道，相反，这里的人都十分有素质，与我儿时所见的村里的聚赌差别太大了。旁边甚至还有荷枪实弹的警卫，当然，他们隐藏得很好，如果不是如我这样喜欢四处死命观察的人，是不会注意到的。

四处穿梭着去兑换筹码的人，这些人大都身体瘦弱，长着大大的鹰钩鼻、尖尖的脑袋与向前凸出的嘴。他们一脸兴奋，行动迅速如梭鱼一般穿行在这些身形富态、面容骄傲的赌客身边。他们并不是赌徒，而是一种叫“迭码仔”的人。他们大都有自己固定的主顾，每当那些大老板来赌博，迭码仔就帮着端茶递水、兑换筹码，仿佛手里的钱就是自己的钱。不过一般只有当他们的老板赢钱时，他们才能像秃鹫一样从狮子等强大的食肉动物口里得到一份残渣，但即便是这份残渣，也有0.7%，足够他们生存下去了。另外这里还衍生出很多职业，这些人像寄生虫一样聚集在这里。我以前的一位朋友就是专门用自己的房子招待那些老板们豪赌，据说光是夜宵吃掉的泰国进口水果和那用茶盅装着的小甲鱼都是一笔不菲的支出，当然，每次他的分红也有几十万之多。

这就是赌场，其实更像是一个弱肉强食的大自然，所以我觉得这里更接近真实，而真实往往是残酷的，每个人都有自己不同的生存方式，而无所谓什么正义、良知、道德，当然，也包括我的那位荷官朋友。

我很快穿过一帮赌徒走到了他面前，那些职业赌徒的表情各异，但有一点是相同的。

他们的手，都在颤抖。

无论是赢还是输，都在颤抖，有的剧烈，有的轻微，有纤细的玉手，也有粗糙布满老茧的大手，还有血管如根茎一样布满灰黑色皮肤的几乎可以叫爪子的手。

其实，赌徒享受的是决定胜负那一瞬间的快感，赢和输，只是游戏后的附带品罢了。

他和三年前一样，依旧笑容满面，穿着白色的衬衣，没有一点儿尘埃。他说过，他的衣橱里都是几十套一模一样的衣服——白色衬衣，黑色制服外套，漂亮的蝴蝶领结。他的手修长有力，脸圆而饱满，天庭方阔，眼睛深深地凹陷下去，在灯光下总是显得一片模糊，无法看清楚。他每次说话，两颊都会现出两个黄豆大小的酒窝。他的脸庞白皙得如同一个文弱书生，笑起来总是低着头，露出上面一排如贝的牙齿，就像一个生手，实际上很多客人都被他的外貌所欺骗，他虽然年轻，却是这里技术最好的。他每次发牌都是那样准确，洗牌的动作比电影里的更加优美娴熟，仿佛是表演特技，双手灵活得像是有了自己的生命，没错，他的手似乎就是为赌而生，十根手指和扑克夹杂在一起，仿佛慢慢融合在一起了。

荷官不仅仅要手快，他的技术还在于心理方面的研究，对客人的热情、下注的多少、情绪的掌握，仿佛都信手拈来。他就如同一个木偶师，站在绿色的赌桌前，操纵着那些赌客，直到他们的筹码输光，悻悻而去。

他很少输，甚至有人说他没输过，按理说这样的声名传出去是不利的，因为没有哪个傻瓜会去挑战一个不败的人。来赌场，第一条就是要赢钱嘛。但是奇怪的是，他就像这个赌场的景点一样，来找他赌的人越来越多，大都是慕名而来，当然，那些人都输得落花流水钱干净。这就是赌博的奇妙之处，是我和你都无法理解的。

我静静地看着他，他扫了我一眼，脸上没有其他的表情，只是点了点头，这算是打招呼吧。我也点了点头，然后靠着旁边的一个台子看别人赌牌——实际上我看不懂，我对任何赌具都很陌生，从小家教甚严，爷爷和父亲绝对不允许纪家人沾惹这些毛病。

这里是二十四小时营业的，赌客络绎不绝，荷官会累得吃不消，但老板对他这棵摇钱树抓得很紧，往往只是在客流稍少的时候才让他稍微休息会儿。我是算好了时间去的，所以没等多久，他便下班了。

他没有说话，只是对着门口做了个出去的手势。我则跟着他，走出了赌场。

“很久没见了，你居然想起来看我。”他对我笑笑，眯起眼睛，像一只刚睡醒的猫，长长地打了个哈欠。

“通宵了？”我问他。

“是的，准确地说从昨天下午四点开始到现在，差不多二十小时了。”他的语气轻松，显然这已经是家常便饭了。

“没打算离开吗？你赚的钱也不少了，这样下去，身体吃得消吗？”我终究忍不住问他。他艰难地转动一下自己的脖子，依旧带着笑容。

“不，我做荷官不是为了钱。至于我的身体，实在不行，我会选择离开的。”说到这里，他略有些伤感。我看见他的左手还拿着一副扑克，不停地洗牌、分牌。

“拳不离身、曲不离口吗？”我打趣道。

他没说话，脸色有些黯淡，勉强点点头，又迅速将那只攥着扑克的手插进裤子口袋。

“去喝一杯吧，趁我还没睡着。”他拍拍我的肩头。我想了想，同意了。

我们找到一家普通的看上去还算干净的街边大排档坐了下来。这是一座海边城市，在内陆花钱都吃不到的新鲜海产品在这里比比皆是，便宜得很，可惜我不是太喜欢那股海腥味，勉强吃了些。

“你知道我为什么会和你交朋友吗？你该知道，除了你，我没有什么朋友。”他吃下一块带鱼，又喝下一大口冰啤。我摇摇脑袋。

“因为你赢过我。”他淡淡地说，但是眼睛忽然似剑一般直视过来，我很少见那种目光，非常富有侵略与攻击性。

“你是说三年前吗？那是我运气好罢了，你也该知道，我压根儿不会赌博。”我端起酒杯笑了笑，但是我透过玻璃看到他那张模糊而扭曲的脸没有笑。

他放下筷子，飞快地从口袋里掏出刚才的扑克。

“抽一张，比大小。”他急促地说。

我执拗不过他，只好随便抽了张，他也抽了张。

他没去看自己的牌，只是马上翻了翻我的牌。

一张黑桃A。他苦笑了一下。

“你知道那些人明知道赌不过我还要来赌吗？”他收起扑克，双颊开始慢慢变红，似乎有些醉了，他的酒量并不大。

“因为他们相信运气，因为他们想拿钱来博博看，看是否有运气可以战胜我这个几乎不输的荷官，当然，也是为了好奇。而实际上运气这个东西太少了，甚至对我来说简直如恶魔般可怕。因为你就是个极好的例子，我永远无法赢过你，因为你的运气太好。”

他的最后一句话，我自然受用了，的确，恐怕连你也是这样看我的吧。

“而我的运气，自从三年前遇见你开始，已经没有了，所以我必须寻找另外一样东西，一样可以代替运气而让我不会输的东西。”他的瞳孔慢慢变小，盯着我。

我则看着他，准确地说是看着他的手。他的手一旦离开赌具就变得非常普通，但一旦接触到扑克一类的东西，仿佛一下子就闪光起来，就像被切割开的璞玉一样闪烁。

“三年前，我渴望做一名荷官，并非为钱，而是一种向往，我渴望与不同的人在一起赌，享受那种翻牌一瞬间定胜负的快感。我努力朝着理想走去，或许在碰到你和那个人之前，我只会是一名平庸的荷官。”他用右手摸了摸自己的脸，嘴唇的颤抖不知道是因为天气渐渐变凉还是情绪激动。

他的左手始终插在口袋里。

“那个人？”我奇怪地问。

三年前我第一次见到他时，他的确只是一名普通的荷官，并没有今天这么神奇。他和我赌了一次后成了好朋友，我并不知道他以后还遇见了谁。

“是的，一个可怕的人。”他抬头看着天，仿佛陷入了沉思，想把自己的灵魂埋到浩瀚的天际里。

（下面是荷官的讲述。）

那时，我只是一个见习者，只有在人少的时候暂时代班。有一个下暴雨的夜晚，赌客很少，而且大都懒懒散散，没有什么精神，当然，我们也是。

和你分开后我一直想着该如何走自己的路，因为你的生活就是我的向往，那就是做自己喜欢做的事情。

我正分神的时候，那个男人走了进来。他几乎比我高了大半个头，接近方形的脑袋上短而柔软的头发被雨水打湿了，紧紧贴在头皮上，就像一层被随意涂抹的泥巴一样可笑，但是当他走到我面前时，我却笑不出来了。

有的人行走起来带着一种气势，这个家伙无疑就是那样的人。我眯起眼睛慢慢打量起他来：穿着高筒黑色皮靴、黑色的西裤、过膝的灰色大衣；四方脸，额头高耸，两道剑眉朝着太阳穴分射而出，高隆的鹰钩鼻，厚厚的嘴唇，下巴正正方方的，还在一下一下地动。他的大脸上有一道道水迹，一滴滴地落在地毯上，瞬间形成一个个不规则的黑色圆形水渍。

他吐出口里的槟榔，冲我咧嘴一笑，一排带着绯红色的整齐牙齿像一点点鲜血晃着我的眼睛。

他没有说话，只是伸出双手，做了个开始的动作。

我几乎有些呆滞地发牌、开牌，结果可想而知，我输得很彻底，当然，我很快在老板的呵斥下被替代了。

可是我的继任者如我一样倒霉，转眼间，高个儿男人面前堆起一大笔筹码。我看见领班的额头开始流水。是的，是流水而不是冒汗了，比那个男人额头的水还要多。

那个晚上是老板的噩梦。那个男人几乎赢走了赌场一个月的总收入，而且旁边几十台不同角度的摄像机都看不到他有任何出千的动作。

最后，他将筹码换成钱，装在一只黑色的皮口袋里，吹着口哨离开了。

我看见老板擦了擦脸，然后找来黑哥耳语了几句。黑哥很黑，不是我们那种黑，据说他六岁开始就光屁股在海滩上跑了，这一带没有不怕他的，据说他砍西瓜很厉害。

砍西瓜厉害的人，砍脑袋也应该很厉害。

老板是这样想的，我们也是这样想的。虽然那个男人身材高大，但黑哥也不矮小，何况他还有兄弟，他的兄弟带着几尺长的西瓜刀。

我开始担心大个子了，于是我偷偷走出去跟着黑哥，而黑哥跟着大个子。

终于，他们照面了，我以为会出现电影里才有的刀光剑影，可是才几个照面，黑哥一行人全部倒在了地上。

砍西瓜的刀到底还是不那么容易砍掉人的脑壳，我想下次老板会聪明点儿选择些别的保安了，不过我不得而知，因为我决定离开那里。

在这里，赌场几乎是正当产业，大大小小的太多了，所以离开那里也不妨碍我实现成为一名伟大荷官的梦想。

实际上这只是第一步而已。因为我决定拜师，拜那个大个子为师。

当我跪倒在他面前时，他有些哂笑地望着我，接着摇了摇巨大的头颅。

他拒绝了。当然我不死心，继续跟着他，做他的小弟，没有奢望任何的回报。我吃过很多苦，还受过伤，帮他挨过一刀。他从来不和我说话，也从来不阻止我做那些事情。我还是坚持着，终于他看我的眼神也渐渐变了，似乎带着些许温柔。

“我如果有儿子，差不多和你一般大了。”有一天，他终于开口对我说了第一句话。

我大喜过望，知道机会来了。

师傅几乎把他知道的所有手法都交给了我，每次和我在一起，他的手里都拿着东西，有时候是牌九，有时候是麻将，有时候是扑克或色子。我把那个当作他的爱好，就像有人喜欢手里捏颗核桃，或者握个钢球一样。

可是我学得虽多，发现和别人赌起来还是会输。

于是我问他原因，他只告诉我，我欠缺了一些东西——一些后天无法弥补的东西。

说到这里，我的荷官朋友忽然停了下来，望着我。

“你知道我师傅指的东西是什么了吧。”他笑了笑，忽然从口袋里又掏出扑克。

我又抽了一张，这次还是我先。

是个红桃3。我刚想说我输了，可是他却拿了张红桃2。他似乎很满意这个结果，继续说下去。

（下面依旧是荷官的讲述。）

我开始抓狂，因为我知道自己离梦想似乎越来越远了，我一再央求师傅传授我别的方法，可是他依旧冷酷地拒绝。我也慢慢淡忘，决定就这样过一辈子算了。

可是我渐渐发现师傅的不寻常之处，他经常隔两三个月出远门一次，回来后就带着我四处赌博，可是每次赢来的钱又到处乱花，剩下来一部分全部给了一些生活穷困的人。开始我还以为他是一个侠客，劫富济贫，不过后来证明我太天真了。

我发现他施舍的那些人家都有一个共同的特征。发现这件事也是偶然，他有时候烂醉如泥，便让我去应付那些问他要钱的人，可是我发现，那些来讨钱的人的手大都是断的。

我有些疑心，然后按照地址去调查那些人家，发现他们家里的男性都断了手，而且断手的时间和师傅出去的时间一致。

我开始慢慢调查这件事。当师傅下次出门时，我应诺说好好练功，实际上却跟在他后面。

他相当小心，不过我更加谨慎，与他保持相当远的距离。他走到一片贫民区中。

天色渐暗，他敲了敲一个低矮平房的门，他高大的身材和那房子格格不入。

房门吱呀一声打开，里面没有出来人，却伸出一只手。

一只攥着麻将牌的手，那只手很肮脏，即便旁边光线稀薄，我依旧可以看到手臂上布满了针眼和一层层凝固在一起如黑痣般的污垢，手腕上下翻动着，不过指头倒是挺修长的。

师傅仿佛看货物一样仔细地看着那只手，接着摸了摸下巴，满意地点点头。接着，他从口袋里掏出一个似乎装满液体的瓶子，然后倒在那只手上。

忽然，他从风衣里掏出一把刀，我只看到寒光一闪，那只手便掉了下来，落到师傅手里。

他迅速而动作娴熟地从另外的口袋掏出一个保鲜膜，将断手包起来。但是让我奇怪的是，被砍断手的人没有做出任何动作，也听不到任何喊叫声，伤口在流血，可是并不厉害。接着断手缩了回去，师傅好像对着门缝低语了几句，接着往地上放了个墨绿色的可乐瓶子，便悄然离开了。

我没有走，继续观察。师傅走了不久，门便开了，一个瘦得如同骷髅的人衣不遮体地从门里走出，拿起瓶子，将里面的液体倒在自己断手的伤口上，接着关门进去了。

我惊骇得几乎说不出话来，然后迅速跑回去，我要赶在师傅之前回到我们的住所。

几天后，我再次见到那个断手的男人。不过这次我给了他三十万，他满意地走了，临走的时候鼻翼不停地吸着，我觉得一阵恶心，他却笑了笑。

我开始有意无意地惧怕师傅，甚至开始慢慢疏远他，不过尽量做得隐蔽些，但时间长了，我也不管了，觉得师傅这样做自然有他的道理。

终于，在一次跟随他从赌场大胜而归，我还陶醉在刚才的刺激中时，他忽然破天荒地提议一起去喝酒。

我很高兴，我从小就没有父亲，一直把师傅当作父亲看待，而他说的那句“我儿子活到现在也和你一般大”的话，也让我深信他也是这样认为的。

于是，和今天一样，我们也是找了个街边大排档，坐下来痛快喝酒，吹着海风，就着酒，相当痛快。

不知道喝了多久，只晓得旁边的人渐渐稀少，老板也不停地用余光扫着我们，努力将收拾碗筷的声音弄得很大。于是我和师傅踉跄地站起来，付了钱，互相搀扶着回去了。

师傅并没有醉，我的神志也很清醒，他的头发依旧互相交错着紧紧贴着脑壳，不过这次是出汗导致的，他的一只手始终插在口袋里，喝酒的时候也是。

就着酒精的作用，我大着胆子问他，到底他有什么办法让自己永远立于不败之地，而我为什么不能。

“其实我和你一样，我也没有什么运气，所以我必须依靠其他东西来弥补。”他的舌头有些大，不过我还是可以听得很清楚。

“你知道吗，当你拿到牌，翻开的一刹那，出现的牌究竟是靠什么决定的？是你的手，因为那是你身体第一个碰到牌的器官，所以，我们摸牌的手最重要，其次才是你的技术。至于老千，那只是幼稚的把戏，和魔术一样，我们要学，但是不能用。我们学是为了拆穿它们，什么小搬运法啊、投桃报李啊、夹带之类的，都要了解。”师傅突然说了很多话，让我有些措手不及，只能低头称是。

“可是一个人的手很奇妙，不同的人有不同的手，其实即便是同一个人，在不同的时间，他的手也不一样。所以我一直在想，怎样可以让我的手做到永远比别人的要特别。于是我到处去寻找，别人都把我当作疯子，所谓手气、红手，不过是戏称，我却当了真。但是我不甘心，最终当我快要放弃的时候，我终于知道如何让自己赌钱的手随心所欲地摸到好牌。”他猛地凝视着我，居高临下地站在我面前，像一个门神似的，眼神里带着一种窥伺猎物的目光。

“有一种说法，当你不断地用别人的手代替自己的手，你的运气会越来越好，这种方法特别适合我和你这样没有运气的人。于是我到处去寻找合适的手，不是那些走运的人的手，而是那些倒霉的、几乎穷困潦倒的人，他们的手更加贪婪，比其他人对钱的攫取欲望更甚，而且这些人的手更加廉价。于是我四处去买手，砍下来，再安在我自己手上。”他弯下腰，呼吸几乎打到我脸上，微笑着说。

“你知道怎样换吗？”他忽然抓住我的手问。

我的酒全醒了，也知道他想做什么。

“师……师傅，你不是说要那些倒霉的人的吗？”我口齿不清地说道，不知道是因为冷，还是吓的。

“不，那些人的手都不如你的，因为你比起他们来更想做一名荷官，是吧？你心里的那种想要与人赌、想要赢的心比我都要强烈，你的手才是最适合的，有了你的手，我也不用再隔几个月就去换一次了。”他终于抑制不住地大笑起来，脸上本来威严肃立的表情不见了，在窗外闪电的照射下，变得如厉鬼。

“您不是一直当我是您儿子吗？我也一直当您是我父亲啊。”我挣脱不掉他的大手，哭着喊了起来，因为我看到他已经将另外一只手伸向口袋，透过印痕，我能看出那是一把刀。

“呵呵，赌场无父子，何况你只是我种下的果子，现在到获取收成的时候了。你放心，不会太痛苦，很快就好。我只要你两只手而已，你会得到一大笔钱。”他猛地抽出刀，朝我被抓住的左手剁去。

我不知道从哪里迸发出的力量，忽然用右手抓住了刀刃，疼痛像电流一样通遍我全身，手指头一跳一跳地疼，如果他抽出刀，恐怕我的指头全要断了。

显然他也没想到会遭遇这样的反抗，于是我们打斗起来。虽然我身材比他矮小，但是在酒的作用和断手的威胁下我更加拼命，拿去我的双手比杀了我更加残忍！我们两人在房间里搏斗了几分钟，忽然他摔倒了。

他踩到了从自己身上掉落出来的那个瓶子，就是那个他放在先前被砍断手的瘾君子家门口的瓶子。

我抢过掉落在地上的刀，然后拾起瓶子。

师傅的眼里露出了恐惧，他坐了起来，伸出手，急速地摇摆着说："不要，不要！"

我看了看他，又看了看瓶子，透过玻璃壁，瓶里的液体散发着诡异的黑色光芒。

我打开瓶塞，朝着他的双手浇过去，我并不知道会发生什么，几乎是下意识这样做。

奇怪的事情发生了，师傅痛苦地叫喊起来。我从来没看过平日威风的他会这样狼狈，接着我拿起刀，想都没想，砍下了他的左手。

他捂着断手，疯子似的跑出房间。地上只留下他那只巨大而惨白的手。

借着光，我觉得那只手有些异样，等我慢慢蹲下来，才发现那断手居然成了一只内无一物的人皮手套！

我缓缓地拾起它，接着戴在自己的左手上，仿佛它就是为我准备的一样，等我想脱下那只人皮手套时却已经找不到开口了，那手套和我的手完美地融合在了一起。

第二天，我就去了这里最大的赌场，当然，我一场都没输。然后我找到老板，将赢的所有钱都还给他，并要求留下来做一名荷官。

后来，我再也没见过我师傅。据说有人看见一个断了手的高个子在外乡讨饭，最后潦倒而死。但我没有任何感觉，仿佛他只是一名过客，就如同赌场里的那些赌客，我永远不会记住他们的相貌、声音，不过我会记住他们摸牌的手。

他终于说完了，接着右手拿起筷子，夹起一大块鱼塞进嘴巴里。

我始终看着他插在裤子口袋里的左手。

"你知道吗，原来换手的人，他的手总会不由自主地拿着赌具，仿佛那只手从来不知道世界上还有别的东西，仿佛它是独立于主体之外，另有生命一样。就像我，根本控制不住它，也不想控制。"他掏出手，那只手依旧在不停地洗着一副扑克牌。

我长叹了一口气："这真的是你想要的生活吗？"

异闻录

Yi Wen Lu

我打开瓶塞，朝着他的双手浇过去，我并不知道会发生什么，几乎是下意识这样做。奇怪的事情发生了……

他愣了一下，坚定地点点头。

“你要知道，人有很多种，总会有像你我这样的怪人存在。而且，今天我又输给你了，哈哈，真是有意思，我已经很久没输过了。”他再次朝我敬酒，我也喝了下去。

我渐渐觉得有些头晕，然后头变得特别沉重。

当我醒过来的时候，他已经走了。我不知道自己睡了多久，只看到桌子上有张字条。

“知道吗，其实我很想换掉你的手，不过，我想了想，这个世界上一定要有个我赢不了的人才有意思嘛，你说是不是呢？”

我拿着字条的手开始颤抖，或许只是他的一转念，我下半辈子就连看书都看不了了，当然更不可能写这封信给你了。

我没有再去找这位荷官朋友，我相信我也不会再见到他了，只是不知道他是否会一直这样赌下去，他的左手是不是还会那样紧紧握着扑克，永不松开。

第九十六夜
锁

“我终于知道他为什么总是捂着自己的腹部了。在他一根根凸起的肋骨上，几乎每一根上都挂着一把锁，那些锁泛着冰冷的黄色光芒。”

在我家对面，搬来一个女人，一个在我看来无比奇怪的女人。有两种女人很吸引人，美丽的和神秘的，恰巧，这个女人集合了上述两点。

由于我的工作需要经常和人接触，所以我所见过的女性远比其他人多，漂亮的自然不少，可是像她这样的的确没有。应该怎么形容呢？这个女人似乎永远处于一种没有任何杂质的快乐的状态，还有一种几近病态的美丽，就像葬花的黛玉一样，让人忍不住想要好好了解她。

这个叫西桂的女人几乎是在我一觉醒来后就出现在我家对面的，就在昨天，那里还是空无一人的闲置旧房，这让我不得不问她是何时搬来的。

我和她第一次见面，是在我家门口。当时，我收拾停当准备赶去报社，正好她也在门外清扫垃圾。她穿着一套黑色的过膝套裙，长发及肩，脚下踏着一双很卡通的大头塑料拖鞋，带着一点儿婴儿肥的圆脸让人觉得亲切自然，小巧的鼻子和略微上翘的嘴唇都给人一种小妹妹似的感觉。

“哦，我是昨天晚上搬来的，没有吵到你吧？”她告诉我的时候一脸歉意，笑容向两颊挂起，脸上堆满了红晕，在还未完全浸透阳光的楼道里，她扇贝似的牙齿仿佛在闪闪发亮。和美女聊天是一件令人愉快的事情，我自然又多问了几句。

西桂告诉我她的名字，她是一名外企员工，为了上班方便，租了我对面这套房子，并且单身一人在这座城市。她知道我的身份后非常高兴。

“我经常看你写的专栏，都是很有意思的故事呢。”她又笑了笑，这次她的手空了，向我伸了出来。

“希望相处愉快，记者先生。”她的脑袋歪向一边，调皮地微笑着，头发也随之如瀑布般流向肩头。

我和她握了握手，就马上赶去上班了。

可是，我从未听说附近有什么外企。管他呢，别人的工作和我有什么关系，我努力使自己不要去思考关于西桂的事情。

中午我一般是不回去的，因为来去匆忙，而且有时候中午精神好，还可以处理一些事情，可是这一天我冒出了回家的想法。

走到家门口，我发现西桂的门开着，我特意放慢了脚步，并且让踏楼梯的声音很大。

果然，门里冒出一颗脑袋，她很小心地望着我。她似乎正在更换自己的门锁，满额头的细汗。这里的门锁向来坚固，干吗要做这种吃力不讨好的事情呢？我询问她一句，西桂只是搪塞说原来的门锁坏了。

“你回来了啊！吃饭了吗？我自己做了饭，要不一起来吧，就当我向你这地头蛇的进贡如何？”她眯起眼睛，伸出手对着我招了招，像一只招财猫一样可爱。

我摸了摸刚刚吃饱的肚子，几乎不假思索地说“好吧”。

吃东西是其次，我其实很想看看她的家是什么样子。

西桂告诉我，她今天请假一天来收拾屋子。女孩子嘛，总喜欢干净细致到极致，几乎对洁净有了一种嗜好。我的师姐有时候会懒到连下楼买饭都不愿意去，但却会在难得的周末一个人打扫屋子整整一天。

或许，女人的思维对于我来说很难理解。

西桂的家也很干净，干净得让我觉得有点儿紧张。

除了必需的家具，几乎找不到任何一点儿多余的东西，好像这家的主人随时会离开一样。而且，我发现，几乎只要是可以打开的东西，她都上了锁，上锁的书柜、被锁链绑住脚的桌椅，所有电器的开关都放在一个被锁住的铁盒子里，而墙角还摆放着几只巨大的木箱子，当然，也上了锁。

西桂好像觉察出我的异样，她解释说自己以前住的地方老丢东西，所以渐渐养成了什么都上锁的习惯，哪怕是厨房的柜子、餐桌、电视，都用锁固定住，至于其他的，更别说了。

“不嫌麻烦吗？”我有点儿无奈地问。看来美女多少有点儿怪癖这个说法倒是对的。

西桂立即摆手，并且捂着嘴笑起来，笑声清脆悦耳，在房间中回荡开来。

我被她的笑声传染，也准备咧嘴傻笑，这时，她忽然停了下来，脸上的表情转化之快让我难以想象，即便是一流的演员，恐怕也难以像她这样做得不留痕迹。

西桂盯着我，缓步走过来。

“你知道吗，每次开锁解除禁锢的时候，我才能感觉到那样东西是属于我的，我才会安下心来。”

她的手指头细白光洁，像五根大头针一样对着我的脸伸过来，我眯起眼睛。

我却无法动弹。最后，她的手指头在我额头弹了一下。

“可以开动了，记者先生。”她转过身，走向香气四溢的里间厨房。

我问她为什么不叫我名字，她坏坏地摇着头说我的名字太麻烦了，而“记者先生”是她给我取的。

“这样，我就会觉得只有我一个人这样叫你啊，好像你只属于我一样。”她说到这里，忽然害羞地低下头。我无法看到她那张被漆黑如绸缎的长发遮盖起来的脸，只好装傻地拿起她熬的汤喝了起来。

汤做得一般，我也无心去品味，这年头女孩子做出来的食物只要不吃到胃出血，那就不错了。

我离开的时候，西桂小心地带上铁门，我听到身后好几声金属摩擦的上锁声。

“这么没有安全感吗？”我忍不住小声嘀咕了一句。

这样的日子在我和西桂偶尔见面的谈笑声中迅速过去。令我不解的是，她似乎很少出门，更别说其他的社交活动。她经常昼伏夜出，偶尔出去一次，也是带着一大堆的锁回来，仿佛她对锁有着一种难以抑制的冲动。她曾经告诉我，只有看见那些锁和钥匙，她才能感觉到安全感和归属感。

而我也开始渐渐觉得有人在跟踪自己。

这类事情已经不是第一次了，当然，我也察觉出对方只是一个业余者。很快，我略施小计便在街尾拐角小巷处逮住了他。

当我看到这个男人时忍不住打了个寒战。那是一副怎样的面容啊，仿佛全身的灵魂被抽空了，无神的双眼犹如两口干枯的深井，满脸的落魄，胡子疯长，面颊黑而深陷，就像上了年纪掉光牙齿的老年人。而被我抓在手里的胳膊也若有若无，就像一根棒球棒，毫无肌肉可言。从年龄上来判断，他已经四十多岁了。

“是你。你和西桂在一起吧，告诉我，快告诉我，西桂是不是和你在一起啊？”还未等我问他，他却一下子跪倒在地上，抓着我的衣服痛苦地哀求道。但似乎他的身体过于衰弱，加上情绪激动，他竟晕了过去。

我只好把他搀扶到附近的小餐馆，结果证明我是对的，他是饿晕的。

也不知道多久没有吃饭了，他表现得如三年饥荒一般，厌食症再严重的人看着他也会觉得饿了。于是我也要了碗馄饨，坐在他对面慢慢吃起来。

终于，他似乎吃饱了，也稍微平静了。

“我劝你赶紧离开西桂，在你还能离开之前。”他的话听上去像劝告，但是配合他的表情来说更像是警告。

“我不喜欢听一半话，看在我为你埋单的分儿上，多少告诉点儿什么吧。”我望了望堆成小山状的满桌餐具，开始盘算着明天要问同事借多少钱才合适。

忽然，他非常痛苦地捂着自己的左腹，豆大的冷汗直冒。我开始怀疑他是否吃得太快而会出事。他休息了一会儿，说没事了。

“我知道你不见得会相信我的话，你就像以前的我一样完全被她迷住了。我就在你家楼下待着，一旦她外出，你就叫上我，我会让你知道真相的。”说完，这个男人拍拍屁股走了。

我回到家，西桂居然打开自家的门等我。我忽然觉得心头一暖，自从离开父母，已经很久没尝过被人等待的滋味了。

她的怀里抱着一只可爱的小狗，全身通白。我忍不住伸出手想摸一下。

“你想干吗？它是我的！”西桂一下子变了脸色，将狗猛地扔进客厅里，小狗似乎摔着了，发出尖厉的叫声。我皱了皱眉头。

“你这是干什么，我又没有恶意。”说完，我又想起了先前那个男人的话。

西桂似乎很痛苦，她没有说话，而是走进去重新抱起那只狗。

过了一会儿，我似乎听到几声狗叫，但又没有了。

我回到自己家里，走到阳台上。果然，那个家伙就蹲在我家楼下，也不知道他跟踪我多久了，居然连我住哪里都知道。

门外响起了关门的声音，这么晚了，西桂居然出门？

她似乎只有在夜晚才愿意离开那个家。我听到楼道里的脚步声渐渐远去，忍不住走到阳台上。那个男人带着微笑站在下面。我犹豫了片刻，对他做了个上楼的手势。

“怎么样？那个贱人出去了，是吧？嘿嘿，我就知道她喜欢晚上出门，以前和我在一起的时候也是这样的习惯。告诉你，她根本就不是正常人！”那个人站在我身边喋喋不休地说着。我则不耐烦地挥了挥手，打断了他。

“你不是要让我看真相吗？”我问他。

男人愣了愣，随即诡异地笑了一下，从裤子口袋里摸出一串钥匙。

“知道吗，她无论搬到哪里，所有的门锁都要换掉，坚持用自己的。她认为这个世界上所有的锁都不如自己的安全，实际上她并不知道，我以前和她在一起时偷偷配了钥匙。”他居然说自己以前和西桂在一起过，这真让我觉得不可思议。

几下咔嚓的开锁声后，铁门居然真的开了。房间里很黑，我想去摸索着打开灯，结果被他制止了。

“如果开灯，她上来前就知道我们来了，那就不妙了。你小心地带上门，把里面的门闩插好，这样她就进不来了。”我只好答应，心里却奇怪自己究竟在干什么。

一个古怪的邻居和一个同样古怪的路人。

那个男人似乎正忍受着莫大的痛苦，在半黑暗的客厅里轻声呻吟着，他用手捂着自己的腹部，看样子似乎想在这里寻找什么。

但是西桂的家里任何可以打开的东西都是上了锁的。

不过这个男人居然可以打开每一把锁。

“在哪里？在哪里？她究竟把那个放到什么地方了？”那个男人疯狂地翻找着抽屉、书架、柜子。我不知道他在找什么，但直觉告诉我，墙角的几只木头箱子很可疑。

我指了指那些箱子：“干吗不找找那些箱子里？”

“哼，你可以打开看看里面是什么，瞧，好像最边上的正好没上锁。”他冷笑着回答我。

我没有还击他，而是自己走了过去，从窗口透进来的对面楼层的余光淌在木质的箱子上。当我准备打开的时候，箱子里却传来了一阵小声的叫唤。

里面的东西，就是我刚才看到的那只小狗。

不过，我几乎已经认不出那只狗了。它雪白的身体几乎被血浸透了，四肢被细细的铁丝穿过，固定在了箱子的边缘，它的上下嘴唇被贯通了，而且也加上了一把铜锁。这是何等的残忍。那只狗睁着漆黑的圆眼带着恐惧和祈求望着我，我则感到一阵恶心，立即合上了盖子。

“哈哈，找到了！她居然放在了一把锁里，把钥匙放在空心锁里面，也只有我和她会这样做了！”

我回头望去，那个男人的手里拿着一把钥匙——一把形状古怪的钥匙。

大概十厘米长的半圆柱体，上面还有凹凸不平的齿轮。他兴奋地脱去上衣，一瞬间，我看到金属反射的光芒晃过我的眼睛。

我终于知道他为什么总是捂着自己的腹部了。

在他一根根凸起的肋骨上，几乎每一根上都挂着一把锁，那些锁泛着冰冷的黄色光芒。他拿起钥匙，对准孔眼一把把打开了，原来那些锁都是一把钥匙可以打开的。我看到那些小指粗细的锁条慢慢地从肌肉的挤压中被抽出来，那个男人痛苦的低声喊叫随之响起。

几乎每开一把锁，男人的脸上就疼得扭曲一下，然后是释放后的轻松和愉悦。你很难想象痛苦和欢乐这两种最极端的表情同时出现在一张脸上是什么样子。总之当开到最后一把锁的时候他终于累了，大口地喘着粗气，靠着家具一屁股坐到地上。

“告诉我，告诉我一切关于西桂的事情！”我的好奇心再也无法制止了。

男人冷冷地望着我，停止了手上的动作——其实他是一点儿气力也没有了。

“我和她曾经是一对恋人。二十年前，就和你一样，她突然出现在我的对面，那样的可爱、美丽而温柔，我深深地迷上了她。没多久，我们便住在了一起。可是我很快发现，她像疯子一样对任何东西都要上锁，每次上锁的时候都念念有词，而且行为越来越古怪。有一天，我在喝过她煮的汤后就睡着了。也不知道过了多久，我被身上的疼痛所惊醒，醒过来的时候发现自己被绑得死死的，而她在我的肋骨上一个个地钻孔，把那些锁一把把锁上去。她简直就是个魔鬼！”男人愤怒地大喊。

听到这里，我忽然想起了西桂端给我的那碗汤，胃里开始剧烈地翻滚起来。

“你刚才说二十年前？”我难以置信地问他。

“感到奇怪吗？那个女人永远也不会衰老。她曾经告诉我她活了很久。我原以为她是在开玩笑，后来才知道，她可以锁住自己的身体，让其无法老化。我已经四十多了，她一定还是保持以前那样的年轻状态吧？”男人长长地叹了口气。

“后来呢？”我问他。

“后来？后来我被她关在房子里，像一只狗一样生活着。最后她似乎厌倦我了，才将我遗弃在那里。她一定没想到我幸运地被救了，可是身上的锁无法拿下来。他们告诉我，如果强行拆除，我一定会大出血而死。所以我找了她二十年，就是为了找到钥匙！找到在我身上锁了二十年的锁的钥匙！”男人疯子般地大吼起来。

“时间不多，我得在她回来之前打开我身上所有的锁。”他再次拿起钥匙，向身上的锁眼插去，可是门外忽然响起了开门的声音。

“谁？谁在里面？”西桂几乎变调的声音在门外响起。

坐在地上的男人急忙穿好衣服，踉跄地站起来打开客厅的灯。

一瞬间满是光亮，我们都无法遁形。

隔着铁门，我看到西桂带着鄙视的眼神望着我。

“西桂，我终于……终于又看到你了。你还是爱我的吧，否则你不会在我身上留下这些锁，又保留着钥匙。你是在等我，是的，等我打开这最后一把锁，我会永远和你在一起的！”那个男人痴痴地望着西桂，非常激动，连握着钥匙的手都开始发抖。

我觉得奇怪，先前那个诅咒西桂的人不是他吗，为什么一看见她又变成这个样子？

“记者先生，你知道你在干什么？这个男人曾经从我身边拿走了所有东西，包括我的感情、时间、财富，所有的所有，他还折磨我，不准我离开他。我不过是对他小惩大戒一下，现在你却把他带到我家里来了，我还以为你和这些男人有什么不同，原来都是一丘之貉啊！”西桂冷冷地嘲弄着我。

我自己也觉得有些羞愧，低下了头。可是当我看到墙角的小木箱时，我不禁大声质问她为什么要做如此残忍的事情。

“残忍？我是爱它的啊，只有我爱的东西，我才会用锁锁住，不让它从我身边溜走。我已经不想再失去任何我爱的东西了。”西桂趴在铁门上大声地对我呼喊，“快，快把门打开，里面的家伙只要打开身上所有的锁，就会把我和你都杀掉。我之所以这样隐居着，就是为了躲避他啊。他像疯子一样想得到我、杀了我。我只好趁他睡着的时候给他加上了锁，这才逃了出来。快打开门，我们一起离开这里，只留下他一人在这儿！”西桂拼命地摇晃着铁门。

我有些不由自主地走过去，想打开门闩。

“别听她的！那个贱人总是这样迷惑男人，然后趁他们不备就用锁将他们锁住，像对待那只狗一样，玩弄致死！你要是打开门，我和你都会永远待在这个房间里的！”那个男人似乎又清醒了，猛地扑过来抱住我。他的身体很虚弱，我一把就可以将他推开，但是我使不出力气。

因为我在怀疑，究竟我该相信谁？可是我最讨厌的就是做选择题了。

终于，我走到门口，打开了门闩，身体仿佛不受控制似的。

“谢谢你，记者先生！本来，我出去就是为你挑选一把合适的锁。”西桂的脸依旧那样可爱生动，她的右手上拿着一把一模一样大小的铜锁。

“不过，看来你暂时是用不着了。”西桂犹如鳗鱼一样从我身旁滑进去，并且巧妙地带上了门。

身后的男人发出一声惨叫。

“不要，不要啊！”

“我不会再让你从我身边逃走了，永远不会了。”在带上大门的最后一刻，我听到西桂的嘴里吐出这样一句话。

我傻瓜似的站在黑暗的楼道口，门已经被死死地锁紧。

到底，到底西桂和那个人谁说的是对的？或许这已经不再重要了。

第二天早上，西桂离开了，就像她突然出现在我的对面一样，她是半夜搬走的。

偌大的客厅空荡荡的，只留下那几只木头箱子，包括昨天我看到的装着小狗的那一只。

不过旁边又多了一只上锁的箱子，要略大一些，箱子的底部慢慢流出尚未干透的血迹，深深的黑色刺痛了我的眼球。

我没有勇气打开那只箱子，究竟箱子里装的是西桂还是那个男人？

最先上锁的，肯定是人心吧。

第九十七夜
过阴

“她的嘴巴里塞得鼓鼓囊囊的，嘴角残留着点点蜡烛碎屑，手上还拿着半根红色的蜡烛，上面明显有啃咬过的痕迹。房间里的灯光很昏暗，似乎仅有的那点儿灯光掠过红色的蜡烛将她的脸映衬得如血色一般。”

野老常言：阴牒勾人，往往有生人为之者，谓之过阴。其人言语饮食，了不异人，但就睡则嗒焉若丧，呼之不能觉，盖其过阴时也。榻下双履，必一仰一覆，尽仰其履则觉，尽覆其履则死不复返。故每寝必扃其户。惧为人所弄也。后一月谁当死者，辄先知之，预见阴牒也。

——《耳食录》

一个陌生的男人找到我。他犹如一只惊弓之鸟，略弯着腰，深黑色的西装外套胡乱地披在身上，连口袋翻出来了也没有注意到。细长而稀疏的眉毛几乎可以数出来有几根，他的脸仿佛是一个没有经验的面点师傅做出来的半成品的面团，到处凹凸不平，与缝隙似的眼睛和厚实的嘴唇相比，那个巨大的酒糟鼻仿佛随时都会掉下来。

“你知道过阴吗？”男人的喉咙里发出了类似砂纸摩擦铝锅般沙哑的声音，我听得耳朵有些难受。

我摇头，抬手看了看手表——主编给我的时间并不多，他似乎也察觉到我经常借着接待来访者偷懒怠工，所以对我做了硬性规定。

这个男人的眼珠转动了一下，咽了下口水：“请不要着急，我敢打赌您一定会对我的故事感兴趣，而我也不需要任何的报酬，只是希望可以找到一个人倾诉一下，因为我怕告诉别人会让人以为我是个神经病。我的身体和精神已经无法承受那种折磨了，再不说出来，我会发疯的。”

他的样子看上去很可怜，就像一个失去父母的孤儿一样无助地颤动着肩膀，他用巨大的双手捂着脸，居然差点儿哭了出来。我虽然很反感男人哭泣，但是由于惊恐而导致的眼泪的确少见。

这个叫吴若东的男人三十五岁，但是看上去如此苍老，一来是最近精神紧张所致，二来他是一家小公司的副总，所以公事繁忙，导致人到中年就两鬓染雪。他所烦恼的不是别的，正是他的妻子。

（下面是吴若东的讲述。）

我只是个普通人，比上不足，比下有余，本打算在这座城市继续过着普通人的生活，如果……如果不是遇见那个女人的话。

（吴若东将身体又蜷缩了一些，像一只四处寻找壳的蜗牛。）

这几年忙于事业，所以我一直没有机会管自己的终身大事，后来偶然的机会认识了我现在的妻子。她是从农村来的，靠着自己的努力考上了师范大学，在学校里教心理学。她的相貌气质很好。而且我自己也是从一个小县城出来的，深深知道我们这些没有任何背景和后台的人要在这座城市立足是多么不容易。所以很快我们就在一起了，而且在认识半年后就结婚了。在别人看来，她会嫁给我，有些不公平，其实那时候追求她的人有很多。后来我问过她为什么，妻子也只是淡淡地说，觉得我是个好人。

婚后的生活很快乐，不过很快我又忙于工作，她也安心做一名家庭主妇。虽然她一再要求我们生个孩子，但是我公司事情太多，只好延期，而她也有些不悦，却没有多说。可是没过多久，我就发现总有一些奇怪的人来我们家找她。

先是一个穿着打扮非常落魄的中年妇女，手里提着一只巨大的黑色塑料袋，似乎装着什么条状物的东西。她和我妻子略微交谈后，妻子便带她进了自己的房间。这是她婚前提出的唯一的要求，需要一间自己专用的单独的房间做会客室和阅览室，而且那间屋子的确也没什么不同，只有一个书架和一张床。

我先前并没有注意，自己上班去了，回来的时候却发现她没如往常一样在厨房里做菜。我原以为她出去了，可是她的外套和皮包分明挂在客厅的衣架上。

房间里安静极了，我以为她可能因为学校有事来不及回来，正打算躺在沙发上睡一会儿，忽然听到从她房间里传来一阵奇怪的声音。她的房间位于进门后的一条通道的尽头，在整个房子的左边角落，紧紧挨着阳台。

由于是小区，所以平时一点儿噪声也没有，虽然利于休息，但是长时间的寂静也让人多少有些不适。所以房间里哪怕有一点儿杂音，都可以听得很清楚。我穿着拖鞋，一步步朝着发出声音的房间走去。

阳台上吹过来的风让我的脚有点儿冷。那种声音像一种咀嚼声，很慢，但很清晰，一下一下，很有规律，就像电视里的贵族进食一样。

橘黄色的木门居然没有关上，留着一小道缝隙。我忽然觉得有种偷窥的罪恶感，又不知道她到底在里面做什么。好奇心驱使着我隔着门缝朝里面看去。

里面的房间不是很大，即便视野狭窄，也能看得很清楚。我看到妻子平躺在那张床上，而先前的那个女人背对着我坐在一边。妻子睡着的样子很奇怪，似乎和平时略有不同，可是当时我也说不出什么不同来。

我以为妻子在休息，可是正当我要离开时，那个背对着我的中年女人忽然转过头来。

她的嘴巴里塞得鼓鼓囊囊的，嘴角残留着点点蜡烛碎屑，手上还拿着半根红色的蜡烛，上面明显有啃咬过的痕迹。房间里的灯光很昏暗，似乎仅有的那点儿灯光掠过红色的蜡烛将她的脸映衬得如血色一般。

我马上往后挪了一步，几乎不敢相信刚才看到的画面，然后赶紧走进厕所用凉水洗脸。

我一直待在厕所里，直到听到门外响起开门声，还有那个中年女人的道谢声。

妻子打开厕所门，关切地问我怎么了。我不知道是否该询问她，忽然想到，如果她愿意说的话，应该早就说了啊。

妻子似乎并不知道我看到了一切，只是关切地问我是否身体不舒服，并说自己在乡下和赤脚医生习得几年医术，还能对付得了一些头疼脑热的小毛病。

可我拒绝了。从那天起我对她就开始渐渐有了隔膜。妻子是个粗心的人，并没有过多的察觉。后来又陆续来了几个人，妻子依旧是将来客带到那个房间里。我也没再去偷看过，只觉得自己实在太不了解她了。

我隐约觉得，她除了做大学心理学教师外，还有另外一个职业。

于是我开始旁敲侧击地询问她，并且特意请假去她的家乡，可是依旧查不出什么。妻子在村子里从小就是惹人喜爱的女孩子，也没有任何怪异的举动。

或许，我只是太多心了，或许我只是被繁重的工作压迫得有些神经质了，妻子也经常以心理专家的口吻说我有些神经紧张。

可是，当我逐渐想忘记那些事情的时候，又发生了一件事情，而那也造成了我现在惶恐不安的生活。

我永远记得去年年末，一个高大的男人来到我家，他的样子相当憔悴，而且带着黑眼圈，他仿佛见到救星似的对我妻子苦苦央求。而妻子明显也很痛苦，看得出她很想帮助这个

异闻录
Yi Wen Lu

她的嘴巴里塞得鼓鼓囊囊的，嘴角残留着点点蜡烛碎屑，手上还拿着半根红色的蜡烛，上面明显有啃咬过的痕迹。

男人，但似乎又有难言之隐。

“您还是快起来吧，我已经尽力了，这种事情也不是我可以改变的。”妻子努力想要搀扶起跪在地上的男人——即便他跪着，也和妻子差不多高。我也想过去搀起他，可是那个男人实在太重了。

他说什么也不肯起来，甚至威胁说，如果妻子不答应他的请求，他就要跪死在我家。妻子长叹一口气，只好告诉我，这个男人是她老乡，她要回家一趟，短则数天，长不过一星期就可以回来。

让自己的妻子和一个陌生的而且情绪极为不稳定的高大男人一起远途，哪个做丈夫的都不会放心。可是当时我的公司处于非常重要的时刻，而妻子也一再说不许我同行，我只好多叮嘱她几句，然后送她去了车站。

但是一星期过去了，妻子没有回来。又过了几天，我忙完手上的事情，连忙联系她的家人，可是也没有任何消息。

一种不祥的感觉像墨汁浸透白纸一样袭上我的心头，我只觉得胸口发闷。在接下来的日子里，我遍寻了她所有的朋友亲人，可是一无所获，包括那个高大的男人，也没有任何消息。

“生不见人，死不见尸，她仿佛平白无故就这样消失了。我去公安局报案，可是每年这种失踪案都多极了，什么时候能找到她，谁也说不好。”说到这里，吴若东狠狠地抱着自己的头，痛苦地低声说着，“我要是那天不让她去就好了！”

他的懊恼与悔恨全写在脸上，而我在听完后也觉得吴若东的妻子恐怕凶多吉少了。

“可是，您找到我就是让我刊登个寻人启事吗？我个人很想帮助您，但是说实话，这也没有太大作用啊。”我爱莫能助地拍了拍吴若东的肩头，不料他仿佛触电一样猛抬起原本低垂的大脑袋，双手握着我的肩膀。

“不是！不是的！请您听我说完，我相信我的妻子没有死，只有您和您的朋友可以帮助我找到她！”吴若东的样子相当激动，比起先前的颓废，他仿佛落水者抓着了唯一一根救命稻草，手上力气很大，把我的肩膀都攥疼了，还好他很快意识到自己失态，再次平静下来叙说。

（下面仍是吴若东的讲述。）

在接下来的日子里，我过着一个人的独居生活。那些朋友亲戚该劝慰的劝慰几句，也逐渐离开了，甚至随着时间的推移，他们也淡忘这件事情了。可我不能，家里猛地只剩下我一个人，让我非常不习惯，我只有苦苦等待妻子归来。公司见我出事，也放了大假给我，于是我天天过着白天四处拿着她的照片问人、晚上在网上到处发求助帖的生活。

直到有一天，我懒洋洋地从床上爬起来，却看到妻子的那个私人房间的门打开了。

可我一直记得自从她失踪那天起这个房间的门就紧锁着，我也从来没打开过。那一刻我以为她回来了，欣喜若狂，连忙跑过去。

握着门把手的一瞬间，我觉得浑身一寒，身体忍不住打了个哆嗦，可是开门后我很失望，里面空无一人。

准确地说，我看到一面镜子。

那面镜子是妻子经常用的。她很喜欢照镜子，家里所有的镜子几乎都是她的，所以随处都有，方便她拿取，而这面也是经常摆在房间里的。我小心地拿起放在圆桌上的镜子对着自己照了照。

不照不知道，原来自己苍老得吓人，深陷的眼窝，晒得黑而起皱的脸皮，满脸的胡楂儿，简直和街边的乞丐没什么两样了。于是我决定去整理一下自己的脸。

可是当我准备拿着这面镜子出去的时候，却意外地发现那面不大的圆镜子里，我的肩膀上吊着几根黑色的东西。

我以为自己看错了，放近了些看，果然，镜子里的肩膀上有几根黑色细细的丝状物，可是当我转过头去看，自己的肩膀上什么也没有。

当我再看镜子时，才发觉那些是头发，而且很长，是女性的头发。

我的妻子留的就是长发。

但是接下来发生的事情让我几乎拿不住镜子了。我看到肩膀上的头发开始如蛇一般慢慢蠕动，而且越来越多，就仿佛上面有一台产丝机，那些头发仿佛有生命似的渐渐垂下来，向我的喉咙靠近。

我的手慢慢向上方照去，几乎是下意识地想知道那些头发的根源到底是什么。

镜子慢慢朝上方移动，依旧是头发，黑色如墨汁，中间夹杂着几点红色，最后我照到了一双眼睛：带着些许的水蓝色，却毫无生气。

那是一双埋没在头发里的眼睛。虽然只是迅速的一瞥，但我还是看到了。我惊恐地扔下镜子，恐惧地摸索着自己的肩膀，好像上面真的有头发一样，而实际上什么也没有。

等我再拿起镜子时，却没有发现什么异常。

我和妻子一起躺在床上的时候，最喜欢把我的头枕在她的大腿上，她则低垂着头，让她的长发扫着我的脸和肩膀。

而我抬头望去，在一片黑色的长发里也只能看得到她那双淡蓝色的眼睛。

我吓得一身冷汗，但是很快房间又恢复了宁静，阳光开始倾泻在这个房间里。

可是接下来的日子里，只要是她用过的东西，我几乎都能从中感觉到她的存在。在那个我和她的新房里，她几乎无处不在，像是和那个房子一体似的。

无论是做饭、喝水、拿衣服，我总是有意无意地触碰到某些东西，洗澡的时候在落地玻璃前，透过模糊的水蒸气，依稀可以看到镜子里我的脚边还有一双秀气的女性的脚站立在我身旁。我几乎要发疯了，正当这个时候，最早来找妻子的那个中年妇女居然又来到了我家。

我一把将她拖进屋里，然后高声质问她我妻子究竟在哪里。她似乎被我吓坏了，惨白着脸，过了好半天才举起手里的礼品，说是来给妻子道谢的。而我也意识到自己的粗鲁，抓住机会问她那天和我妻子在房间里究竟发生了什么事情。

她动了动嘴唇，似乎极不情愿提及那件事。可当我说妻子可能已经因为这件事而遇到不测时，她有些愕然，然后慢慢告诉了我。

原来那天妻子正在过阴，也就是以自己的能力离开身体，并且以那种姿态去阴间询问一些事情。据说过阴是相当危险的，过阴者很可能会控制不住而导致死亡。

过阴的仪式里，实施者会躺在床上，和真正的死人没有任何区别。难怪那天我看到妻子的睡相有些不自然。

而当我问起那个女人为什么要去啃咬蜡烛时，她脸红了一下，说自己是拜托妻子过阴问她死去的丈夫自己可否再嫁，因为决定二婚的那几天她家里经常发生怪事。实在没有办法，她才来找妻子，而妻子也答应帮忙。至于那天发生了什么，她自己也不知道。

“好像是我那死鬼男人很不服气，居然附在我身上把我带来的红蜡烛啃掉半截，到现在我还一嘴巴蜡烛涩味。”

她张了张嘴巴，吧唧吧唧嘴唇，以表示自己没有撒谎。

“后来我那死鬼好像被说通了，也就跑了。这不，我刚结完婚，想送点儿喜糖给她，可没想到发生了这种事情。”她有些失望和感伤，低头不语。

送走那个妇人后，我意识到那天那个身材高大的男人一定有什么事情拜托我妻子，可是我不知道他们去了哪里。根据妻子说的返回时间，我去查过所有的火车来客名单，但是也没有妻子的。我实在没有办法，只好恳求您，看是否有什么办法知道他们会去什么地方。

说到这里，吴若东一脸可怜巴巴的表情。我也动了恻隐之心，毕竟失踪这种事情最令人讨厌，总是悬在那里没有结果，生死不明最让人揪心。对于他来说，若非亲眼见到自己妻子的尸体，他是绝对不会死心的。

我好言劝慰他几句，送他出去了，然后自己请假回到家中，遍查所有资料，但没有查到过多关于过阴的资料。

不过这也在我预想之中，因为我还可以从一个人那里得到答案。

“过阴吗？仪式场所非常重要，如果只是单纯地提出需要死者才能回答的问题，只要一个密闭的小房间即可，可是如果是询问那个的话就……”黎正坐在沙发上，手中端着一杯绿茶。

“哪个？”我好奇地问。

“死期。”他放下茶杯，一只手插在裤子口袋里，另一只手做了个展开平摊的动作。

“如果有人想询问自己的死期，过阴也可以知道答案，只不过只有一个地方可以问死。”他从我身边走过，一直走到窗户前，低头不语。

我没有问他，因为我知道，他如果愿意说，一定会回答。

果然，数分钟后，他抬起头微笑着说：“那个地方，就是过阴者的出生地。”

“哦？你干吗这么久才说，卖这么大关子？”我不满地抱怨，他则不以为然。

“因为我刚刚想起来。”黎正抬起头，眯起眼睛笑着。

我于是通知吴若东，询问他他妻子的出生地。他犹豫了一下，说要好好想想，或者去询问他妻子的家人。而我也正好要去向总编请假。至于黎正，他说对这事很感兴趣，于是便约好两天后在火车站见面，接着他便毫无踪迹了。吴若东则一再告诉我，一定要在两天后集合一起去，因为他的公司下个星期要重组，他是一定要参加的。

两天后，我请到了长假，和黎正以及吴若东来到吴若东妻子的出生地。

吴若东妻子并非出生在她现在的家乡，她的父母是在这个小县城生下她的，住了几年，却不知何故又搬到了现在的乡下。至于原因，吴若东的妻子从来不肯告诉他。

这个县城的人似乎都很冷漠。吴若东着急地拿着照片四处询问，这里的人却都摇头说不知道，直到问到一个年轻人的时候才知道答案。

几个月前，吴若东的妻子和一个身材高大的男人来到了这里，不过很快他们就去了县城里的一处民房。

据说那间房子空置很久了。而我也想到，说不定那就是吴若东妻子出生的地方。可是为什么她和父母要离开这里，为什么这间房子居然空置了几十年却无人敢住？

吴若东说，以前妻子曾经提及这个老房，并且结婚的时候还来这里打扫过。于是我们跟着他，一直朝着他妻子曾经居住过的老房走去。

那所房子坐落在车站北部最偏远的地方。那是个低矮的三居室平房，一条龙的三间房子串在一起，真的是荒废多时了，不过在门口可以很明显地发现有人进出过的痕迹。吴若东有些激动。我让他稍微休息了下，然后三人一起走进去。房子里面相当暗，我和黎正还差点儿摔倒。

房子里弥漫着令人作呕的潮气和腐木的味道，房子中间摆放着一张破旧的木桌，桌子上居然还有一截燃了一半就熄灭的蜡烛。

“看来你妻子的确来过这里。”黎正拿起剩下的蜡烛看了看，又指了指地面，果然厚厚的灰尘上有着模糊但可辨认的一双女式鞋印，当然，还有一双男式的。

我们继续走进里屋，里面也有一张木床，而床的下面居然有一双布满灰尘的女式皮鞋。

“是她的皮鞋，我记得，是我为她过生日时买的！”吴若东像疯了一样朝鞋子跑过去，不过被黎正拉住了。

“如果你不想让你妻子死去，最好别碰那双鞋子。”黎正的话很轻，却如镇静剂一般让吴若东安静了下来。

因为来之前我告诉吴若东，如果想找到他妻子，就必须听这个满头银发的怪人的话。

“鞋子的摆放，决定了过阴者的生死状态。过阴时，鞋子必定有一只是翻过来的，如果全部摆正，则过阴人会苏醒过来；如果全部翻过去，他们就会死去了。”黎正一边说，一边望向那双鞋子。

我和吴若东也仔细看过去。

那双女式皮鞋有一只是翻过来的。

“如果当时没人动过的话，或许你妻子还活着。”黎正盯着那双皮鞋，沉声说道。

“为什么，为什么他们一家要搬出这里啊？”我忍不住问正在寻找线索的黎正。

吴若东也望过来，他也带着同样的疑问。

“传说，能够过阴的人，生下来是不会哭的，而按照常理，不哭的孩子是活不下来的，但是他们非但可以活下来，而且比其他人要聪明得多，只是他们从懂事开始就知道自己何时会死去。过阴者的第一次过阴往往是无意识的，是在自己睡梦中发生的，这个就像身体发育到一定时候的自然反应一样，当然，并不是十分确定在某个年纪。

“他们对自己的梦记得很清晰，也会逐渐意识到自己在过阴。当然，有些人会保密，有些人会利用这个做些别的事情。你的妻子很可能在帮助别人，或许，她意识到自己何时何地会死，总之，过阴者一定会回到自己的出生地，如果她预感到自己的死期的话。”黎正一字一顿地说。

旁边的吴若东变了脸色，他冲上去抓住黎正的衣领。

“你胡说！你刚才还说她会没事的！”他朝着黎正大吼，后者则不以为然。

“我只是实话实说，如果你不相信，那就算了。”黎正斜着眼睛看着他。

我立即上去分开了他们，然后示意黎正先别说话刺激吴若东了。吴若东则虚脱似的一屁股坐在地上，有些失神地念叨着他的妻子。

“如果找不到那个高个子男人，恐怕也找不到你妻子了。”

我四处看了看，的确没有任何线索。吴若东痛苦地站了起来，打算走出去。

“我说，如果你妻子失踪了，恐怕警察怀疑的第一个人会是你吧？”黎正忽然站在原地微笑着看着吴若东。我非常惊讶黎正为何这样，吴若东也非常不解。

“警察的确询问过我，可那是很早之前的事情了。”吴若东回答道。

“其实你找到我们，只是惧怕今天是你的死期吧？”黎正双手插在裤子口袋。

“我不明白你在说什么。”吴若东呆呆地望着黎正。

黎正没有回答他，反倒是转向我。

“你知道为什么他们一家人要离开这里吗？如果你是村民，一个小孩经常口无遮拦地预测别人的死期，而且又惊人地准确，而这个孩子还是个生下来就不会哭的人，你会如何看他？”黎正问我。

“怪物。”我老老实实回答道。

“是的，怪物，十足的怪物。所以那可怜的一家人只好搬走，并且期望可以过新的生活。那个可怜的女孩子一天天长大，但由于离开了出生地，她无法再预测他人的死期，于是也渐渐过上了平常人的生活，偶尔帮人家问死者问题。

“可是埋藏在她心底的还有一件事，因为她早就知道了自己的死期，于是她急着嫁人、生子，希望可以过一个女人完整的一生。于是她遇见了一个男人，她原以为自己可以安详地度过自己最后几年的生活，可是她错了。

“她大意地认为自己的丈夫根本不了解过阴，根本没想到那个男人早就通过查阅资料、问人而详细了解了所有的事情，包括预测生死。

“于是她的丈夫跪在她面前苦苦央求两人去一趟老家，因为这个男人需要知道一些重要人物的死期。是的，对于一个生意人来说，某些人的生死直接决定着他的前途。

“于是她妻子终于决定来到她孩童时代满是噩梦的地方，在这个破旧的屋子里进行了过阴。

“她的丈夫得到了答案。可是很可悲，人都有个普遍的弱点，那就是好奇心，男人随口问了句自己何时会死。”黎正忽然停下来望向吴若东，我也随着他的目光望去。

吴若东的脸忽然变得饱满而富有张力，他冷冷的眼神充满了敌意，同时又带着悲凉感。

“答案就是，今天。”黎正慢慢地走到屋子中央。

“你一再要求今天来，将所谓的故事告诉我们，其实是惧怕你死去的妻子报复吧？所以你以为抓到我们这样一根稻草来到这个地方，可以让你度过今天的死期，甚至那个时候，你或许也想过，杀死过阴者，会不会改变你今天会死的命运呢？”黎正继续说道。

“别再说了！”吴若东大吼一句，“我从没想过要杀死她，我只是害怕，我害怕她。”吴若东崩溃地坐在地上。

“根本没有所谓的高个子男人，那个先前告诉我们你妻子消息的人，恐怕是你早就安排好的吧，所以你才抢着去问那个村民。还有那双鞋子，其实也不是你妻子的，上面的灰尘和蜡烛上布满的，根本就不是同一个时间段的。本来前一个屋子的空气流动要快过里面的屋子，而且皮制品比蜡烛要更容易吸灰，可那双鞋子怎么看也像是人工拿灰铺上去的。最关键的是，过阴者是不会穿着高跟皮鞋进行仪式的，恐怕以前的鞋子不好拿出来，你才替换了这样一双吧。

“你之所以编造那样的故事，一再要求我们在今天到这里来，只是为了同时作为证人，好证明是那个神秘的高个子男人对你妻子下手的吧？你或许没想到我比你更了解过阴，所以你只好匆忙来到这里随便布置了一下所谓的现场，买通了当地人，让他不要说出那天其实是你和你妻子来到这所老宅的。你利用这里的人讨厌你妻子的心理说服了他们，或许对于那些人来说，你妻子越早死去反倒是让他们安心吧。在这里，上了年纪的知道你妻子可以过阴的人都对她避而不谈，就像约定俗成一样，把她当成了这个地方的禁忌。”黎正继续质问着吴若东。

“我以为她在说笑，毕竟预测死期这种事情不过是传说罢了。可是她见我不信，很快预见了当地一个村民的死期。果然如此。那时候我开始恐惧了，和她吵了起来。她哭着说过阴也不见得一定是准确的，尤其是一些特别的事情发生的时候。鬼才会相信她！死亡怎么会有终结的时候？对我来说，这个女人无疑就是个魔鬼。离开她，离开她，或许我能活下去！这就是我当时的想法。于是我提出再回一次老宅，重新过阴一次预测死期。她无奈，只好同意。而那次，当她开始过阴的时候，我就把她的鞋子一起翻了过去。

“我真的没想到，她居然死了，任凭我再怎么呼喊，她也不会醒过来了。我开始害怕，因为我不知道自己这种行为算不算谋杀，或许谁也不会相信翻一翻鞋子就可以杀掉一个人这种荒谬的事情，别说查到我头上，就算我主动自首，也会被警察轰出来，或者被送到精神病院。我只好将她的尸体埋在最里面屋子的地下，还有那双鞋子，并且编造了高个子男人的事情，说她和那个男人一起失踪了。可是从那以后我每天都在家里遭受她的折磨，于是我想到她预测过我的死期。我抱着试试的心理找到你们，期望你们帮我度过这一天。”吴若东无力地说着。

“你以为我有能力帮你逃避死吗？你错了，我也不行，你妻子的预测很准确，不信你可以回头看看。”黎正忽然伸出手指着最里面那间漆黑的屋子。

后面的房门不知道为什么关上了，只留下窗口的缝隙透进来一些白而寒冷的阳光，像剑一样，插在里屋看上去明显松软、被翻过的土地上。

吴若东的眼球几乎鼓了出来，死死地盯着那里。那堆土向上抖动了几下，忽然破开了。

一只几乎腐烂的手从里面伸了出来，然后是一双瘦弱的肩膀，是那个可怜的女人，她的长发将自己的头颅紧紧地包了起来，她以蛇一般的蠕动姿态游向瘫倒在一边的丈夫。

吴若东已经无力站起来了，他只是下意识地用手挡着自己的眼睛。

当我想去救他的时候，那个女人以不可思议的速度缠上了吴若东，后者只是低声哼了几句，就没有任何动作了。

吴若东的脑袋枕在那个女人的大腿上，女人慢慢低垂着头，漆黑的沾着泥土的湿漉漉的长发慢慢垂向吴若东的脸。

我听到了一阵阵类似骨头被啃咬的声音。吴若东的身体开始剧烈抽搐着，他就像一只中了毒的田鼠，根本无力逃走或是反抗。

然后他们两个一直保持着那种姿势，直到他们的头被那头发紧紧包裹起来。

黎正叹了口气，忽然又惊讶地望着那具女尸，然后恍然大悟地“哦”了一声。

离开的时候，我终于还是忍不住问他是否又发现了什么。

“其实，我也不是十分了解过阴。原来，如果过阴者的身体里孕育了新的生命，是可以逃避那恐怖的死期的，或者说吴若东妻子所说的特别原因就是指这个吧。刚才我看到她的手紧紧地护着肚子，就如同本能使然，于是忽然想到这个。”

“生的终结是死亡，死亡的终结是重生吗？可是为什么她不早点儿告诉吴若东呢？”我不解地问。

“因为过早告诉他，那个男人一定会要求打掉孩子的。他的妻子其实是想借着孩子的降生改变他们夫妇二人的命运，结果，到最后还是无法逃避。”黎正阴沉着脸，带着惋惜的眼神看着地上的那两具尸体。

第九十八夜
饿

“她哪里是一个年轻姑娘，根本就是一个几乎皱纹爬满脸的老太婆，老太婆的眼睛像锋利的刀从额头上划开的缝隙，她笑嘻嘻地看着小李。她一笑更让我难受，那些皱纹仿佛活了一般，如同一条条蚯蚓在她苍老的脸庞上慢慢爬动开来。”

与其说这是个真实的故事，倒不如说更像是当事人本身加入了或多或少臆断成分的一段记忆，因为当我看着父亲讲述这个故事的时候，他的眼睛失去了焦点，仿佛进入了半睡眠状态，从嘴里轻吐出来的字句虽然低沉，却清晰可辨，不过又像是梦中呓语。

（下面是父亲的讲述。）

我十八岁时来到了一个农场。那是一个三面环山的地方，景色虽然秀美，但我根本无暇顾及。我是上山下乡来改造的。这个农场的人员编制是按照军队来算的，一个班十二人，有正副班长，连长大都是由真正的军人担任。

大家白天劳作——插秧、收谷、抢棉，干得不亦乐乎，累得一塌糊涂。一日三餐两瓜一饭，接受着下乡改造的过程。我们连上百号人，都住在同一个大宿舍里，床紧挨着床，大家虽然辛苦，却也过得相当愉快。大家年纪都相仿。只是有一点让人很难受，那就是饥饿。

俗话说半大小子，吃穷老子，个个都是能吃的主儿，虽然菜肴罕见荤腥，常年两瓜一椒——冬瓜、南瓜和辣椒，但大家还是吃得津津有味，加上收割时节农活繁重，一顿饭吃个半斤八两那是常有的事情。即便如此，还是有很多人经常在晚上发出咕噜咕噜如同敲击破鼓的叫声，然后就会听到“唉”的一声长叹和喉咙使劲儿咽下唾沫的声音。

而每当逢年过节，食堂出现红烧肉这样一年难得一见的食物的时候，大家伙便疯了似的抢起来，各个生产兵团都听过为了食堂打菜发生口角而致斗殴甚至伤亡的案例。所谓人为财死，鸟为食亡，人到了那份儿上，哪里还顾得了什么，填饱肚子才是脑袋里唯一想的事情。

每天早上六点，全连人就要在食堂集合，大家迎着刚洒下来还微冷的阳光在连队指导员的带领下背诵《毛主席语录》，而我们的正对面晒着一行行已经腌制的冒着金灿灿肉油的鸡鸭鱼肉。于是大家伙总是念一句语录，咽一口唾沫。指导员是一位上过战场的职业军人，他的右眼皮上还有块食指大小的伤疤，据说那个伤险些让他成了独眼龙。他用高亢粗犷的声音训斥着我们。

“这些都是战备肉，你们想都别想！知道什么是战备肉吗？就是为了应付美帝国主义和国民党残余势力对我们的阴谋反攻而准备的。大家要老老实实地学习《毛主席语录》，不仅要在身体上武装自己，更要在精神上坚定信念！”说完，他就领着我们去晨练，然后是喝粥劳作。

当然，这些十七八岁的小青年绝对不会老老实实地按照连队指导员的话去做。虽然我们不是部队直属，但绝对是按照部队军人的标准来要求的，所有偷鸡摸狗的事情被抓到，绝对是严惩不贷，但是这也丝毫拦不住那些家伙的口腹之欲。他们几乎用尽各种各样的办法来获取可以吃的东西。

和我关系最要好的，是一个叫阿牛的大个子，他的样子很老气，实际上也的确比我们成熟得多。他像一个大哥哥一样照顾着我们，尤其是我。他说我身子骨单薄，要好好锻炼，并且拖着我一起打篮球，也是从那时候起我才喜欢上打篮球的。

阿牛似乎总是能在我们饥肠辘辘的时候变出几块饼干或者两三个红薯，谁也不知道他是从哪里弄来的，每每问起，他也是笑而不答。虽然长得人高马大，一张肉脸像砂纸打磨过一样，厚实的嘴唇总是带着腌制许久的腊肉般的颜色，可他笑起来如孩子般天真，两只眼睛都被周围的肌肉挤压得看不见了。那时候阿牛在我心目中的形象高大得很，在大家看来，能搞到食物的人就是牛，所以大家都管他叫阿牛。

记得有一次，我好奇地问指导员阿牛的家世。他只是大概地说到阿牛的父亲以前是一个专门喜欢在乡间游走的医生，据说医术相当高超，还在国外留过学。

“所以，他儿子的骨子里、血液里多少浸透了些资本主义思想，更要进行改造啊。”指导员严肃地对我说道。我则似懂非懂地点点头。

当然，有像阿牛这样一有东西就拿出来给大家分享的，也有像小李那样一有东西就藏起来吃独食的。小李是上海人，据说是资本家的后代。他来的第一天细皮嫩肉，跟个女娃似的，说话轻声轻气。指导员皱着眉头说，他的确需要来这里好好改造改造。于是半年过去了，小李也变得和我们一样抬头骂娘、低头吃粮，身上晒得黑黑的，到处是未脱干净的死皮。只是有一点他始终没有变化，他打心眼里看不起我们，虽然不敢明说——他怕挨揍。第一天他嘲笑阿牛是个呆子，说他和田里的牛没什么两样，马上被揍趴下。然后阿牛很认真地，仿佛是在以老师授课的口吻说，不要嘲笑牛，牛在农村人心里是很重要的。以后阿牛和小李就结了梁子，两人不是非要说话，绝对不打照面。而小李觉得这一帮人中只有我这个初中毕业的人尚值得交谈一下。每当与他在一起，他总是满怀着甜蜜回忆，想起自己以前的日子，每次都是“你知道那什么什么吗？看你也不知道，我来告诉你吧”。有好几次我真想说我不知道，也不稀罕知道，但每次话到嘴边，看着他那么激动仿佛陶醉般的神情又开不了口，只好任由他一个人喋喋不休说上一个钟头。

你可能觉得我说的有些普通是吧，那个年代似乎都是如此，但是我必须把阿牛和小李交代清楚，因为他们两个几乎决定了那件事的结局。

事情的开端是指导员发现有人倒饭。其实这不算是什么新鲜事，女学员里有很多是经常倒饭的。虽然是兵团编制，但是农场里也有小卖部，也有老乡喜欢卖一些副产品。这些女娃大都家庭富裕，虽然被强制送到这里下乡劳作，但家里人时不时塞给她们很多吃食和零花钱，当然她们看不上食堂里的粗茶淡饭。但是这次似乎做得离谱了点儿，因为我知道小李也倒饭了，好像是下午的时候他接到家里寄的一笔邮寄款，吃了只烧鸡。当然，他只拉了我一个人去，然后小心翼翼地从鸡脊背上撕下一块巴掌大小的鸡肉，后来犹豫了一下，不好意思地看了看我，似乎觉得有点儿过，就又拿了只翅膀给我。我只是笑了笑，既然有白食吃，何必计较那么多呢？于是一路上小李一边啃着烧鸡一边和我讲述他在上海的饮食。他说，要是在上海，绝对要请我吃醉鸡，那玩意儿比这个破烧鸡好吃多了。

回头说指导员，他勃然大怒，把这件事上报给营部，于是营部决定所有连按照顺序吃忆苦饭。

什么叫忆苦饭？那可不是什么好东西。指导员将连队所有人集合在食堂里，先是一顿臭骂，说我们脑袋里的资产阶级好逸恶劳、养尊处优的小尾巴还没完全割掉，根本无法融入广大的农民兄弟阶层里去。然后他指着满满一桶泔水，说这就是忆苦饭的主料，然后说接下来的一个星期所有人只准吃由倒掉的剩饭和老包菜梗熬的忆苦饭，而且所有小卖部不准卖东西给我们营的人，抓到私藏食物的，也会给予重罚。

命令一出，大家都傻了眼，于是接下来的几天个个饿得叫苦不迭。那忆苦饭闻起来很香，但吃到嘴巴里连咬都咬不动，而且看上去浓稠，其实稀少得厉害。这伙人个个吃得脸色蜡黄，开始还有人绝食抗议，可是没几天就挺不住，乖乖地去吃。后来几个藏起来吃从外面村子买来的干粮的，结果也被指导员突击检查，全给没收了。

那几天我和阿牛饿得说话都懒得开口了，全部用手势代替，不到万不得已，绝对不多说一个字，而小李很奇怪。

忆苦饭，他吃得很少，却依旧精神抖擞，非但没有瘦下去，人还胖了些。他解释说是浮肿，可我看不像，虽然大家都浮肿，脚肿得鞋子都穿不进，可是小李的腿还是好好的啊。

阿牛不愿意多过问小李的事情，每当我提起，他也只是从鼻孔里哼哼说经常看见小李半夜跑出去，然后身上带着肉香又蹿回宿舍。我猜想这小子指不定溜到哪里偷吃了。

一天夜里，我饿得胃直往嘴巴里泛酸水。大家都在床上翻来覆去，最后也不知道是睡着了还是饿晕了，我变得迷迷糊糊的。忽然间肩膀被一双大手摇晃起来，我靠着窗外稀冷的月光，发现居然是阿牛。

他的样子带着一点儿紧张，然后对着我做了个噤声的动作，紧接着示意我跟着他。

我一直觉得，跟着阿牛自然是不会错的。

阿牛带着我小心地走出宿舍，居然跑到了食堂。我们两个翻围墙都翻了半天，实在是饿得没了气力。我和他溜进了食堂后厨房，里面黑得伸手不见五指，阿牛像牛一样圆而大的鼻头在空气中使劲儿嗅了嗅，然后拉着我朝角落的一个灶台跑去。

我跑过去一看，差点儿没笑出声来，居然是一堆烤熟的红薯，一个个拳头大小，孤零零地堆在灶台角落里。

“吃吧，不过要快点儿，随时会有人来检查的。”阿牛一边说，一边迅速地拿起来往自己嘴巴里塞。

那一顿红薯吃得我这辈子难以忘记，因为我差点儿被噎死。

我们刚吃到一半，忽然门外传来有人跑过去的脚步声。我和阿牛同时停止咀嚼，然后抓起几个红薯就跑，可能是因为害怕，也可能是吃了些食物，我跑得有力多了，不过在吞咽下去的时候居然噎住了。

我顾不得许多，勉强翻过去就摔倒在地上，那一刻真的感觉自己难受死了，整个身体的血都往脑门上冲，呼吸越来越困难。阿牛赶紧帮我拍着后背，还好，那团红薯终于咽下去了。

我气喘吁吁地回头望去，想看看是哪个王八蛋差点儿吓死我，却看见了一个熟悉的背影。

虽然天黑，可是那天晚上的月光非常明亮，所以我们很清楚地看到那人正是小李。

“跟着他。”阿牛忽然招了招手。

想想也是，反正出来了，干脆跟着看看到底这小子去干了什么。于是我也好奇地跟了上去。

我和阿牛在小李后面始终保持着几十米的距离，再远点儿就看不清他往哪边走了。而这个家伙也相当小心，走走停停，不知道走了多久，只晓得山路越来越崎岖，我开始怀疑他到底要去什么鬼地方。

终于，我们在农场北面的一个半山腰停住了。小李往一间宽敞的草棚屋走去，屋子外面还有好大一个鸡舍，不过估计鸡都被赶进去了吧，里面一只鸡也没有。

想想也可笑，这一带的老乡中很多人都讨厌我们。前些日子我和阿牛还有其他几个人还偷过老乡的鸡，虽然留了一点儿钱，但其实跟明抢没有区别。这种事情屡见不鲜，有些人骂几句也就算了，更有些好心的大娘看我们可怜，睁一只眼闭一只眼，权当没看到。而我们也不会经常去干这种下三烂的事情，偶尔实在肚子里刮不出一点儿油水时才会打打牙祭，但这就把很多人弄得提心吊胆，一入夜就将鸡赶进自家屋子了。

我和阿牛小心地猫着腰走过去，扒着门缝往里看，那门是竹子编制而成的，夏天里凉快透气，所以缝隙也多。

透过屋子里不亮的灯光，我居然看到小李那小子正端着一只大大的蓝色瓷碗咕咚咕咚喝着汤。

是鸡汤，那香味顺着门缝飘出来，我的口水几乎都快流出来了，先前还觉得红薯是最好的美味，而现在几乎连它的味道都记不得了。

“翠，你为啥从来不吃点儿啊？”小李放下碗，柔声说道。

我看不到屋子里的另外一个人，因为小李是坐着的，而那个人似乎站在一旁。

“你吃啊，我看着你吃，我就高兴了。你是有知识的人，整天要费脑子，连队的忆苦饭会吃傻你的，我心疼。”那个叫翠的人居然还是个年轻女孩子，声音脆得像刚摘的苹果，甜得如同入秋的沙橘。

我忽然嘴巴里开始泛出酸水，也不知道是来自胃还是来自心里。

“那你也要吃点儿啊，弄得我太不好意思了。”小李居然还会主动邀请人家吃，我这是第一次听到。

“不了，还没到时候，女娃娃家的不适合吃这时候的鸡肉，我们这一带都这样，所以养鸡都是卖蛋用。”那个翠又说话了，语气里充满了关怀。

“翠，我答应你，只要我回到上海，一定会回来带你走。我们离开这个鸟地方，离开这个该死的农场，去过一辈子的好日子。”小李忽然也动情地说。

“嗯，我信你。”

接着，两人便沉默不语了。

阿牛忽然拉了拉我的衣袖，做了个“走”的手势。于是我和他又返回了宿舍。

我们刚躺下没多久，小李也偷偷摸摸进来了，然后和衣躺下，他的呼吸很急促。我斜眼看了看他，这家伙，连嘴巴上的油水都没抹干净，在月光下闪闪发光，两片嘴唇如同碎裂的玻璃块一样。

忆苦饭最后一天，吃完了，指导员决定恢复正常伙食，并且允诺有肉包子。大家正在欢呼雀跃，我却发现阿牛的表情有些不正常。

我问起他怎么回事，阿牛却破天荒地说在为小李担心。

“不是吧？你小子可能也在嫉妒人家又找到个老婆又找到个免费饭票吧？”我半开玩笑地说道。

阿牛也不恼，依旧抬起头冷冷地看着我。我发觉有些不对劲儿，他很少用这种表情对人。

“你不晓得，我其实就是当地人，后来我爹在我刚懂事的时候带着我离开了这里。他在世的时候总告诉我不要回来，不过他死了没多久，我又巧合般地分回这里，自己都觉得好笑。我对这里太熟悉了，一草一木一点儿改变也没有，这一带人虽然还算善良，但也有些居心叵测的。任何时候都不要太放松，俗话说，害人之心不可有，防人之心不可无啊。”阿牛缓缓说道。

我这才明白为什么他对这一带的东西都了如指掌。

“你知道吗，昨天的那座山，其实一直都是没有人居住的，而且我也压根儿没听过这里的女娃不能吃鸡的规定。”

“那也可能是那个叫翠的身体不好，不能吃吧。”我不知道自己为什么会为小李说话，可能直觉觉得那个女孩子不是坏人。

“你们这些城里人，对这个世界了解的还是太少，有些东西不是你们想的那么简单。要不这样，连队晚上才正常开火做饭，下午我再和你去一趟那个后山腰看看。”阿牛的话没有任何我反驳的地方，当然我只好同意。

而小李也越来越古怪。他不再喜欢抓着我聊天了。失去了这个烦人的家伙的骚扰，我反而有些不适应，主动去跟他打招呼。他也是爱理不理，干活的时候也无精打采，被班长呵斥了好几句。没事做的时候，他就一个人蹲在那里发呆。

当我走过去想找他谈谈时，他忽然抬起头来，吓了我一跳。

他的脸部肌肉泛着潮红，还一下一下痉挛般地跳动着，嘴巴半张，流着老长的哈喇子，别提多恶心了。

“饿啊，我饿啊，吃，吃。”说着，他神志仿佛都不清楚了，“翠，翠，我要吃鸡，我要喝汤。”他一下子站起来，一晃一晃地朝着那座后山走去。

我赶紧去找阿牛。阿牛皱了皱眉头，什么也没说，就冲出门跟着小李而去。

五月的下午热得厉害，还没走几步，我和阿牛身上都冒着汗气，加上饮食不好，我的眼睛开始冒金星了。

“多撑一会儿，快到了。”阿牛拍了拍我的肩膀，我也点点头，继续跟着小李。

今天我们几乎是直接跟在他身后，但他仿佛对我们毫无察觉，只是如行尸走肉般往山上走去，而且走得很快。

快到那间屋子的时候，我和阿牛躲藏在旁边一人多高的杂草堆里，死死地盯着前面。

鸡舍里养着几只鸡，个个膘肥体壮。我觉得很奇怪，因为之前从老乡家里偷来的鸡从来没有养得如此肥的。那些鸡也不怕生人，只是一个个仿佛也和小李一样目光呆滞，没有精神。

“翠！开门啊，我饿了，我要吃啊。”小李对着竹门大声吼道，接着用拳头狠狠砸过去。

门开了，走出一个人来，但是当我们看到她的时候，几乎惊骇得说不出话来。

她哪里是一个年轻姑娘，根本就是一个几乎皱纹爬满脸的老太婆，老太婆的眼睛像锋利的刀从额头上划开的缝隙，她笑嘻嘻地看着小李。她一笑更让我难受，那些皱纹仿佛活了一般，如同一条条蚯蚓在她苍老的脸庞上慢慢爬动开来。

“小李，你来了啊。我这就让你吃，吃个饱，然后我也要吃了，因为我也饿啊，饿了好多年了。”老太婆开口了，那声音居然还是我们昨晚听到的年轻女孩的声音。要不是实在没吃什么东西，我几乎都快吐个不行了，我使劲儿咽下从喉咙里冒出的酸水，望向阿牛。

阿牛的表情很冷漠，他直视着那个老太婆，并按着我，告诉我暂时别动，看看到底怎么回事。

我看到小李像那个什么，该怎么说呢，对了，就像一头饥肠辘辘的野兽，即便前面是摆放着食物的陷阱，他也毫不犹豫地往前走。老太婆笑嘻嘻地转过头，走了进去。我似乎看见那个老人的后颈上有块菱形的胎记。

“啊！”阿牛忽然惊讶地喊了一声，接着连忙拉起我冲进了房间里。

我看到一幕非常骇人的景象，那个茅草棚里到处挂着已经腌制的人的肢体和碎肉，它们就像食堂门口挂着的战备肉一样，整齐地摆放成一排，都用铁丝穿过，肉已经被太阳晒得紧缩起来，干瘪得不成样子。而地上还有一个脸盆，里面是一些谷料，面上撒了些碎肉。

原来门外的那些鸡是用人肉喂养的。

老太婆一点儿也不慌张，她笑嘻嘻地看着我，又看了看阿牛，忽然，她开始疑惑了。

“像，好像，太像了！”她连说了三个“像”，然后发疯般地冲到旁边的床上，拿开枕头，里面居然有一张老照片。

照片是黑白的，只是在两侧有两个灰白色的拇指手印，或许是被人长时间握着的缘故。

我瞟了一眼照片，上面居然是一个普通的三口之家：孩子在中间，四五岁；父亲穿着一身中山装，留着大背头，戴着眼镜，文质彬彬；母亲有两条油亮的大辫子，相貌秀气。

只是，那个父亲居然和阿牛颇为相像。

阿牛的嘴唇开始慢慢颤抖起来。

“爸说你死了！”他突然大吼一声。

老太婆身子一抖，手里的照片掉落在地上。

“是的，我是死了，自从他带着你离开，我就死了。他嫌弃我，畏惧我，因为他知道我这样的女人只要生下孩子，就会老得飞快，像一块用掉的旧抹布。我曾经告诉过他，可他不相信，还说他可以治好我。狗屁！我娘、我阿婆都是这样，而唯一可以治好我的办法就是吃掉一个年轻男人！一个被我用门外的鸡肉喂养的男人！”

我开始适应眼前这个疯老太婆用二十多岁年轻女孩的声音讲话了，可是刚刚得知的事实又让我措手不及，她居然是阿牛的母亲！

“放了他吧，我虽然不喜欢他，但我不想看到你做这种事情。爹临死前叫我永远别回来，可能就是怕我看到你。其实他很痛苦，一直都没有再娶。”阿牛的眼睛有些湿，他慢慢地朝他母亲走去。

“不要过来，你也看到了，我马上就要成功了，我的声音也恢复了，只差一步，吃掉他，我就可以恢复以前的样子了！”

看来这个女人真的疯了，我想冲过去制伏她，可是又有些不知道是否该这样做。

阿牛沉默了片刻，方才开口道：“那你吃掉我吧，我是你生的，你吃掉我也是理所当然。”阿牛的话让我和那个女人都惊骇了。

终于，阿牛的娘低下头，从床底下掏出一个瓶子，然后把里面的东西倒进坐在椅子上半痴呆的小李的嘴巴里。小李忽然脸色大变，开始剧烈地呕吐起来，污秽的呕吐物非常难闻，犹如腐肉。

“娘，我会一直留在这里好好照顾您的。”阿牛的声音哽咽起来。

那个老人也慢慢走过去，来到阿牛身边，无限爱怜地望着阿牛。我正松了一口气，忽然见那个老太婆脸色一变，如恶鬼般骇人。

她对着阿牛的脖子咬了一口，活生生扯下一大块皮肉来。

阿牛的身体疼得猛然一缩，他连忙捂住伤口。

“你走吧，你已经不欠我什么了。我也不需要你照顾。再说，我也活不了多久了。”说完，她居然将口中带着血的肉吞了下去，接着将我们三个赶出了屋子。

阿牛什么也没有说。我怕他流血过多，只好一边搀扶着虚弱的小李，一边和阿牛往回走。

直到那个小屋在视野里消失，我也没看到阿牛回过头，而那个老人也没走出来过。

“或许这辈子都不会再相见了吧。”我感叹道。

回去后，小李躺了整整两天才缓过来。问起他，他却说什么也不记得，只依稀晓得有次上山想摸点儿野果充饥，却遇见一位漂亮的姑娘招待他吃了顿鸡肉。

小李吧唧吧唧嘴巴，感叹道：“多美的姑娘啊，多好吃的鸡肉、鸡汤啊。”说完，他又吧唧吧唧嘴巴。

我忍着没告诉他真相，我怕是这辈子看见鸡都会吐起来。

而阿牛变得更不爱说话了，过了好久才断断续续讲起他母亲。

他母亲后颈的胎记，他从小就记得，因为经常被她抱在怀里嬉戏。关于母亲的事情，本身就是不连贯地从他父亲口里得知的。他的母亲一族都有着奇怪的病，男的不会有，只会在女人身上发生：生完孩子后会急速衰老。而他的父亲本来也是想研究这种古怪病症，才来到这里和他母亲结婚，或者说开始就动机不纯吧。不过他母亲深爱着这个男人，与之结婚生子。据说有种秘法可以维持容颜，但相当残酷。每次说到这个秘法的时候，阿牛的父亲就闭口不谈，而且下意识地摸摸腹部。阿牛这才想起，每次和父亲洗澡的时候，就会在模糊的蒸汽间看到父亲腹部有一串仿佛被动物撕咬过的痕迹。

几年后，上山下乡运动结束，我和阿牛、小李各奔东西，再无联络，只是从别人口中知道小李回到上海，得到了一份清闲优厚的工作，而阿牛不知所踪。有人说，他后来高考考上了医学院，想像他父亲一样做一名医生。

父亲说完又陷入沉思，仿佛睡着了一样。

我这才少许理解，为什么他如此重视粮食、厌恶浪费，或许饥饿的确会令人疯狂，但也会让人永生难忘。只是我对那个女人感到好奇，如果她真的吃掉了小李，是否会恢复以前的样子。一想到这里，我感觉后颈发凉，仿佛一回头就真的能看到一口森白尖锐的牙齿。

第九十九夜

死当

“沿着木床角落的上方忽然开始慢慢滴落下来几滴红色黏稠的液体。我闻了闻，是血，而且很新鲜。我顺着那地方摸过去，感觉似乎碰到了什么，柔软却冰凉，很像人的皮肤。我抬起头，想直起腰，却发现正前方多了一只眼睛。”

今天我的心情稍显愉快，因为纪颜告诉我他很快就会回来了。他告诉我，他找到了那个制作人皮面具的怪人的线索，虽然只是无意中的发现，却和几个月的苦苦寻找不无关系。

（下面是纪颜的信。）

我按照一路上得知的线索去寻找那个自称工蜂的男人，甚至这也是我去拜访那个荷官朋友的原因之一，因为赌场里三教九流皆有，打听消息非常方便。

虽然那个朋友不愿意再见我，但他还是告知我，在离这座沿海城市几百公里的西南方发生过奇怪的故事。

据说一个满脸缠着绷带的男人在当地周边的当铺连续当了一只黑色匣子，而这之后，当铺老板纷纷遭遇不测，这些案子至今无法告破。我忽然意识到恐怕这次的旅程有些危险，所以只好将李多安置在一个可靠的朋友的住处，独自前往那个男人最后出现的地方。

我对当铺并不算十分了解，只是晓得这个拥有一千多年历史的行当至今仍在顽强地生存着，即便是在一些大的城市，你偶尔也会看到一个不大的店面隐隐地出现在各个高楼大厦的霓虹闪烁间，从上面直直垂下的黑色帆布店帘上写着一个大大的“当”字。每每路过，里面几乎总是寥寥数人，即使炎夏之日，也总让人有种阴冷感，它对一部分人来说却是不可或缺的。当铺所出当价一般不超过原价的一半。赎当时需付利息，期满不赎，由当铺变卖，听上去似乎是相当划算的买卖，实则不然。如果遇到社会萧条或是战乱动荡，大家都来死当，那当铺就得关门大吉了。

经济的发展催生了当铺，在宋朝称为长生库，到明朝确定称为当铺。当铺最繁华的时代是清乾隆年间，光北京就有两百多家，小到破旧古书字画，大到房产地契，贱至锅碗瓢盆，贵及珠宝古玩，几乎没有不能当的，而类似高利贷的高额利润也让很多商家发了大财，只是后来漫长的战乱加上解放后取缔当铺，让这个古老的行业几乎消亡了。不过最近十几年，当铺又悄然复苏，大有兴旺之势。

如果一个地方当铺多得奇怪，那么想必这个地方赌业很发达。现在的当铺有时候也充当拍卖行的角色，一些无法偿还的死债就用东西抵押，有些当铺收了满满一仓库货物却无法卖出，所以也并没有以前风光，顶多只是惨淡经营，所以当铺老板一旦发现有些不肖子孙或者是迷眼的外行人稀里糊涂拿着家传之宝来当铺救急，自然喜上眉梢。

而这几个倒霉的当铺老板自然是着了道了。

我来到了第一家当铺。距离发生惨案已经两个月了，这家当铺已经萧条得相当厉害，一个穿着背心短裤的人手里握着个塑料茶壶在门外神情默然地喝茶避暑——这一带过了五月就热得逼人。

他三十岁上下，一脸颓废之色，轻摇纸扇闭目休息着，眼皮略微带着青色，嘴唇微微发白，似乎是久病未愈之人。我向前一步说明来意，他颇为友好地请我进去。

当铺不大，却相当阴凉，我不明白他干吗不进去，而待在酷热的屋子外面。

跨过门槛大概不到十步，一人高的金属栅栏将客人和当铺伙计阻隔开——以前的当铺都是用木栅栏，所以有人传言当铺是专做典押犯人物品买卖的，其实话不尽然，这么做只不过是出于自保，同的士司机驾驶座和后座之间设栅栏一个道理。

门柜的左边有个里间，不过用白布与外间分隔开来了，想必那里就是伙计来往柜台和里面处理公约、储藏货物的地方。

我想沾点儿人气，在这鸟屋子待久了让人憋闷。他告诉我可以叫他刘掌柜，似乎他很喜欢这个称呼。

“我不喜欢人家叫什么经理啊、什么西一欧（CEO）之类的，掌柜的就叫掌柜的，我们这一行传了百来年了，称谓变不得。”刘掌柜一边侃侃而谈，一边走进内堂，套了件外套，一来表示尊敬，二来屋子里面的确很阴凉。

说了几句客套话，我表明了来意。刚开始他有些不耐烦，说是警察已经问了多次，每次除了让自己又难过一次外，毫无进展。当我告诉他自己是朋友介绍来的时候，他有些惊讶，并说我一定可以查清楚他兄长也就是前任掌柜的死因。

“我和我哥都是做生意的。也是我父亲的遗训，两人分别接手了上一代人的当铺和米铺。不过兄长的当铺经营得不好，这玩意儿本来就是靠天吃饭，运气不好，再能干也不行。平时他也不说什么，只是兄弟一起喝酒的时候他总是带着醉意说自己太委屈。因为我的米铺生意很好，那是当然了，什么时候人都要吃饭啊，怎能做得不好？我想，父亲也是因为考虑到他比我能干，所以才让他做家里比较重视的当铺生意，结果适得其反。早知道这样，我宁愿他放弃这里，两兄弟一起开米铺了，唉。”刘掌柜悲戚之色溢于言表，唯有长叹一声。

我问及他哥哥出事前后有无发生什么异动。他想了想，说有的。

刘掌柜示意我稍等，然后转到当铺里面，不消一会儿便出来了，只是手里多了一张纸。

刘掌柜把纸递给我。我瞧了一眼，是一张契约文书。准确地说，是一张当票，当东西的人必须手持这张当票来赎当，而且缴纳利息费用。这张当票长十几厘米，纸张厚实，在前头还有花纹和这个当铺的牌号、地址，而正下方还有一个红色的大印和当铺老板的签名，正中间写着一行草字。

“破烂黑色锦盒一只，长五寸三分，宽三寸六分，高两寸。执帖人××今因急用，将己物当现金七百二十元整。每月三分行息，期限十八个月为满，过期任铺变卖，如有鼠咬虫蛀，物主自甘，此帖为照。”

“的确有些奇怪，一只普通的盒子，你哥哥居然给了那个人七百多元。这个地方经济并不像那些大城市，普通人一个月的工资也不过七八百元而已。”我将当票还给刘掌柜，他接过去也点了点头。

“我那时候不常来当铺，只是发现哥哥拿了这只盒子便欣喜若狂，说是拿到好宝贝了，接着居然将铺面给我经手，然后独自一人回家，大门不出。那几天正好典当、赎当的人多，我一时忙不开手脚，就忘记了此事。后来我身体状况急转直下，得了场大病，差点儿丢了性命。他来看过我一次，但还是像丢了魂魄一样眼神游离。我那时候自顾不暇，也没有太重视，不料一个月后居然传出他暴毙的噩耗，而且他居然……”刘掌柜一时语塞，声音有些哽咽，看来触及伤心之处。我只好等他稍显平复，才继续问他。

他喝了口茶水，忽地压低声音说道：“除了警察和我们几个亲人外，谁也不知道这件事，我哥死状极惨，整张脸皮都没有了，鲜血淋漓。警察在出事的房间找了好久也没发现那张脸，所以将此案列为疑案。”

我听完有些吃惊，忙问他那个来典当盒子的男人是否还出现过。刘掌柜摇摇头，说是再也没看到过了。

“不过不久那只盒子也不翼而飞了。”刘掌柜又回答道。

我向他匆匆告辞，他一再央求我，如果有了线索，一定要告诉他，我许诺下来。于是他又恢复先前的萎靡之色，继续坐在屋子外面喝茶乘凉。

接下来我去了其他几家出事的当铺，无一例外，虽然有的人不肯告诉我全部事实，但大都和刘掌柜哥哥的遭遇一样：奇怪的黑色锦盒和不久暴毙的掌柜的，而且也是没了脸皮。

我顿时失去了方向，只是奇怪这个典当人究竟想要做什么，而且我该去哪里寻找他。当我毫无头绪的时候，忽然接到了当地刑警队一个朋友的电话，之前我一再拜托他，如果有一切异动，一定要通知我。果然，他告诉我，最近他管辖的地区里出现了奇怪的案子，而且正好报案人就是一家当铺的老板。我立即打起精神赶往他那里去。

这个男人四十来岁，头顶早秃，光亮可鉴，脸面狭长如梭，眼细鼻窄，长着一字胡，与头发不同，胡须密得很，可能是营养流错了方向。他穿戴整齐，却掩饰不住内心的紧张，犹如惊弓之鸟，过个几秒钟便如同鸟儿一样抬起头快速地张望几下，接着又垂了下去。我的朋友半开玩笑地叫了他声“老秃”：“老秃，这是我朋友，你把知道的再和他谈谈，记着，不许隐瞒一个字！”被唤作老秃的男人抬起头，带着几分不满看了看我朋友，又朝我望来。

我走过去，递给他一支烟。朋友看了看表，说时间不多，下午还有人来做笔录，便把我们两人带到隔壁的小房间。果然，他似乎安静了许多，但还是对我很戒备。我递给他烟，他也推说不会抽，不过他泛黄的食指让我觉得好笑，权当不知。

我问起当天的事情，他有些害怕，但还是断断续续说了出来。

“那天只有我和伙计在，已经是夜里十点了，我想关门，结果一个身材中等、戴着大檐帽和墨镜的男人走了进来。他也不多说话，只是将手里的黑色锦盒扔在柜台上，低沉着说要当东西。他的声音很难听，就像是喉咙里齿轮摩擦着砂纸一样。

“我看了看盒子，有些好笑，便开玩笑地问他要当多少。他忽然抬起头望了望我。我发现原来他脸上缠满了绷带，样子有些骇人。你知道我们这一行，来当东西的三教九流都有，害人之心虽不可有，防人之心不可无。于是我小心地退到内台，怕有不测，随时准备喊人。

“‘四千八吧。’他冷冷地说。伙计忽然哂笑起来，拿起盒子一边把玩一边嘲笑那个人说：‘这等破烂也要小五千，你好似去抢算了。’这个伙计跟了我三年，虽然谈不上眼力惊人，但对一些古玩还是认得的，所以我也就懒得看了，打算把盒子扔回去，打算撵走他。

“‘哦？居然嫌贵了？劳烦您再仔细看看，已经便宜得很了。’他的意思似乎是一定要当了这盒子。

“忽然，伙计仿佛着魔一般望着盒子，飞快地开出当票。我想去阻止他，却被他一把推开。那个怪人拿了当票一言不发地走出当铺，临走前回头望了一眼，说：‘这世上竟还有嫌这东西贵的。’便走了出去。

“我大骂伙计无能，他却如同痴呆一般抱着盒子，傻笑着对我说这是个宝贝，接着还说，如果我不愿意，可以从他工资里扣除盒子的钱。然后第二天我发现他和那只盒子都不见了。

“一连好几天，那个伙计都不见踪影。我只好亲自去他家，结果家里没人。他向来一个人住在镇上一间出租屋里。后来我听都是开当铺的朋友说，凡是拿到那只黑色盒子的，都死得很惨。于是我吓坏了，只好来这里报案。不过警察同志说这算不得什么案子，顶多再过几天列为那个伙计失踪，而且他是外地来打工的，不告而辞的事情多了去了，他们也管不过来。加上这几天盗窃案频发，民警们忙个不停。”

我安慰了老板几句，觉得有些蹊跷，于是向他讨来那个伙计的地址，然后告诉朋友这几天帮忙看着这个当铺老板，便要往那出租屋去。临出去的时候，我看到几个人哭丧着脸来派出所报案，房间一阵骚乱，似乎又是失窃了。朋友烦躁地挠了挠头皮骂了声国骂，接着抱怨说最近为何有如此多的盗窃案。我向他告辞后，便直接往出租屋去了。

说是出租屋，其实只是间破旧老平房，三个房间并排连着，其他两间暂时无人居住，于是房东拿来存放货物，第三间便是那小伙计的住处。我摸了摸门把手，积了层薄灰——这一带风大，两三天不动的东西便会积上一层灰土。

我告诉房东，自己是那家伙的朋友，来取点儿东西。房东有些不信任地望了望我，说他还欠着几个月房租未交。我只好拿出钱包。胖胖的女房东那眯缝眼一下子睁开了，接过钱后马上从自己的裤腰带上解下一大串钥匙，然后打开了门。

屋子很狭小，而且弥散着霉变的气味。让我失望的是，除了一张单人木床和一个摆放脸盆、洗漱物品的架子外空无一物，一眼便可望穿整个房间，光线几乎无法照进来，所以里面阴暗如同黑夜。我到床上翻找了一下，没有值得研究的东西。

似乎毫无发现。于是我打算离开，但是地方过于狭窄，我转身的时候碰翻了茶杯。茶杯忽然以一个奇怪的下落路线掉在地上。好像它是在空中撞到什么东西而掉下来的，因为本来应该掉落在我脚下，现在却弹飞到墙角去了。

我捡起茶杯，蹲了下来，慢慢地靠近床下，下面黑黢黢的，什么也没有，可是我清晰地听见了一句话。

“脱不下来了。”

仿佛是喃喃自语，那个声音小而虚弱，让我有些疑惑，可是接下来的事情让我知道刚才不是我幻听。

沿着木床角落的上方忽然开始慢慢滴落下来几滴红色黏稠的液体。我闻了闻，是血，而且很新鲜。我顺着那地方摸过去，感觉似乎碰到了什么，柔软却冰凉，很像人的皮肤。

我抬起头，想直起腰，却发现正前方多了一只眼睛。

没错，只有一只，那眼睛独独地挂在空间里，如同画着的一般，但是充满了痛苦和不甘心。

“救我。”我再次听到了那个声音，于是我低声呼喊着“你在哪里”，可是没有回应。

我又看了看那只眼睛，它似乎正在向下滴血，接着我听到痛苦的嘶叫声和好像什么东西在撕扯的声音。

原来，那个人一直在我面前，只是我看不到他。

他的手抓着自己的脸皮慢慢扯了下来，血肉一丝丝地连接在一起，他仿佛用了极大的勇气和忍受着无法想象的痛苦。当那张薄薄的人皮面具离开他的时候，整个人的身体都能看到了，血肉模糊的脸偏向一处，整个人瘫倒在地上，在他上衣的口袋里还露出一只装着棱角分明的物体的布袋。

我忽然明白了些什么。可是为时已晚，这个男人已经断气了。

两个人一千四百四十元，贵吗？原来这些钱不是当盒子的钱，而是他们的命的价。那个人不是在当盒子，而是在当那些当铺老板的寿命吗？

可是我没看到那只所谓的黑色盒子，只好打电话告诉做警察的朋友，并询问那个当铺老板的下落。他则告诉我说由于分局人手不够，那个老板被放走了。

我按照从朋友那里弄来的当铺地址，连忙赶了过去。当铺在小镇的另一头，平时也是惨淡经营，只是有些人一时手头太紧才会去当些值钱的货物，所以当铺离镇中心很远，我几乎走了半小时才赶到。

万幸，当铺没有关门，我掀起厚重的印有大大“当”字的黑色布帘走了进去。店内很空旷，正中央房顶上吊着一只灯泡，我没有看到别的，只有坐在地上手拿着黑色锦盒的老板。

他的样子又变化了，仿佛饥饿的人看见了食物，两眼放光，嘴半张着，上下嘴唇哆嗦着。不知道是因为害怕还是兴奋，瘦而干枯的脸颊居然起了淡淡的红晕，只是在暗淡昏黄的光线下颜色一跳一跳的让人看着很不舒服，那张脸皮仿佛随时会脱离他的脸颊，活了似的。

我连忙走过去想问锦盒是从哪里来的，他忽然站了起来。

“真是个好东西啊，难怪阿力（伙计的名字）会看上。这家伙刚来的时候就有小偷小摸的毛病，后来被我责罚几次后看上去是改了，可是一旦拿到这只盒子，他心底里按住的多年的瘾又上来了。他打开了盒子，肆无忌惮地偷东西，真是舒坦！老子也要打开这只盒子，我要实现我的愿望！”老板的话有些怪异，语调也很奇特、很粗鲁。先前见面时，他虽然看上去略带刻薄，却还算彬彬有礼，这会儿却变成这个样子。

难道那只所谓的盒子可以实现别人的愿望？作为一个喜欢偷窃的人，让别人看不见他，自然是他最想实现的愿望。可是这个当铺老板的愿望又是什么呢？

我看到瘦弱的老板打开了盒子，用颤抖的手打开了盒盖。

他拿出一张薄得透明的淡黄色羊皮似的东西，我刚想阻止他戴上去，却已经晚了。

“我要，我要头发，我要头发！”老板喃喃自语道。

开玩笑吧，他居然只是为了这么离谱的愿望吗？我简直难以置信。

“你知道没有头发的痛苦吗？有钱有什么用？有钱，我的头发也长出不来，这里的人天天笑话我！连小孩子也是，而我只能赔着笑脸应对。甚至那个阿力，一个外乡伙计，也背着人说我是因为身体有病才秃顶而丑陋的，我无法容忍，无法容忍啊！”老板抚摸着自己的光头怒喊道。

我借着灯光，看到他的光头居然生出一片青色，接着如刺猬一样慢慢伸出一根根尖刺，真的长出头发了？

“哈哈！长出来了，长出来了！”老板疯狂地拿出一面镜子左顾右盼。那种情景让我哭笑不得，可是头发还在不停地生长着。那头发黑得有些不同寻常，缓缓地蠕动开来，像是有生命一样，接着开始慢慢缠绕住他的脖子、脑袋，最后老板一边高喊着“多么浓密的头发啊，继续长啊长啊”，一边被自己的头发像结茧一样紧紧地包裹起来，直到一点儿声音也没有了。然后，我听到一声清脆的骨骼被扭断的声音，老板的身体像面团一样瘫软在地上，抽搐了几下便没有反应了。

我喊了他几声，他却没有回答。我刚想走过去，却感觉到身后有人。

是他们口中描述的那个当锦盒的人。他果然满脸缠着绷带，只露出一双眼睛。

不过他没有看我，只是望了望地上动也不动的老板。

“我是来赎当的。哦？看来成了死当。”他带着玩笑的口吻走过去，扒开那堆头发，我看到老板的脸已经不见了，而绷带男人的手里多了张皮制面具，他小心地放入黑色的锦盒，接着带着笑意看着我。

“你也有愿望吗？有的话，我可以把盒子给你，不过记得不要成了死当哦。”他把盒子递过来，可是我没有接受。

“你一定在想这是为什么吧？喜欢偷东西的伙计、不满自己秃顶的掌柜，还有最开始那个嫉妒自己弟弟店面比自己好、希望他可以早点儿得病死掉的人，他们都把自己的命也当掉了！实现愿望，是需要代价的。知道什么叫上当吗？就是上当铺当东西。所谓的当，就意味着强买和欺骗，这些人都是心甘情愿与我做交易的。”他身材不高，但说出这些话的时候，仿佛在谈论蝼蚁一样高傲。

我这才想起刘掌柜说到自己大病一场差点儿身故的事情，没想到居然是他哥哥的诅咒，可惜他哥哥没等到接手米铺自己就先归天了。

“即便如此，你也没有权利决定他人的生死。”我认为自己的话很正确，不料他却哈哈大笑。

“我没有去决定，是他们自己决定的。打开盒子，贴上这面具，都是自己决定的，他们心中的恶有多大，面具的效果就有多大，当然，得到的副作用自然也就大了。我只是负责回收罢了。”他停顿了一下，接着盯着我看，“我认识你，你和你父亲一样，总是喜欢多管闲事。而这种人总是打着善与正义的牌子，其实只不过是为了满足自己的好奇心罢了。我承认，你和躺在地上的人不一样，但也高尚不到可以批评我的地步。而且，当这块人皮快完成的时候，我会去找你的。”缠着绷带的男人将那张人皮小心地放回盒子。

“你可以试着阻拦我，不过我劝你最好别这么做，我知道那个小女孩在什么地方。或许你以为你的朋友是可靠的，我却不这么想。她对你很重要，是吧？如果不想她出什么意外的话，我劝你还是不要再追我了。时候到了，我会自己出现在你面前的。”他说的自然是李多的下落，我不由自主心紧了一下。

说完，他走出了当铺，渐渐消失了。我也只好叫来朋友善后，然后连忙赶回安置李多的朋友家中，万幸，一切无恙。可是我对自己没能阻止那个人而感到内疚。我无法知道那个男人究竟想干什么，或许他也有需要完成的愿望。

看完纪颜的信，我走到窗口揉了揉眼睛，也看到了在街对面一家不大的当铺，忽然又想起了一部很有名的电视剧。在当铺，任何东西都可以明码标价地当掉，唯独贪婪毫不值钱，但又是永远无法赎当的。

第一百夜
绑架

> 我下意识地抬起头，仓库顶是一个三角支架，上面好像趴着一团黑乎乎的东西。那个东西开始慢慢变得模糊，变大了，不对，我忽然发现模糊的不是那团东西，而是我的眼镜。

今天我接到一个意外的求助，这人是我父亲的一位老友，几乎可以说他是看着我长大的。他的儿子也与我上过同一家幼儿园和小学，但是我实在不喜欢这个家伙，因为自从他高考失败后，除了不停地问家里讨钱，打着做生意的幌子在外折腾外，没干过一件靠谱的事情，以致将他父亲的退休金都差点儿骗光。我也不止一次劝过他，谁知道那家伙居然恶狠狠地威胁我别再多管闲事。父亲每每提到这位好友，总是唏嘘不止。

接到这位伯父的电话时，我没有感到非常惊讶，因为这已经不是第一次了。虽然这位可怜的父亲多次要求登报脱离父子关系，但毕竟只是说说而已，于是我懒散地问了问，谁知道伯父的口气十分慌张。

“黄喜不见了，都好几天了。我找了好多地方，他的朋友也说好几天没看到他了。我实在很担心，不知道可不可以登个寻人启事。”

可怜五十多岁的人，居然带着央求的口气来询问我，让我很难受。我安抚了伯父几句，决定下班后去他家看看。当然，这也是父亲经常叮嘱我的，如果黄伯父有事情相求，一定不能拒绝，毕竟以前他和父亲共事的时候对父亲多有照顾。

我去过黄家多次，对路自然很熟。一路上我想，估计这小子去哪里鬼混了。但是他没有任何经济来源，就算他不怕让自己的父亲担惊受怕，起码也该回家讨点儿生活费吧，以他花钱的速度，断然不会在外超过两天的。

说起黄喜落到今天这步田地，伯父多少也要负点儿责任。黄喜自幼丧母，伯父视其为掌上明珠，就差没把儿子当爹养了。而且伯父一直没有续弦，这也很奇怪，据他自己说，是怕找个后妈让黄喜吃苦。伯父工资并不富余，而且当时黄喜的奶奶卧病在床，有段时间工厂效益不好，最艰难的时日，即便是饿着肚子在药厂扛料，伯父也要保证黄喜吃饱。父亲曾经想接济一下他，可是被拒绝了，一直以来都是他照顾父亲——他比父亲先进厂一年，一直以老大哥自居。后来伯父说黄喜的外婆为他找了份比较轻松的兼职，这才挺过那段日子。

来到黄家，只见伯父独自一人坐在那张泛黄的二手沙发上看着电视，实际上他根本无心消遣，不停地按着遥控器，电视屏幕不停地闪着，就好像人在眨眼睛一样。

我简单说明来意，伯父见到我稍微宽心了些，但还是十分忧虑地说，黄喜失踪前一天非常兴奋，在外面喝得烂醉回家，还说“发财了，就快发财了”。他想询问儿子，却又被粗暴地顶撞回去。而第二天一早，黄喜一反常态地早起，并且留下一张字条，大意是说自己很快就能得到一大笔钱，并且结束父子俩的苦日子。但是留下字条后，黄喜已经失去音信六天了。

的确有些异常。我让伯父带我去了黄喜的房间，里面除了一些武侠小说、歌碟和揉得乱七八糟的衣服外，什么也没有。正当我一筹莫展时，伯父家里的电话忽然响了。

伯父接起电话，神色忽然变了，他握住电话的手居然在发抖，甚至说话也开始结巴。望着他本来一米八几的身体居然蜷缩了起来，我觉得事情有些不妙。

果然，伯父放下电话就告诉我，黄喜被绑架了。

这简直是个笑话，居然有人绑架这小子，他既不是什么出名的明星，更不是富豪之子，也谈不上政府要员，绑架他的人莫不是世界上最愚蠢的劫匪？当我哑然失笑之际，忽然记起黄喜说自己要发财了，他一向口无遮拦，又好吹牛，或许说者无心、听者有意，真的有人绑了他来讨要赎金也说不定啊。

于是我问起绑匪的详细要求，伯父却抬起头，小声说绑匪要五百元。

五百元？我简直怀疑自己的耳朵，第一反应则是这压根儿是黄喜自己搞的恶作剧。或许这家伙所谓的赚钱计划已经泡汤，或许根本就是被人骗了过去，又不好意思回来，也许牛皮吹得太满，只好搞一出自导自演的绑架案出来。对，一定是这样，这种例子太多见了。

我刚想拆穿他的低劣闹剧，但话到嘴边又停住了。或许我干脆装作不知道，倒让伯父好受些，有时候谎言反而比真相更能慰藉人。

“而且，他还交代，一定要以前的旧版人民币，十元一张的。”伯父的神色更加惊恐，他抬起眼皮看了看我，却又像犯了错的孩子一样迅速垂下了眼皮。他就弓着腰坐在离我不远的黄喜的床上，双手不知所措地放在膝盖上，从上往下看，他的头顶满是白发，比我父亲的多多了。

我依稀记得，今天是父亲节。

“那赶快去找吧，这种钱虽然少了点儿，但应该还是凑得齐的。”我安慰了伯父几句，但他仿佛没有听到一样。虽然开始的时候他很慌张，现在反而平静了下来，似乎决定了什么事情。

“那绑匪有没有说在哪里交赎金呢？”我自己都觉得说得怪怪的，哪里有五百元这么少的赎金！

伯父告诉我，就在城郊不远处。我知道那个地方，以前伯父和父亲所在的工厂旧址就在那里。后来不知道什么原因，伯父坚持要离开那家工厂，并且居然弄到了两个指标，于是他和父亲一起来到了当时效益还不错的药厂，一直做到现在退休。

“那个地方我太熟悉了。欧阳啊，你就不必去了，也千万不要报警，权当破财免灾，我老头子一个人去就可以了。”他拒绝了我想一起同去的要求。

或许，他并不糊涂，已经识破了儿子的骗局，毕竟知子莫若父，他绝对比我更了解黄喜，我又何必再同去，让他在我这个外人面前出丑呢？于是我也就答应下来，只央求他在事情解决后马上给我个电话，看看我有什么可以帮忙的。伯父沉默了一会儿，点头同意了。

离开黄家，我四处找了找旧版的十元纸币，的确不太好搞，但还是凑到了一部分。

黄喜干吗要这样做，还硬要什么十元一张的旧版钱？这让我很疑惑，或许他只是想转移目标？

我回到报社后，立即给伯父家里打了电话，但家里没人，或许他已经去了那个地方。我心中多少有些不安，干脆以去外面采访的名义请假半天，搭车去了城郊的旧工厂。

天气有些闷热，已经半个多月没有下雨了，整座城市就像一个闭塞的罐头，长久未曾吃过雨水的公路开始变得有些暴戾，加上城郊的路面本来就十分破旧，一路上颠得我几乎吐了出来。

好不容易来到目的地，我发现这地方竟残破到这种地步。

好歹以前也是家有数千人的大厂，加上周边的职工宿舍，原本也是人声鼎沸的热闹地方，现在却连只野狗也看不到了，在这里完成绑架交易，果然再好不过。

望了望四周，看来伯父还没有到，他一生勤俭，能走路绝不骑自行车，能骑自行车断然不会浪费钱坐公车，于是我想在他到达之前赶紧找到黄喜那小子，别再让他爹受罪了。

我虽然在这里也待过几年，但那是幼年时的事情了。不过凭借着仅存的印象，我还是慢慢摸索了进去，长满红锈的青色大门上贴着两张几乎站不住脚的长长的封条。我绕了一圈，找到铁丝网上的一个破洞，钻了进去。

工厂很大，从大门直走将近八十米才到达车间。我沿着由长满杂草堆、残破却十分沉重的车间模具组成的道路往前走，一边走，一边呼喊着黄喜的名字，我的声音伴随着回音在偌大的车间里响彻开来。天空更加阴沉了，仿佛随时会掉下来，我几乎嗅到了下雨前的气息。

不知道走了多久，我居然听到了一个微弱的求助声，这让我欣喜万分，接着是第二声。我赶紧朝着声音的来源跑过去，在一个原本存放半成品的小仓库里找到了黄喜。

他已经瘦弱得不成人形了。让我奇怪的是，他并没有被殴打或者被绑住，仓库的大门没有上锁，为什么他不逃出去？黄喜见了我，没有过多的表情，只是点点头，并且努力撑起身体，他身上蓝色的T恤已经被揉搓得如腌菜一般，脸上一片青色，嘴唇也青紫得吓人，眼睛带着厚重的黑眼圈，整个身体靠在长满青苔和黑色霉斑的墙上。稍微走近，我就能闻到他身上浓重的酸臭味。我想带他出去，并且递上了自己随身带来的一瓶水。可是黄喜摇摇头，伸出脏兮兮的右手的食指和中指做了个“V”字的手势。我明白，他在问我要烟。

抽上了半支，他才慢慢回过神来。

“你不该来。”这是他从喉咙里苦涩地吐出的第一句话，那眼神非但没有半点儿感激，却仿佛在责怪我多管闲事。

“你以为我想来？你爸爸都快急疯了，现在他正在朝这里赶呢！”我站起身，没好气地说道。

黄喜的脸色马上变了，他嘴里的半截香烟居然掉在了地上，惊恐让他的整张脸都变形了。不知道从哪里来的力气，他居然抓住了我的双手。

“你说什么？他在往这里来？”接着，他抱着自己的脑袋，喃喃自语道，“算了，都注定好的。”

我看着他憔悴的样子，有些担心他脱水，便将手中的水递过去，可是他仿佛没看见一样，根本不想喝。

“你知道这六天到底发生了什么吗？”黄喜的话让我很好奇，但我没有问他，我在等他自己说。

黄喜面无表情地说出了他这六天发生的事。

（下面是黄喜的讲述。）

或许我爸都告诉你了吧，六天前我说自己要发财了。的确，我当时真的以为自己要发财了，因为我决定做一件可以发财的事情。虽然这不是什么好事，但马无野草不肥，人无横财不富，这个世界上那些号称白手起家的富翁往往手都很黑，而我也就打算干这一次，然后拿着这些本钱去做正当生意。那啥，以前老师不是常说吗，资本主义的原始积累，每一个毛孔都流着血和汗吗？

你或许已经猜到了，我打算绑架一个孩子，来要一笔钱，而我也物色了好久。你知道我家门口就有一所高档小学，里面的孩子非富即贵，当然，现在的孩子家长大都会去接送，要绑架一个孩子还真不容易，但总有机会啊。我几乎在那学校蹲点了半个来月，终于发现有个有钱人家的小鬼在每个月都有那么几天是自己回家的，而且他回家的路上有一段是十分僻静的地方，于是那天我就在路边埋伏着。我还弄了个面具，是那种京剧脸谱的样子，毕竟认不出长相，我还有回旋的余地嘛。而且我还准备好了食物以及藏那个孩子的地方——就是以前我俩住的厂区那里，传说闹鬼的厂货仓，把孩子藏在那里，谁也找不到，你说我聪明吗？哈哈哈！

不知道等了多久，或许那天小学有什么活动吧，我居然睡着了，等到猛地醒来，居然到天黑了还没看见他来，我有些想放弃了。正要离开，却看到黑暗里有个背书包的矮小影子，我二话没说，马上冲过去用麻袋套住他，然后低声威胁他不准哭喊。其实那个地方那个时间，即便他喊起来，我也是不怕的，那里住的都是胆小怕事的主儿，谁会去管别人家的闲事呢？

奇怪的是那个孩子不哭不闹。我正在纳闷，心里却也高兴事情办得这么顺利。

于是我一口气开上从我哥们儿那里借来的二手面的，来到这家废弃工厂。

当我停下来，把装着孩子的麻袋扔到事先腾出地方来的仓库的时候，我隐约觉得有些不对劲儿。

那个孩子好像有些问题，是的，他太轻了，轻到让我感觉不到他的重量。

（黄喜说到这里，又做了个问我要烟的手势，我只好再给他一支。一阵吞云吐雾之后，他的脸在稀薄的烟雾中慢慢变得模糊起来，只有声音依然清晰。）

当时我已经被钱迷了心窍，哪里管得了这么多。我知道那个孩子家里十分有钱，我也不多要，只要二十万。绑架就是这样，不能狮子大开口，要得不多，人家负担得起，也不会贸然报警。可是当我打电话去那家的时候，男主人却是一副不屑的口气。

“二十万？给你冥币，要不要？我儿子好好地待在我身边，你居然说绑架了他？你小子是不是穷疯了？”

接着，他挂断了电话，我自己却蒙了。

当时我把麻袋放在身后的墙角里，自己背过身打电话，但现在我有些不解了。

难道说我绑错人了？于是我立即冲过去，扒开袋子。

果然弄错了，根本不是那个孩子，而且这小子穿的衣服十分土，简直就和现在小孩的潮流格格不入啊，只是长得十分白净，白得有些晃眼。

管他呢，将错就错，现在的孩子都是父母的心头肉，没二十万，要个七八万总有吧。于是我使劲儿抓着那个孩子的肩膀，大声质问他父母是谁、电话是多少。

我原以为他会被吓哭，结果他十分冷静，甚至带着微笑报出了他父亲的电话和工作，原来他爸爸是工厂的车间主任，估计油水捞得不会少。我感觉到钱就在手边了，像这种人，大都是欺软怕硬。你爸和我爸都是工人，知道这些什么科长啊、主任啊之类的，对付下面的人厉害得紧，真正出了事，却像没头苍蝇一样。我高兴坏了，连忙拨通了电话。

可是电话打了好久也打不通，最后接起来了，却是一个苍老的女人的声音。我料想那是孩子的外婆或奶奶，于是恶狠狠地说绑架了她的心肝宝贝，并让她赶紧拿十万来赎。

谁知道那边仿佛得了老年痴呆，一个劲儿地问什么孙子什么孙子，然后啪一下挂了电话。我有些急了，心想不给点儿厉害的话，估计还会装糊涂。于是我放下电话，走到那个小孩面前。

“这是你家里人不地道，都不怎么关心你，叔叔要从你身上切个指头，你乖点儿，一点儿都不痛的。”

这个也是我从电影和书里学到的。有些人家以为是欺骗勒索，所以不相信，当然，作为绑匪，要拿点儿凭证给他们，以表示你亲人在我手里。来的时候我把那个孩子紧紧地绑在那根暖气管子上，你看，就是你后面那根。

（黄喜指了指我身后，我回过头一看，果然有根碗口粗细的黝黑的暖气管，那原本是看守仓库的人熬夜时候用来取暖和烧开水用的。那根管子旁边的确散落着一些绳子，可是，那个小孩到底上哪里去了？）

我还事先准备好了药品和绷带，并且还学了下紧急包扎，只不过那小孩一点儿也不害怕，只是冲着我笑。

“叔，你轻点儿，我怕疼。”他小声说了句。

我心里有点儿乱，握着刀的手也有点儿发抖，我暗骂了自己一句没出息，做大事嘛，总要狠着点儿心肠。

于是我绕到那个孩子身后，免得看着他那双黑黑的毫无城府的眼睛而下不去手。

我的刀开始朝着他像葱段一样细白的小手指头割去，那种感觉奇怪极了，仿佛切的不是人的手指头，而是一段白蜡烛。

没用多大力气，我便割了下来，他的血流得很慢，像录像里的慢镜头，浓稠得很。我马上为他包了起来，虽然乱了些，不过手指头马上止了血。

“不疼吧？叔叔没骗人，是吧？”我故作轻松地坐过去对着他笑了笑。

他也笑了笑，说：“不疼，叔没骗人。”

我于是吓唬他，不要尝试跑出去，这附近还有野狗和狼。然后我拿着那截断指朝外走去，打算找个盒子包起来扔到那个孩子家门口，并且附带一封恐吓信。

可是当我走到仓库铁门边时，月光直直地照到我的手上，我感到有些不适，手中的好像是另外一种扎手、粗糙的东西。

我摊开手掌，看到的是一截断骨，完全腐烂的黑青色的断裂的小指骨。

我吓了一跳，像触电一样赶紧扔掉。我一下子慌了神，那个小孩果然有些不对劲儿。记得那条路没别的孩子走的，我想到这里，于是干脆想一走了之。

可是当我正打算逃出去时，身后却传来那阵熟悉的声音。

“叔，你去哪里啊？我害怕。”

我吓坏了，赶紧朝外跑去，可是没跑多久便被什么绊了一下，接着头撞到什么硬物，然后晕了过去。

当我醒过来时，却发现自己还在这个仓库里，而且被绑在先前绑着那个孩子的黑色暖气管上。而那个诡异的小鬼直直地站在我面前。

“叔，你为什么跑啊？不要把我一个人扔在这里啊，叔，我害怕，我害怕啊。”他一边叫喊着，一边把头朝我怀里蹭。

我可以清晰地闻到他身上的一股腐臭味，我的脑袋拼命地挣扎，可是他用双手把我越抱越紧，几乎让我喘不过气来。

可笑吗？想着绑架别人的我却被人绑架了，不，那家伙怎么可以称作人？接下来我不停地想逃出去，可是无论我怎样努力，也逃不掉，最后我都会回到这个仓库里来。那个孩子说，仓库里只有我和他，只要我离开了，他就会害怕孤单，所以如果没有第二个人来，我会被永远关在这里。

还好我来时带了些食物和水，才没被饿死，不过再过几天，我真的要在这里做干尸了。

说完，黄喜颇为自嘲地笑着。他的笑声在空旷的仓库里回荡着。

可是，我没有看到他说的那个小孩。

“那个孩子呢？你既然没有被绑住，怎么不回去？”我质问他。

“我只是刚刚解脱了而已，身上一点儿气力也没有，你叫我如何回家？而且他把我的手机也拿走了，估计就是用那个手机给我家老爷子打的电话吧。没想到你却先来了，你还真是不走运呢。”黄喜的话让我摸不着头脑。

“你不是问我那个孩子在哪里吗？你干吗不抬头看看呢？”他忽然高声笑了起来，脸上的五官也夸张地扭曲着。

“多亏你啊，多亏你啊！我可以走了！你个笨蛋，不管是你还是老头子，只要谁踏进了这个仓库，我就可以离开了！哈哈哈哈！”黄喜猛地跳了起来，哪里像刚才那么虚弱的样子。

我下意识地抬起头，仓库顶是一个三角支架，上面好像趴着一团黑乎乎的东西。

那个东西开始慢慢变得模糊，变大了，不对，我忽然发现模糊的不是那团东西，而是我的眼镜。

一双脏兮兮的小手按在我的镜片上，我依稀可以看到其中一只没有小指。

我的耳边传来一阵微弱却清晰的声音："叔，别走，我害怕，陪着我啊，叔。"

"哈哈，你慢慢在这里陪着这个小鬼吧，老子可要赶紧跑了。告诉你，是这个小鬼叫我打电话的。他说，只要老头子来了，我就可以自由了，还非要什么十元一张的旧版钞票。我还真担心他凑不到钱呢！"黄喜还是在怪笑着，他打开仓库的铁门想逃出去。

我却呆立在原地无法动弹，因为我的双脚已经没有知觉了。那个孩子慢慢从我的脖子那里爬过来，脖子上一阵冰凉，仿佛一条蛇慢慢地从我后背爬过来一样。

这时，仓库门突然哗啦一声拉开了，黄喜却没有出去，他的笑容反而像凝固了一样。

他开始慢慢朝后退却。

从门外进来另外一个人。

是黄伯。他面色沉重，手里拿着一个信封。他看了看儿子，嘴巴微微颤抖着，似乎努力克制着自己。

"爸，爸，你来了啊！我吓死了，我答应你以后好好做人。爸，你快带我走吧！"黄喜像小孩子一样居然抓着黄伯的手撒起娇来，让我觉得一阵恶心。

"是你绑了我儿子说要五百元吗？"他无视黄喜，径直走到那个东西面前。

我的脖子忽然一松，身后慢慢转过来一个小孩。那个孩子的穿着很朴素，或者说很不合时宜，的确如黄喜所说，太土气了，仿佛几十年前的衣服。

那个孩子呆呆地望着黄伯，又看了看那个信封，脆生生地喊了句："叔，你来了啊。"

黄伯仿佛没有表情似的应了句："嗯，我来了，虽然来晚了，但到底还是来了。"

黄喜忽然急躁起来，大喊着要回家，结果黄伯猛地一个转身，一个耳刮子甩到他脸上。黄喜被打蒙了，捂着半边脸说不出话来。

黄伯则走到我面前，低声说不好意思把我牵扯进来之类抱歉的话。接着他走过去抱住那个孩子，泪流满面。

"叔对不起你，是叔不好。"

那个孩子有些呆滞，忽然也张开手，抱住黄伯的头。

"叔，你别走了，陪着我好吗？"话音刚落，他的手便开始死死勒住黄伯的头，黄伯的脸开始变成铁青色。

“出去！带着……黄喜走！”这是他说出来的最后几个字。

那个孩子抬起那双黑色的大眼睛又看着我们，欢声喊道：“叔，你们别走啊，留下来陪我啊。”

我只好拉起被吓呆的黄喜逃出了那个仓库。我们刚离开，仓库的门便锁上了，再也打不开了。

黄喜整个人都呆了，趴在仓库门口。外面下起了大雨，空气里的潮热消退了不少，我却觉得更加胸闷了，而身体感觉一阵冰凉。

一天后，我和黄喜带着警察来到仓库，找到了黄伯的尸体，他的头死死地卡在裂开的墙壁里，连头盖骨都裂开了。而为了拿出黄伯的头，警察推开那堵墙，结果却在里面找到一具已经腐烂成骷髅、背着破旧书包的小孩的尸体。

那具尸体只有九根手指头，少了一根小指。

后来我们才知道，黄伯那天晚上在来之前已经留下了一封长信。他说，当年因为家境窘迫，一方面母亲要治病，一方面要养育黄喜，他一时糊涂，绑架了车间主任的儿子，想勒索五百元渡过难关。当时五百元不是小数字，黄伯在厂里一向受人尊敬，他从来觉得借钱是件羞耻的事情，他也想拿到五百元以后再慢慢还给车间主任。结果那个孩子不小心看到了他的脸——孩子认识黄伯，并一直喊他“叔”。黄伯没有办法，只好勒死那个孩子，并且将尸体封在那个货仓的墙壁里。结果后来看守货仓的人经常说晚上值班的时候有不干净的东西。车间主任也因为没找到儿子，郁郁之中在上班的时候从楼上掉下来摔死了，只留下一个半疯的妻子。黄伯一辈子活在自责里，他没敢续弦，是怕自己一不小心说出来，如果自己被关进去，母亲和儿子就再也没人照顾了，所以他将这件事隐瞒了二十年。

“如果我当时放下脸，听你父亲的话，跟大家借点儿钱，或许就不会酿成这种悲剧了。有时候事情就是这样，看上去很简单的加减法，也会算错的。”这是黄伯留给我的一句。

原来那天黄伯接到电话时就已经知道所谓绑架的内情了。

黄喜自从那件事后便开始沉默，他后来经常躲着我，说那天在仓库他的神志已经不清楚了，才会说那么多犯浑的话，并希望我原谅他。他还说会努力工作赚钱。后来我听说，他找到那个车间主任的家，认了那个半疯的可怜母亲做干娘，并开始照顾她的日常起居。或许这样，黄伯的愧疚可以稍微减少一些吧。

第一百零一夜
蜂后

“店老板的皮肤继续紧缩，最终裂开了。我仿佛看见一只破茧而出的蝴蝶，在店老板几乎已经没有生气的皮肤下又钻出了一颗头颅。”

每个女孩都渴望自己是公主，但并不是每个父亲都是国王。大多数人在成年后都将这个渴望深埋在心底，可是也有少数人会一直朝着这个目标前行，她们相信，哪怕自己是一个灰姑娘，终有一天也能穿上水晶鞋遇见王子。

我无疑相信童话，但是在这座城市越来越多的年轻女孩中间传播开的流言中，似乎的确有可以一夜之间变成公主的奇谈。

“知道吗，只要按照那个男人的话去做，就可以变得像自己的偶像一样漂亮高雅啦！”

“真的吗？不会是骗人的吧，或许是拆白党①呢。”

“嘻嘻，我开始也不相信，不过我好奇尝试了下，真的，真的变了，你没发现吗？A君也做了，她变成大美人了。”

“是啊，听说只要你对自己哪个地方不满意，都能改变呢。”

“那我也要去试试了。”

诸如以上的对话，我几乎每天都能听到几句，起初以为只是普通的广告宣传，可是我逐渐发觉有些异样。由于工作的需要，我经常要穿行这座城市最大的一条步行街，而那里也是

---

① 拆白党，黑道行业之一。最初盛行于20世纪20年代至40年代中国的上海。成员以中产阶级为主。“拆白”为上海方言，含义有四：一、白吃白拿；二、隐喻拆白党徒经包装才能引人入彀；三、等同上海俚语“拆烂污”，指下三烂；四、等同“拆败”，有害人家庭、令其破落之意。

年轻人的聚集地，可是我看到的年轻女孩们开始起着变化。

该如何形容呢？她们长得越来越相像了。

我将这件事告诉正在休息的那个男人，其实他早就注意到了，甚至李多也听到了类似的传言。

“据说只要每天在自己出生的那个时刻踏入那家小店，买下店内出售的那枚戒指，戴在右手的小指上，就可以实现自己变成公主的愿望呢。”李多笑嘻嘻地回答说。

“那你怎么不去呢？你也是女孩子吧？”我抬起头问道。

“本姑娘已经很完美了。”她一边笑着一边用手拢了拢头发。我注意到她的右手小指上戴着东西。

“那是什么？”我指着那个东西说。

李多一脸尴尬：“该死，忘记取下了。我只是戴着好玩，朋友们都去了，我也不好意思不要啊，再说是老板送我的。”她得意地伸出手来。

我看见纪颜目不转睛地看着那枚戒指。的确，它很是古怪，似乎材质很特殊，根本就不是金属做的，表皮暗沉而没有光泽，如同生锈的铁器，但是摸上去又冰凉光滑，并且还带着些许柔软。

“还是拿下来吧。”纪颜劝道。

李多点点头，可是无论她如何用力，也无法取下那枚戒指。

“见鬼，好疼啊，仿佛已经连着肉了，根本拿不下来。”李多皱着眉头抱怨着。

纪颜没有再说什么，只是要了那家小店的地址，并决定现在就去看看。当然，我也同去了。

几乎是在这座城市将被遗忘的一个僻静角落里，两米多宽的店门，非常古老、接近破旧的木质结构的前厅，外面的阳光几乎无法投射进来，还好房子内挂着五彩的电灯，只是那光过于艳丽，显得有些妖异。

这里似乎还卖一些小装饰品，只是没有人在。我们呼喊了几句，一个中年男子走了出来。

他四十岁左右，身材中等而略微发福，白色的短袖棉质衬衣略有些发黄，微微下垂的腹部和厚厚的下巴都让这个男人显得亲切而和蔼，还有一双几乎一直眯着的双眼和可爱的大头鼻子。

“两位有什么需要吗？”他做了个请的动作，并带着笑意站在我们旁边约半米处。

纪颜谈到了那枚古怪的戒指，可是老板摇摇手。

“不好意思，我们不卖给男性的。”

“哦，那打扰了。”纪颜转身离开了小店。

当我踏出店门的时候，我回头看了一下，在多彩灯光的照射下，那个男人脸上的笑意忽然不见了，取而代之的却是一种怪异而尖利的眼神。

这件事似乎暂时放了下来，我们又开始了像以前那样讲故事喝酒的日子，但是这日子并没有维持太长的时间。

很快，那些戴着戒指的女孩开始出现异常了。

李多的性情开始变化，她不再如以前那样活泼了。她经常对着镜子整理自己的头发，将它编成辫子，又拆开，又继续编。无论我和纪颜如何对她说话，她也根本像没听到一样，嘴里总是嘀咕着一些我们不懂的字眼，像"我变成您了，您永远都不会离开我了"之类的。而她的同学显得更加怪异，大都是整天抱着镜子不放，即便是吃饭、睡觉时也不撒手，然后疯疯癫癫地高声大笑，有时候又一个人在房间里说话。她们的亲人非常着急，却没有任何办法。

而更让人觉得怪异的是，所有戴上戒指的女孩都开始变得像同一个女人，无论是皮肤还是五官，都越来越接近了。李多的样子也开始变化，不过变化不大，或者说那些戴上戒指的女孩反倒变得有些像她了才对。

"那不是普通的戒指，之所以要戴在右手小指上，是因为那是除了意根之外六根中掌管眼根的地方，那些女孩的眼睛已经看不到真实的世界了。"纪颜有些担忧地说道。

我们回到那家小店，可是它已经关闭了，问遍附近的人，谁都不知道那家小店的下落，都说它是突然开的，就像突然走了一样，似乎从来没有来过。纪颜无法控制这种病情，只能暂时用针灸和药物让那些几乎疯狂的女孩暂时冷静。

手指上的戒指已经和肉连在了一起，除非将整根手指砍下来。纪颜却说，即便砍下手指，恐怕也不见得可以治愈。

"除非找到那个制作戒指的人。"纪颜一边翻看着资料一边自语道。

然而令人没有想到的是，那个男人却自己出现了，而且随之而来的居然还有久未蒙面的黎正。

"嘿嘿，本来打算躲起来等灰姑娘们完全变成公主，可惜还是被这小子找到了。"店老板依旧眯起眼睛，摊开双手做了个无可奈何的动作，随即又望向黎正。

"我一直未曾走远，当李多戴上戒指的时候我来不及阻止，只好一直盯着这个家伙，果然，他想逃跑。"黎正的手一直搭在那个男人的肩膀上，仿佛粘在上面一样。

"不对不对，你怎么可以用'逃跑'这个词？我不是说过吗，时机成熟的时候，我会出现在纪黎两家的后人面前的。"店老板说完，脸上的皮肤忽然开始紧缩起来，如同放掉气的气球，又像缩水的布匹。

纪颜和黎正的脸色变了，尤其是黎正，他的手下意识地离开那个人的肩膀。

店老板的皮肤继续紧缩，最终裂开了。我仿佛看见一只破茧而出的蝴蝶，在店老板几乎已经没有生气的皮肤下又钻出了一颗头颅。

那颗头紧紧地被绷带缠绕着，只能看到一双眼睛和一张嘴，那双眼睛的瞳孔绝对不是人类所有的，而是透着猎食者特有的贪婪。

接着，他如脱衣服般脱去了那个看起来微胖的中年男人的外皮，他真实的样貌原来非常瘦削，穿着一件黑色的紧身衣，双手修长。

"其实在这之前我已经和你们各自见过面了，当然，还是请允许我做个自我介绍。"他优雅地向我们鞠了个躬，然后大大咧咧地坐在沙发上。

"我叫白杨。"他笑了一下，裂开的嘴巴像破了的石榴，露出一排碎屑似的牙齿。

纪颜惊讶地看着他。

"工蜂，魔术……"随即他朝后退了一步，"你应该死了才对。"

黎正有些不解地望着这两个人。当然，我是知道白杨的故事①的。

"的确，我自己也觉得不该活在这个世界上，可惜的是你的父亲那时候过于年轻，并没有好好查看我的身体。如果用常人的思维来看，一个全身被烧焦、没有气息的人的确应该必死无疑；可是如果不是人的话，这个理论自然就不成立了。"白杨拿起桌子上的水杯，自顾自地倒了杯水喝下去。

"你是来报仇的？可惜我父亲早就过世了。"纪颜警惕地望着白杨。

"不，我绝对没有找你寻仇的意思，甚至我还要感谢你的父亲。否则，我还要一辈子在那个乡下村庄里做一个会计，我不会发现自己身体的秘密，而这个秘密是你父亲一生都在寻找最后还搭上性命的原因。当然，也包括你的父母，黎正。"白杨望向站立在一旁斜眼看着他的黎正。

"说下去，关于我父母的事情。"黎正低沉着声音问道。我从未见他有过如此的状态。

"嘿嘿，我就知道你会感兴趣。二十年前，其实你们的父母都在寻找会使用魔术的那个部落。纪颜的父亲在遇见我之后知道了魔术的可怕，于是放弃了寻找。可惜的是，你的父亲却过于执着，甚至与部落里的一个女孩相爱，并带着她离开了那个地方。对于这个部族来说，这是不可饶恕的行为，在她们看来，男人不过是传承生命的工具和保护部族不被外界骚扰的武器而已，是卑微的工蜂。于是她们对那个逃走的女孩下了魔术，诅咒她悲惨的命运。结果你也知道了，她死在了自己最爱的人手里，也就是你的父亲手中。钉刑，实际上就是部

① "白杨的故事"，见《异闻录1》第二十二夜"魔术"。

异闻录

Yi Wen Lu

那颗头紧紧地被绷带缠绕着，只能看到一双眼睛和一张嘴，那双眼睛的瞳孔绝对不是人类所有的，而是透着猎食者特有的贪婪。

族用来处罚叛逃者和不忠者的刑罚之一。

“你的父亲在变疯前留下遗嘱，将自己的儿女分别托付给自己最信任的两个人照顾，因为他知道诞生的儿女绝不能一起长大，部族不会放过他们，所以将他们分开来养，安全性大一些。于是你被交给了你父亲的好友——当时还是刑警的黎队长，而你妹妹被交给了纪颜的父亲。”白杨缓缓说完，但是黎正依旧冷冷地望着他。

“你怎么会知道这么多？”

“那是因为我已经去过那个部落，而且我们达成了交易，只要我满足她们的要求，她们就可以解除我身上的魔术，让我重新变回人类。”说完，他望向纪颜。

“交易？”我问道。

“是的，你们也知道，那个部族几乎快被这个世界所遗忘，她们想重振以前的辉煌，不过她们的障碍是男人。这个世界不可否认是男性当道了，如果想回到那个时代，必须将他们重新变成工蜂。”白杨笑了笑。而他的话让我一阵发寒。

“看着吧，很快你们就会知道那枚戒指有什么作用。”说完，他站起身打算离开。

“你既然来了，还能轻易离开吗？”黎正再次伸手过去。

“打倒我也没有用，戒指不会自动脱离。实际上我也不知道如何让戒指脱下来。更何况，我不认为你们两个有这个能力。”白杨又笑了笑，充满了不屑和藐视。

“当所有的女孩都变成公主，我会告诉你们这究竟是怎么回事的。要怪，就怪你们的父亲去招惹那些不该招惹的部族。”白杨不像在说谎，他离开了纪颜的住所。

纪颜一直在观察李多的变化，包括其他那些女孩。果然，白杨没说错，所有戴上戒指的女孩都开始变成同一个人。我回到报社，甚至连落蕾，包括其他女孩，也戴上了戒指，不过奇怪的是，戴上戒指起变化的都是未曾生育的女性。

就这样，这座城市所有年轻的女孩都长成了一个样子，有些像李多，但又不全像。

黎正看着李多的脸，有些惊恐和诧异，那种表情我从未见过。

“她和那些女孩越来越像我死去的母亲了。”黎正对我们说。

纪颜也很惊讶，不过他很快低头沉思起来。

“工蜂？我明白了！”纪颜忽然从座位上跳起来。

“所有能够生育的雌蜂只能有一只，唯一的一只蜂后。”纪颜一字一顿地说。

“你的意思是白杨让所有未曾生育的女性都变成同一个人，也就是所谓的变成公主？”我吃惊地问道。

“的确，如果所有的女性都变成同一个人，这样说也就等于社会里只有一只蜂后，自然所有的男人都成了工蜂。”黎正说。

“可是为什么会变成我母亲的样子？”黎正有些不安地望了望依旧在照镜子而不理睬我们的李多。

“去找白杨，他应该还有事情没告诉我们。”纪颜提议道。

很快，我们找到了那个家伙。其实他根本没有走远，我们四人走到一处僻静的休闲处坐了下来。

“看来你们知道我的灰姑娘计划了。今天晚上十二点，戴上戒指的女孩们就会真正成为公主了，永远不会变回来，那时候魔术部族的人也会重新回来。”白杨说。

“到时候你又有什么好处？不过也是一只工蜂而已。”我讥笑他。

白杨不置可否地摇摇头。接着他脱去了自己的绷带。我几乎要闭上自己的眼睛，他的身上满是烧伤和一层层细小发亮的鳞片，他的头被烧得不成样子，鼻子也没了，上嘴唇也被烧掉了，难怪他的嘴巴看起来很怪异。

“你知道我为什么要去收集制作人皮吗？这么多年来我一直渴望可以不用绷带，和正常人一样，但是我发现，无论我怎么制作人皮面具和皮肤都没用，那些死去的皮没有灵魂，我可以变成任何一个人，但是只要过几天，那些皮就腐烂发臭了。所以我知道，只有使用魔术的人可以让死物变得有灵魂，那样我制作的人皮才可以真正地变成我自己的皮肤。”他的语调有些悲凉。纪颜和黎正则默不作声。

“让死物有灵魂？”纪颜忽然重复了一句。

白杨正说得激动，没有注意，反问了一句：“你说什么？”

“你说十二点，是吧？那证明我们还有机会。”纪颜忽然自信地笑了笑。

白杨忽然愤怒了。

“我讨厌你那恶心的笑，和你父亲一样，仿佛什么都知道了似的，根本没有把别人放在眼里！你绝对救不了那些女孩的！绝不可能！”白杨怒吼道。

纪颜没有理会他，转身和我们离开了，只留下白杨一个人站在那里。回头望去，我看见他丑陋的样子在阳光下越来越模糊。

“你是不是已经想到如何对付了？”黎正问道。

“还不肯定，不过应该可以。”

入夜后城市开始变得有些安静，或许失去了异性，大多数男孩都有些无聊，平日热闹的街道居然也变得冷清了。离白杨所说的时间只剩几小时了。

而我们一直坐在李多旁边观察着她。

白杨也在门外，他说，他会一直等到魔术部族的人出现，完成他的任务，得到奖励。他还告诉我们，原本黎正的母亲就是蜂后的人选，即便她已经死去，也会按照她的相貌诞生新的蜂后。时间一分一秒地过去，可是纪颜仿佛全然不担心，只是喝茶看书。我想问问黎正，不过他告诉我，既然纪颜那么有自信，也只能相信他了。

“离十二点只有不到一小时了，我倒想看看你有什么办法。”白杨望了望正在呆坐的我们三个，冷笑起来。

纪颜看了看时间，站了起来，忽然从口袋里掏出数根银针。我们都不解地望着他。

他将针分别扎入了李多右手的五根手指，还在她后颈处扎了一根。很快，李多便昏睡过去了。

“她没事吧？”黎正扶着李多躺下，问道。

“你和你的主子会用戒指在六根之中的眼根施魔术，我自然可以将她们的六根全都封闭起来。所谓六根，眼、耳、鼻、舌、身、意。失去了六根，与死人无异，蜂后要如何从这些宿主的身体里破茧而出呢？”纪颜望着睡过去的李多，又看了看白杨。

后者有些惊慌，但很快镇静下来。

“你不过是让她昏过去罢了，再说，其余的女孩又如何呢？只有一小时，你根本不够时间去封闭其余人的六根。”

“不用，只需要半小时让李多暂时假死就可以了，过一会儿，她的身体会像冬眠的动物一样完全进入假死，但持续时间不长，我只能在这个时候下针。”

“难道你不管其他人了？”我问纪颜。

纪颜拍拍我的肩膀。

“原本就不用其他人，所谓的蜂后，目标只是李多而已，其余的女孩一过十二点就会恢复原本的相貌。开始的时候我也有些不解，为什么上千年来承袭魔术部族的人要等到现在才发动反攻。其实你得到的任务只是要让身为蜂后女儿的李多被她们带走而已。做出这么多事情，不过是要迷惑我和黎正罢了，那一族人根本没想过重新回到这个世界上来，你不过是打算借着她们给予你的力量带走李多罢了！”纪颜的话让我们都很吃惊。

白杨忽然踉跄了一下，几乎没有站稳，他低着头，全身都在颤抖着。

“准确地说，我是打算带走蜂后，所有有资格变成蜂后的人都会在十二点苏醒过来，这些人中只有一个会成为蜂后，其他的都会死去。本来这个仪式是在部族内部进行的，由于其中的一位继承者离开了部族，所以她们让我带着这枚戒指交给李多，完成仪式。其余的戒指，不过是我的仿制品罢了。算了，看来我要以武力带走她了。”白杨张开双臂朝我们走过来。

黎正连忙将钉子朝他发射过去，可是所有的钉子都刺不进去，他全身的鳞甲仿佛刀枪不入。

“没用的，即便是用那个女孩的血制成的血剑，也无法刺入我的身体。我一定要带走她，回到部族里去，我不想再披着这身蛇皮了！”白杨一边说一边朝李多跑去。

“没用的，其实我早该告诉你，你在二十年前就已经死去了，现在的你只不过是被注入灵魂的尸体罢了，等你完成了使命，就会化为一堆腐肉。”纪颜说。

白杨不敢相信地望着纪颜，停下了动作，他摇晃着脑袋，大吼着说“不可能”。

“很遗憾，你的确只能在这个世界上待到十二点了，她们原本就打算蜂后一诞生，你就没有利用价值了。二十年来你不过是追寻黎正一家人下落的工具而已。”纪颜看了看手表。

十二点了。

李多依旧躺在床上，她的相貌开始慢慢恢复成以前的样子，只是似乎略有些疲惫，在她的右手小指上浮现出那枚可恶的戒指。我伸出手一碰，戒指立即粉碎，消失不见了。

白杨呆滞地望着眼前的景象，接着慢慢瘫软在地上。纪颜说得没错，他的身体也和那枚戒指一样，一下子化为粉末，一阵风吹过，仿佛他们从未来到这个世上。

“都结束了吗？或许逃过这次蜂后的孵化，那个部族以后再也不会找我们的麻烦了。”黎正坐在床头望着李多。

“嗯，既然她们已经有了蜂后，就不会再来了。”纪颜似乎显得非常疲倦，他走到李多跟前，取下所有的银针。

“明天早上她醒过来就会忘记一切，其他的女孩也是，她们什么都不会记得，就当是做了一场梦吧。”

纪颜告诉我们，他的父亲其实并没有逃避，反倒是一直在研究使用魔术的部族的神秘之处。从他留下的手稿里，纪颜才得知这一切。而且纪颜的父亲一直为自己不能阻止黎正父母的惨剧而深深自责，以致最后郁郁而终。临终的时候他交代纪颜，一定要解开李多不祥的身世的真相，让她成为一个正常的女孩。

我忽然对这位从未见过的长辈充满了敬佩，或许有其父必有其子吧，纪颜也会和他父亲一样。

番外篇

"余者之书"的诅咒 /

人若有罪，神必罚之。

神若有罪，人将奈何。

右手边的泡面开始慢慢散发着香气，黎东民抬起头看了看，十一点了。所里只有他和新来的小陈两个人，那家伙要值夜班，想先睡会儿，所以求自己先值到十一点。黎东民也有些活没干完，就答应了。房间里虽然开着暖气，但他还是冻得脚发麻。黎东民本来没打算吃方便面，但看到外面雪下得又紧又急，虽然从派出所到家里只有二十多分钟路，但为了增加点儿热量，他决定还是吃碗面再走。

电话响了起来，黎东民立即接了起来。

"我马上回来。"

"别来接我了，没几分钟路，你陪女儿早点儿睡吧。"

黎东民嘱咐了妻子两句，便挂断了电话。面也熟了，他抓过来吃着，蒸汽扑面而来，一下子便挡住了黎东民的视线。他刚吃了两口，忽然感觉冷了起来，抬起头，看到一个长发的女人突然站在大门口。

"报案？请进，外面雪大。"黎东民放下面，站起身来朝她走过去。

"请……请救救我的孩子。"那个女人忽然开口喊道。

黎东民发现女人额头上有颗黑色的痣。

不过好像太圆了吧，而且正在眉心。所里灯光不亮，黎东民看不太清楚女人的容貌，不过看得出她皮肤白皙，五官倒很端正。

“请慢点儿说，到底怎么回事？”黎东民最怕这时候接到案子，但既然来了，总不能不理。

“跟我来，跟我来，一定要救救我的孩子。”女人说完转身就朝外走去。

黎东民喊了几声，没有回应，骂了一句娘，只好带上门，顺便跑到隔壁叫醒刚睡着的小陈看着。黎东民走到门口犹豫了一下，还是回头取了配枪。

雪很大，黎东民看到那个女人正在自己前方，他紧紧跟着女人的步伐，两个人一前一后在无人的街道里前行。走了十几分钟，女人将他带到一栋房子前。黎东民似乎见过这栋房子，是栋二层楼洋房，自己还和同事感叹房子古典、漂亮。房子是独户的，想必主人家有些财力。

黎东民用手遮着风，走到门前看了看，转过头问女人：“是这里吗？”

身后空荡荡的，根本没有什么人。

黎东民感觉后脊背一凉。什么情况？这腊月二十八也能遇到这种事？小偷都回家准备过年了吧。

黎东民有种被耍的感觉，他刚想离开，但好像听到了一阵小孩的哭喊声。

原以为自己听错了，但很快他又听到了一声。黎东民大力地拍着大门，但无人来应，他情急之下连踹带撞，幸亏这家的门是木制的，锁不是很结实，黎东民撞开门冲了进去。

房间给人的感觉很压抑，和屋外的大方结构截然相反，虽然没有灯光，但依然有让黎东民产生很不舒服的胸闷感。黎东民拐过放鞋的玄关，朝右走去，皮鞋踩在木制地板上发出嘎吱的声音，右手边传来低声的抽泣。黎东民有些紧张，他的汗毛都竖了起来，虽然当了快十年警察，但他从来没遇到过需要拔枪的情况。他右手举起枪，左手拧开手电筒，慢慢挪着步子朝客厅里面走过去。

血腥味很重，黎东民吸了吸鼻子，把手电筒的光朝前方打过去。

圆形的光柱前，蹲着一个弯着腰的男人。

他右手压着什么东西，左手举了起来，握着一把锤子。

“举起手来！”黎东民喝道。

那个男人仿佛喝醉了酒似的，晃动着瘦长的身体站起来，朝黎东民望过来。

“为什么，差一点儿我就完成了，为什么要做这种事？”

他口中吐出含混不清、断断续续的字，黎东民听不明白。

握着锤子的男人拖着脚朝黎东民走过来，黎东民再次举着枪大声警告，但无济于事。

男人越来越近了，黎东民看到他高举起锤子朝自己的脑袋砸过来。

其实黎东民事后觉得，自己完全可以闪过去，然后制伏他。如果他选择这样做，说不定至少可以改变三个孩子的命运，甚至包括自己在内的很多人的命运。

但黎东民在那一刹那下意识地将手电筒朝地上射过去。

他看到一张脸。

那是刚才那个报案女人的脸。而黎东民也知道为什么她眉心之间有一颗痣，一颗圆得古怪的痣。那根本不是痣，而是根钉子。

一根长钉子被人从她眉心砸进去，几乎全部没进头颅里。女人依然睁着眼睛，伤口中流出两股细细的血流，她盯着自己。

“救救我的孩子。”

黎东民仿佛又听到这句话在耳边响起。

锤子伴着风声朝黎东民的额头砸过来，他的脚仿佛定住似的没法闪开，他闭上眼睛扣动了扳机。

很沉的枪声，黎东民嗅到了火药味，他甚至不敢相信自己真的开了枪。

啪，锤子掉在地上。

接着，那个男人如同草人一般倒了下去，哼都没哼一声。黎东民不知道自己打中了他哪里，但如此近距离开枪，至少是胸部吧。

全身是汗的黎东民朝墙壁摸索过去，找到了电灯开关并打开。

虽然有所准备，但猛地在如此强烈刺眼的灯光下看到事实，依然让他无法接受。

比灯光更加刺眼的，是地板上的血。

不只是一根钉子，那个女人的双手手心、脚踝都钉着长长的钉子，身体被摆成了个“大”字形状，下面画着五角星的形状，头和四肢按照图形摆放着。

她很漂亮，即使已经死了，但依然美丽，白色的羊毛外套上沾着血，就像雪地里撒着几朵梅花。

在尸体不远处，黎东民看到一个四五岁大的小女孩。她靠着墙角，双手被反绑在身后，脚也绑着，大眼睛里满是惧意，嘴巴张得很大，却一声也发不出来。

过了几秒钟，女孩才撕心裂肺地喊道：“妈妈！妈妈！”

接着她又看向倒在地上的男人，喊出了“爸爸”两个字便昏过去了。

这到底是怎么回事？这是一家人？

黎东民的脑袋很疼，他用手使劲儿按鼻梁：“我到底做了什么，本来现在应该吃碗面回到暖和的家里搂着妻子和女儿睡觉的啊！”

身后响起了脚步声，黎东民猛地转过身来抬起枪。

是个小男孩？比那个小女孩大上一两岁，穿着黑色睡衣，戴着睡帽，穿着棉鞋，站在黎东民身后的楼梯上。他一只手扶着楼梯扶手，看着黎东民，接着又看了看地上的两具尸体。

黎东民感觉到一阵压迫感。

脚步声是从那个孩子身上发出来的？怎么可能？自己当了十年警察，对方只是个六七岁的小孩。

是那两个人的儿子吗？看容貌有些像，但为什么一点儿表情也没有，既没有恐惧，也没有哀伤。

“警察叔叔。”

他开口了，声音稚嫩却又冷冰冰的。

“没事了，孩子，我马上打电话叫救护车和同事来，这里有电话吗？”黎东民收起枪，转过身朝小女孩走过去，他想解开绳子。

“只是个孩子罢了，我太紧张了。”黎东民这样对自己说。

“你打算用刚刚杀了我父亲的手去碰我妹妹吗？”

黎东民的身后传来这么一句，他慢慢转过身来，看到那个男孩子走到男人的尸体前，蹲下来。

那个男人似乎还没死，但已经只剩下一口气了，子弹射穿了他的肺部。他说不出话来，只是将满是血的手伸出来，似乎想抓住什么。

他只抓住了男孩的睡帽，把它扯了下来。

黎东民看到一团白色的雪。

不对，那是一头银白色闪亮的头发。

男人手指上的血擦过儿子的脸颊，从眉毛上一直滑下来，在左脸上滑下一道血痕。

黎东民看到那个孩子伸出手合上已经死去的父亲的双目，站起身来正对着自己。

那本来是张很漂亮的脸，简直如同女孩子一样，这个孩子长大后一定很帅气吧。

可是黎东民无论如何对他也喜欢不起来。

他看到那个孩子有着一只红色的瞳孔。右边的眼睛明明在流泪，左边有红色瞳孔的眼睛却死死盯着自己，如同看着猎物。

他紧紧闭了闭眼睛，再次睁开时却发现男孩的左眼和常人的无异。

“是我的幻觉吗？怎么可能会有人有红色的眼睛？”

他朝着地上的女人尸体走过去。

不，他跨过了那具尸体，走到女孩面前，解开她手上脚上的绳索，将她抱在怀里，紧紧抱着。

女孩醒了过来，但只是睁着大眼睛，眼泪无法抑制地流淌着，根本没有擦掉的意思。

“爸……妈……”

她喃喃自语如同念经般只说着这两个字。

男孩抚摸着女孩柔软的长发。

“没有了，再也……没有了……”哥哥的眼泪滴落在妹妹的脸颊上。

“我们……没资格哭了。”

黎东民看到男孩的红色眼睛看着自己，眨都不眨一下。

他转过脸，看到了墙角的电话，拨通后通知市刑警来处理，他感觉累极了，从来没这么累过。

“要送到孤儿院？”黎东民抬起头，吃惊地看着同事。

“是啊，夫妻俩都死了，他们没有任何亲戚朋友，而且说实话这种孩子恐怕也有不少人有避讳吧，什么命硬克死父母之类的。”小陈吃着早点盯着报纸上的新闻。

怎么会这样？黎东民不停地问自己。两个多星期了，他们取得没一点儿进展，没人知道为什么这个男人要杀自己的妻子和儿女。他们一家的来历都是谜，他们很少出门，经济上却又好像一点儿也不愁，屋子里有很多各种民俗宗教以及一些奇怪到黎东民根本没听过、没见过的古书，甚至在地下室还有各种动物尸体和标本。

“真的找不到认识的人收养？”黎东民不死心地问。

小陈的眼睛离开报纸，认真地盯着黎东民。

“干吗这么看着我？”

“我说，黎哥，你该不会是内疚吧？”

黎东民立即否认。

“这家人也姓黎呢，要不干脆你就收养他们吧。”小陈笑了笑，不再说了。

黎东民不是没想过，但自己根本无力负担。他叹了口气，和小陈交代了几句就走出了派出所。

黎东民买了些水果和糖果，他打算去医院看看那个小女孩。医生说，孩子受刺激太大，可能会在心理上留下不少创伤，也可能会保护性地选择忘记这段记忆。

来到医院的时候，黎东民看到那个男孩就坐在妹妹床边，笨拙地削着苹果。黎东民走过去，发现他的手指上有几道伤口。

“我来吧。”黎东民从男孩手里接过苹果和刀。

银发的男孩看着黎东民，从他的眼睛里读不出任何感情。

黎东民削好苹果，切成块递给小女孩，小女孩吃了起来。

“和我出来下，好吗？”黎东民拍了拍小男孩。

两个人带上房门，站在医院过道上。

“那个，我想先和你说一下，杀死你父亲是意外，但我还是很抱歉。”黎东民虽然一直想说，但因事情繁杂，一直没有机会。

“你不是来道歉的，你是想说我和妹妹会去孤儿院，对吗？”

黎东民吃了一惊。

男孩的脸上第一次流露出了阴郁的表情，他双手插在衣服口袋里，举止和站姿都和成人无异。

“我不想这么说，但我们真的找不到人愿意抚养你们。”黎东民忽然感到有些内疚，如果孩子父亲活着，说不定可以安排一下。

“我一个人去孤儿院。”男孩这样说道。

黎东民以为自己听错了。

“我认识一个人，他会抚养我妹妹，但我不想去。你让我去孤儿院吧，只要他抚养妹妹一个人就行了。”

男孩从口袋里掏出一张纸，上面歪歪扭扭地写着一个名字和联系电话。

黎东民接了过来。

“好，我这就去打电话试试。”黎东民立即来到医院前台，拨通了那个号码。

虽然有所怀疑，但他还是希望这个联系电话是真的。

电话接通了，那头传来一个有磁性的中年男人的声音。

“那个，请问您是纪先生吗？”

黎东民大致说了下情况，但他特意回避了那个女人报案以及自己杀死黎姓男人的事。

对方听完后沉默良久。黎东民急躁不安，生怕会被拒绝。

“你说那个男孩不愿意来？”

“嗯。”

“那好吧，因为有些远，我明天尽快赶到医院，我来收养他的女儿。至于那个男孩，我希望您多帮忙，一定要帮他找到一户人家收养，钱不是问题。”

黎东民的喉咙里似乎被堵住了，他感到胸间一阵闷热。

“我想收养这个孩子。”黎东民被自己说的话吓了一跳。

电话那头再次沉默。

“不，您别误会，我这么做有自己的原因，我不会要您一分钱，我只是……只是必须这么做。”

黎东民还是说出了事实。

那位姓纪的男人好像也认可了黎东民的决定。两人又聊了几句，正准备挂断的时候，纪先生突然说了这么一句：“你可以收养那个孩子，但我还是想说一句，你要当心。”

“当心？”

“我想问一句，那个男孩的眼睛是不是有一只是红色的？”

黎东民心脏跳动了一下。他欲言又止，昨天好像的确看到那个孩子长着一只红眼，但只是一瞬间，今天来的时候他也仔细看过，男孩只是孤僻早熟了些，没有什么异常。

“不，他没有。怎么了？”

“那就好，也许是我多虑了，总之希望您好好抚养这个孩子，他是我朋友，不，应该说故人之子吧，而且最好他们兄妹以后不要再见面了。就这样吧。”

黎东民被这句突然冒出来的话说蒙了，他隐约感觉到这位姓纪的男人知道的远比自己多，甚至有可能知道为什么会出现这种惨剧，但对方已经挂断了电话。

黎东民放下电话。

“说完了吗？”

身后传来那个孩子的声音。

黎东民吓了一跳，他看着那个男孩，他到底是刚刚来还是一直在旁边监听自己和那位纪先生的对话？

“我不会让你去孤儿院。”黎东民蹲下来，双手抱着男孩的肩膀。

“哦？可我已经无处可去了。我可不去那个男人家里。”男孩露出轻蔑但带着悲凉的笑。

“我来收养你。”黎东民说。

男孩扫视着黎东民的脸。

“你是在内疚，算是补偿吗？”

黎东民第一次从心底里惧怕某个人，他在害怕这个男孩。

“算是吧，我希望你给我个机会，我不求你原谅我。等你长大了，也许你会明白，就算你不明白，也可以随时来找我报仇。”黎东民仿佛下了很大的决心，他没有说谎，每个字都是发自内心。

男孩那只红色的眼睛盯着黎东民看了很久，看得黎东民直发毛。

“爸。”

男孩猛然一句，黎东民差点儿被呛到。

“你说什么？”

“你收养了我，从今天起不就是我父亲了吗？”男孩笑了笑，反过来伸出手拍了拍黎东民的手背。

“带我回家吧，我好像还有个姐姐，是吗？”

黎东民看着男孩的脸、那头银色的头发，心里一阵寒意。

他到底在干什么？

他带回家的到底是个男孩还是个魔鬼，或是别的什么东西？

已经无法回头了，黎东民明白一种奇怪的力量在驱使自己，冥冥之中都是注定好的。

他姓黎，那个男人也是。

“你是叫黎——”黎东民一下子记不起来男孩的名字。

“黎正！正确的正。”男孩抬起头，第一次洪亮地喊出自己的名字。

黎东民站起身，牵着黎正的手。

“我们回家。”

1

高低不平的长路至多有三米宽，恰巧能让汽车通行，虽然是城市近郊，但这么狭窄的路实在少见。脑袋斜靠着车窗玻璃的长发女孩眼睛眨也不眨地望着外面的景色发呆，虽然一路颠簸不平，她却没有露出厌恶的表情。

坐在前方驾驶座上的年轻男子时不时地转过头来看看。

“就快到了，觉得不舒服的话，就打开车窗透透气吧。”

“他人呢？”

年轻男子看了看后视镜，露出一副尴尬的模样。

“很忙吧，最近事情比较多。”

“哦。”女孩应了一声，伸出细长的手指心不在焉地在车窗上用指尖画着圆圈。

汽车驶出了冷清的街市——这里大都是经营汽车修理、五金零件和一些手工制品的商家，这个时候还不是他们忙碌的时间。

似乎觉得有些累了，女孩眯起了眼睛，但依然看着窗外。道路开始变得宽敞起来，路两边却越发偏僻，只有一些未完工的烂尾楼和坍塌的墙壁废墟。

这里大都是房地产热潮汹涌时期的工程，现在市场紧缩，结果这里全部荒废了，除了看守者、一些流浪汉和野狗，极少有生气。

女孩的眼睛突然一亮，疾驰而过的汽车车窗外突然出现了一个人影，若隐若现地站在那片破败的水泥钢铁森林里。

不，硬要说的话，光是那一刹那怎可能判断得出那是一个人？让女孩注意到的倒是那一头漂亮的银发。

在这个满是黑发的国家里，这种头发太显眼了吧？但那种银色如此有光泽，甚至并未随着影像离开而从女孩的视网膜里消失，反倒是像某种糖稀一样慢慢拉长黏着起来，让人无法忘记。

女孩立即转过头回望着。

那是个穿着白衬衣、蓝色长裤的年轻男子吧？

之所以用疑问句，是因为那个男人的脸上戴着比银发更加怪异的白色面具。那副面具遮住了整张脸，看不清楚他的相貌，只是在眼部有两个小洞，两边由上至下画了两道弯曲的类似蛇的图案，颜色不同，左边是青色，右边是红色。

“停车！”女孩大喊道。

年轻的男子急刹车，诧异地看着她。女孩推开车门朝后跑去，但一眼望去那片废楼里根本没有人。

是她眼花了吗？可明明只是那么短时间为什么那个人所戴的面具却如此清晰熟悉，仿佛早就看过了似的。

“你别这样，对身体不好。”年轻男子关切地赶过来。

“不好意思，我们走吧。”女孩绾起了长发，低着头。

两人回到车上，汽车再次发动，朝前开去。

蜿蜒的公路也犹如一条长蛇，蠕动着往前方的城市中心慢慢爬去。

“三年级四班。”戴着眼睛的女老师看了看入学证明，转身朝前走去。女孩拎着书包朝年轻男子挥挥手。

“你先回去吧，和我爸说一下，中午也不用来接了，我就在学校吃午饭。”

“那个，能习惯吗？”对方有些为难起来，“你的身体……”

“没那么娇气，倒是让他注意些，别老吃方便面了。”女孩微微笑了下。

年轻男人点点头，驾车离开。

走廊很长，两边都是教室，从有些未完全关上的门缝看去，里面的同龄人正聚精会神地上课。

“我们学校是省重点，全国都非常有名，这里的孩子都是以考取名牌大学为目标。”

老师踩着皮鞋走在前面，头也不回地说。

女孩“嗯”了一声。

“我经常和他们讲，其实未来很简单，你们是想做穿皮鞋的人还是想做擦皮鞋的人。”

女孩看了看自己的脚，穿的是蓝色帆布鞋。

“每年都有很多外地的复读生慕名来这里读高三备考，所以他们一般对新面孔有些冷淡，希望你不要介意。”

老师的声音倒是更加冷淡。

脚步声突然停下，女孩差点儿撞上她。

“就是这里了。全年级最好的班级，升学率百分之百，重点大学录取率百分之八十，状元班。如果不是你父亲的话，以你的成绩……”

不用说得这么直接吧？女孩握紧了书包带子。老师推开门，女孩差点儿吓了一跳。

看不到人，一个人也看不到。

再仔细一看，原来所有人都在书桌上埋着头，整齐地码放在桌子上的参考书、习题集将人都遮住了。

但实际上就算如此，这个巨大的塞满人和书的房间里没有一点儿说话的声音，能听到的只有翻书和写字的声音，甚至连叹息和咳嗽的声音都没有。

“看到了没，他们根本不受一点儿外来的影响。”老师有些得意，“那里有个空位，你先坐吧，待会儿正式上课，我们会把习题集发给你。”

女老师指了指教室，女孩顺着看过去，瞧见了最右侧靠窗的第二排，于是走了过去。

她刚想坐下来，忽然听到一阵整齐的哗啦声，接着教室瞬间安静下来。

女孩转过头，发现原本被人称赞注意力集中的同学们突然全部抬起头像机器人一样朝自己看过来。他们大都戴着眼镜，因为劳累，眼圈发黑，面无生气的脸全部注视着她。

女孩很难受，她傻站着，朝着老师看去。

“忘记和你说清楚了，那个座位不能坐，我说的是另外一个。”老师不耐烦地走过来，将门边墙角的桌椅拉开。女孩走过去，放下书包。

“好了，同学们，这是新的转校生，她叫黎芮，黎明的黎，苏芮的芮，大家好好相处，继续学习吧。”

老师简短地交代了几句，学生们没有一点儿回应。

关上门后，黎芮感觉到自己陷入了一个让人窒息的环境，这种地方比起一个人都没有更令人难受。

她小心地打开书包，生怕干扰到自己的同学，接着又将视线越过书本和人群，瞄向之前的空座位。

确实里面塞有书包，但桌面上空空如也。

为什么，为什么他们刚才的反应那么夸张？为什么重点班里还会有个不上课的人？

黎芮有太多不明白了，但她唯一明白的是自己这一年必须好好努力，至少考取个大学吧。

不知道挨了多久，因为舟车劳顿，有些困意，虽然强打着精神温书，但依然效果不佳。好不容易等到中午放学，但离开座位吃饭的人寥寥无几，黎芮有些饿了，她收好书朝门口走去。

她刚刚走出来，从身后走过来一个人，挡在她面前。

对方是一个穿着浅蓝色运动服和白色球鞋的男孩子，人比较精神，眼睛很亮，是少数几个没戴眼镜的家伙，只不过嘴角的笑意略显轻浮。

“你叫黎芮，是吧？”

黎芮点头，伸出手来。

“我叫苏骆冰，骆驼的骆。”

两人很快攀谈起来，一起朝着食堂走去。

“你应该还没有饭卡吧，现在办理来不及了，今天就让我尽下地主之谊吧。”苏骆冰晃了晃饭卡。黎芮笑了起来。

“谢谢，明天我请你。”

“其实吧，我和你一样也是转学的，不过我是高二转过来的，里面还有几个也是。我到现在还不是很能受得了里面那帮机器人。”

苏骆冰“嗯”了一声，看了看黎芮。

“我的意思是他们太死板了，偶尔也要换换脑子，至少也要吃饭吧。我都饿死了，但没一个人愿意动，看到你起身，我就立即出来了。我喜欢吃饭组个团，至少发挥下嘴巴的第二功能。”

苏骆冰的话很多，但黎芮觉得他并不讨人厌，至少第一天能认识个朋友也好。

外面人流攒动，天色很暗。这所中学是半封闭式，只有周末才开放大门，但对毕业班来说基本就是全封闭了，学校虽然离市中心只有几公里，但位置是面临拆迁的老城区，所以还是挺冷清的。

食堂的饭菜不算好吃，但苏骆冰的调侃至少让午餐没那么乏味。

“太离谱了，我打的是鱼香肉丝，这根本就是萝卜丝和肉丝啊。我质问他们这是什么，打菜的居然鄙视地说我连胡萝卜都不认识，连敷衍我一下都不行啊。”

苏骆冰夸张地挑起几根胡萝卜丝。

“给我吧，我喜欢吃，我属兔的，红烧肉给你。”黎芮指了指自己的餐盘。苏骆冰摆摆手，两人笑起来。笑完之后，黎芮想起了什么。

“对了，之前我走错了座位，那个同学是谁，是不是生病了？”

苏骆冰的笑容一下子凝固了起来，本来夹起的红烧肉掉到了餐桌上。

黎芮看着苏骆冰，又看了看桌子上的肉。

“呵呵，肉太嫩，比豆腐还难夹。”苏骆冰尴尬地笑起来。

“是不是我说错了什么？”

“不不，其实吧，你迟早都会认识他的，说起来的话，你们两个好像还挺有缘呢，他也姓黎。”

黎芮的心突然抽了一下，她忍不住皱起了眉毛。

“你没事吧？脸色很难看。”

黎芮摆摆手，但说不出话来，她哆嗦起来，仿佛很冷，弯着腰低下头。黎芮手在自己口袋里摸索着，拿出个药瓶，拧开，抖出两片药含在嘴里，这时候才缓和很多。

黎芮感觉到额头有汗流下来，她转过头，看到苏骆冰的脸色更难看。

“你……该不会是有什么病吧？”

“心肌功能不太好。”黎芮指了指自己的心脏。几乎与此同时，黎芮看到苏骆冰脸上出现了自己习以为常的失望和冷淡的表情。

“嗯……这个，要多注意，以后有什么事，可以叫我帮忙。”苏骆冰礼节性地说。

“其实你心里想的是，长得挺漂亮的，没想到却是个连跑步都跑不了的病鬼吧，早知道不乱献殷勤了。”黎芮有些想笑，说不定对方其实没这么想，但每次这样揣摩的时候都让黎芮有些快感。

“对了，黎芮同学，你周末——”

“苏骆冰！”

黎芮看到一个短发女孩端着餐盘走过来，戴着眼镜，圆圆的脸盘，穿着倒像个男生。

可惜了，如果好好打扮下，她其实蛮好看的。黎芮想象着摘掉她的眼镜，替她换身衣服，仿佛对方是个任人摆布的洋娃娃。

“她叫马悦，我们以前一个初中的，她先到了这里，还是她极力游说才让我爸妈毅然决然地将我遗弃在这个地方。”苏骆冰苦笑起来。

“要不是我，就你那副德行在六中想考上大学？”马悦挑着眉毛狠狠拍了苏骆冰的肩膀一下，接着又翻着眼看了看黎芮。

“你就是黎芮啊，我叫马悦，是四班的班长。”

“班长大人，你好，以后多关照。”黎芮伸出手，但马悦端着餐盘不放。

“不好意思，手忙。”

黎芮把手缩了回来。

“总之也谈不上照顾，大家都是同学。不过，对于苏骆冰，你得当心，他看到漂亮的女转学生就会去搭讪，总之不是个好人。以前我和他在初中时，他就是这个鬼样子，狗改不了那啥。”

苏骆冰有些恼火，但说不出什么，最后只能摇头。

“传说中的狗血青梅竹马吗？没想到现在这个时代还能见到这种关系啊。”黎芮感叹道。

“要说青梅竹马，我好像也有一个。”黎芮的心又有些疼了。

苏骆冰和马悦开始斗起嘴来。

黎芮懒洋洋地吃着饭，突然插嘴：“那个姓黎的同学今天没来上课吗？”

马悦和苏骆冰同时停了下来。

“你最好还是别打听他的事。”马悦拿着筷子拨着饭菜，很不耐烦。

“哦？”

“是啊，黎芮同学，那个……他……反正不用管他吧，在这个上百号人的班级里也有很多即使同班三年都叫不出名字的同学吧？很正常的，我们来这里只是为了上大学，其他的，别去管了。”苏骆冰也劝道。

黎芮双手撑着桌子站起来。

“我吃饱了，谢谢骆冰同学你请的饭，不过周末约我出去看电影的事就算了，我还得好好看书。”

“你不是说了周末要陪我吗？怪不得刚才你发短信说没搞到电影票！看到漂亮的就变心！”马悦嚷嚷起来，苏骆冰只好和她解释。

“我根本没说这话啊！你别信她！”

“我的照片呢？说了多少次了要设成手机背景，你又换了！”

看着身后争吵的两人，也许成为情侣后也会这样吧，真是让人开心。虽然嘴上没说，但她刚才可看见他口袋里插着两张电影票呢。

吃完了饭，黎芮打算在学校里转转，本来也许会是苏骆冰做导游吧，不过感觉还是自己一个人自由些。

学校并不算太大，不过设施还是挺齐全的，只可惜那些体育器械、篮球场、足球场大都空着，使用者寥寥无几。

黎芮朝着人稀少的地方走去，不知不觉来到了学校的旧办公楼。她之前略读过学校的历史，这栋旧楼还是20世纪20年代外国人修建的教会孤儿院，后来改成了学校。现在这栋楼有一大半埋在阴暗之中，有的青灰色的墙壁都被爬山虎布满了。大楼右边是学校后门，正对着的是一座小山，更加让人觉得阴冷。不过因为空间有限，这里依然在使用，不过是作为图书馆。这样一来，安静反倒成了优点。

黎芮拿着刚领到的学生证走上台阶，推开了图书馆大楼的木门。离上课时间还早，不如多逛逛。

里面的陈设仿佛让人有时间停滞的感觉，依然是20世纪80年代的模样，但非常干净，并没有霉味。走到书架前，黎芮无聊地看着书名，却找不到一本感兴趣的书，唯一能知道的恐怕是这里的图书管理员非常尽责吧。

“哎？”

黎芮的眼神被一本书吸引了，那是一本侧面没写书名的书，被牛皮纸包裹着，不算厚。黎芮将书取了下来，却没想到同时有一只手拿着书的另外一角。黎芮抬头一看，是一个矮自己半个头、留着马尾辫的女孩子，看上去很稚嫩，眉毛短短的，眼睛却瞪得很圆。

“放手。”女孩龇着牙，像一只发怒的吉娃娃。

“我先拿到的，放手的该是你吧。”

“是我先看到的！”女孩毫不示弱，更加用力起来，甚至两只手一起抓住了书角。

黎芮有些好笑，发现对方虽然矮小但力气不小，黎芮居然快被拉倒了，于是也用上了两只手。

两个女孩分别扯着书的两个角互相较量着，很显然黎芮就快输了，马尾辫露出得意的笑。

这时候黎芮猛地撒手，马尾辫一下子没站稳朝后摔倒下去，一屁股坐在地上，书也掉了。黎芮笑了笑，走过去拾起书来。

“光有力气是不够的，小妹妹。”

“你这人太坏了。还有，我不比你小，我可是高三的。”女孩子蹦起来，揉着屁股。

这种矮子也是高三的？算是吉祥物吗？黎芮哑然失笑。

“你是转学生吧？”女孩突然问道，仿佛之前什么事都没发生过。

“你怎么知道？”

“哼，只要是在这里待过一段日子的人，都知道今天是不能来图书馆的。”马尾辫双手交叉在胸前。

哦？来图书馆也要选日子？

“我叫赵茜茜，你叫我小茜也可以，但麻烦你别叫我茜茜。”赵茜茜指了指自己。

“嘻嘻。”黎芮笑了笑。

“哎，你这人真的很讨厌啊！”赵茜茜撇着嘴。

黎芮有些喜欢起她来，把书递给赵茜茜，并且走到旁边。

“你刚才说的话是什么意思？”

“没人和你说过吗，4月4日是不可以来图书馆的。”赵茜茜伸出两只手，比出表示“4”

的手势。

“嗯，今天就是清明节呢。”黎芮有些失落起来。

“为什么呢？听起来没什么道理啊，这里可是省重点高中，怎么还有这么可笑的怪谈？”

“别不相信啊，你不知道吗，这里在八十多年前可是孤儿院。那一年的4月4日晚上，孤儿院的孩子想在清明节偷偷祭拜亲人，结果引发了火灾，烧死了很多人，大都是十几岁的孩子。自那以后，听说只要是4月4日，这些死了的孩子都会回到这个图书馆，变成学生的模样在这里看书，如果你和他们接触、交谈甚至看到他们的话，都会招来厄运。”

赵茜茜有声有色地说着。

“一派胡言，我就不信今天一个人也没有。”黎芮走过书架朝阅览室看过去。

空荡荡的一片，别说人，连占座的书包都看不到。

只是可笑的怪谈吧，这算什么。黎芮捂着胸，心脏仿佛跳得快了起来。

赵茜茜手里拿着书，突然出现在黎芮身后，在她脖子边轻声说道：“你不想知道厄运是什么吗？”

黎芮疑惑地看着赵茜茜，突然退后一步。

“既然你知道这些，为什么不和那些学生一样，反而要进来？”

赵茜茜愣了下，接着大笑起来，然后捂着肚子直不起身。

“你真是……真是太好骗了。我不过是报复你刚才和我抢书罢了。”赵茜茜笑得眼泪都流出来了。

黎芮毫无表情。

“算了，告诉你吧，本来就很少有人来这个图书馆，现在这个时间本来是锁着的，所以一个人都没有。我是这里的图书管理员，刚才在整理书，忘记关门，所以才让你误打误撞走进来。”

黎芮还是不相信，赵茜茜索性掏出一个证件递给黎芮。黎芮看了下，上面有赵茜茜的照片和身份说明。赵茜茜还带着黎芮来到租借台，打开柜子和电脑来证明自己说的是真的。

“这是图书馆的钥匙，没骗你吧。”赵茜茜当着黎芮的面打开了图书馆大门的锁。

黎芮松了口气，却又看着赵茜茜手里的书。

“哦，这个啊，我会定期检查。你知道吗，其他的图书馆也许会少书，但这个学校的图书馆很特别，有时候会定期多出一些没有署名的手抄本。”

赵茜茜晃了晃手里的本子。

开玩笑，怎么会有这种事，谁会这么无聊？

“不相信吗？不信，就拿去看看，没有图书馆的印章，也没有任何作者，里面是手写的。”

赵茜茜递了过去。黎芮翻看了一下，果然都是手写本。

“这是谁干的？”

“你不知道吗？”赵茜茜惊讶地问。

黎芮摇摇头。没想到这个高中还有这么多奇怪的事情。

“我们学校的严格是出了名的，甚至快赶上军校了，不，比起军校那种严规，这里的学生更是出名的自律，不用去制定什么规则。他们中的大多数都知道，学习意味着什么，就算偶尔有几个像你这样的转学生，也会很快被同化。”赵茜茜指着黎芮意味深长地说。

说得挺对的，读书是改变命运的途径，有时候群体效应是很强的，大家都在干一件事，哪怕明明是自己讨厌的或者甚至是错事，你也不得不跟着一起干。比起理智道德，被孤立才可怕吧。

但是，如果那件事是非常可怕的呢，比如——杀人？

黎芮的心又跳了一下，为什么会想到这种事？

“这和书有什么关系？”

“我说过了，高三学生很少来，但并不意味着不来，每星期他们有一次来图书馆看杂志的放松机会，也不知道这个行动是谁发起的，图书馆里会多出一本书来。这本书不是某个人创作的，而是大家在上面写下一些文章、短句、寄语甚至是赤裸裸的表白，或者干脆是涂鸦，当然很少有人这么做。也许你不信，虽然不知道是谁写的，但所有人都非常有默契和素质，不会做出恶作剧的行为，即便有，大家也会立即换一本，继续。”

赵茜茜将那本“多出来的”书放在桌子上。

“这也算是他们独特的一种减压方式吧。大家一般称其为‘余者之书’，大概是多出来的人所作。不过这东西给我造成了些困扰啊，书架的位置有限，所以偶尔我也会清理一下很久没人读或者写满了的，校方知道这种事，也默认了。”

黎芮松了口气，原来只是同龄人的一种奇特的群体创作，听起来倒有点儿类似非常有名的厕所涂鸦文化。

与陌生人超越时空的联系，也许会让人兴奋起来吧，或者这就是文字和图画独特的魅力。

“如果你喜欢，借给你看看喽，反正我是受人之托在这里找这种书，自己倒是对它没什么兴趣。”赵茜茜把书递给黎芮。

黎芮有些好奇地接了过来。

“借这种书就不用办什么手续了，不还也没关系。”赵茜茜笑了笑。

黎芮拿着书又找了本杂志，离开了图书馆。

“亲，下次记得也来哦，亲，记得给我好评哦。不过中午一般都关门。”赵茜茜冲着黎芮招手。

黎芮忍不住笑起来，她有些发自心底地喜欢这个可爱的女孩了。

“还有，我说的那个传说可是真的咧，虽然不是在图书馆，但是这一天晚上最好还是不要一个人独处，更不要随便相信别人的话。”

黎芮已经走下了楼梯，回头看去，图书馆的门已经关上了。

时间不早了呢，准备上课吧。

黎芮拿着手中的“余者之书”，忍不住翻看了一下。开始都是些学生之间的问候和无关痛痒的玩笑，但不知道为什么从中间开始内容变得奇怪起来了，似乎一直是一个人在书写。

等等，怎……怎么回事？

这是什么！

黎芮的眼睛仿佛被针刺了一样疼起来，比起机器的工整印刷，手写字迹的狂乱、张扬、充满力量，仿佛让这些字有了生命。

“救救我！”

“有人要杀我！”

“不想死，我不想死！”

“有人看到这个吗？救我出去啊！会死的，一定会死的！”

“不能说！我不敢告诉别人！有人来救救我吗，我是四班的……”

句子后面的名字看不太清楚了，仿佛因为手腕的扭动而让字迹无法识别，无论黎芮怎么辨认也没办法。

黎芮机械地翻看着，直到最后一页，上面写着几个字。

“死神！银发的死神来了！”

黎芮感觉到有人在看自己，顺着目光看去，一个有银色头发的人影从图书馆门前一闪就不见了。

黎芮手握着用牛皮纸包好的册子，站在因为下雨还尚未干透的空地上，周围一个人也没有，但又感觉似乎有很多双眼睛看着自己。

时间不早了，还是赶快回去吧。黎芮觉得很不舒服，匆忙赶回班级，发现之前的老师已经站在讲台上了。

“报告。”黎芮自觉理亏，小声说着。但里面的同学和班主任似乎完全无视她。

黎芮以为老师没听见，又喊了一句，这时候她瞧见坐在前排的苏骆冰冲着自己笑。黎芮以为他是在幸灾乐祸，但她看到苏骆冰在桌子下用手指了指门边的墙壁。

原来上面贴着一张纸，大概是班级规定吧，上面写着：如果有迟到或者想早退，都不需要打报告，老师不会为了理你而耽误大家的宝贵时间。

黎芮松了口气，自己走回到座位上，果然，所有人都对她毫不在意。

虽然想认真听课，但注意力始终在那本“余者之书”上。黎芮小心地打开，放在桌子上继续读起来。

中间的疯狂字迹过后，好像内容继续平稳下来。

“这谁啊，干吗这样，本来只是大家做游戏交流用的，真讨厌。”

字迹很清秀，应该是女孩子写的吧。

“就是，大家换一本吧，别理他了。”

继续是其他人的回应，之后也有很多页成了空白，看起来似乎大家还是按照时间如同日记一样记叙，可惜看不到具体日子，但再也没看到那个人出现了。直到临近末尾，黎芮又看到了奇怪的东西。

“明天就是学校校庆了，大家有没有想到什么好的庆祝方式呢？”

“无非就是歌舞啊，说不定还有男生可笑的表演吧，听说去年就有高年级的男孩子表演黑丝女装群舞呢，真是笑死了。”

“寂寞的男孩子啊，哈哈哈。”

看起来似乎是女孩子更热衷于这种类似留言板的游戏。

“校庆的前一天，会出现死者。还有十五天。”

突然间，谈笑的语句里插入这么一句，所有人对诅咒表现出了厌恶。

然后每一页，黎芮都会看到这样一句话，只不过犹如倒计时，天数逐渐减少。

直到黎芮翻到最后一页。

“今天，下午两点四十五分，四班坐在教室靠窗一排倒数的第四个家伙将成为祭品。”

黎芮吓了一跳，她立即掏出手机。

现在是两点四十三分。黎芮又上网查了查这所学校的校庆日。

就是今天？

开什么玩笑，这是诅咒吧，不知道坐在那个位置的人会怎么看。黎芮抬起头搜索着，坐在那个位置上的是个黑瘦的戴眼镜的男同学。

看上去他正聚精会神听课，并没有任何奇怪的地方。

时间开始前进，黎芮看到已经两点四十四分了。

不过是普通的恶作剧罢了，但不知道为何黎芮担心起来。

四十五分了，但是那个男生依然如旧，什么也没发生。

黎芮松了口气，果然只是无聊的诅咒。她心里觉得好笑起来，自己怎么会相信这种东西？

就在这时候，坐在眼镜男前面的一个人站了起来，黎芮觉得那人有些眼熟。

是中午吃饭时和苏骆冰聊天的女孩子，叫什么来着？对了，马悦吧，好像成绩挺好，两人关系也不错的样子。

她在干吗？

后面的同学已经很不高兴了，老师也诧异地看着。

“马悦，你有事的话可以直接离开，不要站起来干扰——”

黎芮看到马悦手里握着锋利的裁纸刀，她的脸色非常平静，双手握着刀柄，推出刀片，然后飞快地插入自己脖子大动脉的地方，接着横向一拉。

鲜血像一块红绸一样飞了出去，有的甚至飞到了几米远的黑板上。大家都蒙了，接着马悦保持着那种姿势走出座位，微笑着朝前走去，但只走了两三步便倒了下去。

教室开始炸锅，女孩子已经尖叫起来。黎芮看到苏骆冰第一个冲过去，他双手沾满了血，身上也是，他扶着马悦，似乎想喊些什么，但黎芮一个字也听不到了。

因为黎芮感觉自己的身体也开始变得轻起来，身体里的灵魂犹如气球，自己仿佛没有气力抓住它了。

黎芮最后想到的，是那句：“银发的死神来了。”

外面，好大的雪。

从什么时候开始，都快记不得过年也会下雪了，偶尔有一些也是夹杂在雨中的雪粒，只是冷，丝毫没有雪的浪漫。

那一年黎芮才六七岁吧，待在家等着父亲回来为自己过生日，可是无论母亲劝自己多少遍快去睡，父亲依然没有回来。

直到快两点，家里的铁门才沉重地被打开，黎芮冲过去想抱着父亲的大腿撒娇，却看到一个头上满是雪花的小脑袋。

啊，是个小男孩，和自己差不多大呢。

“爸爸，礼物呢？礼物呢？”黎芮抓着父亲冻僵的手摇晃着。父亲摸了摸黎芮的脑袋。

“太晚了，爸爸明天补给你。”

黎芮有些不高兴，但她的注意力都被那个孩子吸引了。其实这就是最好的礼物啊，什么洋娃娃、玩具、火车、图画书，哪里有一个活人好玩呢？

父亲和男孩在拍打身上的雪花，这时候黎芮才发现，男孩头上的不是雪，居然是一头银发。

“呀！”小黎芮很惊讶，但越发兴奋了。

“这是谁呀？”黎芮指着他。

“芮芮，从今以后这个弟弟就住我们家，好不好？他比你小一个月，以后你们要好好相处。”

啊，是弟弟呢，太好了，黎芮还怕父亲又带来个管自己的。

“我叫黎芮！”黎芮冲着男孩喊。

男孩没有回应。

“从今以后我是你姐姐了！快叫姐姐！”黎芮说。

黎正似笑非笑地看了看，接着转过头朝着屋子里面走过去。

“我没有姐姐，我只有个妹妹，我累了，想休息。”

望着那团白头发，黎芮对自己说：“我一定会让你叫我姐姐的。”

黎芮睁开眼，看到的是白色的天花板，她坐起来，对面有个穿着白大褂的年轻的长发女人正在帮一个学生量体温。

“哦，你醒了？”对方很快注意到了她，并且走过来。

“嗯，我晕倒了？”黎芮揭开床单，走下床。

“是啊，你是不是有些低血糖还是什么？我看你心跳也很不规律。对了，我叫周晓萍，是这里的保健医生。这些孩子都很拼命读书，所以也经常出现磕磕碰碰、晕倒之类的情况，我还是挺忙的。”周晓萍似乎很爱说话。

黎芮笑了笑，指了指自己的胸口。

“心脏不太好，见笑了，不是看书看累倒的。”

“嗯，也难怪，那种可怕的场景，也有好几个女孩吓晕或吓哭了。”周晓萍的脸色沉了下来。

黎芮想起来之前的事，觉着一阵心疼，她并不讨厌苏骆冰和马悦，因为这样的两个人很真实，她不喜欢看到真实的东西就这样被毁坏了。

在梦境里看到的银发男孩是谁？自己曾经有个弟弟吗？

黎芮有些头疼，她想找父亲聊聊，今天还是清明节，至少应该一起去看看妈妈吧。

“总是忙，总是忙。”黎芮重复着这句话。

从保健室离开后黎芮不知道该去哪儿，转了一圈又回到保健室，其他人都走了。周晓萍看到黎芮转回来，倒不是很惊讶。

“你是转学生吧？要不坐这儿我们聊聊？”

黎芮点点头，周晓萍为黎芮倒了杯热水，黎芮坐在床上看着她。

其实是个大美人呢，虽然没有化妆，衣服也很简单，但依然很大气、妩媚。黎芮看着周晓萍，似乎看到几分母亲当年的影子。

“其实这种学生自杀的行为不是第一次了。”周晓萍叹了口气。

黎芮紧握着杯子。

不对，这不是自杀，马悦中午还是很开朗活泼的，更何况那本“余者之书”……

“几年前有个男学生当场从教学楼上跳下去，他是靠窗座位，大家根本反应不过来，拦都拦不住。那是个很英俊的男孩子，成绩优秀，他本来还会在第二天的校庆节目表演女装舞蹈的……”周晓萍惋惜地用食指转动着桌子上的笔。

“什么？”黎芮听完后抬起头看着周晓萍，追问了一句。

“难道每年都有男同学穿着丝袜女装表演舞蹈？”

“哪里的话，我们这里是学校，又不是人妖夜总会，只是几年前他们突发奇想为大家减压吧，那个孩子就这样没了，当然更不会有人做这种事了。”周晓萍立即否定道。

这么说，她手上的那本“余者之书”说的只是几年前的事？

那本书！黎芮放下茶杯，和周晓萍道谢后跑回教室，但那里已经被封锁了，很多学生都很关心自己的学习用具和书，他们依次从老师那里领回来。

“烦死人了，书上都是血。”一个学生拿着沾血的习题集皱着眉头从旁边走过。

黎芮有些不解。

“干吗不选择跳楼呢，就像几年前的那个一样？现在教室也用不了了。”另一个女学生回应道。

死的可是他们的同学啊，这些人到底在想什么？

黎芮看到苏骆冰提着书包袋子靠着墙发呆，他手上的血已经干了，还没洗干净，或者根本没洗，只是随便擦拭了下吧。黎芮领到了自己的书包，走到苏骆冰面前。

“你没事吧？”

苏骆冰好像没听到。过了好久，当黎芮想要走开的时候，苏骆冰突然开口了。

“我该怎么和她爸妈说？我该怎么说？她妈妈三十四岁才生下这个女儿，我该怎么说？教教我！”

黎芮看着苏骆冰的嘴唇在哆嗦着，也许很快马悦的父母就会赶来了吧，是会号啕大哭还是和校方争吵，这些都不重要了，那个女孩已经死了。

“以她的成绩其实不用来这里也能上大学。马悦和我妈说要好好管着我，所以她来了，现在她回不去了，她爸妈一定会恨死我的。”

苏骆冰的身体慢慢滑下去，双手抱着肩膀。

黎芮想起来那本书上写着的事，犹豫要不要告诉他。这时候她却看到苏骆冰的眼睛睁大了。

“还好，幸亏那个家伙没来，否则倒数第四个就是我了吧。”之前那个戴着眼镜的黑瘦男生走过来，和自己的同伴感叹道。

苏骆冰咬着嘴唇，站起身，头也不回地朝外走去。黎芮看着苏骆冰的背影，又看了看其余的人，虽然说也有女孩在哭泣，但在她看来似乎被吓着的成分居多。

黎芮打开书包，四处翻找却没有看到那本小册子。

去哪里了？会不会被其他人捡走了？或是因为骚乱依然在教室的某个角落？黎芮想去问他们，但她也是今天才转学，哪里认识这些人。

"要不直接去图书馆和茜茜说下吧，也许她不会放在心上，说不定连说都不用说，这东西根本谈不上是书。"

黎芮这样安慰自己。但是下午下课后，她依然信步走到了老教学楼图书馆的门前（高三四班换了个教师继续授课解题，虽然有好几个人请了病假）。

即使发生了这么大的事，这里却还是那么安静，仿佛与外界隔绝。黎芮走上台阶，却发现这次门被锁住了。

"不是和你说过不要来了吗？"

黎芮转过身，不知道何时一个男孩子站在自己后面。

银发，高个，白衬衣和蓝色长裤，只不过这次没有戴面具。

黎芮看到他的第一个反应是嫉妒。

"比我还漂亮啊，真的是男人吗？"

黎芮又仔细看了看，应该是吧，好像有喉结，胸部也是平坦的。

"盯着别人的某个部位看是不礼貌的。"对方继续用不耐烦的口气说着。

"我们见过？"

"也许吧。"

"没见过，我好奇盯着看看有什么关系，就是路过一只狗、一只猫，我也会好奇地注视。"

男孩笑了笑，伸直了手。黎芮看到他手上握着的正是自己寻找的"余者之书"。

"你是在找这个吧？"

黎芮伸出手，但他缩了回去。

"这是我的！"

"是你从图书馆借……不，拿的吧！"银发的男孩严肃起来了。

"开什么玩笑，我是从管理员——那个叫赵茜茜的女孩——那里借过来的！"黎芮解释说。

"这里只有一个图书管理员，那就是我。"银发的家伙掏出钥匙打开了门锁，走进图书馆。黎芮紧跟着走进来。

“这怎么可能，上次我明明看到一个女孩子在我面前开锁，还用电脑来着，她说她是这里的图书管理员。”

“我不认识什么赵茜茜，这里只有我一个图书管理员，我从初一到高三这六年来一直都是。”银发少年指了指自己胸前的证件。

“那个矮个子女孩骗了我？”黎芮感到有些莫名其妙，也许对方和她一样只是来图书馆玩的吧。

“那你叫什么？”

“黎正，正确的正。”黎正坐了下去，抬起头指了指自己的证件牌子。

“我叫黎芮，我们都同一个姓啊。”

黎正盯着黎芮看着：“嗯，同一个。”

“我是高三四班的。”

“我也是高三四班的。”黎正附和道。

黎芮这才明白，那个常年空着的座位是黎正的。为什么他经常不去上课，还可以安逸地待在这里做图书管理员？

黎正没有再理会黎芮，而是开始忙着整理书，并且挑了几本，坐着读起来。

黎芮也坐到了黎正旁边，看着他翻阅那些古书。

“没想到还有喜欢看这些晦涩难懂的书的同龄人呢。”黎芮感叹道。

黎正抬起头，看着黎芮。黎芮被他的眼睛吓了一跳，很亮，但是好像又有些高高在上。

“你还有事吗？”

“嗯，那个，我想……”黎芮其实想问问几年前的惨案以及“余者之书”。

“我不会给你签名或者做合影留念这种傻事。”黎正哼了一下。

什么啊！这家伙到底有多自大！不过是长得稍微帅了一些吧，也许经常被那些个花痴和低年级小朋友纠缠？黎芮差点儿说不出话了。

“我只是想问关于这个！”黎芮走过去拿起书。

“放下它！”黎正突然吼道，冲过去抓住黎芮的手腕。黎芮被抓痛了，抽出了自己的手。

“干什么啊！这又不是什么古籍贵重品，再说我看都看过了，至于吗？”

“你就是只笨鸟！”黎正喊了一句。

“你就是只笨鸟！”黎芮仿佛被人用重物敲击了一下脑袋，这句话好熟悉啊，虽然在耳边徘徊，但就是想不起来谁说过、在哪里听过了。

“你难道希望再有人重蹈马悦的覆辙？”黎正拿着书指着黎芮。

什么？马悦自杀是因为她把这本书带到了班里？

“你别胡说！你以为这是死亡笔记啊？”

黎正一脸莫名的表情。他把册子放下来。

“这不是普通的手抄本或者留言册，或者从开始的时候也许它真的只是本大家互相开开玩笑、发发牢骚的留言游戏，但后来这东西已经变质了。”

变质？留言册能变成什么？

“我在这个学校待了六年，知道的远比你知道的多。有人曾经在册子上发表自杀留言，但无人关心，结果那个人真的自杀了。从这以后‘余者之书’记录的不再是大家互相鼓励、关心的寄语或者无关痛痒的玩笑，而是变成诅咒、辱骂和发泄的黑暗的东西，就像是垃圾场，每个人把自己最痛苦的东西写到这上面。”

黎正拿着小册子抖动着。

“我不知道这种小册子在图书馆内还藏着多少本，但我找到一本就会烧掉一本。你拿走的那一本和我手里的这本不一样，不过我劝你，要是找到的话，还是尽快交给我。”

黎芮仔细看着那本册子，确实和她借走的不一样，因为她的那本册子在书封的折痕上与他这本不太一样。

“可是我那本弄丢了，上面记载的好像是多年前一个跳楼自杀的男学生的事，也是今天出事的日子，而且是同样的靠窗倒数第四个。”黎芮努力回忆着上面的内容，却被黎正打断了。

“你先告诉我，你觉得马悦是死于‘余者之书’的诅咒吗？”黎正指了指小册子。

那还用说吗？黎芮觉得很奇怪。

“如果这么简单，只是怀着对某人的憎恨而将对方写上去就可以杀人，那么全世界的人都死光了。”黎正打开册子，一页页翻给黎芮看。

黎芮看到这是三年前的4月的内容，不乏诅咒同学、老师的文字。

“我不知道这个手册是何时出现的，至少在我来之前就有了，但是学会使用手册的人不多。只有在每年的4月初那几天，手册中被写下名字次数最多的人才会成为牺牲品。他们会出现意外，但并不见得死亡，也有可能失踪。”

黎芮翻看着那些内容，其中有一页写着一组姓名，名字后面还记录着数字。

“那我发动几个人一起写满某个人的名字，他不是死定了？”黎芮仿佛发现新大陆般兴奋地说。

“如果这样的话，那就没意义了，手册的使用规则首先是不可以重复写名字，另外最关键的一点很重要。”黎正伸出右手食指放在嘴唇上。

黎芮明白了。

“这是无记名投票，你所投出的一票如果被第二个人知道，这一票就算作废，无论是你故意告诉别人还是无意地被发现，都符合这个规则。”

黎正的手指又回到“余者之书”。他指了指其中第二个名字，这个人得票最多。

“马寅时？这个人肯定是寅时出生的。”黎芮摸着下巴说。

“关你什么事，你又不是他妈。”黎正转过身又回到电脑前。

可以的话，黎芮真想把他写到“余者之书”里。

“你过来。”黎正似乎在查询什么，招呼着黎芮。黎芮走过去，看到的却是一张表格。

“1996年4月9日。马寅时酒后晚归，滑入学校假山边池塘，溺毙。”

开什么玩笑，这样就死了？

黎芮有些无法接受，看上去似乎只是一个名字，却是一个人啊。他到底做了什么，被这么多人诅咒？

“当年的年级第一，但为人傲慢尖刻，所以招致很多人嫉妒，那一年他拿冠军也是理所当然，而且高二的他当时是被保送的热门人选。”黎正很平静地叙述着。

就为了这个？黎芮实在无法理解。

“你继续看吧。”黎正把屏幕移了一下。黎芮看到表格上的一组组姓名，让她有些不适，可是她发现1996年并没有出现受害者。

“发现了吗？真是反应慢，1996年没有出现受害者，但从我收集的以前的‘余者之书’和调查来看，当年是出现过诅咒事件，可不知道为什么什么都没发生。”

“这么说来，被写进去的人，可能要满足什么条件才会被诅咒吧？”黎芮马上说道。

黎正点点头表示赞同。

“另外，还有个有趣的事。”

黎正伸出食指，从列表第一个受害者一直滑下来，直到最后一个“马悦”便停住了。

“自从‘余者之书’出现诅咒以来，所有的受害者除了几年前跳楼自杀的和马悦外，所有人都是意外死亡，只有这两个人是自杀。”

黎芮仔细核对了下，果然只有1997年这个名叫傅远的男孩和马悦是自杀，其他所有人全部都是意外死亡或者失踪。而且最关键的是两人都是同一天同一时间身亡，这确实有些不太正常。

黎正关上电脑，拿着“余者之书”走出图书馆，在台阶下把它点着，那些纸张迅速燃烧变成灰烬。

“如果我没猜错的话，‘余者之书’本身的能力也在变化中，你拿走的那本是当年傅远那一届的，可今年最新的那本也不见了。我想，只要找到这两本进行对比，可能会有所发现。”黎正一边说一边掏出钥匙走到大门前，侧着身子对着黎芮。

“走吧，图书馆要关门了。”

黎芮看着黎正的银发，难道说这么多年他一直待在这里研究“余者之书”吗？

走出图书馆，外面天色已经暗淡下来，晚上还有晚自习，黎芮站在图书馆的阶梯下望着黎正锁好大门。

“一起去晚自习吗？”

黎正放好钥匙，摇摇头。

“我还有别的更重要的事，除了‘余者之书’。”

说完，黎正便从另外一边走开了。黎芮哼了一声朝新教室走去。

人虽然来满了，但和上午比起来教室里依然充满了紧张和压抑的复习气氛，马悦那个空着的座位也平添了几分哀伤。

老师还是没有出现，明明已经过了时间了，黎芮从其他人的谈话中知道这种事在学校是相当少见的。

门外响起了皮鞋的声音，学生们看到老师终于来了。黎芮是第一次看到自己的外语老师——一个四十来岁的中年女性，体态有些发福，外套紧紧地裹在身上，腋下夹着教材，双手捧着试卷袋，今天是模拟考试，测试学生的复习效果。

老师长着一头鬈发，不知道是不是灯光的缘故，脸色不是太好看。一言不发的英语老师放下试卷袋，几名学生上去协助老师将试卷分给每一行的学生。

试卷分发完毕，老师看了看手表。

黎芮也看了看，现在是七点三十分整。

“那就开始吧！”老师微笑着这样说道，然后走下讲台，从口袋里拿出了两样东西，学生们奇怪地看着她。原来是锁和钥匙，女英语老师将门从里面反锁了起来。

“不用这样吧，只是模拟考试而已。”

“就是，也不会有人作弊啊。”

学生们有些不满，牢骚起来。

“闭嘴！”老师冲大家吼道，“这可不是普通的考试哦！”英语老师拿起闪光的钥匙举到自己嘴边，她张大嘴鼓着眼白，像蛤蟆一样。

“开玩笑吧，这是干什么！”

“快阻止她！”

前面的几名学生冲了过去，但已经晚了，女老师将钥匙吞了下去。黎芮清楚地看到在屋顶的荧光灯下，老师的喉咙蠕动着。

女老师冲着学生伸出红色的长舌头。

“想要出去，要么杀了我，拿出钥匙，要么就开始考试吧。”她兴奋得连眼睛都红了。

这是什么，学校毕业班的教学特色吗？黎芮哭笑不得。

不过很显然其余的人也吓坏了，有些人已经拆开了试卷袋。

“这是什么？怎么都是空白？！”有人叫了起来。

黎芮也拆开了卷子，里面果然都是空白的纸。

每个人都有两张，而且看起来这种大小根本不是试卷，倒像是普通笔记本上的纸。

黎芮觉得这些纸张有些眼熟。

“你们都知道的吧，这是学校里的诅咒书，老师我可是把它全部拆开了，换言之，你们每个人手里都拿着两页这一年的‘余者之书’。”英语老师拿出了一张封皮，看来里面的东西全拆开了。

所有人拿着空白的两页纸，无法理解地看着老师。

“好了，同学们，在第一张纸上写下你们最讨厌的人的名字，然后放进档案袋交上来，就像之前一样，名字被统计次数最多的人——”

老师停顿了一下，教室里空气好像凝固了。

“就会死哦！”

一片哗然。黎芮看到最边上的一个穿着格子衬衣的男学生第一个站起来，他身材不高，不过黎芮看到他衬衣的袖口、领口、纽扣都扣着。

“搞什么！老师，你疯了吗？故意干扰我们高三复习？上午的事就够麻烦了！我要找教导处主任！”

他一边说一边朝着大门走去，然后使劲儿推了推。

“把钥匙拿出来！你这样做，我们大家都向校长投诉，你明天就走人！”

有些学生开始发出同样的责难。

“在昨天的‘余者之书’上写下马悦同学名字的，就是你吧，王亚轩同学？”

英语老师笑嘻嘻地看着穿格子衬衣的学生。所有人都安静下来。

“别胡说！”王亚轩的脸涨红了。

“哦？一年之内在同一本‘余者之书’上只能诅咒一个人，如果不是的话，就请你拿起笔在纸上随便写一个名字吧，比如老师我的名字也可以。”

英语老师走到王亚轩的位置，拿起纸递给他。

王亚轩没有接。

“怎么了？”

黎芮看到王亚轩勉强地接过纸和老师递给他的笔，却迟迟没有开始写。

“不用说，你也知道吧，只要使用过那本书，都知道这是最重要的规则呢。”老师交叉着双手站在王亚轩身后。

王亚轩弯下腰，握着笔却在纸上颤抖着。

黎芮听到身边的两个女孩子在窃窃私语。

“好像曾经被马悦嘲笑过吧……”

“是啊，有一次被马悦撕开了衣服……”

“好像皮肤上长了很多很恶心的东西……难怪不管天气多热，也包得严严实实。”

“斑点男……”

黎芮看到王亚轩扔掉了笔。

“就算我写不出名字，也不代表我诅咒了马悦啊！”王亚轩气急喊道。

黎芮想想，确实没错。

“就算你拿出今年的‘余者之书’上写有马悦名字的那张纸也没用吧，谁都知道那是留言板性质的东西，露出笔迹很快就会被识破，大家都是用另外一只手写的！”

王亚轩有些得意起来。

黎芮很担心一个人，她一直看着苏骆冰，但她发现苏骆冰出奇地平静，毫无表情地望着桌子上的纸。

等等，他该不会是要……

“那么，王同学，你就大声说出来吧，你诅咒的是谁？”英语老师指着王亚轩。

这个老师到底是什么人？黎芮看着英语老师的神情，仿佛她什么都知道似的，那种表情倒是和黎正有些类似。

王亚轩果然说不出话了，下面也开始有人起哄。

“就……就算我写了马悦的名字吧，有错吗？有错吗？你们谁心里没有诅咒过别人？谁没有恨过某个同学或者老师？高一高二我都从来没碰过‘余者之书’！你们呢？别摆出一副高高在上道貌岸然的表情！只有我一个人写马悦的名字，她会死？”

王亚轩紧握着拳头站在教室前面冲着大家喊了起来，整个教室安静下来。黎芮这才感觉到原来教室里居然有这么多人，至少也有七十多人。

王亚轩喘着气，却得不到其他人的赞同。黎芮看到大多数人都用一种奇怪的眼神看着他。

失败者。

黎芮明白了，就仿佛高考结束，王亚轩一个人没有考取大学一样，现在，则是王亚轩一个人被贴上了另外一个标签，虽然不同，但都是同一性质——他被孤立了，从这一刻起他不属于高三四班。

黎芮看到苏骆冰举起手来。

“老师，我写完了，可以交了。”苏骆冰举起档案袋。王亚轩瞪着眼睛看着他。

更多的人则依然不动。

“忘记告诉大家了，‘余者之书’的投票游戏只会到今晚结束。这可是像高考一样的比赛，不，比高考更难吧，而且是无法重来的。”

她到底在说什么啊？黎芮有些不明白了，为什么从今天她来这里开始这个所谓的名校重点班会突然变成这样？

黎芮以为会有人反对、咒骂，但她发现，部分学生，特别是成绩最好最用功的那部分（班级按照成绩来划分学号，学生可以按照学号顺序选择自己喜欢的座位，每个人的座位上贴有自己的学号，大多数成绩好的会选择坐在一起，也就是教室最中心的位置，大概在第二排到第四排之间），他们默默地填好名字塞进档案袋，当然也有几个没法写名字的，根本不拿笔，他们很快被周围的人注视着。

无论是交档案袋的还是不交的，都被猜测着，这种情况下不交的人会被视为诅咒过其他人，而交的人也被怀疑档案袋里写的是谁的名字。

不过黎芮猜想，现在恐怕王亚轩的名字最多吧。

已经有三分之一的人交了，黎芮看到有个女学生好奇地看着自己。

“你是新来的吧，不可能写过别人，干吗不交？”

黎芮不可思议地看着这个女孩子，脸上没有其他的表情，看不到惊讶、愤怒或者恐惧。

“不觉得奇怪吗，本来应该自习的学生却变成了是否宣判死刑的陪审团？”

对方反而笑了一下。

“你觉得我应该怎样？哭喊、救命或者反抗？现在这里有七十多个人，为什么我要站出来？再说了，这种疯子老师只是让我们写下一个名字罢了，又不是一定写我，再说了，什么‘余者之书’，谁相信这玩意儿真的能诅咒杀人啊？”

黎芮反而不知道该说什么了。对方说得好像很有道理。

但黎芮又觉得奇怪，黎正明明说“余者之书”一年内只会对一个受害者施加诅咒，如果马悦死于诅咒，那么现在的投票有什么意义？

英语老师整理着交上来的档案袋，拆开，清算。王亚轩只是呆呆看着。

“王同学，不出意外，投你的人不少啊。”老师握着一摞纸冲着王亚轩笑起来。

“不可能！我不相信，什么狗屁投票，就算我犯了罪，你们有什么资格来宣判我？”

王亚轩朝讲台冲过去。

“这些东西，我全部撕掉！”

还没有等王亚轩走过去，老师已经放下了纸。

“总共三十四人投票，其中你得到了二十票，超过了半数，恭喜你。”

英语老师在黑板上写下了王亚轩的名字和数字“20”。

王亚轩看着桌子上散乱的白纸，上面基本都是自己的名字。

“会……会死吗？会像马悦一样吗？我不要，我不要……”王亚轩朝后退却着，一个踉跄摔倒在地上。

黎芮看到所有人都坐在椅子上，看着王亚轩，特别是苏骆冰，像在看一只待宰的羔羊。

“具体什么诅咒，老师可不知道，不过——”英语老师抬起头，眼睛慢慢朝上看去，“马悦同学可在天花板上看着你哟。”

黎芮感到头皮一阵发麻，她下意识抬起头，看到雪白的天花板上真的有一张人脸。

不对，黎芮仔细望去，那是一些干涸的血迹。现在想起来，似乎是马悦早上仰着脖子割断喉咙时候血飞溅出来的吧。

黎芮感到有些奇怪，如果马悦真的是死于“余者之书”，那么写下她名字的应该不只有一个人啊，为什么王亚轩却这么害怕？

双手在地上胡乱摸索着，王亚轩一直爬到教室最后面，身体紧靠着后门与墙壁连接的角落。他仰着头看着天花板，大脑袋像一个在风中摇摆的向日葵，仿佛随时都会掉下来。

英语老师穿过两边的课桌，走到了王亚轩面前，手里拿着一张纸，上面写着一个名字。黎芮仔细一看，是歪歪扭扭的“马悦”两个字。

“这是你写下来的，现在还给你吧，王亚轩同学。”

老师将那张纸放在王亚轩面前，王亚轩的头慢慢低下来。黎芮看到他的眼眶里几乎没有多少黑色了，双腿缩了起来，一只手环抱着双脚，另外一只手拿起了那张纸，王亚轩的尖下巴死死地顶在两个膝盖之间。

“写下马悦名字的当然不止他一个，不过可惜的是，规则就是，想要诅咒别人就不能被人知道和证明你在‘余者之书’上写的是谁，如果被你写下名字的人被诅咒的话，那么就会像王亚轩同学一样——”

老师蹲在王亚轩身边，从口袋里掏出一支钢笔。

她想干什么？

黎芮疑惑的同时，女老师拧开笔套，将钢笔慢慢插进王亚轩的脸颊，钢笔从他侧脸插进去，但他没有一点儿反应，依然握着自己那张纸。

钢笔插进了王亚轩的脸，但他好像一点儿痛感也没有，而且也没有流血，他好像成了个人偶。

学生中开始出现恐惧的骚动声，但谁也没有离开座位。

“这个世界上从来没有绝对公平公正的官司、比赛、决斗，但是存在绝对公平的交易，施咒者随时都有可能被诅咒本身吞掉。”

老师站了起来，摊开双手，从教室后面看着大家。

“不过今天的游戏可没这么快结束。那么，让我来宣布刚才票选的第二高得票人吧。”

英语老师转动脖子看着黎芮。

“黎芮同学，恭喜。”

2

黎东民把车开到门口的时候，看门人还是很敬业地走过来看了下，黎东民的助手出示了证件，汽车开进了校园。

南星一中占地达到一百二十多亩，近几年来一直在完善学校硬件，包括新的教学大楼和学生宿舍，基本上可以比肩一些大学的水平了。黎东民并不是太赞成女儿入住这里进行高三复习。

因为那个人在这所学校。

事情虽然已经淡出记忆，女儿离开自己身边也四年了，可黎东民还是生怕她会出事，妻子和自己年纪也大了，没法再禁受住上次的打击。

“黎队，干吗不带点儿礼物给女儿？”

旁边开车的小马也是和他一样，是从民警选拔进刑警队的。实际上黎东民自己知道，如果不是十年前的那个雪夜，他恐怕还不能像小赵那样进入市刑警队。

那之后的一些案子，与其说是他破获的，倒不如说是因为那个孩子有意无意的提醒和暗示。

黎东民叹了口气。

“女孩子也不能太娇惯了，如果不是要给她送药，我也不会来，免得对老师和她同学产生不好的影响。”

小马恭维地点点头。

“对，对，黎队一向很注意警民关系和影响，要不然也不会等到这么晚才来。不过我刚听说早上出了事，一个学生当堂自杀了。”

黎东民知道，好像还正是女儿班上的，他担心女儿是否受到了刺激，所以才立即赶过来。

至少父亲的怀抱比起冰冷的药片要好一些吧。

嘎，汽车突然急刹车，黎东民身体朝前栽去，他看到车灯前站着一个人，穿着牛仔裤和灰色运动服。

“搞什么！”小马气坏了，伸出头去观望。

黎东民注意到拦车的人头上的银发。

真的是他。黎东民心里有些压抑。

黎东民打开车门，拦住了生气的小马，并告诉他去车上等，他自己则和少年走到一边的树下。

“好久不见。”少年首先开口说。

黎东民“嗯”了声，从口袋里掏出几张照片递过去。照片上是个很可爱的少女，十四五岁，虽然面孔稚嫩，但神情是一副大人的样子。

“给，她今年的照片。”黎东民说。

少年接过照片，一张张仔细地看，用拇指轻轻抚摸着照片上女孩的脸庞，虽然脸上依然冰冷，眼神却柔和许多。

“黎正，你妹妹也长大了，是不是考虑去认一下她？”黎东民趁机劝道。

“让我抽支烟。”黎正突然伸手。

黎东民感到有些好笑，不过自己抽烟的时候更年轻。他递给黎正一支烟和打火机。

黎正接过烟却扔掉了，打开打火机将照片烧了起来。黎东民看着照片在黎正手上燃烧、卷缩，最后变黑，掉到地上。

“你不是要你妹妹的照片吗？这是干什么？”

黎正将打火机还给黎东民，望着对方的脸用食指点了点自己的太阳穴。

“我不会保留她任何一张照片，我要她的照片，只希望看看她过得好不好和在这里记住她的样子。那些留着亲人好友照片的人其实是在畏惧，他们知道时间会冲淡自己的感情。”

黎东民对这个少年从心底里涌现出了厌恶感，他好像总是摆出一副高高在上的神情俯瞰别人，包括对黎东民。

“我不想认她，也许以后再说吧。”黎正继续说了句，接着转过头冲着黎东民说，“对了，我见到你女儿了，就在今天下午。”

黎东民想说点儿什么，可只是“嗯”了一声。

“你这个时候来这里，是为了上午的自杀案还是为了看身在寄宿学校的女儿，或是履行承诺专门来给我送照片？”

“都有，不为女儿，我没必要来。”

“你还真老实。她很好，你放心。至于身体怎样，我不知道，但至少她没认出我来。”黎正伸出脚将被烧尽的照片踩烂。

“我也不知道为什么，只是帮她挑一个学校复读，她却执意要来这里，我还以为她又记起来什么了。”黎东民叹了口气，还是忍不住点着了支烟抽起来。

两个人半天没有说话，倒是车上的小马有些莫名其妙。

“你还是让她离开吧，这里也许会变成地狱。”黎正忽然冒出这么一句。

“什么？”

“她发现了‘余者之书’。”

“那是什么东西？我没听过。”

“我想我还是回去上课吧，很久没进过教室了。”黎正自顾自地说着，完全不理会黎东民，朝着教学大楼走去，顺手将自己运动服的帽子拉到头上。

“黎正！”黎东民在身后高喊。

黎正停了下来，却没有回头。

“如果真的出现什么事，就是那些我这种人也无法控制的事，我希望你能保护我女儿，也保护你自己。我真的希望你们兄妹有重逢的那一天。”

“闭嘴吧，因为你的那一枪，这一天永远都不会来了。”黎正转过头打断了黎东民的话，继续朝前走着。

黎东民无奈地站在空旷的操场上，4月的夜风竟吹得他鼻尖冰凉。

“放心，我会带她回来。”

身影几乎没入黑暗之中，黎正传来这么一句。黎东民欣喜地抬起头，却看不到黎正了，地上只留下一个白色的面具。黎东民低下头捡起面具，面具上两眼的部位分别画了两条不同颜色的小蛇。黎东民的脸色都变了。他立即拿着面具跑上车。

“黎队，你怎么了？”小马怪异地看着黎东民，在他看来队长从未如此惊慌过。

“现在几点？”黎东民急着问。

“六……六点不到吧，”小马立即看了看手表，“准确地说五点五十六分。”

“天黑得好早，”黎东民嘀咕了一句，“立即掉头回去，我们去接个人，快。”

“接个人？”小马好奇起来。

“嗯，接个十年没见的朋友。”黎东民的脖子有些僵硬，他将脑袋靠在软垫上，闭着眼睛不再说话了。

汽车开出南星一中，沿着公路疾驰而去。

3

黎芮看见有些人把目光投到了自己身上。

真可笑，她刚才居然还在为王亚轩担心，为什么没有想到比起已经是被排除在集体之外的王亚轩，刚刚加入这里的她也是最容易受到攻击的目标？

黎芮扫视着眼前的人，她没兴趣知道是谁投了她。但现在她很好奇，身为“余者之书”第二个被投票诅咒的对象，到底会怎样。刚才王亚轩的下场已经让人有些畏惧了，之前以为是恶作剧的人开始出现了不安。

“第一次投票的第二高票的人选不会被诅咒，不过你会丧失第二次投票的资格。”

学生们听到后如同打开盖子后聚集在一起的蜜蜂，攒动，焦躁。黎芮觉得，也许等不到第二次投票，他们就要爆发了。

“我们对‘余者之书’没兴趣，不管是不是什么诅咒之书，反正我没写过，以前没有，现在也不会，我们要离开教室。”有几个男孩子站了起来朝门口走去，更多的人开始响应，也有部分人低着头不知所措。

“现在已经不是你们想离开就能离开的了。”女老师指了指门口。

领头的穿着黑白格子棉衬衣的男孩走到门边，抓住了把手。

“啊！”他突然尖叫起来，然后捂住自己的手掌。黎芮看到铁质把手好像变红了。

“把门锁起来是为了你们好，外面已经是一片火海了。”女老师走到门前，将一张纸从门缝里递出去，拿进来的时候，纸张居然烧着了。

为什么这么大火却没有一点儿烟？黎芮不明白。

大家这时候开始了真正的恐慌，学校出现火灾并不算新鲜事，如果这么多人来不及疏散，那就都得死在这里了。教室在八楼，跳下去非死即残。

4月4日夜里的大火吗？黎芮记起来图书馆那个神秘矮个子女孩所说的很早以前的惨剧，开玩笑，不会是真的吧？

“所以说，老师正要开始第二轮，也是最关键的一次投票，赢的人，可以离开教室。”

老师的手里拿着一张纸，不同的是，看上去上面密密麻麻写着很多字。

不，仔细看去，那个东西原来是花名册。

“和刚才一样呢，这次的投票是否决——”老师晃动了一下花名册，学生们不明白怎么回事，更多的人却在商量着如何逃出去。

“我说，不想死的话，大家还是赶紧进行投票吧！”老师眯着眼笑嘻嘻道。

这个班、这个老师都是疯子吗？黎芮从奇怪转到莫名的恐惧上来了。

一本书扔了出来，砸在老师脸上。

教室安静了下来，鸦雀无声。老师的鼻梁被砸中，但依然带着笑。

“校门一旦关上，老师即是这里最高的权威，不允许驳斥、反对，更不准暴力对抗，违抗校规和违反法律无异。”

黎芮记得自己曾经听一个好友的兄长这样回忆，在这个学校，对于不服从的人，老师不会进行处罚或者开除之类的。比起体罚，更可怕的是整个学校会对反抗者进行隔离，最后像蚁群、蜂群一样把异见者完全排除出去。

但现在居然有人攻击老师?

更多的书飞了出去，有些砸到了老师的眼睛、嘴角。

不，那本书将老师从高高在上的位置砸了下来，迄今为止，之前学生的镇定、从容、冷漠恐怕都是长久以来被压制的结果吧。

“只要事情不要落到我身上就可以了，别人的死活与我何干。”

七十多个人，这个学校的所有学生，都是抱着这种想法吧。说起来是同窗三年的同学，实际上大多数人几乎连话都没说上几句，甚至连名字、脸孔都是陌生的，与路人无异，但现在不同了。

“会死，真的会死在这里。”

所有的人眼睛里流露出这种表情。

黎芮看着那些同龄人扭曲的脸庞，恐惧、愤怒疯狂地交织在一起，与其相映衬的却是疯子老师一成不变的微笑。

“杀了她！从肚子里掏出钥匙！”

有人这样喊道，黎芮感觉到一阵冰冷。

“还有什么用！门外都是大火，打开门也出不去了！”

“怎么办，我还不想死，更何况是被烧死啊！”

“用衣服绑一起慢慢爬到楼下一层吧。”

“哪里有这么多时间！”

各种对话、争吵混杂在一起，愤怒的学生像狗一样拥上讲台。不只是书，文具和铅笔刀也扔了过去，黎芮看到一把铅笔刀正好朝着老师的眼睛飞去。

铅笔刀没有扎中，而是被老师在半空中抓住了。

“现在还是在上课。我说了，想要离开教室的，请继续投票。”

女老师拿着铅笔刀在黑板上狠狠划下去，刺耳的声音能让混乱暂时安静下来。

“你们啊，有空害怕的话，还不如赶快投票，老师是不会说谎的。”

依旧是脸谱般的微笑，但让黎芮不解的是学生们确实真的安静下来了。

“投……投票吧。”

“已经这样了，杀了她也无济于事。”

“说不定真能有奇迹呢，我们得相信老师。”

这些人到底怎么了？黎芮看到英语老师拿着花名册站在黑板前。

“好了，大家终于肯听我说了。这次和刚才不同，按理说每个人都想赶快出去吧，但是这样的话所有人都会投给自己，所以呢，现在的投票是每个人可以从花名册上划掉一个自己觉得不可以离开教室的人，当然不可以重复。”

“那样的话一人勾一个，正好没人剩下了。”有人喊道。

“说得好，所以我之前不是说了吗，上一轮的黎芮同学，没有投票资格，这样一来正好可以最后剩下一人，一个可以离开教室的人。”

老师拿着花名册走到右边靠窗的第一个学生那里。戴着眼镜的大脑袋稍稍迟疑了一下，毫不犹豫地勾掉了一个名字。

这么多人只有一个机会，居然还能这样镇静地投票？他们到底在想什么？另外，花名册慢慢传下去，只会加深恐惧与怨恨而已。

果然，随着花名册慢慢朝后勾选，哀叹、抱怨、恶毒的咒骂不绝于耳，有的人还去偷看别人勾掉了谁。有的学生一拿到花名册就搜索自己的名字，如果暂时还在，则会欢天喜地；如果已经被前面的人选到，就痛哭流涕，顺便猜测是谁干的。

那张花名册就像一张点燃的火引子，将整个教室再次烧着。

既然自己被排除在外，反倒轻松起来了，黎芮感到有些好笑。

越到后排，勾选名字的大都以报复的心态先将后面的名字画去，花名册传递的速度越来越快。

很快便传到了最后一个人的手里，那个家伙看都没看就勾了一下。英语老师接过了花名册。

只有最后那个人知道谁才是能够离开教室的人。老师拿起花名册。

“哦，还真的没想到呢。”

英语老师咧着嘴走到黎芮面前，放下花名册。黎芮低下头看到一大串姓名之中只有自己的名字没有被画上。

这是怎么回事？

“该怎么说呢，虽然你没有了剥夺他人生命的机会，但相反也没有人仇恨你，门外是大火，窗外是高台，在这种绝境高压下的人类啊，进行的是看似公平实际无比自私的决策过程！”

老师突然狂笑起来，笑得黎芮不知所措。突然，她感到身体自己站了起来，全身僵硬，无法控制。

“老师我说的是活着离开这个教室，但没说离开教室后还活着哦！”老师发狂般地大笑起来，指着敞开的教室窗户。

不知为何，黎芮的身体自己朝着窗户走去。

“救……救救我啊！”她朝着坐在椅子上的同龄人喊着，但他们脸上毫无表情，就算有，也是那种幸灾乐祸般的欣喜。

“反正都是要死的，只要能稍稍多活几分钟也好啦。”

“看着别人死，多少能有点儿安慰。”

“真有点儿羡慕啊，比起被烧死，跳楼死应该快一点儿吧，不过我可没这个勇气。”

为什么，为什么耳边全是这种声音，但他们明明都没有说话？

黎芮柔软的腹部已经压在了冰冷的墙壁边上，上半身慢慢伸了出去，外面的风很大，吹得她无法睁开眼睛，凉风像碎冰屑一样从她脖子后滚进来。黎芮的身体一阵抽搐，她有些神志不清，胸口也开始发闷。

该不会，该不会这时候病发吧？

不要，她不要这样死去，她还没有见到爸爸，还没有……

脚跟快要离地的一瞬间，黎芮的身体却被什么东西往后拉了一下，她感觉到自己终于自由了，一下子虚脱下来，心脏跳得极快。黎芮捂着胸口跌坐在地上，等抬起头来却看到英语老师的右手心好像被什么尖锐物插中了，她的笑容也不见了，老师举着右手，眼睛平视对面。

“喏，刚才扔第一本书的也是你吧？”

黎芮看到教室的某个角落里一个穿着运动服将帽子拉得很低的男生站了起来，他将帽子慢慢朝后摘下来，露出一大团银色头发。

“黎正？”

同学们叫嚷起来，大家下意识地远离了他。

“这个家伙何时进来的？不是好几年没上过课了吗？”

“可能戴着帽子，没人理会吧，本来只是注意他的头发来着，谁也没记得他的脸。”

“胡说，女生可是都记得很清楚的！”

学生之间的议论又爆发了。黎芮看到黎正手里好像夹着几根钉子。他望着英语老师，又看了一眼黎芮。

“你要坐到什么时候？”黎正低声说。

黎芮慢慢站起来，走到教室后面黎正旁边。

英语老师拔出手心里的东西，是一根长木钉。她将钉子扔在地上，垂下手意味深长地看着黎正。

黎芮看到老师的手里一点儿血也没流出来。

“银发除魔师。”英语老师喊出这么几个字来，“哦，不对，你的同学都叫你‘银发死神’吧，走到哪里，都有人死。”

“我的工作是埋葬死人，比如像你这样的。”黎正话音刚落，手里的钉子全部飞出去了。

不过这次老师轻易地躲闪掉了，钉子全部钉在了身后的黑板和桌子上。

“啧啧，都射到哪里去了？刚才因为控制那个女孩挨了你一下而已，像这种程度，也太让我失望了，居然打算让你这种有三脚猫功夫的小孩子做当家。”

英语老师冷笑着站在前面。

“三只脚的猫，总好过不长眼睛的狗。”黎正低下头浅浅一笑，冲着对方勾了勾指头。

“别激怒她啊！”黎芮在旁边心里喊道。

“看我拔出你的舌头，你还能说得出来吗？”英语老师朝着黎正扑了过来，身体却僵立在原地无法动弹。她低下头看了看。

“看不见的……线？”

“射中你的钉子和我手上的都有钢线连接。我知道，对付你这种魔，打中身体四肢是无用的，必须将钉子射进眉心，现在你也没法动弹了。”

黎正摸出三根钉子，瞄准了老师的脸。

“告诉我，为什么已经使用过的‘余者之书’又可以继续投票，对王亚轩进行诅咒？”

黎芮看了看墙角的王亚轩，他已经没几分人样了。

“嘿嘿，杀了我，我就告诉你。”英语老师似乎已经放弃了挣扎，只是盯着黎正手里的钉子。

“干掉她啊，还废什么话！火烧进来，大家都要死了！”苏骆冰在一旁喊道，旁边的人也附和着。

“别告诉我你只对付过魔，却没有杀过人哦，小鬼……”老师咧着嘴讥笑着。

黎正的钉子已经飞了出去。

“先除掉你再慢慢查吧。”

黎芮看到钉子朝老师的面部飞了过去，却被一只手抓住而停在了离眉心一点点的地方。

那只手稚嫩纤细，像小女孩的。黎芮清楚地看见她手腕上还戴着红色的珠子。

手是从老师的嘴里伸出来的。脖子慢慢肿胀起来，脑袋朝后仰着，发出咔嚓咔嚓的声音，那是颈椎朝背部压迫的断裂声，最终后脑勺几乎完全贴在了背上，手从嘴里伸了出来，接着是肩膀、脑袋、身体和腿。

一个矮个子女孩握着黎正的木钉从英语老师的身体里钻出来，英语老师则如同一副表演用的服装般干瘪地掉在地上。人群发出了恐惧的尖叫。

“嘻嘻，在里面热死了。”

黎芮看到了，这是那个在图书馆借给她“余者之书”的那个女孩子，那个告诉她4月4日学校传说的赵茜茜。

“黎正啊，没想到你居然以为我是魇，看来你果然不懂魔术。”赵茜茜冲着黎正笑起来，接着又看着黎芮。

“看来你记得我，也多亏了你把那本东西带到这里来。”赵茜茜望了望黎芮。

“我？”黎芮指了指自己。

黎正望着赵茜茜一言不发，虽然依旧面无表情，但脸色好像越发难看起来。

“是啊，只有你这样的外来者才可以将‘余者之书’带出图书馆，带到这个班里，除掉魇。哦，不，准确地说是被魇附身的人。”赵茜茜指着墙角的王亚轩说。

黎芮不太明白。

“你刚才不是问我，为什么已经诅咒过马悦的‘余者之书’又可以继续投票诅咒下一个人吗？那么我告诉你吧，黎正，马悦早就死了，活跃在你们面前的只是被死于大火的那些亡灵附身的魇。你是除魇师，应该知道魇的成因，或者说，你要阻止我除魇？”赵茜茜的手将钉子抛起来又接住。

其他人一片哗然。

黎正伸出手拦在黎芮面前。

“为了除魇就可以随便杀人、制造恐慌甚至用魔术去反过来控制别人？”黎正大声喊道，“这个班，不，这个学校的学生全部受到了魔术的影响吧，变得自私、麻木、冷血，被你控制。父亲小时候教导给我的不是这种东西！”

赵茜茜收起了笑容，将手里的钉子扔在地上。

“所以他没资格做族长，身为除魇师，却娶了视为天敌的魔术部落族长的女儿，妄图带着妻儿避世，最终落到个那种下场。”

黎芮好像记起来了点儿什么，她看着黎正，却意外地发现他笑了起来。

“我对历史没兴趣，外面的大火也是你利用魔术造成的幻觉，两本‘余者之书’都在你手里，我只想知道你在干什么。”

“哦？还是不相信吗？这样吧，那边的大小姐，叫你的警察爸爸发一张马悦的真实照片过来如何？”赵茜茜对着黎芮说。

黎芮掏出手机打给父亲。黎东民一开始并不肯，直到黎正接过电话来。

“把马悦进入一中以前的照片发过来。”然后黎正就挂断了。

苏骆冰站了起来，歪着头紧握着拳头。

“你在胡说！我和她在学校两年了！怎么可能没发现？”

赵茜茜不屑一顾。

“不只是学生，被烧死的大量亡灵化成魔，而学校本身又是在一个封闭空间里聚集了大量的人，这种地方很容易吸引他们。再加上图书馆出现写满诅咒的手册，当有一个被写进手册的人真的出意外后，手册的诅咒力就被愚蠢的你们的传言无限放大。谣言，多么可怕的东西，就算是假的，也能变成真的。这样一来吸引更多充满怨恨的‘余者之书’就出现了，满足了同一地点曾经有过大量冤死者又聚集大量生者的条件，然后加上巨大的恨意，自然而然，魔诞生了，魔利用你们的诅咒杀死生者，附身生者，直到上一次自杀者，也就是那个傅远，才是我除掉的魔，包括马悦以及王亚轩。”

赵茜茜一面解释，一面拍了拍身上。

“这个英语老师压根儿就不存在，只不过是掩饰我身份的道具。我从好几年前起就进了这个学校，我要把因为‘余者之书’产生的魔全部除掉。”

这时候手机响了，黎芮拿起手机，打开彩信。

照片上是一个她完全不认识的女孩子，清秀漂亮，有几分稚气。黎芮简直不敢相信，因为一起发来的正是黎东民的话。

“这就是马悦初中毕业时的照片。”

和黎芮之前见过的完全不同。

“魔附身后相貌会变成生前的模样，但拥有被附身者的记忆、能力、声音等一切，而且可以慢慢影响到周围的人。简单地说，就是完全将生者的灵魂和相貌抹去，时间一长，就将完全代替受害者活下去。”

黎芮将手机递给焦急的苏骆冰。他看着手机短信，瞳孔急剧缩小，接着不可置信地拿出自己的手机，黎芮看到的是“马悦”的照片背景。

根本是两张脸，苏骆冰的手机差点儿从手上掉下来。

“当然，再次见到生者的容貌，一切又都会记起来了。”赵茜茜拨弄了一下自己的刘海，指着自己的脸说。

“但刚才你控制黎芮要她跳楼……”黎正又往黎芮身前靠了靠。

“我说过了，我的任务是除魔。图书馆里她选中了‘余者之书’，证明她和魔也有着分不开的关系，而且没想到她居然可以将‘余者之书’带到班上，知道刚才的两次选票吗？你真的以为那是我的恶作剧？黎正，你和你父亲一样，原本都是最优秀的除魔师，却在感情面前迷失了头脑。”

赵茜茜一步步朝黎芮走过来。

“即便是被魔术影响的大家，在心底里也会对被魇附身的亡灵有着排斥感，那是一种本能。我还不确定在这个班级、这个学校里到底还有多少个被魇附身的学生，这些东西应该被彻底消灭。所以王亚轩是第一个，而我第二次的生者投票也是一种下意识的排斥，那个女孩不是人类。”

黎正紧紧咬着牙齿。

“别说了！”

赵茜茜愣了一下，随即皱起眉毛大声喊道：“黎正！原来你早就知道了！你知道你这么做的后果吗！纵容魇活在世上！黎氏家族的祖训就是除魇！魇的存在只会伤害更多无辜的人！不惜一切代价消灭它们，不管是牺牲自己还是牺牲别人！”

“为了救人而杀人？”黎正反驳道。

黎芮惊恐地看着两人对话，感觉到心脏越跳越快，脑袋也疼起来，意识却格外清醒，平时这样的话自己早就昏过去了吧。

“错，是为了救大多数人而牺牲少部分人，必要的时候牺牲自己的生命也可以，亲人的也可以，所爱的人也可以，这种简单的加减法，谁都会。”赵茜茜一脸平静，摊开双手走过来。

黎正立即射出数根长钉。

“别忘了，你父亲的魔术都是我教的。”赵茜茜冷笑道，手里也多出了十几根木钉，射了出去。钉子在两人中间碰撞发出巨响，破碎的木屑四处飞溅。大多数人早就朝教室墙角躲了起来。

“每年的4月4日，被大火烧死的亡灵都会成为魇，寻找生者依附。你再怎么保护她也没有用，只会重蹈你父亲的覆辙，可怜到死还要担负杀妻的污名。”赵茜茜惋惜地说。

“你说什么？”黎正有些失色。

“你的母亲不是你父亲杀死的，下达处以她钉刑的正是黎家的长老们，然后通过魔术嫁祸给你父亲，让他攻击警察而被击毙，这样就可以名正言顺地除去他这个现任族长，进行新的选举，表面看很民主，背地里却肮脏至极。就算我知道也无法阻拦，等我通知到你父母时已经晚了。”

赵茜茜叹了口气。

黎正好像大受打击，黎芮看到他银色的头发紧紧贴在额头上，没想到他居然流汗了，一直垂着头，眼睛发直，不吭一声。

“让开吧，我还可以为你求情。”

“我原以为，悲惨的是命运，可恶的是神。既然这样，家族也好，命运也好，神也罢，统统毁掉就是了。”黎正紧紧握着拳头，从指缝间慢慢伸出红色的钉子。

黎芮看到钉子上沾着的是黎正的血。

赵茜茜看着钉子，眉毛跳动了两下。

“除魔师不只会使用木钉，你父亲可能没告诉你吧，黎氏后人都是从黑暗中学习魔术，再回到黑暗中去，我们和那些道貌岸然只会说教的家伙可不一样。”

赵茜茜说的是谁？黎芮嘀咕起来。

黎芮看到原本躲在一边的同学慢慢眼神涣散，朝着赵茜茜身旁聚拢，很快便看不到她了。无论黎芮如何辨别，根本看不见她的影子。

“魔术可是分为很多种，‘余者之书’的诅咒，你见识过了，还有控制人的心智和思想以及感官的幻术。现在你就试试把我从这些人中找出来吧。”

黎芮只能听到赵茜茜的声音从人群里传出来。

黎正注视着人群，耳朵一动一动的。

“想靠辨别声音来认出我是没用的，我可以控制其他人的声带。”

果然，声音的来源方向又变了。

黎芮很着急，如果赵茜茜身处一大堆人中，也许还可以通过对比不同来辨别，可现在她就如同一片树叶混到了另外一群各不相同的树叶里，这些人本身就是各种各样、毫无规律可言的。

啪，黎正的左手手背上被插入一根钉子，但黎正依然紧握拳头，甚至没有将它拔下来。

“你应该很清楚吧，这就是杀死你母亲甚至让她的灵魂也无法安宁的钉刑，四肢以及眉心的五根木钉，也就是说在我射完前你找不到我的话，就追随你的父母一起下去吧。”

又是一根，这次打在了右脚脚踝上。黎正的身体晃动了一下，用右手撑着桌子。

“你没必要做到这一步，我甚至还想不起你是谁。”黎芮站在男孩的身后，只觉得背影熟悉，眼泪忍不住地流出来，脑海中却无法记起他，明明是很熟悉的人啊，为什么唯一记得的只有那头桀骜不驯的银发？

第三根，第四根。

黎正手里的钉子全部落在地上，他朝后倒了下去，黎芮从身后抱住他的身体，他脸上全是汗，四肢都在发抖，好像很冷似的。

“如果可以的话，我真希望你能记起我来。”黎正靠着黎芮的胳膊，眼睛无神地望着天花板。

黎芮不知道该说些什么，心脏依旧跳得很快，头皮也是，一阵阵跳跃性地疼痛着，好像有什么东西要喷涌而出。她抬起头，看着站在对面的那群和自己差不多年龄但又完全不同的人，他们脸色冰冷。

“黎正，结束了。本来你隐姓埋名还可以活着，但作为族长之子，你是那些竞争者最大的敌人，死在我手里，你可能还会舒服一些。”

黎正的眼前模糊起来。

“真的要死了吗？十年前父亲看着我时是不是也是这种感觉？”

好像，好像有什么东西朝着自己飞了过来。四肢仿佛断了一样，连举手的力气都没了。

背后忽然空掉了，眼前一黑，起初还以为自己被射中了，仔细一看却是个瘦弱的身体挡在身前。

一股灼热的液体喷到自己的左脸上，眼睛来不及闭起来，就像被热油浇上去，短暂的失明后取而代之的是一片猩红。

面前的女孩子倒向自己，长发卷着猩红的血点从自己脸上轻轻拂过，那张脸满是冷汗，被卷曲的长发包裹着。

“阿正……我记起你来了。”

黎正只听到这么一句。

4

黎东民的眼皮一直在跳。

上一次这样跳的时候是妻子的离去。黎东民头皮一阵发麻，他知道自己的命运自从那个诡异的雪夜后，自从自己扣下扳机打死那个男人后，就已经完全注定好了。他不怕死，但怕孤独地活着。

“小马，再开快点儿！”黎东民低声命令道。

小马没吭声，加快了速度，虽然这样做已经有些危险了。

坐在车厢后座黎东民旁边的男人温文尔雅，微微闭着眼，身上穿着黄色风衣。

“那个孩子的眼睛现在如何了？”

“没什么特别的，自从被我收养以来。”黎东民回答道，手里把玩着手机。他刚刚将上午自杀的那个叫马悦的女孩子入学前的照片发给女儿，虽然不太明白为什么，但直觉学校出了问题，刚才给学校几个地方打的电话都无人接听。

“这个面具，是魔术部落祭神的时候戴的，我们已经搞不清楚到底是先有魔术还是先有魔了，这两者就像鸡与蛋的关系。魔术后来又被人类学习用来除去魔，但我的祖先很快觉得魔术过于黑暗，甚至有将使用者也拖进去的危险，于是就学习了其他的术来除魔。另外一支除魔师队伍却依旧坚信必须用魔术才能彻底消灭魔和魔术部族。这么多年来我们就像太极图上的两只鱼，互相争斗，希望证明自己是正确的。”

黎东民看到纪先生手里握着那个白色面具，用手指头摩擦着眼睛部位的蛇形图案。

“他的父亲原本和我达成共识，我们都认为魔术部落并没有我们一直以为的那么邪恶，甚至是可以教化合作的。但没想到他被守旧派所杀，他的研究成果也完全不知所踪。我很想保护他的遗孤，但压力太大，我只能收留那个女孩子。但现在黎正已经成年，他一定会成为其他想要成为族长的族人的狙击目标，这个是他父亲给我的，也许他早有预感吧。”

纪先生从风衣口袋里掏出一只檀木盒子，手掌大小。

“里面是什么？”黎东民问道。

“可以破除魇也可以破除魔术的东西。”

“为什么不早点儿给他？”黎东民有些奇怪。

“因为这遗产必须要在适当的时候才能被继承，我相信我的挚友一定留给了儿子另外一样东西，关键时刻用来启动这只盒子的钥匙。”

纪先生紧握着木盒，黎东民仿佛闻到了盒子中雀跃的味道，仿佛里面装着的是某种生命。

汽车疾驰着，南星一中的校门已经依稀可辨。

5

“今年清明节一起去给妈妈扫墓吧。”黎芮拿着电话鼓起勇气说。

电话那头的黎东民沉默良久。

“我不许你再说什么要办案或者审案了！你为什么不带我去给妈妈扫墓？”黎芮吼了起来，心脏立即跳得快了些。黎东民立即叫女儿别激动。

“还有，你说七年前发生车祸妈妈去世，我脑袋受到重击才丧失部分记忆，但为什么我叫别人帮我看了，头上根本没有任何伤疤？”

黎东民继续随便编着借口应付着，黎芮有些无可奈何。

“算了，我只要你陪我去给妈妈扫墓。”

黎东民无奈地答应了，虽然他没勇气去面对墓碑上妻子的笑脸。

“还有，我最近老梦见一个银色头发的男孩子，我是不是有个弟弟？”

黎东民真的不知道怎么回答了。

“他是不是也死了？还是我记不起来？但你为什么从来没提过？”黎芮一个个的问题炸得黎东民不知所措。

在女儿的逼问下，黎东民只能说男孩是黎芮小时候的发小，并非是弟弟，而且他在南星一中。黎芮立即要求去那里复读高三，之前她因为身体原因休学了一年。

“你根本不记得他，他也许也早忘掉你了。”黎东民希望劝阻女儿。

“不，我虽然想不起他的事，但我总觉得只要和那个男孩子在一起，我好像就会安静下来。”黎芮固执地回答父亲。

“我会安静下来。”黎芮睁开眼，看到的是教室的天花板。

黎芮感到呼吸有些吃力，脑子却格外清醒，她仰着头，看到黎正闭着左眼，脸颊上都是血，右眼吃惊地看着自己。

胸口有些痛，那东西是钉子吧，好像刺穿了她的身体。

“我会死吗？”本来早就该死了吧，这种身体，留着又有何用，都已经多久了，连跑的感觉都忘了。

黎芮的身体下意识地挡在黎正的前面。

“做姐姐的嘛，总要保护弟弟。

“笨鸟、傻瓜、花痴，各种外号，就是从来没叫过姐姐。我是多想听那个银发的家伙叫我姐姐啊，为什么做这么多，做得那么好，他就是不肯呢？”

黎芮的头好重，她微微摇了一下，好像脑袋里装满了液体，这样可以晃出来一些，舒服点儿。

“阿正，我知道，我知道我爸爸杀了你爸爸，而且其实他完全可以不用这么做。你恨他，恨我妈，也恨我，恨这个收养你的家庭。我能理解。但你不能恨自己。

“妈妈的死，不怪你，我和爸爸也没有怪你。十几岁的你已经尽力了。我知道妈妈是为了保护你而死的，而为了维持几乎快死的我的生命，你和那位叔叔将名为魔的东西附在我的身体上。维持这种孱弱的身体让你们伤透了脑筋吧，现在不用了，我就要去找妈妈了，我会和她说，阿正其实一直都爱着她并将她当作真正的母亲，只是不愿意承认而已。

“就这样吧，我真的很累了，就让她把身为魔的我除去吧，不要再为了维护我这种怪物而流血牺牲了。这种残破的身体和没有记忆的人生，我也不想要了。

“我很高兴，在最后一刻记起你来了。

“可以的话，请满足我最后一个无理的要求吧——我想听你叫我一声姐姐。

“再见了，我最爱的弟弟。”

黎正被血浸透的左眼慢慢睁开，几乎快要闭上眼睛的女孩吃力地看着他，嘴唇抖动了两下。

好痛，左眼好痛，黎正感觉到刺入脑髓的疼痛，就像十年前父亲和母亲死时一样疼痛。

当带着父亲血的手指滑过他的左眼时，也是这般的疼痛。

黎正想要抱住她，但手无法用力，他抬起头望向毫无生气的人群，满是血色的左眼似乎看到了不一样的东西。

“她为你挡住了致命一击，但这次不可能了。安心接受命运吧，本来十年前你就该死的。等你死后，我会去找你的妹妹，送你们一家团聚。不要恨我，我只是做我该做的事。”

赵茜茜的声音再次响了起来。

几乎与此同时教室的门外响起了枪声，门被踢开。黎正看到那个男人和黎东民一起冲进来。

“来多少也是一样的，可以的话，你们就把这些孩子全部杀死看看。”

赵茜茜丝毫不畏惧似的。

纪先生拿出檀香盒，朝黎正扔过去。

“这是你父亲的遗物！”他从头到尾好像根本没把赵茜茜放在眼里。

“不要以为可以全身而退！我知道你是来救黎正的，我可不怕你！”赵茜茜有些气急起来。

“我是外人，我已经做完了朋友交代的事，接下来是你们家族内部的纠纷，我不会插手。”纪先生把手插进风衣口袋，站到一边。

黎东民看到了黎芮，立即冲过去抱住女儿。但黎芮已经陷入半昏迷状态。

“你答应过我的。”黎东民的眼泪流到女儿脸上。

“对不起。”黎正第一次用这种语气和黎东民说话。

“我没和你说话！”黎东民吼道，接着吻着女儿的头发，带着哭音，“你答应过我的，要和我去给你妈扫墓，你答应过的……”

“黎正，如果你想摆脱和你父亲一样的宿命，那就站起来，用你父亲留给你的东西打破它，打破你、你父亲、你们族人的悲惨命运。”纪先生在一边喊着。

黎正撑着书桌站了起来，伤口朝外流着血。

“这不可能……”赵茜茜的声音颤抖起来。

“我的父亲留给我的，不仅有可以看穿魔术的左眼，还有可以刺穿黑暗的钉子。”

黎正打开檀香木盒，从里面抽出长钉，钉子散发着沁人的香气，上面刻着字。

“你射错的话，就是杀死无辜的人！你父亲要是能破解魔术就不会死在魔术上了！”

黎正一言不发，闭上右眼，食指和拇指握着长钉，平举着手慢慢瞄准。

“黎正！杀了我，你就是和整个氏族为敌！现在还来得及，和我联手杀了纪家的人，我可以带你回族里，你接替你父亲成为当家！”赵茜茜的声音嘶哑起来。

“那种东西，留着以后给我踩在脚底吧。”

黎正瞄准一个方向射出长钉。

而对面也射出了钉子。长钉发出沉闷的声音，没入人群。

黎正倒了下去。人群渐渐散开，赵茜茜跪在地上，喉咙上插着黎正射出的钉子。

赵茜茜嘴角抽动了一下，笑了笑，身体朝一边倒下去。

纪先生走到了黎芮面前。

“我可以继续为她续命，但是恐怕她的记忆会被魇吞噬得更加厉害。”

黎东民像抓住了救命稻草似的看着纪先生，但他突然发现女儿用仅存的气力死死抓住自己胸前的警服。

黎芮已经连摇头的能力都没了。她只是眨了眨眼睛，流着泪。

“放过她吧。”黎正蹲下来，从黎东民手里把黎芮抱过来，靠着椅子坐着，自己则跪在黎芮膝盖边。

纪先生看着黎正，黎正望着他。

“从今以后，我们没有任何关系了。作为朋友，我完成了你父亲的嘱托。我也有个和你一样大的儿子，他和你的妹妹关系很好。我不奢望你们成为朋友，但至少不要做敌人。”

黎正一言不发，毫无表情。

纪先生摇了摇头，走到那群学生面前，从怀里拿出一张纸，口中默念几句，在空中烧掉，纸化为灰烬散落不见，学生们的眼睛慢慢变得有了神色。

“我帮他们解除了魇术，之后的事就靠警察了。我走了，希望不要再见。”纪先生走出了教室。

黎东民无助地看着女儿的脸色慢慢流逝着血色。他开始体会到十年前黎正父亲的绝望。

黎正将黎芮的手放在自己头上，用头发摩擦着黎芮的手心。

“姐姐。”

黎正轻轻喊道。

“姐姐，我再也不走了。”

黎芮完全合上了眼，黎正感觉到头上的手慢慢从头顶滑下来，他忍着痛伸出手紧紧将黎芮的手攥住并重新按在自己头上。

黎东民踉跄着倒在一把椅子上，头倚靠着冰冷的墙壁，不停地用后脑勺撞击着，咚咚作响。

围观的学生们不明所以，有的走出教室，有的瘫坐在地上，外面警笛声、救护车声大作。

黎正一直低着头。黎芮的手慢慢在他手心里变凉。

“如果神觉得我是个错误，那么我就把一切都毁掉来纠正。”黎正喃喃自语着。

黎芮闭上的眼睛里流下最后一滴眼泪。

教室的另一边，苏骆冰走出教室，手里拿着一本去掉外皮的笔记本。

（全书完）

作者后记

我无意太高估外国友人对中国博大精深的文化的理解水平，但据说在海外流传最广的中文小说是《聊斋》，当然，这个说法可能有失偏颇，我个人认为看金庸先生小说的应该比看《聊斋》的人要多得多。不过作为一部问世三百余年的小说，仍然拥有如此庞大的受众群，仍然让那些影视投资者乐此不疲地翻拍来翻拍去，自然是说明它有着非常独特的魅力。

我个人也喜欢《聊斋》，但毕竟古文知识贫乏，读起来自然没有读《三国演义》《水浒传》那般畅快淋漓，不免有少许遗憾。鬼神之说在中国乃至全世界都有众多的信徒，即便是那些高喊自然科学的人，殊不知数百年前科学与巫术居然师承同祖，UFO和鬼怪之说都拥有海量的所谓的见证人和证据照片，但都不足以信服于世人，那为什么要说外星人就是科学真实的存在，而灵异就一定是封建迷信呢？

当然，我不想宣扬封建迷信，相反，有很多现代人看似愚昧落后的行为其实是我们民族宝贵的文化遗产。古怪的民风民俗、惊险恐怖的地理居住条件，为很多人和事披上了神秘的面纱。人是好奇心强的动物，与其道听途说，让一些原本真实的东西被弄得神神鬼鬼，还不如干脆掀起他们的盖头，让大家看个清清楚楚。

于是我想到写一些故事，一些中短篇的故事，它们可以发生在荒村郊外，也可以隐于闹市街头，每个故事里多多少少蕴含着一些浅显的道理，或者夹杂着一些几乎被我们遗忘却十分有趣的民族风俗习惯，或者是各行各业的规矩、条例、禁忌等等。当然，不能过于直白，那样就变成了枯燥的知识纪录片，所以我想到为它们披上一层外衣，以一些离奇而怪异的事件作为引子，让一些虚虚实实的人和事充当照明的蜡烛，照亮我们未曾触摸过的世界。它们神奇而美丽，虽然缥缈，却往往真实地存在着。

其实在故事的开始，我未曾有这样的想法，只是希望写一些怪异的短篇小说，如天方夜谭一样每天讲一个故事，以网络为载体，吸引更多的朋友来讲述他们自己所经历的奇妙故事，所谓独乐乐不如众乐乐，这就是我的初衷。不过在接下来的写作中，我开始明白文以载道的意义，所以开始拼命地收集资料。这个过程很痛苦但也很快乐，痛苦在于有很多事情我都是未曾接触过的，可是我至少要把它们描写得不至于过于虚假，小说可以是虚构的，但里面人物的言行举止起码要符合他们的身份，这是创作的最基本要求。而最困难的还不是这个，而是如何将源远流长的传统文化习俗和现代人喜爱的悬疑故事相结合，两边犹如一个天平的砝码，说理太多显得枯燥无味，叙事过重又让人觉得空洞虚假，所以，平衡每个故事，成为我最头疼的问题。而快乐是在查找资料的同时我也学习到了很多知识，思路和眼界的开阔，将是我受益终生的财富。

就这样，每次快要放弃的时候，每日的苦思冥想多少还是有些结果，于是我发现灵感并非冒出来的，而是逼出来的。当我最终写完这一百零一个故事时，我感到分外放松，如同从肩头卸下一副沉重的担子，忽然感觉那些曾经熟悉的和我日日夜夜脑海里睡梦中相聚的人物即将离我而去，又略觉伤感。虽然是短篇小说集，我却采用了固定人物主线串联的方式，让这些乍看杂乱无章的故事有了一根长长的线索，这其中虽然有好处，使故事不至于脱节，但也有坏处，制约了某些单个故事的发展，所以在以后的作品中我还需要更加灵活成熟地运用构建小说结构的方式方法。

在众多故事中，虽然不至于质量参差不齐，但多少也掺入了我个人不同的喜好，“八尾猫”的温暖，“返魂香”悠远的历史，“老屋”的绝望，“平安夜”残酷的爱，“不穿鞋”中人与人之间脆弱的纽带等故事，都让我经历着一次次迥然不同的生活体验。我相信自己倾注了思想和道义的作品一定可以让读者感受到这些，在字里行间流溢出的，正是我想通过看似荒诞怪异的故事所要表达的真实的东西。

在大部分故事里，我都是采用第三者叙述的角度来交代故事的脉络走向，这或许会降低一部分悬念，读者会知道，无论发生什么事情，好歹主角是肯定没事的，但这正是我要告诉大家的：无论出现什么难以预料和残酷的现实，它都会过去，也一定会过去，眼睛永远是用来看前面的。痛苦的经历是财富，苦难的生活是资本，一时安逸未必一辈子安逸，所谓生于忧患、死于安乐，故事里的鬼怪其实就是生活里阴暗的一面，正如我一直遵循的理念，阳光可能会一时生锈，但要相信，终有一日，它还是会照耀到你身上的。

最后我想说，很感谢这两年来陪伴我一起走过来的读者和为拙作辛勤劳作的编辑朋友，甚至包括书中存在的那些虚拟人物，是你们给了我坚持下去的动力。为了这份期望，我会继续努力，用自己的笔营造一幅更加美丽而充满魅力的画卷，展示在大家面前。